SHADOW OF GHOST

ISBN : 978-2-84933-987-9

www.contredires-romans.com
info@guytredaniel.fr
www.facebook.com/tredanieleso
@contredires_romans

K. R. HOPEKING

SHADOW OF GHOST

TOME 1

Éditions **CONTRE-DIRES**
19, rue Saint-Séverin
75005 Paris

Aux étoiles *qui veillent sur moi.*
Et à tous ceux qui, en contemplant la nuit étoilée,
rêvent d'histoires qui illuminent leur cœur.

AVANT-PROPOS

À toi,

Il s'agit du premier tome de la saga *Shadow Of Ghost*. Cette histoire se déroule au sein de la mafia. Dans cet univers sombre et chaotique, les personnages vont être confrontés aux réalités de ce milieu. L'ensemble des protagonistes peut être qualifié de *morally grey*, c'est-à-dire d'une moralité douteuse. Du plus gentil au plus abject, leurs actes et activités ne doivent pas être banalisés. Cependant, ce livre repose sur deux fondamentaux : le consentement et le respect de la femme. Écrire une dark romance permet de naviguer entre le bien et le mal. Si tu n'es pas à l'aise avec ce sujet, je t'invite à faire une pause. Cette histoire contient des propos explicites, parfois des images brutales et une immersion au sein de la mafia. Tout ce qui est dans ce livre a été écrit avec beaucoup d'amour et une pincée d'étoiles. Si tu es prêt à plonger avec moi dans cette aventure, j'espère que tu aimeras mes personnages avec autant de passion que moi.

Et n'oublie pas, même dans les ténèbres
il existe des nuits étoilées.

PROLOGUE

Théa

Dix-sept ans plus tôt…
28 novembre

Nuit du bain de sang.

La chute de l'empire Luciano.

New York

Les rires ont laissé place aux cris.

Il est tard dans la nuit ou tôt le matin. Mes yeux se plissent lorsque j'entends des bruits de pas en bas. Le manoir familial devrait pourtant être silencieux à cette heure. Mes parents ne rentrent jamais avant les premiers rayons du soleil de leur réunion annuelle avec l'organisation.

Cela a toujours été ainsi.

Enfin je crois.

Je devrais retourner dans mon lit mais une petite voix me pousse à m'aventurer hors de ma chambre. Mes pieds nus glissent sur le sol en marbre du premier étage et mes doigts agrippent les barreaux qui me séparent du vide. Les femmes du clan pleurent leurs hommes assoupis sur le sol. Je ne pense pas qu'ils dorment mais je préfère le croire.

C'est plus beau ainsi.

Une meilleure fin pour ces soldats qui ont donné leur vie pour me protéger.

Moi, la seule enfant du clan. L'unique héritière de Renato et Rachel Luciano, les dirigeants de la mafia new-yorkaise. À neuf ans je devrais ignorer la laideur de notre monde, mais pourtant elle se rappelle à moi à chaque seconde. Une porte s'ouvre et la lumière inonde le carrelage blanc du rez-de-chaussée. C'est drôle, je n'ai jamais remarqué ces petites taches pourpres dessus. Elles forment des auréoles autour des corps inanimés des gardes. Une odeur métallique chatouille mes narines et j'éternue dans le silence de la maison.

— Théa, murmure mon parrain.

Mes yeux clignent plusieurs fois et je reconnais sa silhouette. Il ne vient que rarement ici. Mais je suis contente de le voir. En tout cas, à ce moment, mon visage s'illumine et la peur s'envole, aussi légère qu'une plume.

— Barthy ! crié-je en dévalant les escaliers pour le rejoindre.

Je ne me retourne pas sur les membres du personnel qui m'observent, les yeux écarquillés par la terreur. Je fixe un point devant moi, ou plutôt les flocons qui tombent par l'entrebâillement de la porte. Si Barthélémy est là, cela veut dire que papa et maman ne vont pas tarder à arriver. Je veux les attendre dehors pour les serrer contre moi. Le froid me mord les pieds et je frissonne lorsque mes lèvres prennent une couleur bleutée. Des bras puissants m'attrapent et je ne me débats pas. Je sais au fond de moi que c'est la dernière fois que je me tiens ici. Mon parrain m'enveloppe de sa veste de costume dix fois trop grande, une fois que nous sommes à l'arrière de sa voiture. Papa se moque toujours de cet énorme 4×4 à l'allure trop présidentielle. Il préfère ses voitures de collection qui ont plus de gueule, comme il dit. Mon regard remonte sur la chemise maculée de sang de celui que je considère comme un membre de ma famille. Ses iris gris plongent dans les miens alors que je tends la main pour effleurer le tissu du bout des doigts.

— Tu t'es fait mal ? bredouillé-je, ennuyée par toutes ces nuances de rouge.

— Non, trésor, souffle-t-il en me souriant faiblement. C'est le sang de nos ennemis, pas le mien.

Mon regard s'intensifie sous mes cils noirs. *Ennemis.*

Je n'ai jamais aimé ce mot.

Il sous-entend des choses terribles, des drames et des *tragédies*.

Un nœud se forme dans mon estomac et la chair de poule court sur mes avant-bras. Je mords mes lèvres pour ne pas poser la question qui me brûle la langue mais je n'ai jamais su garder les choses pour moi. Papa en rigole, maman, elle, lève les yeux au ciel à chaque fois. C'est un vieux rituel et ça me fait sourire.

— Qui sont nos ennemis ? demandé-je d'une toute petite voix, à peine plus forte qu'un murmure.

— Les Grimaldi, soupire mon parrain en passant une main sur son menton mal rasé.

Il fait toujours ça quand il s'apprête à me dire quelque chose qui va me rendre triste. Je me concentre de toutes mes forces pour essayer de me souvenir de ce nom.

Mon père les a souvent accueillis à la maison comme des amis, *c'est étrange*. Ma mère n'était jamais présente quand ils venaient avec leur fils aîné, car elle avait toujours quelque chose d'important de prévu ces jours-là. Je pense qu'elle ne les aime vraiment pas. Et si ce sont nos ennemis, *moi non plus*.

— Tu les as tués ? le questionné-je comme si c'était normal de parler de ça pour une enfant.

— J'ai assassiné leur chef, Alessio, me répond Barthélémy en regardant par la fenêtre, l'air songeur.

— Pourquoi ?

— Parce qu'il a fait du mal à tes parents et à toute l'organisation.

Un long silence court entre nous. Je digère les mots qui me semblent durs dans sa bouche. Une larme roule sur ma joue et son pouce calleux l'essuie avant qu'elle ne termine sa course sur le sol.

— Je veux voir papa et maman, protesté-je en croisant les bras sur ma poitrine.

— Ils sont partis, souffle mon parrain, la mâchoire contractée.

Je n'ai peut-être que neuf ans mais je ne suis pas bête. Cela ne veut dire qu'une chose, cet homme a tué mes parents. Mais je ne comprends pas pourquoi ni comment. Ce sont les personnes les plus puissantes de notre organisation et nous n'avons jamais eu peur que ce genre de chose arrive. Je ravale les larmes qui me brûlent sous mes paupières. Je n'ai pas le droit de pleurer, pas tant que je ne sais pas pour quelles raisons je dois le faire.

— Pourquoi ? l'interrogé-je à nouveau.

— Parce que cet homme est un meurtrier et qu'il nous a trahis, grommelle mon parrain en attrapant mon menton pour m'obliger à le regarder. Sa famille en a aussi après toi… Il y a des années, j'ai fait une promesse à ta mère et je vais la tenir, me confie-t-il en hochant la tête.

— Qu'est-ce que tu as juré ? balbutié-je, les lèvres tremblantes.

— De toujours te protéger.

La douleur qui cogne dans ma poitrine semble disparaître au fur et à mesure que nous nous éloignons de la maison. Je plaque les paumes de mes mains contre mon cœur mais ses battements se font lointains. Ils sont presque étouffés par quelque chose d'aussi dur que de la pierre. C'est la réponse à ma souffrance, une protection de mon âme.

— Moi aussi je vais te faire une promesse, chuchoté-je en ouvrant les yeux pour fixer mon parrain.

— Ah bon et laquelle ? s'étonne-t-il en haussant les sourcils.

Nous ne sommes pas habitués aux démonstrations d'affection et je sais qu'il fait de son mieux pour prendre soin de moi. Il fera toujours tout ce qu'il peut. Je lui fais confiance. J'inspire longuement avant de lui confier la décision la plus importante de ma courte existence.

— *Je me vengerai*, sifflé-je le souffle court en vissant mon regard dans le sien.

Des heures plus tard, je me réveille en sursaut dans un lieu que je ne connais pas.

Mon nouveau chez-moi, celui des Changretta, et tout me revient lentement. Je jure que je passerai les années qui vont suivre à tout faire pour venger mes parents. J'ai peut-être un nouveau nom, une nouvelle vie, mais je me promets que je sacrifierai tout ce que j'ai pour récupérer ce que l'on vient de me voler durant cette nuit.

Il n'y a pas d'âge pour faire un pacte avec le diable.

Dix ans plus tôt...
17 mai
New York

C'est mon anniversaire.

J'ai seize ans.

Mon innocence a été détruite. Tout a foutu le camp.

Les rêves ont laissé place aux cauchemars.

Je refuse de faire un vœu en soufflant les bougies qui ornent mon gâteau.

Ce que *je désire* n'est pas un souhait que le destin peut choisir ou non d'exaucer.

Ma vengeance porte un nom.

Il se murmure dans l'ombre.

Danse avec les ténèbres.

Éveille les démons dans l'obscurité.

Un jour, j'affronterai le Fantôme.

Et nous sombrerons ensemble dans les limbes de l'enfer.

J'en ferai mon plus grand combat, ma plus belle obsession.

Ma destinée.

Le genre de chaos pour lequel je ferai saigner mon cœur.

CHAPITRE UN

Théa

Aujourd'hui, New York

HÔTEL PARTICULIER DE LA FAMILLE CHANGRETTA

Je suis en retard.

Comme depuis le premier jour de mon existence.

Il y a vingt-six ans, je me suis pointée dans ce monde deux jours après la date prévue.

Gamine, mon père me disait toujours que je serais capable d'arriver en retard à mon propre enterrement. Mais après tout, *qui a envie de débarquer en avance en enfer* ? Ma gorge se noue à ce souvenir et je le chasse en secouant la tête. Mon attention se reporte sur mon téléphone qui défie les lois de la gravité depuis plusieurs minutes. Il est à une vibration près de sauter dans le vide. Mes doigts se déplient dans une tentative désespérée de le sauver.

— Mince, sifflé-je entre mes dents lorsqu'il rebondit sur le carrelage en marbre blanc de la salle de bains.

Je le tourne dans tous les sens pour l'ausculter. Aucun dégât à déplorer.

— Toi au moins, tu t'en sors bien, lui murmuré-je en le reposant sur le meuble vasque devant moi.

Ce n'est pas parce que ça ne se voit pas à l'extérieur qu'il n'est pas abîmé à l'intérieur, bougonne ma conscience. Ma bouche se tord en une grimace à cette réflexion. En ce qui me concerne, elle n'est que trop vraie. Pas une seule cicatrice visible, et pourtant une plaie béante n'arrête pas de saigner au creux de ma poitrine. Mon écran s'allume et un sourire étire la commissure de mes lèvres au moment où je fais glisser mon doigt dessus pour ouvrir une conversation de groupe WhatsApp. J'ai une dizaine de messages non lus de mes amies.

Kleofina Jones et Meghann McAnders.

Elles sont la *famille de cœur* que *j'ai choisie*.

À défaut d'en avoir encore une de sang.

Mes yeux se plissent lorsque j'aperçois l'heure qui me nargue. Dix-neuf heures.

— Merde, juré-je en attrapant de quoi me préparer en vitesse.

J'ai déjà une demi-heure de retard sur celle prévue pour notre rituel du vendredi.

Et connaissant les filles, elles doivent déjà être arrivées. C'est la seule pause, presque hors du temps, dont nous disposons. Une parenthèse où l'on oublie nos responsabilités, nos histoires de famille et les exigences qui pèsent sur nos épaules. J'applique une ultime couche de mascara sur mes cils pour rehausser l'intensité de mes yeux vert émeraude. C'est une des caractéristiques physiques que j'ai héritées de ma mère. Ça, et ses longs cheveux noir ébène. Un dernier coup d'œil à mon reflet dans le miroir me confirme que je suis prête. Avec l'arrivée du printemps, de toutes petites taches de rousseur sont apparues sur le haut de mes pommettes. Je les aime bien. Elles me rappellent celles de mon père. Il est donc hors de question que je les camoufle avec du maquillage. De toute manière, autant profiter du seul luxe que m'offrent mes origines siciliennes, celui d'afficher une peau hâlée toute l'année. Ceux qui ne me connaissent pas ont toujours l'impression que je reviens chaque semaine d'un mystérieux lieu ensoleillé. Sauf qu'en réalité, je n'ai plus jamais quitté New York depuis la tragédie qui a brisé mon enfance. Un petit ricanement proche d'un rire jaune s'échappe de mes lèvres à l'idée de prendre des vacances.

J'avais huit ans la dernière fois où j'ai pu partir de cette ville.

Une autre époque où l'on m'appelait Théa Scott Luciano au lieu de Théa Changretta.

Des souvenirs heureux surgissent dans ma tête et ma vision se trouble. Une sensation de chaleur court sur ma peau et je ferme les yeux pour me rappeler la tiédeur des rayons du soleil sur mon visage. Je peux encore sentir la sensation du sable sous mes pieds alors que je dansais au rythme des vagues. Un sourire empreint de nostalgie se dessine sur mes lèvres. J'effleure mentalement ces précieuses images ancrées dans ma mémoire. Elles m'aident à tenir le coup quand les ténèbres s'emparent de moi. Ma poitrine se comprime douloureusement et j'expire longuement les bribes de mon passé, chassant par la même occasion ce qu'il reste de mon innocence perdue. Ma vie n'a plus jamais été la même après la nuit du 28 novembre 2006.

Les rêves ont laissé place au chaos.

Les étoiles se sont transformées en poussière, et elles n'ont plus jamais brillé dans mon ciel.

Je sursaute lorsque mon téléphone gronde à nouveau sous les assauts de mes deux amies. Il menace de recommencer son activité favorite, celle de faire le grand plongeon. Ma main est plus rapide et je l'attrape au vol en haussant les sourcils.

— Cette fois-ci, c'est moi qui gagne, lui soufflé-je avant de lever les yeux au ciel.

Si quelqu'un m'entend parler à un objet, je vais finir enfermée à double tour dans cette prison dorée. Même si tout le monde me prend déjà pour une tarée ici. Un puissant éclat de rire agite mes épaules quand je découvre le combat de GIF que se sont lancé Kleo et Meg dans la conversation. La première se défend bien avec une jeune femme buvant un verre de vin rouge plus grand qu'elle. Mais question répartie, Meghann est plutôt douée.

Trop même.

Je cille à plusieurs reprises en inclinant la tête sur le côté pour comprendre ce que font les deux personnes à l'écran avec leur chantilly et leur…

— Oh ! m'exclamé-je en me tenant les côtes, hilare.

J'en connais une qui a clairement besoin de s'envoyer en l'air ce soir. Voilà pourquoi je les aime. Elles sont tout autant ravagées que moi. J'ajoute un dernier GIF dans la conversation. Celui d'une fille dans *Coyote Girl* en train de danser sur le bar. Il y a fort à parier que je ressemble exactement à elle dans quelques heures. Je me glisse dans une fine robe blanche en gaze de coton et le tissu ondule au-dessus de mes genoux. Elle fera parfaitement l'affaire pour ce soir. Une vive douleur se répercute dans mes cuisses lorsque je me baisse pour enfiler mes fidèles baskets à paillettes.

— Satané entraînement de krav maga, ruminé-je en massant mes muscles encore endoloris par la séance de la veille.

Ma main joue nonchalamment avec mes cheveux pour donner de la souplesse à mes boucles qui retombent en cascade dans mon dos. D'une légère pression sur la glace, j'éteins le néon ovale autour du miroir. Avant de quitter ma chambre, j'attrape au vol une veste en jean posée sur mon lit. Je l'emporte toujours avec moi. C'est un cadeau de Dario, mon entraîneur de boxe et ami d'enfance. Elle est vintage avec une tête de loup peinte à la main dans des teintes violet et indigo au dos. Je l'enfile en dévalant les escaliers à toute vitesse lorsqu'une voix grave résonne derrière moi. Mes jambes se figent et je serre mes poings le long de mon corps. Les grandes portes de l'hôtel particulier me renvoient le reflet d'Andréa. Un des hommes de main de mon parrain. Une fouine qui ne peut pas s'empêcher d'épier le moindre de mes mouvements.

— Mademoiselle Changretta, persifle-t-il à mon attention. Tâchez de faire attention à vous et de ne pas provoquer de bagarre cette fois-ci !

Je mordille ma lèvre inférieure pour ne pas lui dire d'aller se faire foutre. J'inspire longuement par le nez avant de pencher ma tête au-dessus de mon épaule. Je ne lui ferai pas le plaisir de me retourner pour le saluer.

— Bonne soirée Andréa, articulé-je avec une pointe de dégoût dans la voix.

Plutôt me faire rouler dessus que lui donner la satisfaction de voir mon visage agacé par ses avertissements. Je me bats si je veux d'abord. Surtout que pour ma défense, ce n'était pas de ma faute la dernière fois. Une lueur narquoise brille dans mon regard lorsque j'aperçois à nouveau sa silhouette dans la vitre. Une main sur son arme, il se tient face à la porte, prêt à ouvrir le feu. Peut-être que le cowboy en chemise n'a pas eu le mémo, mais personne ne s'oppose au puissant Barthélémy Changretta. Aucun homme ne s'est dressé contre lui ou sa famille depuis dix-sept ans. Il a repris l'empire de mes parents, et seule sa loi compte. Je soupire et mes yeux roulent dans leurs orbites. La seule chose qui pourrait m'agresser, ce sont ces maudites roses et leurs épines acérées. Elles menacent mes joues à chaque fois que je m'extirpe de cette forteresse. Sans perdre une seconde de plus, je pousse les lourdes portes pour rejoindre le semblant de liberté surveillée qui m'attend. Assise à l'arrière de l'imposant Range Rover noir, je laisse mon regard s'égarer de l'autre côté de l'épaisse vitre teintée et blindée. Un silence de plomb règne dans la voiture alors qu'elle se faufile dans la circulation new-yorkaise. Nous n'échangeons aucun mot pendant le trajet avec Leandro.

Mon chauffeur et *garde attitré*.

Ou plutôt l'ombre qui colle à la semelle de mes baskets depuis des années.

Les paysages urbains défilent à vive allure alors que le véhicule se fraie un chemin à travers les rues les plus fréquentées de Manhattan. Je m'étonne toujours de voir autant de touristes dans ces lieux, peu importe l'heure de la journée. J'ai perdu l'émerveillement que l'on peut ressentir en observant Central Park ou le Rockefeller Center. La circulation s'intensifie devant Times Square et sur la Sixième Avenue. Je m'agite sur mon siège, impatiente de pouvoir sortir de là. En tant qu'unique héritière d'une puissante famille de la mafia sicilienne, je ne dispose que de très peu d'indépendance : elle se résume à quelques pas, seule, dans le quartier de Greenwich Village. Après de longues minutes interminables, Leandro arrête le SUV à l'entrée d'une rue étroite. Sans un merci, je claque la porte derrière moi. Cela fait des années que j'ai cessé de faire semblant d'être reconnaissante quand ça sonne faux.

Me voilà libre.

Certes pour quelques heures, mais je n'en louperai pas une seule seconde.

Je renverse la tête en arrière et entrouvre ma bouche pour inspirer l'air frais de cette fin de journée. Mes poumons se gonflent à en faire exploser ma poitrine, mais je m'en moque. Cette sensation est la meilleure qui soit.

Mes pas avalent avec frénésie la distance qui me sépare de mes drôles de dames. Je remonte le labyrinthe de rues jusqu'à notre repaire, ivre de toutes les sensations que me procure cette sortie hebdomadaire. Les effluves des premiers arbres en fleurs chatouillent mes narines et elles se mélangent avec finesse aux arômes des plats tout juste servis en terrasse. Mes enjambées suivent le rythme de la symphonie que créent les éclats de rire des artistes du quartier. Les murmures fébriles des passants insufflent en moi la magie des lieux. Bien que ce cocktail de sentiments aurait pu me déconnecter complètement de la réalité, mon instinct me crie de me tenir en alerte. Je dois féliciter mon intuition car une fausse note, presque imperceptible, interrompt cette merveilleuse mélodie. L'espace d'une fraction de seconde, une respiration se coupe, ne reprenant jamais sa place dans la partition jouée par la foule.

Je suis assoiffée de vivre, mais pas irresponsable.

Toute mon existence repose sur la protection des uns, et sur la convoitise de mon territoire par les autres. Je représente à moi seule *un droit, un pouvoir, une mainmise* sur cette ville. Mon allure ralentit pour que je puisse agir si la situation l'exige. Mes yeux se rétrécissent, étudiant chaque détail de mon environnement. Le souffle court, mon bras gauche s'allonge avec souplesse le long de ma jambe. J'effleure du bout des doigts le couteau attaché à ma cuisse, juste sous ma robe. Tout se mélange dans ma tête et mon cerveau surchauffe pour démêler le sac de nœuds que forment les différentes informations. Trop de temps vient de s'écouler pour qu'on essaie de m'assassiner. Même le sniper le mieux entraîné au monde aurait dû relâcher l'air dans ses poumons pour pouvoir presser sa gâchette. Non, quelqu'un a tout simplement arrêté de respirer.

Peut-être que pour une fois, Leandro a eu une certaine utilité.

Mes lèvres se pincent à l'idée de devoir quelque chose à ce crétin arrogant. Mais il est trop tard ou bien trop tôt pour que je torture mon esprit avec ce genre de réflexion. Je relève mon menton lorsque j'arrive devant deux immeubles anciens. Un seul escalier en bois massif sépare ces deux monuments empreints d'histoire. Cet incident ne me gâchera pas la soirée, me promets-je en silence avant de gravir quatre à quatre les marches. Un immense néon violet clignote au sommet d'une arche faite de branches, recouverte de fleurs mauve et bleu. Le *Midnight Sky* se tient devant moi, et comme à chaque fois, je savoure la vue spectaculaire que cette terrasse offre sur les toits. Le coucher de soleil tombe à l'horizon, suspendant le temps au-dessus du bar et enveloppant l'endroit d'un voile chaud et orangé. Seules les conversations animées ainsi que les éclats de rire brisent mon ardente fascination. Je suis attirée comme un aimant vers le fond du *rooftop*, un emplacement privilégié qui donne un accès à couper le souffle sur les hauteurs de la ville. Un sourire étire la commissure de mes lèvres lorsque je sens deux paires d'yeux brûlants braqués sur moi.

Ils brillent de la même lueur incandescente que les miens.

Celle qui caractérise la fureur de vivre.

Je fends la foule pour rejoindre mes amies à notre table. Nous formons un trio explosif. Mes deux complices m'accueillent chaleureusement en me serrant dans leurs bras. Mon visage s'illumine lorsque je découvre les trois boissons qui n'attendent que nous. Du vin rouge pour Kleofina, un whisky sans glace pour Meghann et un cosmopolitan pour moi. Mes jambes s'affaissent et je m'écroule dans le troisième fauteuil en fermant mes paupières.

— Tu crois qu'un jour tu vas être à l'heure ? se moque Kleo en prenant son verre.

— *La* meilleure pour la fin, c'est ce qu'on dit, non ? rétorqué-je en levant le mien pour porter un toast.

— Allez, bois ton cocktail, sinon je te promets que je vais le descendre cul sec pour m'avoir fait attendre une heure, m'avertit Meg en haussant les sourcils jusqu'à la racine de ses cheveux blonds.

Nos verres s'entrechoquent bruyamment pour trinquer à nos retrouvailles alors que le monde commence à affluer. Nos conversations couvrent la musique de fond et je dois lutter pour ne pas hurler de rire face aux derniers potins de la semaine. En écoutant attentivement leurs récits, je les observe en sirotant mon cosmo. Les lumières au-dessus de Kleofina subliment les nuances chaudes de sa peau. Ce délicieux métissage entre le Sénégal et le Brésil est à l'origine de ses jambes interminables, de ses magnifiques yeux noisette en amande et de ses somptueuses boucles noires qui tombent sur ses épaules. Au-delà d'être une belle femme, c'est surtout une brillante avocate, propriétaire de son propre cabinet à seulement vingt-huit ans. Kleo pulvérise chacun de ses adversaires sans leur laisser la moindre chance.

Mon regard pétille au moment où Meghann nous fait part de son nouveau *crush* sur un agent de la CIA. Ça ne m'étonne pas d'elle. Avec son charisme, elle les fait tous tomber à genoux devant elle. Du haut de son mètre soixante, elle hypnotise tous ceux qui plongent dans ses yeux bleus. Mais si elle a l'air d'un ange, il ne faut pas se fier aux apparences. C'est une redoutable négociatrice qui obtient toujours ce qu'elle convoite. Dans son lit comme dans ses affaires. C'est la fille du P.-D.G. de McAnders Motor, l'entreprise d'armement la plus célèbre des États-Unis. Et elle dirige à elle seule la branche européenne. Entre leurs gloussements et leurs histoires rocambolesques, un voile sombre glisse sur mes yeux. Il trahit ma culpabilité et la nécessité de leur mentir.

Ces femmes n'ont aucun secret pour moi.

Alors que moi, *j'en ai des tas.*

Ils sont de ceux qui font froid dans le dos et empêchent les gens de dormir la nuit. Peu importe où je me trouve, je porte un masque pour camoufler ma véritable identité. Pour elles, je travaille au FBI comme agent de liaison sous les ordres de mon père. Mais en réalité, je suis la fille adoptive de Barthélémy Changretta.

Mon parrain est *l'homme le plus puissant de la mafia* new-yorkaise.

Son travail comme patron du FBI est une couverture lui permettant de mener les affaires du clan sans être inquiété par la loi. Toute trace des Luciano a subtilement été effacée de l'histoire pour qu'il puisse me protéger. Il me garde sous sa tutelle depuis la nuit où mes parents ont été exécutés, ainsi que tous les membres de notre clan. J'aurais pu m'émanciper il y a des années. Ou plutôt essayer de le faire.

Sauf qu'on ne quitte jamais l'organisation.

En tout cas, *pas vivant.*

Encore moins lorsqu'on est la fille qui détient entre ses doigts *le pouvoir* de Rachel et Renato Luciano.

Mais je reste aussi car j'ai besoin de sa protection. Si les Changretta rendent ma vie impossible, c'est parce que la nuit où Alessio Grimaldi a perdu la vie en détruisant nos familles, il a permis à ses trois fils et sa femme de s'enfuir. Depuis, sa descendance représente une menace grandissante. Après leur exil, ils ont reconstruit leur empire déchu en Californie, exterminant tous ceux qui se sont opposés à leur retour. Nous savons tous qu'un jour, ils reviendront pour finir le travail de leur père. Ils enverront leur arme la plus redoutable après moi.

Une légende tapie dans l'obscurité.

Un monstre cruel et sanguinaire.

Un homme qui empêche les pires criminels de ce monde de trouver le sommeil.

Celui que l'on appelle le Fantôme, le cauchemar qui hante toutes mes nuits.

CHAPITRE DEUX

Théa

New York

MIDNIGHT SKY, GREENWICH VILLAGE

— Vous ne devinerez jamais ce que je me suis offert pour ma dernière victoire, susurre Kleofina, une lueur espiègle dans le regard.

Les étoiles qui brillent de mille feux au-dessus de nous rivalisent avec celles qui pétillent dans ses yeux. J'avale de travers à son annonce, et je tousse, cachée derrière mon poing. Ce n'est pas la peine de me coller un garde du corps aux fesses lorsque le plus grand des dangers pour ma survie, c'est *moi*-même. Une liste imaginaire se déploie dans mon esprit et je coche mentalement chaque détail physique que je connais déjà. Le front plissé et l'air suspicieux, je scanne son corps de haut en bas. Rien à déclarer sur son visage. Encore moins sur ce que laisse entrevoir sa robe. Et Dieu sait qu'elle laisse deviner tout un tas de choses. Je mords ma lèvre inférieure, déçue de ne rien trouver de visible. Dans mon cerveau, plein de suppositions se bousculent, si bien qu'elles pourraient rivaliser avec les bouchons de Times Square en pleine heure de pointe. J'élimine rapidement tout ce qui est matériel, elle n'aime ni les sacs ni les voitures. Peut-être un nouvel appartement ?

Évidemment, cingle la petite voix sournoise qui s'amuse à me mener la vie dure dans ma tête. *Enfin Théa, réfléchis, qui se séparerait d'un penthouse aussi fabuleux que le sien ? Personne !* Je remercie en silence Meghann qui se lance la première et fait taire ma conscience.

— Je suis sûre que c'est quelque chose à un endroit improbable, conspire-t-elle à voix basse en appuyant ses coudes sur la table.

— Peut-être bien que tu chauffes Blondie, ronronne Kleo en faisant rouler les mots sur sa langue. Et toi Théa, tu n'as rien à dire ? Tu es longue à la détente pour la crème de la crème du FBI, me provoque-t-elle en haussant les sourcils.

Ma tête se renverse en arrière et un éclat de rire secoue ma poitrine. Nous commençons donc les hostilités. Je serai ravie de lui renvoyer l'ascenseur quand elle sera à bout de souffle sur la piste de danse.

— Tu tiens à ce point à ce que je te passe les menottes ? répliqué-je en lui adressant un clin d'œil aguicheur.

— Toi non, mais un de tes génies du département informatique, pourquoi pas… En attendant que tu m'en présentes un, quel est ton pronostic ?

— Je ne suis pas une agence matrimoniale et à vous deux, vous avez déjà épuisé la liste de potentiels amants que je vous ai concoctée, les sermonné-je en les pointant tour à tour avec mon index. Mais puisque tu insistes, je mets un billet sur un piercing Néfertiti[1] !

---

1. Un piercing Néfertiti est un piercing génital féminin qui est une combinaison de piercings clitoridiens.

Elle me coule un regard en biais et joue de manière obscène avec ses sourcils. Je dois mordre l'intérieur de ma joue pour ne pas à nouveau me tordre de rire. Meghann est suspendue à ses lèvres, le menton appuyé sur ses paumes de mains. Nous avons déjà évoqué les piercings génitaux lors d'une soirée mondaine particulièrement ennuyeuse. Cela s'est terminé en spéculation sur les secrets que les invités, tous plus guindés les uns que les autres, pouvaient dissimuler sous leurs vêtements. Mon petit doigt me dit que les deux fabuleuses déesses devant moi en ont découvert certains cette nuit-là. Kleofina maintient le suspense à son comble, en faisant tournoyer son vin dans son verre.

— Qui te dit que je n'en ai pas déjà un, mademoiselle l'enquêtrice ? Mais non, ce n'est pas ça ! J'ai réalisé mon fantasme, murmure-t-elle en se rapprochant de la table.

— Tu as…, commence Meghann avant que la principale intéressée ne la coupe.

— Non, pas celui auquel tu penses, gronde-t-elle en portant un doigt devant sa bouche. J'ai enfin trouvé quelqu'un qui a réussi à me botter les fesses !

Meg recrache son whisky dans son verre alors que mes yeux s'écarquillent comme des soucoupes.

— Tu as fait quoi ? hoqueté-je en insistant sur chaque syllabe.

— Je me suis fait tatouer une santiag sur la fesse gauche, chuchote Kleofina en désignant du bout des doigts son postérieur en équilibre sur le fauteuil.

Son autre main glisse sur l'écran de son téléphone pour dévoiler une photo de son tatouage. Il s'agit d'une petite santiag, typiquement américaine, tatouée à l'encre noire.

Ma mâchoire se déboîte sous la surprise et je jette un coup d'œil à terre pour vérifier qu'elle ne gît pas sur le sol.

Me voilà rassurée, tout est encore bien rattaché à mon corps.

Sans blague, ironise la rabat-joie dans ma tête.

Je la chasse aussi vite qu'elle est arrivée. Ce tatouage n'est pas seulement super mignon, il est surtout très symbolique. Personne n'a jamais réussi à botter le cul de Mademoiselle Jones. C'est la meilleure avocate de toute la ville. Elle n'a jamais perdu une affaire.

— C'est ma nouvelle botte secrète, assène Kleo tandis qu'un immense sourire illumine son visage.

— Elle est dingue, j'adore ! s'écrie Meg en lui arrachant le téléphone des mains pour le regarder de plus près.

Sans nous concerter, nous éclatons de rire en même temps. Ce tatouage, c'est tout elle. Complètement fou, décalé, et avec un sens caché dévastateur ! Nos conversations reprennent de plus belle une fois que le calme est à nouveau revenu. Meghann nous fait le récit de sa dernière anecdote concernant sa vie sexuelle lorsque mon corps me brûle. Je m'agite sur ma chaise, alors qu'une sensation de chaleur remonte lentement le long de mon dos. Ma respiration se bloque dans ma gorge au moment où je devine que l'on m'observe. Un regard perçant est braqué sur moi. Il m'épie et tente de se frayer un chemin sur ma peau. Tous mes muscles se tétanisent malgré moi. Je perds le contrôle de mon corps et de mon sang-froid en essayant de débusquer ces deux yeux qui me déstabilisent et m'intriguent. J'attrape au vol un serveur qui passe derrière moi pour trouver un prétexte afin de me retourner. Je balaie l'ensemble de la terrasse alors que je lui passe une nouvelle commande sans vraiment lui prêter attention.

J'inspire par le nez et enfonce mes doigts dans mes cuisses pour éviter de grimacer lorsque je ne trouve rien ni personne de suspect. Nous sommes trop haut pour que le danger soit au-dessus de nous. L'endroit surplombe tous les toits de la ville sur plusieurs kilomètres à la ronde.

Et l'entrée de ce bar est réservée à une clientèle triée sur le volet, validée uniquement par les membres du clan Changretta. Devon, le patron, a conclu un pacte avec Barthélémy il y a de ça des années. Il n'a aucun intérêt à le trahir, vu tout l'argent que lui rapporte le Midnight Sky. Un goût amer se distille sur ma langue au moment où je constate que le travail a encore une fois été bien fait. Chaque visage m'est familier. Cela veut dire que quelque chose m'échappe et que quelqu'un se joue de moi en beauté. Je fais un bond sur ma chaise lorsqu'une main s'agite devant mes yeux plissés.

— Hé, Changretta, tu as vu un fantôme ? Tu es blanche comme un linge, m'interpelle Meghann avec une moue contrariée. Tu n'écoutes rien de ce que je raconte depuis tout à l'heure, si je t'ennuie, tu n'as qu'à le dire !

Je me tortille, mal à l'aise, au moment où elle prononce le mot *fantôme*. Une douleur vive noue mes entrailles violemment. Pour les filles, c'est un terme banal, *presque enfantin*.

Pour moi, c'est le surnom de celui qui hante mes nuits.

L'homme que je traque en vain depuis toutes ces années.

Le nom dont on se sert pour parler de *Nathanaël Grimaldi*. Le fils cadet d'Alessio Grimaldi, le meurtrier de mes parents. C'est un criminel sombre et dangereux qui abandonne derrière lui des centaines de cadavres. Une ombre qui surgit de l'obscurité pour éteindre toute trace de lumière dans les yeux de ses ennemis. Mon sang pulse à toute vitesse dans mes veines, presque trop étroites pour le contenir. Je me force à gonfler mes poumons d'air et ma cage thoracique étire péniblement ma poitrine. J'encaisse l'élancement cuisant sans sourciller pour camoufler mon trouble auprès de mes amies. Ce n'est pas le moment de craquer et de glisser vers un sujet que je me refuse d'aborder.

— On se détend Harley Quinn, lui suggéré-je avant d'interposer mes mains entre nous pour faire retomber la pression. Je suis justement en train de t'imaginer faire la tournée des cliniques séniors pour trouver ton futur fiancé ! À ce rythme-là, tu devrais proposer à ton père de rajouter une branche, prothèse de hanche ou Viagra, à son portefeuille de produits, la piqué-je avec une pointe de sarcasme dans la voix.

C'est déloyal.

Je suis une vraie garce.

Mais c'est la seule manière que j'ai trouvée pour me sortir de là.

L'arrivée du serveur avec nos commandes m'offre quelques secondes de répit. Je le remercie avec un peu trop d'entrain pour esquiver le regard meurtrier que me jette Meghann. Il ne s'attarde pas à notre table, conscient qu'il interrompt une querelle entre filles. Tout le monde sait que ce sont les plus terribles. Il fuit aussi vite qu'il peut le champ de bataille, emportant les verres vides avec lui. Tant pis pour sa lâcheté, je veux bien être indulgente avec lui puisqu'il a subtilisé les potentielles armes sur la table. Meg ne gâchera jamais du whisky. Sauf que sans son précieux liquide ambré à l'intérieur, elle serait capable de briser le verre pour blesser quelqu'un.

En l'occurrence moi.

Je sais qu'elle ne me trancherait pas la carotide, elle m'aime trop.

Mais me crever un œil sous le coup de la colère, ça, c'est dans ses cordes.

— Premièrement, je te signale qu'à quarante ans, on est loin de la maison de retraite, et qu'en attendant moi, au moins, je m'envoie en l'air, siffle-t-elle, énervée, les narines dilatées. Ça te ferait peut-être du bien d'essayer de temps en temps, il paraît que ça rend plus aimable !

Touché.

Balle au centre.

Ou plutôt : *en plein milieu de la cible.*

C'est de bonne guerre. Surtout que je suis prête à parier qu'elle est bien plus fâchée par le fait de ne pas avoir fini de nous raconter son expérience rocambolesque avec son nouvel amant plutôt que par ma remarque.

— D'accord, d'accord, je m'excuse, m'amendé-je en levant les mains vers le ciel en signe de reddition. Qu'est-ce que tu disais à propos de ce fameux *date* clandestin dans les bureaux du FBI ?

Meghann n'est pas rancunière, du moins pas envers nous. Et la voilà repartie de plus belle dans ses explications. Je serre les dents pour essayer de maintenir mon attention sur ce qu'elle raconte, mais tout ce qu'elle dit s'évapore dans les airs. Je suis incapable de me concentrer. Ma nuque me picote. Chaque parcelle de ma peau s'embrase et je me mords la langue pour ne pas jurer à haute voix. L'intensité du regard que je sens sur moi me rend folle. Mes doigts agrippent si fort ma chaise que j'en ai la nausée. Si ça ne tenait qu'à moi, je serais déjà en train de fouiller chaque recoin pour mettre la main sur l'enfoiré qui m'observe. Qui peut bien être ce satané *stalker* ?

Tu te poses encore la question, me nargue ma conscience et je siffle entre mes dents pour ne pas lui dire d'aller se faire voir. Bien sûr que je sais.

Seules les ténèbres peuvent se cacher ainsi dans l'obscurité.

Le Fantôme est là.

Tapi dans le noir comme un prédateur, prêt à bondir sur sa proie.

Nous avons un compte à régler, lui et moi, mais je veux pouvoir le battre à la loyale. Je désire que la dernière chose qu'il voit avant de mourir soit mon visage. Qu'il puisse contempler la lueur de vengeance qui brille dans mes yeux. Je refuse de le laisser me poignarder dans le dos comme son père l'a fait avec notre clan.

Ce combat se mènera selon mes règles, pas selon celles des Grimaldi.

Un orage tumultueux éclate dans ma tête et toutes mes pensées s'emmêlent. *Comment peut-il embraser mon corps sans même m'effleurer ?* Je rumine, piégée par ces flammes imaginaires que je ne peux éteindre. Les mots de mes amies résonnent au loin et je dois me faire violence pour sortir de ma torpeur. Tout est incohérent. Les phrases se mélangent dans mon esprit et je n'arrive pas à leur donner du sens. Puis c'est la douche froide. Mon sang se glace dans mes veines.

— Attends Meg, t'es en train de dire que tu as vu Barthélémy à poil ? reformule Kleofina, la bouche ouverte avant de glisser un coup d'œil dans ma direction.

— Quoi ? m'écrié-je, stupéfaite par ce que je viens d'entendre. Comment ça a pu arriver, tu m'expliques une seconde ? lui demandé-je, prête à la secouer pour qu'elle parle.

— Hé, ne m'attrape pas par le col de ma veste, ce n'est pas ma faute, s'agace-t-elle avant de reprendre son récit. Puisque de toute évidence tu n'as encore rien écouté, je recommence. Je disais donc que je faisais une petite gâterie à Mark dans les vestiaires de la piscine quand on a entendu du bruit. J'ai dû partir en vitesse pour ne pas me faire griller et…

— Non mais je m'en contrefous de ça, à quel moment tu t'es retrouvée avec mon père nu ?

Barthélémy n'est pas mon père. Enfin, *pas vraiment*. Mais pour elles, c'est tout comme.

— Je tiens quand même à préciser pour ma défense qu'il était le seul de nous deux sans vêtements, se justifie-t-elle en se dandinant maladroitement sur son siège.

— Purée Meghann, accouche par pitié, l'imploré-je en fermant mes paupières pour chasser l'image de mon parrain le macaroni à l'air.

— Bah… Je me suis trompée de porte et au lieu de quitter les vestiaires, je me suis retrouvée face à ton père nu comme un ver sous la douche.

Bon sang, j'aurais aimé être une petite souris pour voir la réaction de mon parrain. Je me frappe mentalement à cette idée.

Non, je n'aurais pas voulu voir ça. Vraiment pas.

— Et lui, il t'a vue ? demandé-je en pinçant mes lèvres pour ne pas rire en observant mon amie se décomposer sous mon regard.

— Non seulement il m'a vue, mais en plus tu ne devineras jamais le tatoua…

— Bon, mesdames, il est temps d'aller me montrer vos progrès sur la piste de danse, coupe Kleofina en volant à ma rescousse.

J'articule un merci silencieux à ma botteuse de fesses préférée. Je refuse d'en entendre plus sur son anatomie et sur ce qu'il a de tatoué dessus. Les premières notes d'un mix entraînant envahissent l'air et les décibels grimpent rapidement. Pour ne pas faire attendre les filles, je bondis de ma chaise et porte mon cosmo à mes lèvres afin de l'avaler cul sec. Je titube en arrière au moment où le reste de la vodka brûle ma gorge. Je ne vacille pas à cause de l'alcool, non, c'est plus profond que ça. Un incendie me ravage si soudainement que ma tête tourne. Je cramponne mes doigts autour de mon verre en jurant à voix basse. Mon intuition ne se trompe jamais. Et elle me crie de rester sur mes gardes. Ce salaud de Grimaldi est *réellement là*.

Seul un monstre comme lui peut être capable de raviver les pires blessures de mon âme. Le DJ remixe *Say Yes to Heaven* de Lana Del Rey et je me laisse porter par les paroles. Bien sûr qu'il m'observe. C'est évident maintenant.

I've got my eye on you

Say yes to Heaven

If you go, I'll stay

You come back, I'll be right here

Like a barge at sea

In the storm, I stay clear

'Cause I've got my mind on you

I've got my mind on you

Mon corps tremble sous l'intensité du feu qui le mord à pleines dents. La douleur qui se glisse sous ma peau est si vive que j'ai l'impression de vivre une combustion spontanée. Je rejette ma tête en arrière pour inspirer, la bouche entrouverte, un peu d'air frais. Au fur et à mesure que mes poumons se gonflent d'air, je reprends mes esprits. Je ne me laisserai pas intimider par un fantôme. J'ai déjà survécu à l'enfer. Et peu importe les flammes qui s'enroulent autour de moi, elles ne seront jamais aussi puissantes que celles que j'ai dû combattre par le passé. Je vais donner une bonne raison à ce taré de me regarder. Il va pouvoir s'en mettre plein les yeux.

Comme tous ceux qui t'entourent, grommelle ma conscience, mais je ne l'entends plus. Seule la musique trouve une oreille attentive et je la laisse me bercer. Mes hanches ondulent de manière lascive au rythme des mélodies et je m'abandonne à la sensation de liberté que me procure chaque sonorité. Des mains agrippent ma taille et mon dos cogne contre le torse d'un inconnu. Je le laisse découvrir les courbes de mon corps alors que je bouge plus sensuellement sous son contact. Sauf que ce n'est pas *lui* qui m'enflamme comme une torche humaine. Je m'en aperçois au moment où quelque chose étouffe les braises qui crépitent au fond de mon âme. Un trou béant se forme dans ma poitrine et je frissonne, gelée.

L'absence de son regard me glace les os.

Une colère sourde m'emplit à cette réaction. Ma propre chair est une traîtresse avec un très mauvais sens de l'humour. Le vide qu'il laisse me trouble et je tâtonne à l'aveugle dans la foule pour retrouver mon équilibre. Je chasse l'inconnu qui s'accroche avec un râle de désespoir à moi. Mais je suis trop rapide et je m'éclipse avant qu'il ne puisse me suivre. Dommage pour lui, il n'a été qu'un pion dans le jeu que je viens de perdre contre ce maudit *stalker*. Les visages de mes deux amies s'illuminent lorsque je réapparais à leurs côtés. Nous quittons les lieux au moment où l'aube pointe le bout de son nez. Sur le chemin du retour, je déglutis péniblement, avalant les cendres de ma défaite avec ma salive. J'ai peut-être perdu un combat, mais pas la guerre. Je sais qu'à présent, ce n'est qu'une question de temps avant que l'affrontement entre le Fantôme et moi éclate.

Et ce jour-là, je me le promets, je me vengerai.

Car mon histoire comporte peut-être de nombreux chapitres, mais aucun ne parle de pardon.

CHAPITRE TROIS

Théa

New York

HÔTEL PARTICULIER DE LA FAMILLE CHANGRETTA

Des mains invisibles encerclent ma gorge.

Mes doigts griffent les ténèbres qui m'enveloppent. Mes dents se plantent dans des bras faits de fumée et mon cœur tombe à une vitesse vertigineuse dans le néant. Je me réveille en sursaut, aveuglée par les premières lueurs du jour. Mon front brûlant contraste avec la froideur de ma chambre. Je suis incapable de clore à nouveau mes paupières. Trop de cauchemars se cachent derrière. En plus des monstres sous mon lit, ma tête en abrite des centaines. J'inspire en comptant jusqu'à cinq pour calmer mon rythme cardiaque et faire retomber la pression sanguine dans mes veines. Mes jambes se tendent au point de se briser lorsque je me glisse hors du lit. Je grommelle à voix basse alors que mes mains massent mes muscles endoloris. Cela fait des années que je ne sais plus dormir.

Depuis que j'ai vu *le sang de notre ennemi* sur la chemise de mon parrain.

Dès l'instant où *le sang d'un de nos hommes* a taché mes propres vêtements.

À chaque fois que je ferme les yeux, je me noie dans un torrent écarlate. Je sombre sans pouvoir revenir à la surface. C'est une longue agonie qui me ronge et me dévore sans répit.

Nous tuons.

Avec ou sans raison.

Que nous le voulions ou non.

Puisque c'est la loi de l'organisation.

Je tâtonne, hagarde et vacillante, dans le couloir qui mène à la salle de bains. Mes mains moites de sueur glissent sur les murs. Je grimace lorsque la luminosité du néon ovale m'agresse. Quelle ironie d'avoir peur du noir et de ne pas être capable de faire face à la lumière ! Les secondes s'égrènent avant que mes pupilles s'habituent à l'éclairage éblouissant de la pièce. Je scrute mon reflet dans le miroir et ma bouche se tord de dégoût. Des cernes violets marbrent la fine peau sous mes yeux, et un voile terne assombrit mon visage. Je n'ai pas assez dormi. C'est indéniable et je me paie une sale tête. J'ai besoin d'eau froide et d'un shoot de caféine. Les bretelles de ma robe de nuit en satin glissent sur mes épaules et le tissu finit en boule à mes pieds. Je me précipite sous la douche, actionnant à la hâte le jet d'eau glacée. Mes lèvres se pincent pour retenir un gémissement sous la morsure de l'eau froide. Je reste là, immobile, pendant de longues minutes. La douleur fait place à la sérénité et je la laisse m'emporter, essayant de laver mes tourments. J'ai besoin de plus. Je dois les éloigner, les chasser, faire taire les rugissements qui grondent dans ma tête.

Je bondis hors de la cabine et attrape des vêtements de sport dans mon dressing, une brassière et un short de boxe noirs. Mes doigts nouent avec rapidité mes cheveux en une longue tresse. J'enfile un sweat à capuche par-dessus ma tenue et ramasse rapidement mes affaires. Une odeur de café chatouille mes narines lorsque je m'approche de la cuisine. Je me fige et mes doigts se crispent sur les poignées de mon sac d'entraînement, mes phalanges blanchissent sous la pression. Cela fait moins de vingt minutes que je suis réveillée et pourtant tout le monde est déjà au courant de mes allées et venues. La gouvernante est si absorbée par la préparation du petit déjeuner qu'elle ne me remarque pas. J'étouffe, à l'étroit dans cette prison dorée, incapable de vivre normalement. Je suis constamment sous surveillance, et ça aussi, je n'en peux plus. Je coule un regard en biais vers la fenêtre qui donne sur la rue et l'agacement monte en moi. Leandro attend, fidèle au poste, devant l'hôtel particulier. J'enrage de ne pas pouvoir respirer dans cette maison sans que la terre entière le sache.

Mes talons pivotent dans le sens opposé, tant pis pour le café. Je me débrouillerai sans. J'ai un besoin plus urgent. Celui de libérer toute la haine qui m'envahit et comprime ma cage thoracique. Je me presse de quitter cette foutue forteresse. Mes yeux sont rivés sur le sol lorsque je dépasse le garde posté en face des portes, je n'ai aucune envie de feindre la moindre politesse ce matin. J'agrippe la poignée du SUV noir et ouvre la porte si fort que je manque de tomber à la renverse. Sans aucun bonjour ni sourire, je m'installe à l'arrière du véhicule.

— *La Fragua*, ordonné-je d'une voix tranchante.

Il démarre sans m'adresser un regard ni une seule parole. Lui non plus ne fait plus semblant. Je me demande encore comment nous pouvons rester dans le même espace clos sans nous étriper. C'est le sang d'un de ses cousins qui a servi d'encre indélébile pour tatouer une empreinte pourpre sur mon âme.

Je ne lui ai jamais pardonné de *ne pas m'avoir protégée*.

Il ne m'a pas pardonné de *l'avoir tué*.

Ma respiration siffle entre mes dents à ce souvenir douloureux. Je déteste ces hommes, je hais ce monde du plus profond de mon être. Ces brutes sont censées veiller sur moi, et pourtant elles pourraient m'égorger sans remords pour avoir touché à l'un des leurs, alors que je n'ai fait que me défendre. Mais quand on est une femme, ça n'a pas d'importance pour les Changretta. Je bondis hors de la voiture sans me retourner lorsque le moteur du Range Rover se coupe. Mes jambes avalent à grandes enjambées les mètres entre la rue et la résidence en face de moi. Un poids tombe de mes épaules au moment où je franchis les portes. Je ne suis qu'à quelques mètres de mon échappatoire. Mon dos se raidit tandis que le nom du clan résonne dans les airs.

— Bonjour, mademoiselle Changretta, me salue le concierge, le visage illuminé par un grand sourire. C'est une superbe journée pour profiter de la vue et de la salle !

— Merci, Gérald, je vous souhaite une belle matinée également, déclaré-je en hochant la tête par politesse.

J'ai beau détester notre monde et ceux qui le peuplent, certains méritent plus mon respect que d'autres. Je me faufile dans l'ascenseur et mes doigts pressent nerveusement le bouton. Cet endroit abrite mon eldorado. *La Fragua*[2], une salle de boxe privée que Dario a ouverte il y a cinq ans. L'ascension jusqu'au cinquante-septième étage me semble interminable. La pression qui me prend en étau s'évapore au moment où les portes en acier s'ouvrent sur le penthouse entièrement vitré. Ce lieu est exclusivement fréquenté par les hommes du clan et quelques criminels en col blanc. Sauf qu'à cette heure-là, un samedi, aucun d'entre eux n'est jamais là. Ils font la fermeture des clubs clandestins et ils finissent leur nuit dans les draps de femmes dont ils ne connaissent même pas le nom. Dario a aménagé la salle à son image, avec simplicité et sobriété, laissant place à

2. *Fragua* signifie « forge » en espagnol.

l'essentiel : l'entraînement. Un imposant ring noir trône au centre de la pièce, surgissant comme un volcan du sol en béton brut. Des sacs de frappe en cuir brun sont accrochés aux épaisses poutres noires en métal du bâtiment. La vue est à couper le souffle grâce aux immenses baies vitrées qui bordent tout l'espace. Elles permettent à la lumière d'inonder la salle et offrent un panorama incroyable sur le fleuve et les gratte-ciels de Manhattan.

Un sourire franc étire la commissure de mes lèvres quand j'aperçois la silhouette de Dario. Il est tout ce qu'il me reste de mon passé. Nous avons grandi ensemble de nos deux à huit ans. Ses parents ont rejoint le clan des Luciano lorsque son père a quitté la Colombie pour rejoindre New York. C'était l'homme de main du mien. Malheureusement, la nuit du 28 novembre, aucun d'eux n'a survécu. Par je ne sais quel miracle, Barthélémy a accepté que nous continuions à nous fréquenter. Il a effacé le passé de Dario et l'a envoyé grossir ses rangs. Mon ami d'enfance est le seul à pouvoir m'aider à canaliser ma colère. Il est mon repère dans la tempête. Des sillons creusent son front lorsqu'il m'observe à travers ses cils. Il n'est pas dupe, si je débarque un samedi matin, c'est que je suis sur le point d'exploser.

— Mets tes gants ma grande. Je suppose qu'on discutera après ? me lance-t-il en grimpant sur le ring.

J'acquiesce d'un hochement de tête, reconnaissante. C'est un vrai soulagement de ne pas devoir me justifier avec lui. Il me connaît par cœur et il sait qu'à cet instant, je ne veux pas parler. Je désire seulement encaisser et rendre les coups. Mes doigts agrippent le bas de mon sweat et il vole à mes pieds. Je surprends le coup d'œil appréciateur de Dario sur mon nouveau tatouage. Une corneille, dessinée à l'encre noire sur mes côtes. J'ai toujours aimé cet oiseau. Parce qu'il est intelligent et capable d'attaquer ses ennemis sans la moindre hésitation. C'est ainsi que je veux combattre le Fantôme, avec ruse et sans peur. Je l'ai fait graver sur ma peau pour me souvenir éternellement de ce mantra. Je ne plierai pas le genou, même devant la mort. Je l'affronterai la tête haute et je m'en sortirai. Le regard insistant de mon ami pèse sur moi et je me mords la lèvre inférieure, retenant mes mots. Je ne peux pas lui en donner la signification, car il dirait ce que je n'ose pas formuler à voix haute.

Je me suis fait tatouer *un symbole*.

Celui de *mon obsession pour le Fantôme*.

Et même si nous lui vouons une haine commune, Dario ne comprend pas pourquoi cet homme est l'objet de toutes mes pensées. Pour lui, mon désir de vengeance va me mener tout droit dans la gueule du loup et il refuse de l'accepter. Alors que tout mon être, lui, réclame d'approcher les crocs de Nathanaël Grimaldi et de les lui arracher. J'enfouis cette idée le plus loin possible dans mon esprit. J'enfile mes gants et bondis à ses côtés, prête à en découdre.

— Pas de coups retenus, le premier qui tombe ou qui déclare forfait perd, ça te va ? énoncé-je en sautillant sur place pour échauffer mes muscles.

— J'ai toujours adoré te faire mordre la poussière, persifle-t-il, une lueur animale dans le regard.

Ses genoux se plient et je l'imite en portant ma garde à mon visage. Dario est intraitable sur un ring. Passé les cordes, aucune amitié ne compte. Je recule pour prendre possession de l'espace en gainant mes abdominaux. Nous nous tournons autour pendant de longues secondes, chassant le sol sous nos pieds. À l'instant où j'entrevois une faille dans sa défense, je fonds sur lui en le frappant avec agilité et vitesse. Chaque coup est précis et j'utilise toute ma ruse pour essayer de le désorienter. Je sais qu'il est plus fort et plus grand que moi, et lorsqu'il encaisse la frappe de mes poings sans sourciller, je sais que sa riposte va faire mal. Il abat sur moi une pluie de crochets successifs et je tangue en arrière. Notre affrontement est brutal, sans demi-mesure et j'ai la tête qui tourne. Je ne peux pas l'attaquer sur son terrain de prédilection : son truc à lui, c'est la puissance. En revanche, je suis beaucoup plus rapide, alors je danse sur la pointe des pieds pour le conduire au fond des cordes. Je frappe en apnée son torse pour l'affaiblir. Un frisson me parcourt l'échine quand un voile sombre durcit les traits de son visage et il s'engouffre dans la brèche que je viens de lui offrir. Il m'assène un direct du droit dans la joue gauche et des étoiles constellent mon champ de vision. Un goût de fer se distille sur ma langue et je recrache un filet de sang à mes pieds. Je titube en protégeant ma tête du mieux que je peux sous ses coups qui sont de plus en plus dévastateurs. Mon ego prend le dessus, je refuse de déclarer forfait si vite, j'esquive de justesse un crochet qu'il porte à mes côtes. Je profite de cet intervalle pour me replacer et lui adresser un uppercut dans la mâchoire. J'enchaîne les frappes contre son torse, puis je déplie ma jambe pour me lancer à l'assaut de ses tibias de façon à le forcer à se replier. Une vague d'incompréhension me gifle lorsque je découvre, les yeux écarquillés, qu'il ne se défend presque plus. Il encaisse sans rendre ce que je lui assène et une rage monstre déferle en moi. Je ne suis pas là pour être protégée. J'ai besoin qu'on me libère, qu'on me pousse à bout pour pouvoir aller mieux. Je chancelle sur le côté, lui laissant assez d'espace et une excuse pour se remettre au combat. La bile monte dans ma gorge et je serre les dents pour ne pas vomir sur le tapis lorsque ma respiration se coupe. Une douleur sourde me plie en deux et mon ventre se retourne dans une violente crampe qui me tétanise. Du plat du pied, il frappe mon estomac à trois reprises et ma vue se trouble. Mes jambes usées par l'adrénaline cèdent sous la pression. Je m'effondre sur le sol, incapable de me relever. Le souffle chaud de Dario se rapproche et il hésite, le bras en l'air, avant de décrocher le direct qui signera sûrement la fin du combat. Un rugissement presque animal s'échappe de ma bouche et mon esprit se déconnecte du reste de mon corps. Je ne vois plus, je n'entends plus et je ne ressens plus. Certains nomment ça l'« instinct de survie », moi j'appelle ça « éteindre son humanité ». Mes jambes s'enroulent sauvagement autour de ses hanches et le projette par terre avec surprise. Un râle lointain ne parvient pas jusqu'à mes oreilles alors que je grimpe à califourchon sur Dario. Mes bras ne sont plus que les outils de ma fureur. Mes mouvements sont frénétiques, désorganisés et violents. Mes poings cognent sur sa tête, et l'arrière de son crâne claque lourdement sur le sol. Je suis devenue une bête, prise dans la spirale infernale du combat. Le goût métallique du sang qui se répand sur ma langue déchaîne quelque chose de meurtrier en moi. Je suis complètement déconnectée de la réalité, ma raison tente de prendre le dessus sur ma rage, mais en vain. Dario n'est plus qu'une tache floue, je ne discerne plus ses contours et je me perds dans ma folie.

— Théa, me supplie-t-il en essayant d'attraper mes bras. Théa, arrête ! m'ordonne-t-il plus fort. THÉA ! PUTAIN, *SCOTTIE*, STOP ! hurle-t-il à pleins poumons, les yeux rivés aux miens.

J'émerge, désorientée par *ce surnom*. Personne ne m'a appelée ainsi depuis la mort de mes parents. C'était un truc qu'on avait avec mon père, une espèce de secret entre nous. Selon les médecins, je devais être un garçon, l'héritier légitime de son pouvoir. Mais la vie en a décidé autrement. J'ai donc hérité de ce second prénom à cause de ça. Une fois les portes de notre manoir fermées, Théa disparaissait et Scottie prenait vie. Pour lui, j'étais le futur de notre clan, peu importe mon genre. L'ombre de ce souvenir m'engloutit et le chagrin m'assaille. Mes épaules s'affaissent sous le poids du désespoir et de la peine. La pièce danse au rythme effréné des battements de mon cœur. Je suis en transe, flirtant avec les flammes de l'enfer. Mon bras flotte au-dessus de la tête de mon ami et le brouillard de mon esprit s'estompe. Je plonge dans ses pupilles noires, emplies de colère et d'inquiétude. Je vacille sur mes talons et me redresse en titubant. J'arrache mes gants de boxe avec mes dents et je m'écroule en avant. Mes doigts tremblants s'accrochent aux cordes devant moi et je ferme les yeux. Je n'ai plus rien à voir avec la princesse de la mafia que je suis censée incarner. Je ressemble plutôt à un monstre tout droit sorti d'une caverne. Un frisson court le long de ma colonne vertébrale lorsque Dario pose une main sur mon dos et me tend une serviette de l'autre. Lui aussi trébuche, encore sonné par nos échanges. Un hématome violacé fleurit sur son visage et je devine qu'il va écoper d'un bel œil au beurre noir.

— Je te laisse prendre le temps de te calmer et après tu vas m'expliquer ce qu'il t'arrive, gronde-t-il, la mâchoire serrée avant de se tenir les côtes en grimaçant.

Ma main attrape la serviette et j'éponge la sueur qui perle sur mon front. Haletante, je le suis du regard lorsqu'il s'éloigne vers le fond de la salle. J'inspire pendant cinq longues secondes, comme il me l'a appris pour faire chuter la pression. Le silence apaise mon système nerveux piqué à vif. Il caresse mon âme et l'invite à retrouver le chemin de la raison. Les bruits me parviennent à nouveau tandis que mon sang cesse de bourdonner dans mes oreilles. Les muscles de mes cuisses se décontractent et je saute hors du ring pour le rejoindre. Il désigne du menton le canapé en cuir dans lequel il est affalé, les jambes écartées et les bras en croix derrière la tête. Un sourire timide fleurit sur mes lèvres au moment où il dépose une bouteille d'eau devant moi. Même s'il est fâché et préoccupé, Dario ne cesse jamais de prendre soin de moi.

— Théa, ça fait vingt-quatre ans qu'on se connaît et je ne t'ai jamais vue perdre le contrôle. Qu'est-ce qu'il se passe ? m'interroge-t-il en haussant les sourcils et en étudiant avec minutie mes réactions.

J'avale avec difficulté une grande gorgée d'eau et déglutis péniblement. Les mots dansent sur le bout de ma langue et j'hésite à me confier. Sa main se referme sur mon genou pour m'encourager à parler et je me lance, la voix chevrotante.

— Le Fantôme est là. Il est tapi dans l'obscurité et il me traque, murmuré-je en vissant mon regard au sien.

— Tu en es certaine ? me demande-t-il à voix basse en essayant de camoufler son trouble.

— J'ai senti sa présence hier soir au Midnight Sky. Je n'ai jamais été aussi sûre de moi. Il était là à m'observer, et j'étais incapable de savoir où il se tenait, soufflé-je alors que mes doigts s'entremêlent aux siens.

— Est-ce que tu l'as dit à Barthélémy ?

Sa question sonne plus comme un ordre et sa main libre frotte avec inquiétude son visage tuméfié.

— Je ne peux pas, je lui ai promis de ne plus jamais lui parler du Fantôme, grimacé-je au souvenir de ma dernière dispute à ce sujet avec mon parrain.

Elle avait été encore plus violente que toutes celles que nous avions déjà eues. S'il ne s'était pas maîtrisé, il m'aurait étranglée de rage. Mes poings se serrent et mes jointures blanchissent face à mon impuissance. Je suis dans le pétrin, et le visage décomposé de Dario ne fait que confirmer mes craintes.

— Théa, tu dois lui en parler avant que ce fumier ne mette la main sur toi, soupire-t-il en essayant de me convaincre. Je sais que c'est tendu à ce sujet entre vous, mais bordel, c'est Nathanaël. Même si je crois en toi, personne n'échappe à ce bâtard. Les cimetières de Californie n'ont jamais été aussi remplis que depuis qu'il est revenu de je ne sais où. S'il te traque, c'est pour te tuer, rien d'autre...

— Tu penses que je ne le sais pas ? craché-je en levant les yeux au ciel. À ton avis, pourquoi est-ce que je pars en vrille ? riposté-je en me tortillant, agacée, sur le fauteuil.

— Arrête de laisser tes démons t'envahir dès qu'on parle de lui ! C'est ce qu'il attend de toi, ne lui offre pas ce plaisir. S'il te plaît Théa, ne le laisse pas baiser ton esprit, me conjure-t-il en m'attrapant par les épaules.

— Je le déteste, fulminé-je en posant mon front contre sa poitrine.

Sa main caresse le haut de mon crâne et j'émets un soupir désespéré. Je voudrais le sortir de ma tête, mais ça fait dix-sept ans que cet homme s'est emparé de mes pensées. Il n'y a rien que je puisse faire pour le chasser de là. Nous sursautons lorsque le carillon de l'ascenseur annonce une nouvelle arrivée. Dario me lâche et bondit sur ses pieds pour garder une distance convenable entre nous. Nous ne faisons rien de mal, ce n'est que de l'amitié. Mais aux yeux des hommes du clan, l'attitude de mon ami est une faiblesse qu'ils pourraient bien utiliser contre lui. J'aime trop Dario pour qu'on puisse se servir de moi pour le blesser. Je recule également en triturant la pointe de ma tresse entre mes doigts. Les portes s'ouvrent sur *Andréa*.

Cette maudite fouine me suit à la trace. Mes épaules se redressent et mes pouces chassent les perles chaudes sur mes joues pour effacer les traces de ma crise de folie. Je bouscule d'un petit coup d'épaule le torse de Dario en m'éloignant pour récupérer mon sac de sport. J'aurais pu me doucher sur place mais je préfère aller la prendre au bureau. Je dois tenter de sortir ce fumier de mon cerveau, et pour ça j'ai besoin de le débusquer dans la vraie vie. J'adresse un dernier clin d'œil à Dario avant de filer. Il n'y a pas un chat lorsque je pénètre dans le bâtiment fédéral. Mes jambes m'abandonnent une fois dans mon bureau et je m'écroule sur ma chaise. Je masse mes tempes pour apaiser la migraine qui cogne contre mon front. La lumière de mon ordinateur m'irrite les yeux et je dois les plisser pour regarder l'écran. J'utilise les identifiants de Jackson Taylor pour me connecter à la base de données du FBI. Je pourrais me servir des miens, mais cela déclencherait une alerte sur le téléphone de mon parrain. Pour l'instant, j'ai besoin d'avoir une longueur d'avance sur lui. Jackson est un agent de mon département, il a aussi été mon amant pendant quelques mois. Notre rupture a été déchirante et depuis ce jour, nous nous évitons avec précaution.

Lui parce que la fin de notre relation a fait exploser son monde.

Moi, parce que je me suis servie de lui et que malgré tout, j'ai parfois honte de ce que j'ai fait.

Je mourrais plutôt que de lui avouer la vérité, mais il n'a été qu'un pion dans le jeu d'échecs que je mène avec Barthélémy. Tous mes gestes sont surveillés depuis que je tente de mettre le nez dans les affaires des Grimaldi. C'était donc vital que je trouve un moyen d'avoir accès aux données de notre système sans me faire repérer. Grâce à Kleofina, j'ai planqué un mouchard dans son ordinateur et j'ai subtilisé ses identifiants. Une fois mon butin obtenu, j'ai ouvertement mis au courant les hommes de mon parrain de cette petite liaison. Il n'a fallu que trois jours pour que Barthélémy convoque Jackson et lui interdise formellement de m'approcher, sinon il serait viré. Il m'avait presque suppliée à genoux de tout quitter et de partir avec lui. Je lui avais simplement dit que c'était la vie et que notre histoire n'avait pas d'avenir. Son ego en avait pris un coup, et après des cris et des larmes, il avait définitivement disparu de ma vie. J'avais été soulagée et pour une fois contente que mon parrain exerce un contrôle excessif sur mon existence. En un haussement d'épaules, je chasse les états d'âme qu'il me reste à son égard et me lance dans mes recherches.

Trois heures plus tard, me voilà au même point. Il n'y a aucune trace du Fantôme dans les parages. Je décortique le dernier dossier qui le concerne dans tous les sens, à bout de nerfs. Selon les agents de la côte ouest du pays, Nathanaël a signé un homicide il y a moins de cinq heures à Sacramento en Californie. Ce qui dans un sens est logique puisque sa famille contrôle ce territoire, c'est donc son terrain de jeu habituel. Sauf que cela signifie qu'il ne pouvait pas être présent hier soir au Midnight Sky. J'enfouis ma tête entre mes mains et un râle de désespoir m'échappe. Je n'ai rien à exploiter pour comprendre ce qu'il s'est passé la nuit dernière. Pourtant, mon intuition ne m'a jamais trompée et je ne peux me résoudre à me dire qu'elle a tort. Au plus profond de moi, je le sais.

Nathanaël Grimaldi était là.

Je poursuis mes recherches, en vain, jusqu'à ce que le soir tombe et enveloppe la pièce d'un voile sombre. Fatiguée, je me déplace, les jambes lourdes, jusqu'à la baie vitrée du bureau. La ville scintille de mille feux, et quelque part dans l'obscurité se cache un regard qui brille d'une lueur vengeresse. Sauf que je n'ai aucune idée d'où il se trouve et comment le faire sortir de son trou sans que cela ne se retourne contre moi. D'un mouvement sec, je claque l'écran de mon ordinateur et quitte les lieux. Il m'en faut plus. En réalité j'ai besoin d'avoir davantage d'informations sur lui. C'est viscéral. *Est-ce que je suis totalement foutue ?* grommelé-je silencieusement à moi-même.

C'est toi qui es obsédée par un fantôme, tu n'as qu'à en tirer tes propres conclusions, me nargue ma conscience. Je ne la fais pas taire, car pour une fois, elle a raison. Il existe une partie de moi qui souhaite tellement que ça soit Nathanaël que j'ai sans doute tout inventé. Ce *stalker* est peut-être totalement imaginaire. Cette idée me laisse sans voix et je somnole sur le trajet du retour à l'arrière du SUV. Je rentre dans ma tour d'ivoire à contrecœur et je me fige lorsque les portes de l'ascenseur s'ouvrent au moment où je mets un pied dans le hall. Narciso Changretta se tient devant moi, occupant tout l'espace de son imposante carrure.

Tous mes poils se hérissent à la vue de *mon cousin*. Il est le fils légitime de Barthélémy et je le déteste presque autant que les Grimaldi. C'est le portrait craché de son père, grand et tout en muscles. Ils ont les mêmes yeux noirs et des cheveux courts blonds qui tirent presque sur le blanc. Il n'a que six ans de plus que moi mais il paraît déjà marqué par la vie. Narciso est l'homme de main du clan, celui que l'on envoie pour régler les affaires les plus délicates.

C'est un assassin au cœur froid et sans pitié.

Nos mères étaient des sœurs et elles sont mortes toutes les deux lors du grand bain de sang. Cette tragédie aurait pu nous rapprocher, mais il en a été tout autrement. Nous entretenons une haine viscérale l'un envers l'autre et nos seuils de tolérance ont été épuisés ces dernières semaines. Il me bouscule d'un violent coup d'épaule pour me dégager de son passage quand il arrive à ma hauteur. Mon corps se tend comme un arc, et si mes yeux pouvaient lancer des flèches, je l'aurais déjà transpercé du regard. Mon souffle siffle entre mes dents et mes ongles s'enfoncent dans les paumes de mes mains sous la colère.

Je devrais l'ignorer.

Je devrais faire comme s'il n'existait pas.

Sauf que depuis qu'il m'a traitée de petite salope, il y a quinze jours devant ses amis, je n'arrive plus à faire semblant. Cette soirée-là, mon sang n'a fait qu'un tour et je l'ai giflé de toutes mes forces. Après ça, tout a dégénéré, mes amies et les siens ont dû intervenir pour nous séparer. Depuis, nous évitons de nous croiser. La fatigue inhibe ma raison et je sais au moment où mes lèvres s'entrouvrent que je vais prononcer la phrase de trop.

— Toujours pas remis de la claque d'une petite salope ? feulé-je, la mâchoire contractée. Grandis un peu ! Dire « bonjour » et « je suis désolé » ne te tuera pas.

Il bouge si vite que je n'ai pas le temps de ciller. D'une main, il force le passage, bloquant les portes de l'ascenseur, et de l'autre, il pointe son pistolet entre mes deux yeux. Je hoquette sous la froideur du canon posé contre mon front.

— Tu crois que j'ai besoin de te témoigner la moindre marque de respect ? crache-t-il en appuyant l'acier un peu plus fort contre ma peau. Ton existence me donne envie de gerber et je suis obligé de te supporter, car mon lâche de père a eu pitié de toi. Je serais toi, je prierais pour qu'il vive le plus longtemps possible. Le jour où il ne sera plus là pour te protéger, je me ferai un plaisir de t'abattre, me promet Narciso, les pupilles injectées de sang.

Mes entrailles se tordent et de la bile remonte dans ma gorge lorsque le cliquetis du cran de sûreté résonne dans l'habitacle. Il n'a plus qu'à presser la gâchette pour me descendre. Ce serait bref et sans douleur. C'est ma seule consolation. Il est si proche de moi que je peux sentir la haine qu'il éprouve pour moi exsuder de ses pores. Ses iris noirs refusent de quitter les miens et je prie silencieusement pour qu'il revienne à la raison. Cet imbécile serait capable de repeindre les murs de mon sang en m'explosant la cervelle et de faire encadrer les morceaux pour les exposer. Je coule un regard en biais quand une ombre se glisse derrière lui.

Andréa se tient au milieu du hall, la main posée sur son propre pistolet, prêt à riposter. Les traits du visage de mon cousin restent impassibles malgré sa présence.

— Je n'aime pas les voyeurs Andréa. Soit tu participes, soit tu te casses, gronde Narciso les lèvres recourbées, dévoilant toutes ses dents.

— Je suis désolé de vous interrompre monsieur Changretta, s'excuse-t-il en se dandinant d'un pied sur l'autre. Il y a de l'agitation sur les docks et votre père m'a chargé de vous demander de régler cet incident au plus vite.

Un sourire arrogant se fige sur les traits déformés de mon cousin. Son bras s'abaisse avec une lenteur criminelle et je décèle dans ses yeux une promesse. Le message est clair, la prochaine fois, il n'hésitera pas à me tirer dessus. Me voilà avec un nouvel ennemi à ajouter à ma liste.

Et celui-ci habite sous le même toit que moi. Sans répondre, il s'éloigne à grandes enjambées et je me plaque contre la paroi de l'ascenseur en expirant par la bouche. Je relève le regard pour croiser ceux du mercenaire. C'est la première fois que je suis contente que ce fumier débarque à l'improviste. Cependant, je ne peux pas me permettre de le remercier, cela reviendrait à admettre ma vulnérabilité. Je ne peux pas m'autoriser à me lier d'amitié ou exprimer ma gratitude envers les hommes de mon parrain sans paraître faible. La seule façon d'avoir l'air forte dans notre monde, c'est d'être froide et insensible. Un masque glacial s'installe sur mon visage et je presse sur le bouton pour rejoindre le premier étage.

— Bonne soirée, Andréa, le congédié-je avant que les portes se ferment dans un claquement sec.

Il y a une demi-heure, j'aurais tué pour avaler un plat fait par notre gouvernante. Mais cette altercation vient littéralement de me couper l'appétit. La seule chose que je suis capable de faire à cet instant est d'aller dormir. Parfois, je me surprends à rêver d'avoir une autre identité et de vivre une vie totalement différente.

Être Théa Scott Luciano n'est pas facile car *toute mon existence se résume à danser avec le danger*.

CHAPITRE QUATRE

Théa

New York

HÔTEL PARTICULIER
DE LA FAMILLE CHANGRETTA

Des hurlements lointains me réveillent.

Mes propres cris.

J'ai encore fait un cauchemar et mes draps sont trempés de sueur. Mes doigts agrippent maladroitement les draps et je me redresse. En équilibre sur mes coudes, je m'adosse à la tête de lit et je respire doucement, les paupières mi-closes. Des volutes de fumée aussi noires que les ténèbres dansent dans ma tête. Derrière elles, je décèle une silhouette floue, celle d'un homme. C'est presque une ombre.

Celle du Fantôme.

Mes yeux s'écarquillent pour chasser le brouillard qui m'empêche de discerner l'imaginaire du réel. Je bats plusieurs fois des cils, encore étourdie, et passe une main sur ma gorge douloureuse. Les hommes de mon parrain sont habitués à mes terreurs nocturnes. Au début, ils débarquaient toutes les nuits dans ma chambre. Puis ils ont vite compris que je ne courais aucun risque dans la forteresse qu'ils ont aménagée. En ce qui concerne ma détresse, j'ai rapidement appris que je devais la gérer moi-même et faire face, seule, à mes peurs les plus secrètes. Ici, personne ne me tendra la main pour me guider vers la lumière. J'ai donc cessé d'attendre un quelconque soutien de leur part. Je voudrais rester cachée sous les draps et ne pas affronter leurs regards dans les couloirs. Et pourtant aujourd'hui je vais devoir combattre bien plus que des cauchemars ou le dédain que je leur inspire. Je dois confronter Barthélémy et lui exposer ma théorie sur la présence d'un Grimaldi sur son territoire. Une grimace tord mon visage à cette idée, je sais déjà comment ça va se finir.

Mal.

Très mal.

Ce sera l'étincelle qui déclenchera une dispute infernale.

Un frisson court le long de mon échine face aux cris et aux menaces que va provoquer notre discussion. Mais entre me faire sermonner et jouer le rôle de la souris entre les griffes acérées du Fantôme, je choisis sans hésiter mon camp. Je tiens trop à ma vie pour passer sous silence mes craintes. Je me glisse hors du lit en roulant sur le matelas sans grande conviction. Une douche glacée plus tard et beaucoup d'anticerne, j'enfile ma tenue de travail. Un jean noir, un t-shirt blanc uni et des bottines. J'attrape à la hâte un blazer foncé dans mon dressing et je sors de la chambre. Les nœuds qui s'entremêlent dans mon estomac me font abandonner l'idée d'avaler une tasse de café. Cet échange me semble insurmontable entre la fatigue et le manque de caféine. Mais je préfère ne pas tenter le diable et ne pas dégobiller sur les chaussures italiennes de mon parrain avant d'avoir prononcé un seul mot. Lorsqu'il est en colère, cet homme me terrifie. Voir la fureur s'emparer de tout son être est toujours très difficile pour moi. C'est le chef de notre clan, et les règles sont les mêmes pour tout le monde. On ne défie pas Barthélémy Changretta, à moins de vouloir en payer le prix, quel qu'il soit. Et même sa protection ne m'a jamais empêchée d'écoper de sérieuses représailles.

Même s'il n'est que six heures, Leandro est déjà là, prêt à m'amener au travail. Je le suspecte de dormir dans son 4×4. Personne ne peut être aussi réactif sans user d'un tel stratagème. Ses yeux se plissent pour ne former qu'une mince ligne au moment où je m'installe à l'arrière du véhicule. Cela fait plusieurs jours que je suis très matinale, ce qui détonne complètement avec mes habitudes. Après avoir hésité pendant quelques secondes, il détourne le regard du rétroviseur. Même si un million de questions s'agitent sur le bout de sa langue, il a la présence d'esprit de se taire. Je soupire, soulagée, lorsqu'il augmente le volume de la radio, mettant fin à toute éventuelle tentative de discussion. La circulation est inexistante à cette heure-ci du matin et je me retrouve au pied du bâtiment fédéral en un rien de temps. De timides rayons de soleil jouent sur les grandes baies vitrées de l'immeuble. Le jour se lève à peine que de nombreux agents passent déjà les portes pour rejoindre leurs départements respectifs.

Je me balance d'un pied sur l'autre, hésitante. De l'autre côté de la rue m'attend ce que je redoute le plus. Mais si je reste ici, plantée en plein milieu de la route, tout ce que je vais gagner, c'est me faire écraser avant même d'avoir pu parler. *Ça serait vraiment dommage*, grommelle ma petite voix intérieure, plutôt agacée de devoir prendre ses fonctions aussi tôt. Je hausse les épaules et gonfle ma poitrine pour me donner un peu d'assurance. Ce n'est pas en restant figée comme une idiote sur le trottoir que mon courage va me faire signe. Je laisse ma conscience et mes hésitations dehors et me décide à traverser pour rejoindre le hall. Ma démarche est lourde et moins convaincante que je ne le voudrais lorsque je me faufile dans l'un des ascenseurs du service. La direction se trouve juste au-dessus de mon département. Mes yeux se vissent au compteur qui défile rapidement, malgré les multiples arrêts. Quarante étages plus tard, je me retrouve seule avec mes pensées. Je triture mes doigts alors que mon cerveau rumine. Même la musique entêtante d'ascenseur presque exaspérante n'arrive pas à me tirer de ma torpeur.

Je sursaute au moment où les portes s'ouvrent sur l'immense hall en marbre. À peine ai-je mis un pied dehors que mon attention est happée par une présence. Une ombre se faufile si vite dans ma direction que je dois cligner des yeux pour suivre ses mouvements. La silhouette sombre est celle d'un homme intégralement habillé de noir. Je me pétrifie sous l'intensité de son regard. Deux billes bleues semblables à l'océan m'hypnotisent et je chancelle en arrière. Mon souffle se coupe et je dois lutter en apnée pour ne pas me noyer dans les sensations tumultueuses qu'il provoque en moi. Sa démarche est lente, assurée, et tous ses gestes sont parfaitement maîtrisés. Il a l'apparence d'un prédateur, et tout ce qu'il dégage me laisse à penser que je suis la proie qu'il s'apprête à dévorer. Les traits de son visage sont forgés dans l'acier et je n'y décèle aucune trace d'humanité. Mes ongles entaillent les paumes de mes mains alors que son aura me retient de détaler en courant. Tout en lui est terriblement menaçant. Et pourtant, je suis clouée sur place, incapable de bouger le petit doigt. Je cherche à grappiller la moindre information sur cet inconnu qui me dévisage sans aucune retenue. Ses bras et son cou sont recouverts de tatouages et, malgré les cernes sous ses paupières, je peux deviner qu'il est jeune. Peut-être un poil plus âgé que moi. *Se pourrait-il que… Non, c'est impossible.* Je n'ai pas le temps de réfléchir plus longtemps qu'un frisson me parcourt l'échine. Une lueur animale brille dans ses pupilles alors qu'il me fixe. Sa bouche s'entrouvre et sa langue glisse sur ses canines lorsqu'il n'est plus qu'à un pas de moi. Une vague de chaleur m'enveloppe tandis que je contemple le muscle de sa mâchoire qui se contracte, presque douloureusement.

Si le danger avait une forme humaine, il prendrait *la sienne*.

Le lien qu'il vient d'établir entre nous se tend et je me sens prise au piège. Je suis en équilibre face à un précipice et tout en lui me crie de sauter.

Je suis attirée par lui comme par le vide.

C'est au-delà de l'attraction physique.

J'ai l'impression que *son âme chuchote à la mienne* des mots que je suis incapable d'entendre. Mes nerfs fourmillent, presque endoloris, comme si la foudre venait de s'abattre sur mon corps. Mon trouble s'accentue lorsqu'il marque une pause une fois à ma hauteur. Il me dépasse de vingt centimètres. Je dois basculer la tête en arrière pour continuer à le regarder. Son menton frôle l'os de ma mâchoire avant de remonter sur ma joue. Mes lèvres se pincent au moment où son souffle effleure ma peau.

C'est une caresse froide, dure, presque tranchante.

Et pourtant, elle attise en moi un brasier ardent.

— Si forte et si vulnérable à la fois, quel curieux mélange, tu ne trouves pas, Scottie ? susurre-t-il à mon oreille d'une voix rauque.

Mes dents claquent et je titube, ébranlée par ce qu'il vient de dire. Seul Dario connaît mon surnom. Ce secret a été emporté dans la tombe de mes parents il y a bien des années. Même mon parrain l'ignore. Je pivote sur mes talons, la main posée sur mon arme. Un sourire narquois se dessine sur ses lèvres et son visage prend une expression malicieuse. Ses traits, impassibles auparavant, semblent me défier. Ses yeux me brûlent et je m'embrase en une combustion lente et dévorante.

— Comment est-ce possible ? balbutié-je en pointant mon pistolet sur son front.

— Ce fut un plaisir de te voir de plus près, mademoiselle Luciano, coupe-t-il en appuyant sur chaque syllabe de mon nom de famille.

Sans même me toucher, *ses mots viennent mordre ma chair.*

Je peux sentir ses crocs s'enfoncer dans ma peau sans qu'il ne bouge d'un centimètre.

Ce fumier n'est autre que mon *stalker*. Mon doigt ripe sur le cran de sûreté de mon arme mais c'est déjà trop tard. Les portes vitrées de l'ascenseur se referment dans un cliquetis métallique juste sous mon nez. Je frappe furieusement du plat de la main son reflet dans la vitre et plusieurs jurons m'échappent alors que je le vois disparaître, impuissante. Cette ordure vient de laisser une empreinte indélébile sur mon âme. Mon sang ne fait qu'un tour et je sens mon corps se fissurer face à aux ténèbres qui s'emparent de moi.

Cet homme est le Fantôme.

J'en suis convaincue, seul un monstre comme lui est capable de faire vibrer mes démons. Sa présence ici n'indique rien de bon. S'il vient de me dévoiler son visage, c'est qu'il n'a plus rien à perdre. Comment a-t-il pu se glisser dans l'un des bâtiments les plus gardés et les plus surveillés du pays ? *C'est ce que font les gens sans visage*, me nargue ma conscience. *Ils passent inaperçus, et frappent sans que l'on ne puisse anticiper le moindre de leurs mouvements*. Mon sang se glace alors qu'un pressentiment funeste me traverse. Je dois trouver Barthélémy, et vite. Je ravale le goût âcre de la peur qui tangue sur ma langue et me rue, prise de panique, à la recherche de la seule figure parentale qu'il me reste. Je croise intérieurement les doigts pour qu'il ne soit pas trop tard. Ma course folle s'interrompt au moment où des bruits résonnent sur tout le plateau. Ma poitrine est prise en étau par la peur. Je tends l'oreille pour entendre les paroles qui proviennent du bureau de mon parrain. Un profond soupir me libère quand la voix grave de Barthélémy couvre celle d'un homme, qui m'est totalement étrangère. Une partie de mon inquiétude retombe comme un tas de cendres à mes pieds.

— Il est en vie, soufflé-je pour moi-même en contemplant mon reflet dans l'une des parois de verre.

Mes yeux sont si écarquillés que je ressemble à une biche effrayée. Mon pouls s'accélère de nouveau lorsque l'atmosphère crépite d'électricité. Les cris ont laissé place à une discussion encore plus terrifiante.

— Je te préviens, Changretta ! Si ta putain de filleule continue à fourrer son nez là où elle ne devrait pas, il viendra se charger d'elle et de sa curiosité mal placée, menace la voix froide et dure de l'inconnu.

Je hoquette, stupéfaite. C'est décidément la matinée des grandes révélations. Apparemment, tout le monde ici semble en savoir plus qu'il ne le devrait à mon sujet. *Qui est donc ce « il » ?* Et où est-ce que je suis censée avoir foutu mon nez pour me mettre dans un merdier pareil ? Les réponses m'échappent, la seule chose dont je suis coupable, c'est d'avoir à nouveau fouillé dans les affaires du Fantôme. Pour le reste, je ne fais que mon travail.

— Ne t'avise plus jamais de parler de Théa, crache mon parrain, la main sur un de ses couteaux. Si jamais tu prononces ne serait-ce que son prénom encore une fois, je t'arrache la langue ! C'est compris ?

— N'oublie pas qu'*il* a tous les droits sur elle et que c'est ton patron. Un seul mot de lui et il te faudra plus que des intimidations pour protéger la prunelle de tes yeux si tu n'arrives pas à la contrôler ! ricane-t-il sournoisement en haussant les épaules.

Sans attendre une réponse de mon parrain, il pivote sur lui-même et traverse le plateau à grandes enjambées. Ses traits taillés dans la pierre et son accent me disent qu'il n'est pas d'ici. Ma bouche s'assèche lorsqu'il émet un petit rire glacial en me dépassant. Mais bon sang, pour qui Barthélémy peut-il bien bosser ? J'ai toujours cru qu'au-dessus de lui il n'y avait que le dieu des enfers. Sauf que tout porte à croire que Lucifer en personne vient de poser ses bagages à New York. Tout mon corps tressaille lorsqu'un objet se brise avec violence contre une baie vitrée. Une crinière rousse me barre le passage avec bienveillance au moment où je m'apprête à rejoindre l'autre bout de la pièce.

— S'il te plaît, Théa, ce n'est pas le moment. Reviens quand il sera calmé, m'implore Martha, l'assistante de mon parrain.

— Laissez-la passer ! ordonne-t-il, et l'écho de sa voix se répercute jusque dans mes os. J'ai deux mots à lui dire !

La tête basse et mon courage en lambeaux, je le suis sans prononcer une seule parole. Je me laisse tomber à bout de forces dans le canapé pendant qu'il reste debout, dos à moi. Ses muscles roulent sous son élégant costume trois-pièces bleu marine et je grimace. Cette conversation ne va vraiment pas me plaire. Il se tourne pour me faire face, me dominant de toute sa hauteur. Une main agacée passe dans ses cheveux courts et argentés alors qu'il scrute mon visage. Tout en lui m'accuse et me juge. Je n'ai aucune chance de me défendre.

— Théa, est-ce que tu continues à chercher des informations sur Nathanaël Grimaldi ? m'interroge-t-il en penchant sa tête sur le côté.

— Oui mais, commencé-je en levant mes paumes devant moi pour essayer de calmer le jeu, j'ai cru que le Fantôme avait tué quelqu'un sur notre territoire, me justifié-je en mâchant mes mots dans la précipitation.

— Je ne te demande pas de réfléchir mais d'appliquer mes ordres ! rugit-il en refermant ses mains sur mes épaules, me soulevant d'un mouvement brusque du canapé.

Ma bouche s'entrouvre mais aucun son n'en sort. Je ne sens qu'une seule et même douleur. Ses doigts s'enfoncent dans ma peau et sa veine se gonfle au-dessus de son arcade sourcilière. Il me foudroie du regard et je décèle de petits éclats de sang dans ses yeux.

— Si tu recommences ne serait-ce qu'une fois à te mêler de choses qui ne te concernent pas, je ne pourrai plus rien pour toi, siffle-t-il les dents serrées.

Sa voix est aussi acérée qu'une lame de rasoir. J'opine du chef sous la menace. Ses mots sont si durs que j'ai l'impression qu'il vient de me gifler avec. Vu sa rage, ce n'est pas le moment de lui dire que je pense que le Fantôme est parmi nous à cet instant.

— Ce sont tes mots que je veux entendre. Pas tes silences, exige-t-il en me secouant, et je chancelle sur la pointe des pieds.

— Tu n'auras plus jamais à me reprendre à ce sujet, je te le promets, articulé-je lentement à voix basse.

— Il vaudrait mieux pour toi, conclut-il en me lâchant.

Mes abdominaux se contractent pour me maintenir debout. Il m'abandonne pour retourner derrière son imposant bureau sans me donner plus d'explications. J'avance difficilement dans sa direction, les jambes coupées par la violence de ses propos. D'un geste sec, il balance un dossier sur la table qui nous sépare. Il a repris son attitude impeccable et son masque de patron du FBI.

— Vu que tu as du temps libre pour me désobéir, je te conseille de l'employer pour faire ce à quoi tu es payée, me sermonne-t-il en tapotant les feuilles devant lui.

— Oui, je t'écoute, grommelé-je en me mordant la langue pour ne pas lui dire qu'il n'a rien à me reprocher sur la qualité de mon travail.

— Tu as jusqu'à ce soir pour découvrir qui a commandité les meurtres de plusieurs de nos hommes sur les docks !

— Je m'y mets tout de suite, tu auras tes réponses avant la tombée de la nuit, répliqué-je avant de tourner les talons pour sortir de là au plus vite.

— Théa, gronde-t-il alors que je m'apprête à passer la porte de son bureau.

— Oui ? murmuré-je en lançant un coup d'œil pardessus mon épaule.

— Ne me fais pas regretter de t'avoir donné une nouvelle chance de te faire confiance.

Son ton menaçant me file la chair de poule. Je n'ai rien fait de mal, et pourtant me voilà encore en train de me débattre pour me sortir du pétrin. Il va m'ensevelir sous une tonne de travail pour m'empêcher de songer au Fantôme. Si je n'arrive pas à lui faire gober que c'est du passé, il va me briser. Et j'ai déjà assez de problèmes sans rajouter le courroux de mon parrain à tout ce bordel. Je passe des heures à travailler sur ce fichu dossier sans relâche. De fausses pistes en découvertes intéressantes, je finis par débusquer l'identité de la personne responsable de ces meurtres. Il est vingt-trois heures lorsque je dépose les documents sur le bureau de Barthélémy. Il a déjà quitté le bâtiment depuis un moment, seule Martha est encore présente. J'avale péniblement ma salive quand je la vois pianoter sur son téléphone une fois que je m'éloigne. Même elle surveille mes moindres faits et gestes. Je commence réellement à en avoir marre d'être prise pour une enfant.

Et une idiote, soupire ma conscience en me tapotant l'épaule avec un semblant de compassion.

Je me cogne contre un mur invisible au moment où je m'apprête à quitter l'agence. Finalement, je ne suis pas à une engueulade près, tant pis pour les représailles. Je rebrousse chemin et sors du bâtiment par une porte de service à l'arrière. Leandro peut bien faire une syncope en découvrant que j'ai disparu, c'est son problème. Je lève la main pour héler un taxi en réfléchissant à mes différentes options. Une seule me paraît cohérente. Je donne l'adresse de Kleofina au chauffeur et compose son numéro dans la foulée. Quitte à être dans la sauce, autant la mettre dans la confidence, je n'ai plus rien à perdre.

— Théa, j'espère que tu as une bonne raison de me déranger ! s'exclame-t-elle, essoufflée, à la quatrième sonnerie.

— Kleo, je dois consulter tes services de renseignements, et j'en ai besoin tout de suite, c'est vital.

— Rhabille-toi, la soirée est finie… Je m'en fous que tu n'aies pas terminé, tu n'auras qu'à utiliser ta main droite en arrivant chez toi, chuchote-t-elle à l'autre bout du téléphone. Tu es là dans combien de temps ? me demande-t-elle avec un peu plus de délicatesse dans la voix.

— Un gros quart d'heure je dirais, annoncé-je, amusée par ses propos.

— Très bien, Kevin n'est qu'à dix minutes de l'appartement, on sera prêts, dit-elle avant de raccrocher.

Un large sourire étire mes lèvres. J'ai une confiance aveugle en cette femme et donc en l'homme qu'elle vient de citer. Lors d'une de ses premières affaires *pro bono*[3], elle a sauvé la mise à un jeune prodige de l'informatique, *Kevin*. Depuis, il a parcouru du chemin et il est devenu l'un des plus grands hackeurs du pays. On raconte même qu'il travaille en sous-marin pour la NASA. Une chose

3. *Pro bono* désigne une affaire où un avocat prête ses services gratuitement.

est sûre, je vais avoir besoin de tous leurs talents pour découvrir ce qu'il se trame dans mon dos. Je suis prête à enfreindre toutes les règles si ça peut me permettre de sortir le Fantôme de son obscurité. Je frissonne au souvenir de son regard.

C'était une promesse.

Sombre et glaciale.

Le Fantôme viendra tôt ou tard me chercher. Et *il ne demandera à personne la permission pour m'engloutir dans ses ténèbres.*

CHAPITRE CINQ

Nate

New York

BUREAU DU FBI

— Intéressant, soupiré-je, en glissant ma langue sur mes lèvres quand les portes se referment.

Voilà un combat qui mérite toute mon attention.

Je capture sous mes paupières la lueur de haine qui brille au fond de ses iris. L'héritière des Luciano m'incendie du regard et je l'observe se consumer sous une rage dévorante. Le muscle de ma mâchoire tressaille au moment où un éclair de lucidité zèbre ses beaux yeux vert émeraude.

Nous y sommes, Théa vient enfin de comprendre *qui* je suis.

Je peux voir mon prénom danser sur son si joli visage. Malgré la fureur qui déforme ses traits, je dois reconnaître que c'est une très belle femme. Surtout quand tout en elle crie qu'elle désire m'arracher la tête. Même si j'ai promis à mes frères d'être indulgent avec elle, je me délecte de son impuissance. Cela fait des années que je rêve de mettre ses nerfs à vif. Et c'est chose faite. Je ne cille pas lorsqu'elle brandit son arme vers mon front. Elle attise en moi une forme de curiosité que je pensais enfouie au plus profond de moi-même. Cette petite rencontre est en train de devenir bien plus palpitante que je ne l'aurais imaginée. Je visse mon regard au sien, et ses démons me dévisagent, prêts à bondir pour étrangler les miens. Mes sourcils s'arquent à cette découverte, il se pourrait que je ne sois pas la seule bête sauvage à avoir besoin de sortir de sa cage. Un rire sombre et froid m'échappe lorsque la paume de sa main s'abat sur la vitre qui nous sépare. Je mords l'intérieur de ma joue pour ne pas articuler en silence un « à bientôt ». Je ne veux surtout pas gâcher la surprise qui l'attend. Je m'apprête à jouer à un jeu dangereux avec elle. Le type de partie qui pourrait bien nous entraîner tous les deux dans les dédales infernaux de l'enfer. La tension qui crépite entre nous s'atténue lorsque l'ascenseur entame sa descente. Je sens alors comme un arrière-goût de trop peu, que je ravale en serrant les dents.

Je ne peux pas éprouver quoi que ce soit à son contact.

Je me le refuse.

Mes doigts agrippent le couteau attaché à ma taille. Je le glisse à l'intérieur de ma manche et je me concentre sur la sensation de l'acier contre ma peau.

C'est tout ce que *je veux* ressentir.

Si je suis revenu d'entre les ténèbres, c'est uniquement dans un seul but : me venger et être le bras armé de la mort. Rien d'autre. Le reste n'a pas sa place dans mon existence. Le bruit des pas saccadés de Théa au-dessus de moi m'interpelle et je l'entends courir en direction du bureau de Barthélémy. Le moment est extrêmement bien choisi, ce salaud de Changretta est en train d'en découdre avec un autre homme. Elle va donc devoir attendre sagement son tour, ce qui me laisse assez de temps pour m'exfiltrer du bâtiment sans me faire attraper. J'ai pris un énorme risque en me rendant jusqu'ici, mais ce que je viens de voir en vaut la peine. Quelque chose dans ses yeux me dit qu'après tout, elle pourrait comprendre. Son intelligence est la première chose qui m'a frappé. Et je compte bien exploiter son esprit pour mettre en difficulté son fumier de parrain. Du coin de l'œil, j'observe la lumière rouge qui clignote sur les caméras de surveillance. Lukas, notre petit frère, les a piratées il y a une heure. Tous les agents ont tellement l'habitude que tout roule qu'ils n'ont même pas décelé ce détail. C'est presque trop facile. Mais pour une fois je ne vais pas m'en plaindre. Je me fonds dans l'obscurité et l'ombre m'engloutit si bien que je deviens invisible. Personne ne me remarque et je quitte l'agence fédérale par la grande porte. La lumière grise de New York agresse mes rétines et je grimace. Je déteste cette ville. Pour tout ce qu'elle me rappelle et pour tout ce qu'elle symbolise. Mes jambes pressent l'allure et je suis à deux doigts de courir, mais je me force à ralentir le pas pour ne pas attirer l'attention. Je n'échouerai pas si près du but, il en est hors de question.

Deux rues plus loin, je m'enfonce dans un sous-sol qui abrite un garage privé. Je retrouve une de mes motos et enfile rapidement un casque avant d'enfourcher le bolide. Un sentiment de plénitude m'envahit au moment où le moteur ronronne entre mes cuisses, et ma main relâche l'embrayage pour démarrer. Ce modèle est parfait pour l'occasion, il est puissant et agile, tout ce dont j'ai besoin pour me déplacer en territoire ennemi. L'engin rugit lorsque je passe les vitesses et emprunte la sortie du souterrain. Le compteur grimpe si vite que les chiffres deviennent presque flous sous mes yeux. Je me glisse dans le trafic new-yorkais avec facilité et j'absorbe le shoot d'adrénaline que m'offre ce bijou mécanique. Si l'on devait résumer ma vie, elle ne tiendrait pas à grand-chose.

Rouler.

Surfer.

Tuer.

À l'énoncé de cette évidence, ma fossette se creuse et je prends la sortie pour rejoindre la petite piste de l'aéroport clandestin. Il faut reconnaître que c'est audacieux de pénétrer l'espace aérien de New York lorsque l'on est l'ennemi public numéro un des Changretta. Heureusement, Tobias, notre aîné, a mis au point plusieurs astuces qui nous permettent de circuler dans tout l'État sans nous faire repérer. J'abandonne la moto sur le tarmac et je cours en direction du jet privé. Un de nos contacts la fera partir en fumée dans quelques heures, et je grogne dans ma barbe à cette idée. J'aime vraiment bien cette bécane, c'est du gâchis. Une fois le seuil franchi, la porte se ferme dans un claquement sec. Je garde mon casque jusqu'à ce que l'avion soit dans les airs. Il n'y a qu'un seul pilote sur ce vol et il n'est pas autorisé à connaître l'identité de ses passagers. Une fois dans les nuages, je verrouille la cabine et je retire mon casque. Je recule en soupirant et l'arrière de mes genoux bute contre un fauteuil en cuir. Je me laisse tomber dedans en passant mes bras derrière ma tête. Je dispose de cinq heures pour réfléchir au coup d'après. La prochaine fois que je foulerai le sol de la Grosse Pomme, *je kidnapperai* Théa Scott Luciano.

Je l'enlèverai sous le nez et à la barbe des Changretta.

Une lueur animale brille dans mes yeux en imaginant le déroulement de la scène. Ils n'ont aucune idée du plan qui est en train de menacer leur empire. Nous allons les frapper si fort qu'aucun d'entre eux ne sera capable de se relever. Le temps défile et mes paupières mi-closes se font plus lourdes à chaque seconde qui passe. Ma bouche se tord lorsqu'une sensation désagréable tiraille ma peau. Tobias m'a tatoué il y a quelques jours le bas de l'abdomen. Des volutes de fumée dessinées à l'encre noire recouvrent une ancienne marque de brûlure. Il a fallu des années pour que la morsure du feu laisse place à un semblant de tissu cutané, et ma chair proteste fortement dès que l'on tente de la camoufler. Mon cou, mes bras et mon torse sont presque intégralement recouverts de tatouages. Ils cachent les vestiges de ce que j'ai enduré la nuit du grand massacre. Ce soir-là, j'ai été enlevé à mes parents et mes frères. Je n'avais que treize ans lorsque des hommes plus âgés et plus nombreux m'ont tiré de la maison familiale pour m'entraîner dans un sous-sol froid. Chaque cicatrice sur mon corps se réveille à cette pensée et un voile sombre masque mon visage. Mes doigts s'agrippent aux accoudoirs comme les serres d'un oiseau. Le cuir crisse sous mes ongles et s'enfonce sous la pression que j'exerce. Les Changretta m'ont volé quelque chose de précieux cette nuit-là.

Ils m'ont dérobé mon innocence.

Avec leurs mains tachées du sang des nôtres, ils m'ont plongé dans les flammes de l'enfer jusqu'à ce que les lambeaux de mon humanité fondent.

Ils ont créé un monstre.

Et je suis devenu le Fantôme.

Depuis, Nathanaël Grimaldi a disparu. J'ai vendu l'immeuble entier et laissé le quartier en cendres derrière moi. Cela fait des années que je n'habite plus vraiment mon corps. Ce n'est qu'une enveloppe qui contient avec difficulté ce qu'il reste de mon âme. La fatigue m'emporte et j'abandonne la lutte que je mène pour ne pas sombrer dans le sommeil. Je sais que je devrais rester éveillé et pourtant les ténèbres m'attirent dans leurs bras sans que je ne puisse m'en défaire. Un brouillard cotonneux s'empare de mon esprit et je replonge dans un vieux souvenir, un cauchemar qui hante toutes mes nuits.

* * *

Mes paupières sont si lourdes. Ma chair a cessé de me faire mal. Dans l'obscurité, je n'arrive plus à déceler la moindre trace de lumière. Je sais que je suis dans un sous-sol car il n'y a aucune fenêtre. L'endroit est aseptisé et une odeur de javel me pique les narines. Je me retiens de déverser le contenu de mon estomac par terre. Je me moque de salir le sol mais je sais que lorsqu'il le découvrira, cela le fera rire. En plus de mes cris, je ne veux pas lui offrir ma peur. Mes poignets sont enchaînés dans mon dos, m'immobilisant à genoux sur le béton humide. En plissant les yeux, je peux voir mes plaies suinter sous la morsure du feu. Mon torse ensanglanté et brûlé me donne la nausée. Mon souffle se fait de plus en plus lent et quelque chose dans ma poitrine lutte pour ne pas s'éteindre. Sauf que *je ne suis pas assez fort*. Je me sens partir un peu plus dans les limbes de l'inconscience à chaque seconde. J'entame le voyage vers le néant lorsqu'une voix me tire de ma léthargie. C'est celle d'une femme. L'espace d'un instant je veux croire qu'elle va me venir en aide car je ne suis qu'un enfant. La déception est encore plus forte quand elle parle à nouveau. Tout ce qu'elle dit est froid, coupant et sans aucune trace d'humanité.

— Je me moque de comment vous allez vous y prendre pour qu'il vous obéisse ! vocifère-t-elle comme un serpent. Sa mère respire encore ainsi que ses deux autres bâtards de frères et je ne peux pas le tolérer. Je veux voir la tristesse et le désespoir la terrasser quand elle comprendra que c'est de son précieux petit garçon dont nous allons nous servir pour les détruire.

— Bien madame, nous ferons en sorte que le gamin soit prêt, réplique mon bourreau avec un accent du Sud.

Mes yeux s'embuent de larmes et je me mords les lèvres pour ne pas les laisser rouler sur mes joues. Ma mère a réussi à survivre et elle a mes frères avec elle. Ils s'en sont sortis. J'ai entendu les hommes en parler dans la camionnette sur le trajet menant à cet endroit lugubre. Les Changretta nous ont tous trahis, ils ont tué les Luciano et les nôtres en faisant porter le poids de la trahison sur les épaules de nos parents. C'est le soir de la grande réunion annuelle de notre organisation et aucun enfant n'est convié.

C'est de cette manière qu'ils ont réussi à m'enlever sans difficulté. Nous avons fait confiance aux mauvaises personnes. Mais si ma mère va bien, il me reste un espoir. Elle fera tout son possible pour fuir et emmener en Californie mes frères. Pour moi, c'est trop tard. Personne ne me trouvera ici avant qu'ils en aient fini.

Je comprends aussi pourquoi cet homme ne m'a pas encore tué. Ils ont besoin de moi. Je ne leur offrirai pas ce qu'ils désirent sans me battre une dernière fois. Plutôt crever que devenir leur marionnette. J'ai été entraîné pour survivre à ça ou pour emporter nos secrets dans l'au-delà. Des bruits de pas lointains résonnent dans mon cachot et je devine qu'elle est partie. Elle n'a même pas daigné voir ce qu'ils ont fait de moi. La porte s'ouvre sur mon bourreau et le néon blanc grésille au-dessus de moi. Je n'ai plus peur, je soutiens son regard sans me détourner.

— Baisse les yeux, grince-t-il avant de me contourner. Sinon je t'apprendrai à le faire et ça sera dans la douleur.

Je crache par terre à ses pieds, ratant de peu ses chaussures. Mon geôlier est un monstre, je ne vais pas nourrir sa soif de terreur si facilement. Un frisson parcourt mon corps endolori quand la lame d'un de ses couteaux effleure mon dos. Je me mords la langue avant de hurler quand l'acier se plante juste à côté de ma colonne vertébrale. Le canif glisse de mes épaules jusqu'à mes reins. C'est le coup de grâce, je suis incapable de me débattre et la pièce se met à tourner si vite que mon esprit quitte mon corps sous la souffrance. Je reprends connaissance plusieurs heures plus tard, étendu sur le sol sans mes chaînes. Tout est flou, et je distingue vaguement une silhouette près de moi.

— Relève-toi et bats-toi petit, murmure une voix féminine que je n'ai jamais entendue. Je ne peux pas le faire pour toi, mais si tu t'en sors, nous serons à tes côtés dehors.

Ses mots meurent dans la pièce et le grincement de la porte m'indique que je n'ai rien imaginé. Quelqu'un est venu et m'a aidé. Je rassemble mes forces pour me relever et je ferme les yeux, quand mon bourreau pénètre à nouveau dans la cellule. Sans se soucier de ma présence, il aiguise ses couteaux dos à moi. Mon regard glisse entre mes genoux et je devine la forme d'une lame de rasoir.

C'est ma chance. Je n'en aurai aucune autre.

Je la ramasse du bout des doigts et je referme mon poing dessus, en priant pour qu'il ne remarque pas le liquide rouge qui coule le long de ma main. Quand il s'agenouille devant moi pour attraper mon menton, je saisis l'opportunité et lui tranche la carotide d'un coup sec. Un jet pourpre gicle sur mon visage et l'odeur métallique du sang me retourne les entrailles. Ma chair est en lambeaux mais mon âme est encore là, se battant pour ma survie. Je m'y accroche de toutes mes forces et je détale en titubant, encouragé par une force mentale que je n'aurais jamais soupçonnée. J'aurais dû être inconscient et au bord de la mort, mais l'enfer m'a renvoyé de l'au-delà avec une mission. Je cours jusqu'à ce que la lumière extérieure m'aveugle. Je sursaute quand une main se pose sur ma bouche et qu'un bras enveloppe mes épaules. Un cri ressemblant à celui d'une bête déchire ma gorge et le noir m'envahit à nouveau.

* * *

Je bondis sur mes pieds, un couteau à la main, prêt à me battre. Du coin de l'œil j'observe mon environnement : du cuir, du whisky et des nuages. Je ne suis plus dans ce sous-sol. Cela fait dix-sept ans et pourtant, chaque nuit, j'y retourne pour revivre le pire moment de ma vie. Mon corps lourd retombe dans le fauteuil et mes doigts massent mon front douloureux. Un grognement m'échappe et j'avale cul sec mon verre d'alcool pour noyer cette sensation pâteuse dans ma bouche. Je déteste que mon esprit m'oblige à éprouver cette atroce douleur dès que mes yeux se ferment. C'est comme si j'étais condamné à vivre une longue et lente agonie sans jamais pouvoir mourir. Quand j'ai réussi à fuir, un membre de la ligue des assassins m'a intercepté et emmené dans leur antre. La femme qui m'a délivré n'était autre que leur leader. Son surnom, l'Oiseau de mort, m'a d'abord terrifié, puis j'ai appris à lui faire confiance. Elle m'a soigné pendant des jours avant de me demander ce que je voulais faire. Je n'ai pas hésité et je me souviens de chacun de mes mots.

— Je vais me venger, ai-je dit sans prendre la peine de respirer.

Son rire a ébranlé mes côtes encore douloureuses avant que son regard ne scelle ma promesse.

— Grandis dans l'ombre, métamorphose-toi en fantôme et dédie alors ta vie à la vengeance, m'a-t-elle ordonné.

Trois ans ont suffi pour que je devienne le monstre que je suis aujourd'hui. Un criminel tout droit sorti des ténèbres. Un mythe qui frappe uniquement dans l'obscurité et hante les nuits des hommes les plus dangereux de ce pays. J'avais seize ans lorsque j'ai quitté le nid et que j'ai déployé mes ailes. J'ai volé jusqu'en Californie pour retrouver mes frères et ma mère. Depuis ce jour, je suis devenu un démon qu'on ne rencontre qu'une fois dans sa vie. *Je suis le visage que chacun de mes ennemis tente de chercher dans la foule sans ne jamais pouvoir le voir*. Dans le sang et la fureur, j'ai récupéré ce qui nous revenait de droit. J'ai installé mes frères sur leur trône et ainsi la légende du Fantôme est née. Des turbulences secouent mon siège et je range mon arme dans mon baudrier. La seule personne qui pourrait me faire du mal ici, c'est moi-même. Autant ne pas donner une raison inutile à mes démons de me blesser. L'avion atterrit brutalement sur le sol et je maudis entre mes dents le pilote. Un peu de douceur ne ferait pas de mal à ce crétin. Un rire profond secoue mes épaules.

Je suis l'hôpital qui se fout de la charité.

S'il y a bien une chose que je ne connais pas, *c'est la délicatesse*.

CHAPITRE SIX

Nate

San Diego, Californie

La chaleur de San Diego me prend à la gorge.

La Californie m'accueille avec un soleil éblouissant. Il fait chaud et sec, tout le contraire de New York. Et c'est en partie pour ça que j'aime cet État. Il n'a rien à voir avec la grisaille morose de Manhattan. J'enfourche ma moto et remonte toute la côte en prenant mon temps. C'est aussi pour ça que j'apprécie cet endroit. La mer n'est jamais très loin. Même si nos activités se déroulent à Los Angeles et San Francisco, nous avons choisi de vivre à San Diego. En soi, c'est uniquement pour que je puisse profiter de la tranquillité et de la beauté de la ville. Je joue avec l'engin entre mes jambes en faisant gronder le moteur sur la route qui s'étend à perte de vue devant moi. La côte longe l'océan Pacifique et offre un panorama à couper le souffle. Mes yeux capturent chaque image de ce paysage sauvage. J'ai fait jurer à mes frères que si je devais mourir, je voulais que la dernière chose que j'emporte avec moi soit ces vagues scintillantes à l'horizon. Je bifurque avec agilité pour quitter l'autoroute alors qu'une brise fraîche caresse mes avant-bras.

Le chemin que j'emprunte n'est utilisé que par mes frères et moi. Cette partie du trajet serpente le flanc d'une falaise. Ma main lâche à contrecœur l'accélérateur pour épouser la pente sinueuse qui demande une précision infaillible. C'est ennuyeux car cela réclame une concentration extrême, mais c'est très utile pour repousser les curieux ou de potentiels ennemis.

Notre résidence familiale se tient devant moi. Elle est impressionnante, un véritable bijou d'architecture niché en contrebas des montagnes. Cet écrin blanc surplombe une crique privée abritée du vent. Le majestueux portail en métal noir s'ouvre à mon arrivée. Toute la maison et ses alentours sont équipés d'un dispositif de sécurité dernier cri géré par Lukas. Personne ne peut s'approcher par voie terrestre, aérienne ou maritime sans que nous soyons prévenus. Depuis le grand massacre et la trahison des Changretta, nous avons toujours eu une longueur d'avance. Peu de personnes ont osé se dresser contre nous depuis que nous avons repris les rênes de la mafia californienne. Les fous qui ont tenté pourrissent dans les cimetières des villes les plus proches. Je roule au pas en franchissant le seuil du domaine, et mes mains se serrent sur les poignées pour encaisser les secousses liées aux graviers qui maculent le sol du parking. Je me débarrasse de mon casque en le laissant en équilibre sur mon siège. Mon estomac se tord dans tous les sens depuis que j'ai atterri et j'ai une faim de loup. Un gargouillement sonore résonne dans l'allée quand une odeur de nourriture chatouille mes narines. J'avale la distance qui me sépare de la cuisine et j'ouvre à la volée la porte pour tomber sur Tobias et Lukas. Je discerne leurs deux sourires derrière un monticule de boîtes à pizza. Je hoche brièvement la tête pour les saluer et me jette sur une part encore chaude avant de m'adosser au mur. Ma tête se renverse en arrière lorsque je savoure chaque bouchée comme si c'était la dernière.

— Toujours aussi méticuleux, toussote Tobias en me voyant mettre de la sauce tomate par terre. Je suppose que tout s'est bien passé lors de ton escapade à New York ? demande-t-il en me détaillant de haut en bas.

Mes yeux roulent dans leurs orbites et je traîne des pieds pour m'affaler sur une chaise. J'ai faim et je suis rincé. Je ne suis pas d'humeur à me disputer avec mon aîné, même si c'est mon loisir préféré ces derniers temps. Le visage de notre petit frère s'illumine d'un air malicieux. C'est notre lumière dans la nuit, celui qui nous rappelle qu'après l'orage vient le beau temps.

— Bonjour à toi aussi Tobinounet, grommelé-je en haussant les sourcils ! Je ne suis pas partant pour une dispute mais toujours d'attaque pour le provoquer.

— C'est tout ce que tu as appris pendant ton séjour ? m'interroge-t-il avec une pointe de sarcasme dans la voix. Je ne t'ai pas envoyé à Manhattan pour que tu apprennes à faire des jeux de mots avec mon prénom, pour ça je peux te laisser ici à jacasser dans le sable !

— Hé je suis rentré pour profiter du soleil, si c'est pour que tu sois aussi morose que le temps là-bas, j'y retourne, répliqué-je en lui faisant un clin d'œil.

— Nathanaël, gronde-t-il, au bout de sa patience tout en s'accoudant sur la table.

— C'est bon, détends-toi, commencé-je en mordant dans une nouvelle part de pizza. On doit agir plus rapidement, Théa est en train de rendre les choses plus compliquées que prévu.

— C'est-à-dire ? soupire Lukas en passant une main inquiète dans ses boucles châtains.

— On a deux options si on la laisse faire. Soit je vais devoir continuer à assassiner des hommes qui essaient de l'approcher d'un peu trop près, sifflé-je en faisant glisser mon pouce sur mon cou pour expliciter mes propos. Ou alors on va devoir lui offrir un cercueil si elle persévère à jouer à qui tirera le premier avec son abruti de cousin !

— Tu avais promis de rester discret, gronde Tobias en frappant la table avec son poing. Je ne tiens pas à voir la cavalerie débarquer parce que tu les exécutes tous les uns après les autres.

— Et donc tu suggères quoi ? Que je la laisse se faire tuer…, maugréé-je en me levant d'un bond. Merci mais non merci. Ça fait trop d'années que je veille sur elle pour laisser passer ma chance de faire tomber Barthélémy, riposté-je en donnant un coup de pied dans le mur à côté de moi.

— Tu m'as forcé à faire un pacte de sang avec toi pour éviter que tu la tues et maintenant, tu me fais un caprice au sujet de sa protection ?! s'insurge notre aîné. Qu'est-ce qui a changé ? demande-t-il en plissant les yeux.

— Rien, aboyé-je, furieux, tout en tournant en rond dans la cuisine. Elle est notre seule chance de briser quelque chose chez ce connard de Changretta, et c'est tout.

— Si tu le dis, se renfrogne-t-il en s'enfonçant dans le dossier de sa chaise. Je voulais juste vérifier que tu n'avais pas passé trop de temps à laisser divaguer tes démons en la surveillant.

Un éclat de rire jaune s'échappe de mes lèvres et j'abats mes mains à plat sur la table qui chancelle sous mon poids.

— Je n'en ai rien à carrer de son existence, c'est assez clair pour toi ? Mais puisque tu insistes, tu ferais mieux de demander à Lukas pourquoi quelqu'un était en train de menacer Barthélémy dans son propre bureau au sujet de Théa ce matin !

— Quoi ? hoquette Tobias en se tournant vers notre plus jeune frère.

— Je n'ai pas encore pu récupérer les bandes que j'ai effacées de la mémoire du bureau fédéral, mais il me semble bien que Nate a raison. Nous ne sommes pas les seuls à vouloir mettre la main sur elle.

La tension retombe entre nous trois et je recule pour libérer le poids qui comprime ma poitrine. Je ne laisserai personne se mettre en travers de ma vengeance. Pas même Théa. Elle ne le sait pas encore mais elle aura un rôle décisif dans tout ça.

Qu'elle le veuille ou non.

— Quelle est la suite du plan ? me questionne Tobias en lissant son costume trois-pièces.

— Je repars demain pour New York. Je vais voler le totem d'immunité de Barthélémy. S'il tient à elle autant qu'il le prétend, il sera prêt à tout pour éviter qu'elle apprenne la vérité, déclaré-je sur un ton qui ne laisse aucune place à la discussion.

— Très bien, mais la seule chose que je te demande, Nate, c'est de ne pas te faire attraper. Elle ne supporterait pas de te perdre une deuxième fois, me prévient Tobias en plantant ses iris gris dans les miens.

Mon corps se tétanise à l'évocation de mon enlèvement. Je voudrais lui répondre mais aucun son ne sort de ma bouche. C'est toujours pareil à chaque fois qu'on évoque notre mère. Ce qu'ils m'ont fait subir l'a détruite et son âme a basculé dans la folie. Depuis, elle s'est égarée entre deux mondes, incapable de retrouver son chemin. Un goût amer se distille sur ma langue et je détourne le regard pour ne pas laisser entrevoir la tristesse qui le voile.

Elle a peut-être survécu à la nuit du grand massacre, mais elle a tout perdu ce soir-là.

Son petit garçon.

Son mari.

Son esprit.

Je pivote et sors avec fureur de la pièce. Je dévale les escaliers qui mènent à l'extérieur. Tant pis pour le repos, de toute manière je ne le trouverai pas tant que tout ça ne sera pas fini. Le rugissement de ma moto trouble la quiétude du domaine et je démarre en trombe pour la rejoindre. J'entre en douce dans l'établissement de soins où nous l'avons fait hospitaliser sous une autre identité. Ici, c'est une inconnue, et je suis le seul à lui rendre visite. Mes frères n'ont pas mes talents pour se faufiler dans la pénombre et je ne voudrais pas qu'elle devienne une cible si on remarque leur présence. Mes poings se serrent lorsque je pénètre dans sa chambre. Une tristesse sourde m'envahit et le chagrin embue mes yeux de larmes. Notre mère est assise au bord de son lit face à une grande baie vitrée qui donne sur l'océan. Elle est si absorbée par le mouvement des vagues qu'elle ne me remarque pas. Elle ne me remarque jamais. Et je prends soin d'être inexistant pour ne pas l'effrayer. Elle n'a pas besoin qu'un monstre supplémentaire vienne intensifier ses tourments. La dépression dans laquelle elle a sombré est incurable selon les médecins. Pourtant, je suis persuadé que lorsque la vérité éclatera et que Barthélémy tombera, nous aurons un espoir de la ramener parmi nous. Je tressaille au moment où sa bouche s'entrouvre et qu'elle murmure à voix basse la comptine qu'elle répète plusieurs fois par jour.

« Ô Seigneur, que sommes-nous devenus ?
Ne vois-tu pas ces deux vipères avides de pouvoir ?
Un venin funeste coule dans leurs veines,
Et les voilà prêtes à semer la mort !
Leurs langues fourchues se mêlent,
C'est le goût du sang qui les pousse à frapper,
Leur trahison est glaciale,
Leur poison a infecté nos rangs !
Ô Seigneur, le mal émane de l'intérieur,
Elles nous traînent dans la boue,
Alors qu'elles ont vendu leurs âmes au diable,
Pourquoi célèbres-tu leur triomphe ? »

Mes muscles roulent douloureusement sous ma peau. Quelque chose en moi se tend et je sens mes ongles s'enfoncer dans les paumes de mes mains. Des gouttes rouge vif perlent le long de mes doigts et tachent le tapis blanc à mes pieds. Il y a des années, deux perfides vipères nous ont tous trompés. Ces serpents venimeux ont orchestré l'effondrement de la plus grande organisation mafieuse de New York. Les trois clans les plus puissants ont volé en éclats.

Les Luciano ont été réduits à néant.

Les Grimaldi ont dû fuir et s'exiler dans la honte d'un crime qu'ils n'ont pas commis.

Les Changretta, eux, ont été propulsés au pouvoir.

De notre côté, nous connaissons déjà l'identité de la première vipère. Il s'agit de Barthélémy. Et grâce à Théa, nous allons le piéger. Nous allons le faire tomber si bas qu'il n'aura pas d'autre choix que de nous balancer son complice pour essayer de se relever. Sauf qu'en ce qui le concerne, il n'y a aucune issue favorable. Je lui arracherai la vie de mes propres mains. Ensuite je me vengerai de tous ceux qui sont impliqués dans cette effroyable trahison. Je n'arrêterai que lorsque s'éteindra leur dernier souffle.

Cette fameuse nuit, ils n'ont pas réussi à me briser totalement.

Ils ont le mérite d'avoir achevé un travail d'orfèvre et façonné un monstre froid et sanguinaire.

Le Fantôme.

Et je ferai ce à quoi ils m'ont destiné, je tuerai.

Je les tuerai tous sans exception.

CHAPITRE SEPT

Théa

New York, Upper East Side

APPARTEMENT DE KLEOFINA

Les pneus du taxi crissent sur la chaussée humide et je hoquette à cet arrêt brutal.

Les lumières des voitures et des immeubles m'aveuglent alors que je mets un pied dehors. Je cligne plusieurs fois des yeux avant de traverser sous la pluie et les klaxons. Mes jambes s'élancent dans un regain d'énergie, ignorant les suppliques de mes cuisses pour rejoindre le trottoir opposé. Je pénètre dans le hall en évitant de le salir, sans grand succès. Mes cheveux ruissellent et je ressemble à un chat mouillé. Je me redresse quand je devine que l'on m'observe du coin de l'œil. Le concierge, prévenu de mon arrivée, me salue avec une lueur amusée dans le regard. Je m'excuse maladroitement du bout des lèvres et rejoins sur la pointe des pieds l'ascenseur au bout de la pièce. Mes doigts agrippent fermement la bandoulière de mon sac lorsque les portes se referment. Je grimace quand mon reflet danse dans l'acier face à moi. Des mèches folles s'échappent de ma queue-de-cheval, mon visage est marqué par les heures passées sur l'ordinateur et mon anticerne s'est fait la malle. Quelques secondes plus tard, ce que je lis sur celui de Kleofina confirme mes soupçons. Mon apparence est l'expression physique de la pagaille qui règne dans ma vie. Je me dandine d'un pied sur l'autre, soudainement mal à l'aise. Mes convictions se sont barrées avec le chauffeur et son taxi de l'enfer. Je suis peut-être en train de faire une énorme connerie mais je ne peux plus reculer maintenant que je suis là. Kleo plisse les yeux et m'inspecte de la tête aux pieds. Un voile d'inquiétude assombrit ses traits et ma respiration se bloque dans ma gorge, je suis incapable d'avancer. Elle m'attire à elle et me serre dans ses bras. Je respire son odeur de musc blanc et de vanille en savourant chaque seconde de cette étreinte.

J'ai tort.

Je suis exactement *au bon endroit.*

Avec la bonne personne.

Je sais à cet instant que je ne lui mentirai plus car je suis fatiguée de toutes ces cachotteries. Elles m'ont juste conduite à exposer ma jugulaire aux crocs d'un criminel. Sa main attrape la mienne et ses doigts jouent avec les miens. Ses pupilles se rétrécissent au fur et à mesure qu'elle m'observe à travers ses longs cils.

— Tout va bien Théa ? demande-t-elle d'une voix calme en inclinant la tête sur le côté.

— Tu es en culotte ? balbutié-je en découvrant avec stupeur qu'elle ne porte pas de pantalon.

— Bon, au moins tu n'es pas en train de devenir aveugle, c'est déjà ça, rit-elle à ma remarque avant de m'attraper par le bras. Je te signale que tu viens de m'appeler il y a dix minutes et qu'entre foutre Lewis dehors, joindre Kevin et prévenir le concierge, je n'ai pas eu le temps de m'habiller !

— Désolée, bredouillé-je en regardant mes pieds.

— Bien joué pour la diversion, Changretta, mais tu n'échapperas pas à ma question. Je veux savoir comment tu vas ? reprend-elle en posant une main sur sa hanche dénudée.

— De toute évidence, pas bien..., soupiré-je en haussant les épaules. J'ai des ennuis, et je ne peux me fier à personne dans mon entourage. Sous prétexte de me protéger, personne ne me dit la vérité, avoué-je avec franchise.

Alors que nous avançons ensemble dans l'appartement, elle attrape un short et l'enfile. Je pense que si je ne lui avais rien dit, elle aurait déambulé en exhibant la petite santiag tatouée sur sa fesse gauche. Kleo est tellement spontanée et naturelle que ça ne m'étonne pas d'elle. Lorsque nous franchissons le seuil du bureau, elle me dévisage, la mâchoire crispée.

— Dans quel pétrin est-ce que tu t'es foutue ? me questionne-t-elle en s'appuyant les bras croisés contre le mur.

— Un dans lequel je me retrouve traquée par un *stalker*, confié-je la voix tremblante.

— Oh merde, frémit-elle alors qu'une ombre passe derrière moi.

Je pivote sur mes talons pour tomber nez à nez avec Kevin. Son regard bienveillant me rassure immédiatement. Je hausse les sourcils en le suivant du coin de l'œil lorsqu'il me contourne pour rejoindre le bureau de mon amie. Il déambule ici comme s'il était chez lui. Un sourire espiègle étire la commissure de ses lèvres quand Kleo surprend mon œillade. Finalement, ils ne font peut-être pas que travailler ensemble, mais je creuserai ce point plus tard. En tout cas, si j'arrive à me sortir de ce merdier vivante. La main de Kleofina se glisse dans le creux de mes reins et elle m'invite à avancer d'une petite pression.

— Comment est-ce que je peux t'aider, Théa ? me fait sursauter Kevin en braquant son attention sur moi.

— Est-ce que tu penses que tu peux récupérer les vidéos de surveillance du bureau fédéral ? demandé-je timidement en me faufilant jusqu'à lui. En fait, j'aurais besoin de celles de l'étage de la direction, si possible entre six et sept heures du matin.

— Tu doutes encore de mes capacités ? rit-il en pianotant à toute vitesse une série de codes et de mots de passe sur le clavier.

L'écran passe du noir au vert et je cligne des yeux face à la rapidité avec laquelle il infiltre l'un des dispositifs les plus puissants du pays. Trois clics plus tard, il ouvre des fichiers pour les isoler dans une seule fenêtre. Alors qu'il remonte les bandes des caméras pour se concentrer sur celle proche du bureau de Barthélémy, une vignette attire mon attention.

— Attends, tu peux zoomer sur celle-là ? le stoppé-je en tapotant de l'index l'image qui s'affiche devant moi.

Mon front se plisse en une multitude de petites rides lorsque Kevin l'agrandit au centre de l'écran. Au premier abord, l'espace me semble vide. Ni Martha ni mon parrain ne sont arrivés. Mais le système d'éclairage clignote au loin. Je me rapproche à quelques centimètres de l'ordinateur et ma bouche s'entrouvre pendant qu'une ombre se déplace dans le bâtiment. Ma mâchoire se déboîte jusqu'au sol au moment où je reconnais l'homme de dos. Ce n'est pas le *stalker*, mais l'inconnu qui m'a menacée ce matin. Mes doigts se crispent sur le bord de la table alors qu'il se balade avec nonchalance au sein du FBI. Il agit comme s'il était le propriétaire des lieux et ça me file la chair de poule. Je peste en silence tandis qu'il se déplace toujours dans l'angle mort de la caméra. C'est donc impossible de voir son visage, même quand il s'affale dans le canapé. Mon exaspération est à son comble lorsqu'il allume un cigare et qu'il crachote un épais nuage de fumée. Je fulmine devant son audace. Mon cœur loupe un battement avant de s'écraser avec fracas dans ma poitrine au moment où Barthélémy pénètre dans le bureau et salue avec chaleur l'individu. Un nœud se forme dans mon estomac en recollant les morceaux. De toute évidence les affaires des Changretta sont dirigées par quelqu'un de bien plus puissant et dangereux. Et mon parrain s'est bien gardé de me mettre au courant. Je me concentre pour lire sur ses lèvres mais l'image se fige dans un soubresaut avant de laisser place à une séquence vide. Kevin se rue sur son clavier en tapant à nouveau dessus à la recherche d'une réponse, mais tout reste noir.

— S'il te plaît, dis-moi que tu peux récupérer les données qui ont été supprimées, lâché-je au bord du désespoir.

— Je suis désolé, tout a été remplacé et effacé, c'est impossible à retracer. J'ai l'impression que ton *stalker* s'est donné beaucoup de mal pour être un fantôme, soupire-t-il en passant ses mains nerveusement dans ses cheveux.

Les poings serrés, je frappe la table devant moi avec violence. Une partie du matériel est malmenée par ma rage sous le regard inquiet de Kevin. Ce n'est pas croyable. À chaque fois que je tiens quelque chose, quelqu'un me devance avec une sacrée longueur d'avance. Je me retrouve au point de départ, pas plus avancée qu'avant, et je bouillonne comme une marmite sur le feu. Un raclement de gorge attire notre attention à l'autre bout de la pièce.

— Rassure-moi, le type que tu recherches n'est pas le Fantôme ? m'interpelle Kleofina en posant ses mains sur ses hanches.

— Ça se pourrait…, grommelé-je en fixant le sol pour éviter ses yeux qui me fusillent sur place.

— Tu n'es pas sérieuse ? fulmine-t-elle en rompant l'espace qui nous sépare et en attrapant mon menton pour me forcer à la regarder.

— J'ai des choses à te dire sur moi qui ne vont pas te plaire…

— Oh Théa, tu crois que je laisse entrer quelqu'un dans mon cercle proche sans rien savoir sur lui ? Tout est là, grogne-t-elle en désignant une pochette en carton dans sa bibliothèque avec le nom Changretta noté dessus au feutre.

— Tu as fait des recherches sur moi ? m'étonné-je en reculant d'un pas en arrière.

Celle-là, je ne l'ai pas vue venir.

— Sur toi, sur ton père et même ton frère, me confirme-t-elle en désignant chacun de nous trois sur ses doigts.

Les mots *père* et *frère* m'offrent une porte de sortie. Elle n'a donc aucune idée de ma véritable identité et c'est mieux comme ça. Il est trop tôt pour lui révéler qu'il s'agit en réalité de mon *cousin* et de mon *parrain.*

— Tu pensais sérieusement que je n'allais pas découvrir que vous êtes à la tête de la mafia new-yorkaise ? reprend Kleo. Je défends aussi des criminels, et un paquet de personnes sont impliquées dans vos magouilles !

— Depuis combien de temps ? sifflé-je entre mes dents.

— Quoi ? aboie-t-elle, surprise par ma question.

— Tu es au courant depuis quand ?

— Depuis le début Théa… Mais ça ne m'a pas empêchée de t'aimer comme une sœur et de continuer à le faire à cet instant précis, déclare-t-elle en attrapant ma main pour rétablir notre lien. Je ne vais pas te lâcher parce que tes histoires de famille sont sanguinaires.

— Mais pourquoi tu ne m'as rien dit si tu savais ? bredouillé-je, ébranlée par sa déclaration. Peut-être que ma peur à ce sujet était injustifiée finalement.

— Je ne l'ai pas fait parce que je voulais que ça vienne de toi, que tu me fasses assez confiance pour tout me dire, se justifie mon amie en me serrant dans ses bras. Je comprends que c'était compliqué sans savoir comment j'allais réagir, mais à partir de maintenant, plus de mensonges entre nous s'il te plaît, m'implore-t-elle en vissant son regard dans le mien. Surtout si tu penses que le Fantôme est après toi !

Je danse d'un pied sur l'autre, mal à l'aise. C'est l'occasion parfaite pour tout déballer. Sauf que si je le fais, ça implique de mettre une cible sur son front. Je ne peux pas l'embarquer trop loin dans mes histoires. Ce serait égoïste, je préfère la perdre si elle apprend la vérité par elle-même plutôt que d'être responsable de sa chute. Parfois, il faut prendre le risque de se sacrifier pour sauver les autres. Et pour mes amies, je le prendrais cent fois. Une quinte de toux nous force à nous lâcher et à reporter notre attention sur Kevin.

— Bon, s'il s'agit du Fantôme, je n'arriverai jamais à remonter sa trace, toussote-t-il, contrarié par cette information. Son frère est bien plus doué que moi lorsqu'il faut effacer des données. Pourquoi est-ce que tu penses que ça serait lui ? Je veux dire que tu n'as pas contredit Kle, donc…

— Tu supposes bien, acquiescé-je d'un hochement de tête. Nous avons une histoire en commun et je pense l'avoir croisé ce matin. Il m'a appelée par un surnom que lui seul peut connaître, ce n'est pas un détail qui a été rendu public, sauf si je me trompe.

— Il y a une solution pour en avoir le cœur net. Si je me balade sur le Dark Web, je peux compiler tout ce qui est recensé à ton sujet, m'explique-t-il en ouvrant une nouvelle fenêtre cryptée.

— Ça va te prendre longtemps ? demandé-je en trépignant sur place et mordant ma lèvre inférieure, curieuse d'avoir des réponses à mes questions.

— Laisse-moi dix minutes, grommelle-t-il en tapant mon patronyme.

Je recule en titubant et mon dos rencontre la main réconfortante de Kleo. Mes épaules épousent ce geste de soutien et je me blottis contre elle. Je frémis en découvrant le nombre de forums où mon nom ressort. Celui des Changretta évidemment. J'étais loin de me douter que je pouvais déclencher autant d'intérêt.

— Je n'ai rien trouvé de plus sur toi que nous ne sachions déjà. Tout y est, jusqu'à ton groupe sanguin. D'ailleurs, tu partages le même que ton père si tu ne le sais pas déjà, m'informe Kevin en se frottant les yeux avec son avant-bras.

Mon cœur rate un battement et semble se fracasser à mes pieds. Je suis étonnée que personne n'ait entendu le bruit qu'il a fait dans sa chute. Mon parrain a même poussé le vice à m'insérer bébé sur leurs photos de famille. Un torrent de lave se déverse dans mes veines face à cette évidence. *Personne n'a aucune idée de mon vrai nom ni de mon surnom*. Il est toujours profondément enfoui sous terre. La seule personne qui est capable d'en savoir plus à mon sujet est donc forcément le fils de celui qui a contribué à le faire effacer. Le sol s'écroule devant moi et je dois me rattraper de justesse à la chaise de Kevin pour ne pas tomber par terre. Mon inconnu est bien le Fantôme.

En chair et en os.

Pour rajouter plus de piment, il reste une ombre au tableau. Je n'ai aucune idée de qui est l'homme pour qui travaille mon parrain. Je me suis engagée dans un jeu mortel avec deux joueurs déterminés à remporter la partie. Au moment où je m'apprête à encaisser le choc, un pop-up clignote sur l'écran devant nous. Kevin se bat pour le supprimer mais il n'a pas d'autre choix que de l'ouvrir, les doigts tremblants. Je reste bouche bée en découvrant que les mots me sont directement adressés.

INCONNU

Si tu veux connaître la vérité, fouille au bon endroit.

Mes nerfs lâchent un à un. Ce bâtard est en train de jouer avec moi. Bien sûr qu'il s'agit du Fantôme, et mes craintes se confirment quand la personne qui orchestre ça prend le contrôle de l'ordinateur. Un lien s'ouvre sur la boîte noire du FBI. Celle de Barthélémy. Il y consigne tous les dossiers susceptibles de nous faire tomber ou trop sensibles pour être accessibles par tous. Une ribambelle de photos défile sous nos yeux ahuris. Mes genoux fléchissent lorsque je discerne des initiales sur une balle à côté d'un cadavre.

N. G.

Mon souffle se coince dans ma gorge et un râle m'échappe en essayant de trouver de l'air. Un panneau surplombe la scène. *Greenwich Village* est inscrit en blanc sur un fond vert. Le Fantôme était bien là, l'autre soir. Le goût amer de la trahison se distille sur ma langue et je ravale ma salive avec difficulté. Mon parrain est au courant que notre pire ennemi est en ville et je n'en suis même pas informée.

À quel jeu joue-t-il, bordel ?

Le dernier message qui s'affiche à l'écran m'achève.

INCONNU

Ne te trompe pas d'ennemi, le loup est parfois dans la bergerie Scottie.

Il ne faut pas être surdoué pour comprendre le sous-entendu. Je ne suis pas la seule d'ailleurs à faire le rapprochement. Nos respirations sont si silencieuses que je devine que tout le monde se retient de respirer face à cette révélation. Mon ventre se contracte et j'ai l'impression que l'on m'a rouée de coups de pied. Tous mes muscles me font mal et une copieuse migraine cogne contre mon front.

Mon stalker *est le Fantôme.*

Barthélémy est au courant de sa présence.

Il se pourrait que mon ennemi ne soit pas celui que je crois.

Mon parrain travaille pour des gens encore plus dangereux que lui.

Les informations tournent en boucle dans mon cerveau. Je suis incapable de penser à autre chose. Elles sont comme des bombes qui éclatent de partout dans ma tête et ravagent mon âme. Je dois faire le tri dans tout ça avant de me jeter dans la gueule du loup. Peut-être qu'il me manipule pour m'attirer dans un piège. Il n'est pas là pour rien, c'est forcément en lien avec son père. Je refuse de croire que Barthélémy peut me trahir. Il y a une explication logique et rationnelle à tout ça. Mes cuisses se contractent et je me lève d'un bond. Je fais les cent pas sous le regard incrédule de Kleofina. Mon corps tout entier tremble, pris d'assaut par les ténèbres qui me submergent.

— Théa, il faut que tu voies ça, m'interpelle Kleo en agitant son téléphone sous mon nez.

— Merde, juré-je en découvrant la vidéo d'un SUV noir sur l'écran.

Leandro est stationné en double file devant son immeuble. Mon cœur s'emballe dans ma poitrine. Je suis prise au piège. Mes membres se figent lorsque mon propre téléphone vibre dans la poche arrière de mon pantalon.

Je sais sans regarder le nom de qui il s'agit et mon sang se glace dans mes veines. Après une longue hésitation, je le déverrouille et le porte à mon oreille.

— Il vaudrait mieux que tu rentres avant que je vienne te chercher, me menace froidement Barthélémy avant de raccrocher dans la seconde.

Ses mots sont calmes, beaucoup trop calmes. Je sais qu'une fois que j'aurai franchi le seuil de la forteresse cette quiétude va se transformer en ouragan. Et je serai la première à subir sa fureur. Je lance un regard par-dessus mon épaule avant de prendre la meilleure décision pour tout le monde.

— Merci pour tout, je suis désolée mais je dois vraiment y aller, remercié-je Kevin avant de tourner les talons pour quitter l'appartement.

— Avec plaisir, les amis de Kleo sont en quelque sorte les miens, me répond-il en me gratifiant d'un clin d'œil.

— S'il te plaît Théa, fais attention à toi, m'implore Kleofina en me raccompagnant jusqu'à l'ascenseur.

Une lueur de tristesse traverse ses beaux yeux en amande et je n'ai pas le courage de lui mentir. Peu importe ce que je vais faire, je vais me mettre en danger.

Que je le fuie ou que je plonge dedans la tête la première.

Je me promets en silence que ce ne sont pas des adieux mais un simple au revoir. Une fois dans la voiture, je croise le visage de Leandro dans le rétroviseur. Ses allers-retours dans ma direction et son teint livide ne présagent rien de bon. Si même lui est inquiet pour moi, c'est que je vais au-devant de problèmes que je n'ai encore jamais affrontés. Mais je ne me fais aucune illusion, cet homme est aussi fidèle à Barthélémy qu'un chien à son maître. S'il doit mordre une main un jour, ce sera la mienne. Je n'obtiendrai aucun soutien de sa part. Je pénètre dans le hall la tête lourde et les épaules basses, prête à subir le regard désapprobateur d'Andréa. Je m'immobilise, incapable de faire un pas de plus, lorsque je tombe nez à nez avec mon parrain. Je n'ai pas peur de la violence physique ni psychologique. Mon histoire n'a rien d'un conte de fées, je suis une princesse née dans le mauvais univers. J'ai grandi dans un milieu si terrifiant que je ne crains plus d'avoir mal, peu importe la manière. Ce que je redoute est bien plus effroyable que la douleur.

Ma plus grande peur se résume en un mot, *la trahison*.

Le souffle dur et glacial de Barthélémy me pétrifie sur place.

— Tes petites escapades sont terminées, ma grande, crache-t-il, et ses mots sont aussi acérés que des lames de rasoir. Tu sortiras d'ici uniquement pour aller travailler et lorsque je l'exigerai, m'ordonne-t-il, si proche de moi que son torse heurte ma poitrine à chaque fois qu'il parle. Je te préviens Théa, si tu me défies encore une fois, il n'y aura plus aucune confiance entre nous, m'avertit-il en attrapant mon bras exactement là où il a enfoncé ses doigts ce matin.

Mes dents lacèrent l'intérieur de ma joue pour ne pas flancher. Je refoule des larmes brûlantes derrière mes paupières. Je vais écoper d'un bel hématome demain, mais je ne ressens même plus la souffrance qu'éprouve mon corps. Non, celle qui me ravage est plus sournoise. Elle pique mon âme comme si la pointe d'un couteau transperçait ma peau à plusieurs reprises. Cet enfoiré ose me parler de confiance alors qu'il est le premier à briser cette règle. Les mots que je veux lui lancer au visage meurent sur ma langue quand je décèle la raison de sa colère.

Le Fantôme.

Et *les secrets qui l'entourent*.

La veine contre sa tempe palpite si fort qu'elle menace d'exploser. Ce n'est pas moi, mais tous ces mensonges qu'il tente de protéger. Il peut bien m'enfermer à double tour dans cette satanée prison, je me débrouillerai pour savoir ce qu'il me cache. Lui aussi n'est pas dupe. *Il sait*. Ce n'est qu'une question de temps avant que je mette le doigt dans un engrenage infernal. Il revêt son masque habituel et ses traits deviennent impassibles. Ses mains retombent le long de son corps et son attitude se transforme en quelque chose d'indéchiffrable. C'est dommage pour lui, j'ai toujours adoré résoudre des énigmes.

— Une dernière chose, demain soir tu m'accompagneras au gala des instances fédérales, m'interpelle-t-il en marquant une pause avant de sortir.

Une sensation étrange m'étrangle. Cette maison n'a jamais été la mienne. Je n'ai nulle part où aller et aucun chez-moi où me réfugier. Je me surprends à vouloir tomber entre les mains du Fantôme. Ce serait peut-être un moyen de me libérer d'une vie qui ne m'appartient pas.

Par la mort ou par la vengeance.

Peu m'importe l'issue à cet instant.

Un pressentiment me traverse et me déchire la poitrine. Il y a d'autres cadavres cachés dans les placards de mon parrain. Je me suis longtemps voilé la face, mais aujourd'hui, c'est terminé.

Si je ne peux plus fouiller dans le passé du Fantôme…

… *C'est toute la foutue existence des Changretta que je vais remuer.*

CHAPITRE HUIT

Théa

New York

HÔTEL PARTICULIER
DE LA FAMILLE CHANGRETTA

Mes yeux me brûlent à travers mes paupières enflées, et je les frotte en douceur avant de fermer l'écran de mon ordinateur. La lumière du crépuscule pénètre à travers la baie vitrée et plonge ma chambre dans l'obscurité. Seule la petite lampe de bureau éclaire la pièce, et l'ombre des immeubles danse sur mes murs. Mes recherches n'ont rien donné, les secrets des Changretta sont profondément enfouis. J'ai beau essayer de les déterrer à coups de pelle, rien n'y fait. Déçue, je soupire sous le coup de ma défaite. J'ai le ventre noué et le cœur lourd. Une centaine de questions s'entremêlent dans mon esprit, tournant en boucle dans ma tête. Mon cerveau s'échauffe et une migraine puissante pulse à mes tempes. Je voudrais me coucher et effacer de ma mémoire cette affreuse journée.

Je veux oublier ces putains de mensonges et *l'existence* du Fantôme.

Elle est *tatouée* à l'encre invisible sur mon âme, et ça pour l'éternité. Je secoue la tête, frustrée, et je bondis de ma chaise pour me préparer. Me rendre à ce gala me donne la nausée. On y retrouve chaque année les mêmes personnes, dans des vêtements toujours plus extravagants et hors de prix. Leurs esprits fourmillent de secrets classés secret-défense, la plupart cachent des choses pour protéger les habitants de cette ville. Mais parfois, les masques qu'ils portent dissimulent des mensonges bien plus sombres et dangereux.

Mes doigts caressent le tissu satiné d'une longue robe noire dans mon dressing. Elle sera parfaite pour l'occasion. Je l'enfile et j'ajuste les fines bretelles sur mes épaules. Même si elle est fendue à mi-cuisse, personne ne pourra deviner ce que je cache dessous.

Mes mains glissent le long de ma jambe droite et je remonte la ceinture de mon holster[4] pour camoufler mon pistolet. Je coiffe mes cheveux en un chignon flou et quelques mèches rebelles effleurent mes joues. Il est temps de jouer la comédie, je tourne les talons, trébuchant à plusieurs reprises à cause de mes escarpins. Je n'ai pas l'habitude de marcher perchée sur des échasses. En réalité je déteste ça, j'aurais tué pour mettre mes baskets à paillettes. Un sourire étire le coin de mes lèvres, je pourrais assassiner quelqu'un pour moins que ça à cet instant. Finalement, mes mains sont peut-être aussi sales que celles des membres de l'organisation, mais je refuse de me l'avouer.

Le gala des instances fédérales a lieu chaque année au même endroit. Au MoMA, un musée d'art moderne, en plein centre de New York. Je sors de la voiture et un frisson glacial court le long de ma colonne vertébrale. L'endroit grouille de monde et les hommes de mon parrain sont omniprésents. Ils me dévisagent, épiant le moindre de mes

4. Petite pochette en cuir pour ranger une arme à feu.

mouvements. Je ricane amèrement en les fixant à mon tour, comme si je pouvais m'enfuir.

J'en *meurs* d'envie.

Mais je ne risque pas d'aller bien loin avec cette fichue paire de talons. J'inspire profondément et renverse la tête en arrière pour observer la lune. Les étoiles dansent autour d'elle. Je reste sans voix face à ce magnifique spectacle au milieu des ténèbres. Mes dents se serrent à m'en briser la mâchoire lorsque je m'engouffre dans le hall du musée. Une lutte intense se livre dans mon esprit pour ne pas faire demi-tour. Les muscles de mon corps se raidissent au moment où trois mercenaires surgissent de nulle part et m'escortent. Je m'apaise quand le canon de mon pistolet frotte contre ma cuisse. S'ils ne s'éloignent pas au plus vite, je vais leur coller mon arme entre les deux yeux. J'ai une sainte horreur qu'on envahisse mon espace personnel. Mes pas me guident jusqu'au premier étage, et je pose un pied mal assuré dans la salle de réception. La lumière est tellement forte que je dois plisser les yeux. Je ne sais pas qui a décoré cet endroit, mais ça doit être un fétichiste des lustres. Il y en a partout. C'est plus fort que moi, ma bouche se tord en une grimace dédaigneuse.

Un faux sourire se plaque presque aussitôt sur mes lèvres pour donner un semblant de crédibilité à ma présence. Je m'efforce de mentir à tout le monde, y compris à moi-même. Cette petite mascarade dure depuis tellement d'années que je suis rodée. Je balade mon regard sur les œuvres d'art moderne, elles sont époustouflantes.

Je détourne les yeux pour analyser le reste de la salle. Je grince des dents en découvrant l'estrade qui surplombe l'espace, tout est fait pour mettre en valeur mon parrain. Je n'ai aucune envie de l'entendre raconter les histoires qu'il a encore inventées de toutes pièces. Ma rage cogne furieusement dans ma poitrine, je n'encaisse pas les derniers événements. Je suis loin de connaître l'étendue de ses secrets et c'est ce qui me rend folle. Dans l'agitation de la soirée, les serveurs courent partout, ils apportent des verres de champagne et des hors-d'œuvre aux invités. J'attrape nerveusement une coupe à la volée et la porte à mes lèvres. Ma bouche s'assèche quand j'aperçois Barthélémy dans son costume gris trois-pièces, impeccable. La foule est amassée autour de lui, buvant ses paroles. Mon sourire de convenance s'efface et mon estomac se tord à m'en donner la nausée au moment où je croise son regard. Une étincelle de fureur traverse ses yeux lorsqu'il les pose sur moi. Il s'excuse auprès de ses convives et s'avance d'un pas déterminé dans ma direction. Les secondes s'égrènent lentement jusqu'à ce qu'il agrippe avec force mon bras et m'attire à lui. Ses doigts s'enfoncent dans mon biceps et la douleur se diffuse dans chaque cellule de mon corps. Son visage se rapproche agressivement du mien et je frémis quand un voile sombre recouvre ses traits.

— Profite bien de ta dernière soirée de liberté, murmure-t-il d'une voix tranchante.

— Quoi ? hoqueté-je.

— Tu as très bien compris ma grande. Si tu veux remuer le passé, je t'en prie, mais tu peux oublier tous tes petits privilèges !

Ce n'est pas un avertissement, c'est une *menace*.

Mes jambes s'affaissent sous moi et je dois lutter pour tenir debout. Il est prêt à tout pour m'éloigner de ses affaires, quitte à m'enfermer à double tour dans sa forteresse. Il tourne les talons et m'abandonne sur place. Ses paroles me font frémir jusqu'aux os, la situation est clairement en train de m'échapper. Je masse ma chair endolorie, et mes doigts se crispent sur ma peau déjà bleutée. Un arrière-goût d'amertume se propage sur ma langue, l'humiliation me prend à la gorge. Je m'en veux de le laisser m'atteindre… et je lui en veux encore plus de me traiter de la sorte. Alors que mes pensées tournoient dans mon esprit, je suis secouée par un violent coup d'épaule et je manque de tomber à la renverse. Un bras me ceinture pour m'éviter la chute. Je lève les yeux pour rencontrer ceux de l'agent Jackson Taylor.

Merde.

Embarrassée, je lui tourne le dos, prête à fuir à l'autre bout de la salle. Sa main agrippe mon poignet, me retenant captive.

— Théa, ne t'en va pas, s'il te plaît, m'implore-t-il, désespéré.

— Lâche-moi Taylor, lui ordonné-je.

Son parfum épicé pique mes narines et je me raidis à son contact. Je n'arrive plus à faire semblant.

— Laisse-moi une chance, je t'en supplie…

— Arrête, c'est terminé, oublie-moi, sifflé-je les dents serrées.

Il me lâche sous la stupeur alors que la tristesse l'envahit. Je n'ai rien à lui offrir. La mort de mes parents m'a tout pris, et je me suis interdit d'éprouver des sentiments depuis cette nuit. Il s'est amouraché de moi en quelques semaines, alors que tout n'était qu'une illusion. J'ai l'impression d'être une horrible garce sans scrupules. Dans ces moments-là, je n'ai rien à envier à mon père adoptif. Je lui ai menti pendant des semaines, consciente des risques. Je n'ai pas hésité un seul instant à l'utiliser. Sortir avec moi est un très mauvais plan. Je l'ai poussé avec indécence à flirter avec la mort. Mon premier copain a disparu dans des circonstances mystérieuses quelques mois après que l'on a commencé à se fréquenter. C'était un des hommes de main de Barthélémy. L'horrible souvenir de son regard vide et inexpressif me gifle avec violence. Mon cousin l'a abattu d'une balle dans la tête sans pitié. Au moment où il a posé ses mains sur moi, je l'ai condamné à un destin funeste. Un lourd silence se répand dans la pièce, plombant l'atmosphère et j'en profite pour m'éloigner de Jackson. Il l'ignorera toujours, mais stopper cette relation lui aura, en quelque sorte, sauvé la vie.

Le grésillement d'un micro me fait sursauter. Barthélémy prend la parole et passe la pommade à tous les agents, les félicitant pour leurs brillants résultats. Il martèle son engagement pour réduire le taux de criminalité de la ville. Ce sont des foutaises, son air bienveillant n'est qu'une façade. Il méprise tous ces gens. Tous les criminels de l'État travaillent pour lui, des plus respectables aux plus écœurants. Notre empire est vaste, allant des clubs de jeux clandestins au trafic d'organes. Je lève les yeux au ciel en vidant d'une traite ma flûte de champagne. Mon estomac se soulève, mais malgré ses protestations, je continue à noyer mon énervement dans l'alcool. Je tousse dans mon poing en avalant de travers. Je détourne le regard de l'estrade quand une étrange sensation s'empare de tout mon être. Mes doigts se plaquent sur ma nuque douloureuse, des flammes invisibles lèchent la peau sensible de mon cou avant de se répandre dans tout mon corps. Mon sang s'échauffe dans mes veines. *Le Fantôme est là*. Ses yeux sont partout sur moi, m'écorchant l'âme dans un long supplice. La colère monte en moi alors que l'attraction que je ressens pour lui est nocive. Je jette un rapide coup d'œil paniqué aux quatre coins de la pièce, sans l'apercevoir. Il est caché dans l'ombre, invisible. Soudain, une balle siffle à côté de mon oreille pour finir sa course dans un tableau derrière Barthélémy. Sous le choc, mon cœur loupe un battement et ma bouche s'entrouvre sans qu'aucun son en sorte. Un vent de panique souffle dans la salle, aucun agent n'a pu rentrer sans passer le contrôle de sécurité. Ils sont tous désarmés. À l'exception des membres de l'organisation.

Je saisis mon pistolet et déverrouille le cran de sûreté en pivotant sur moi-même pour identifier la provenance du tir. Le temps d'une respiration, Bart m'agrippe par les épaules pour m'attirer à lui. Je me débats en protestant violemment. Il est hors de question qu'il m'empêche de pourchasser ce fumier de Grimaldi. Une ombre se met à bouger au loin, dansant avec l'obscurité. Je me dégage de l'étreinte de mon parrain pour me lancer à sa poursuite. Je sprinte pour le rattraper, c'est ma seule chance de l'approcher, et je ne vais pas la laisser passer. Mes poumons s'enflamment et mon cœur s'emballe dans la précipitation. J'ai du mal à suivre la cadence, perchée sur ces fichus talons mais je ne peux pas m'arrêter pour les enlever. Ma vue se trouble alors que l'ombre accélère et me distance avec une facilité déconcertante. J'entends les grognements des hommes du clan qui se sont lancés derrière moi, mais ils sont loin.

Beaucoup trop loin pour nous rattraper.

La forme noire n'est bientôt plus qu'un petit point au loin, je dois pousser mon corps dans ses retranchements si je veux le suivre. Une douleur irradie dans mes cuisses, j'ai les jambes en coton. Je suis sa trace dans un dédale de galeries, il est en train de nous semer. Je me retrouve seule dans un immense couloir quand les lumières grésillent au-dessus de ma tête. Un claquement métallique résonne et je constate avec horreur que les portes de sécurité viennent de se verrouiller. Il m'a conduite tout droit dans un piège et je l'ai suivi aveuglément. Mon instinct de survie est vraiment à chier. La vérité me pétrifie, je suis devenue la proie et lui le chasseur. Une goutte de sueur perle dans mon dos alors que le silence s'installe entre nous. Je retire mes escarpins pour me déplacer discrètement dans les ténèbres. Je plisse les yeux pour habituer mon regard à la pénombre. C'est son terrain de jeu favori et la partie n'est pas à mon avantage. Des secondes interminables s'écoulent avant que ma vue parvienne à s'adapter au manque de clarté, et c'est là que je sens sa présence.

Il bouge derrière moi et je tourne les talons pour lui faire face. Ses yeux bleus luisent comme des saphirs, une flamme tangue dedans quand il les pose sur moi. Il y a quelque chose de sombre, de terrifiant et de dangereux dans son regard. Il rétrécit l'espace qui nous sépare en penchant légèrement la tête sur le côté. Tout mon corps se raidit, alors que je pointe mon arme dans sa direction. Il m'étudie avec intensité, passant sa langue sur sa lèvre inférieure. Mes doigts jouent sur la gâchette, mais je ne peux pas me résoudre à tirer. J'ai besoin de réponses et mon intuition me crie qu'il est le seul à les détenir. Je recule d'un pas et mon dos percute le mur froid derrière moi. L'arme ne le dissuade pas d'avancer, il se rapproche jusqu'à coller son torse contre l'acier du canon. Un sourire carnassier s'étire sur son visage et le muscle de sa mâchoire tressaute. En une fraction de seconde, d'un geste rapide et imprévisible, il fait voler mon pistolet à plusieurs mètres de nous. Son buste rencontre brutalement ma poitrine et mon souffle se coince dans ma gorge. Ses bras musclés et puissants encerclent de part et d'autre ma tête alors qu'il pose ses mains contre le mur. Je suis incapable de respirer. Sa bouche effleure mon oreille et je frissonne sous la chaleur de son souffle.

— Je vais te donner un petit conseil, Scottie. Ne me force pas à te chasser. Il n'y a pas d'issue à ça.

Je cligne des yeux quand il prononce à nouveau mon surnom. Il roule fiévreusement sur sa langue et je me surprends à l'apprécier dans sa bouche. C'est étourdissant. Si je ne me ressaisis pas, je vais me noyer dans les ténèbres de ses pupilles. Ses démons sont à la lisière de mon âme, ils la cherchent et je lutte pour ne pas leur en donner l'accès.

— Tu aimes tellement me suivre à la trace, Nathanaël, que je ne vais pas te priver de ce plaisir, feulé-je, acculée et prisonnière de ses bras.

— Je ne suis pas contre sauter les préliminaires. Mais si tu tiens à m'appeler par un prénom, choisis plutôt le *Fantôme*, raille-t-il avant de se retirer quelques pas en arrière.

Sa voix rocailleuse me pétrifie autant qu'elle me donne le vertige. Mes nerfs sont à vif, je clos mes paupières pour reprendre le contrôle de ma chair. Cette traîtresse réagit à son contact comme à une caresse. Je rouvre les yeux et nos deux âmes s'entrechoquent dans une étincelle. Il est dangereux, sa présence est létale. Je dois m'échapper et me tirer de cet endroit. C'est le chaos dans ma tête. Si je reste, il va me tuer, c'est sûr.

Cours Théa, cours et ne te retourne pas, martèle une voix dans ma tête.

Mon corps s'agite et je fais volte-face pour m'enfuir. Mes jambes se mettent à courir toutes seules. Je n'ose pas regarder en arrière, je dois absolument sortir d'ici. Pour une raison que j'ignore, il me donne une petite avance. Il me laisse m'éloigner, impassible, avant de me poursuivre à son tour. Je fixe une porte en face de moi, les mètres se réduisent alors que j'accélère ma foulée pour m'en rapprocher. Ma main glisse sur la poignée et le clair de lune illumine mon visage. La porte s'ouvre sur un escalier, mais le profond soulagement que je ressens est bref. L'ombre qui me poursuit est bien plus rapide, elle me bouscule violemment et je vacille en haut des escaliers.

En un battement de cils, je dégringole les marches et ses bras se referment sur moi, me maintenant avec fermeté contre son torse. Il me serre à me briser les os. J'ai beau me débattre, il ne relâche pas sa prise. Je suffoque sous la pression. Nous frappons le sol dans un bruit sourd et ma tête heurte le béton froid. Je gémis sous l'impact, ma vue se brouille, alors qu'un voile écarlate teinte mes iris. La chaleur du sang se répand le long de ma tempe, et mes doigts frôlent la petite plaie au sommet de mon crâne. Nathanaël s'immobilise au-dessus de moi, ses mains attrapent mon menton en coupe et il crie mon prénom. Sa voix est lointaine. Ce n'est plus qu'un écho qui se répercute dans le vide de la nuit.

— Théa, ouvre les yeux ! THÉA ! Putain tu fais chier Scottie…, jure-t-il.

L'obscurité m'engloutit, je lutte en vain dans les ténèbres. Je sombre dans le néant et je perds pied dans les abysses de l'inconscience.

CHAPITRE NEUF

Nate

New York

METROPOLITAN MUSEUM OF ART

Ses yeux de biche s'écarquillent et elle bondit sur ses jambes, détalant sans demander son reste. Un dangereux sourire retrousse la commissure de mes lèvres lorsque mon regard se perd sur ses courbes, attisant des braises ardentes en moi. J'inspire un grand coup avant de reprendre le contrôle de mes pensées. Mes pupilles sont rivées sur sa silhouette. Le bruit lourd et saccadé de sa respiration murmure en moi une sombre mélodie et déclenche mes réflexes. Je me lance à sa poursuite et plus rien n'existe en dehors de la chasse. Théa aurait dû m'écouter, il ne faut jamais tourner le dos à un prédateur. Elle n'a pas le temps de franchir le seuil de la porte que je l'intercepte d'un brusque mouvement de bras. Elle vacille dans le vide sous l'impact et elle chute, m'entraînant avec elle. Je l'emprisonne contre mon torse pour la protéger du mieux que je peux. L'atterrissage va être brutal, je le sais. Nos deux corps sont précipités sur le sol et sa tête cogne avec violence contre le béton froid. Je grogne quand je m'aperçois qu'elle est blessée. Une petite plaie superficielle saigne sur le côté de son crâne.

Je plonge dans son regard inanimé, la rage rugit dans mes veines et mon sang bouillonne comme de la lave incandescente. J'étrangle mes cris dans ma gorge en essayant de la ramener à elle. Malheureusement, elle s'enfonce chaque seconde un peu plus dans les ténèbres. Morte, Théa ne me sera plus d'aucune utilité. Je n'ai pas le temps de jouer à l'infirmier, je ne suis pas là pour la secourir mais pour l'enlever. Je déglutis péniblement quand mes doigts glissent sous son menton pour rejoindre la peau de son cou. Je les pose en dessous de son oreille, palpant son pouls. Il est faible, mais existant.

Je fouille à tâtons dans mes poches et j'en extrais un mouchoir blanc. Je tapote la plaie pour arrêter le saignement, j'ai besoin d'être discret et jouer au Petit Poucet ne va clairement pas m'aider à passer inaperçu. Le temps presse avant que les portes ne cèdent et que les hommes de son parrain nous trouvent. L'une de mes mains soulève sa nuque alors que l'autre fait de même sous ses genoux. Je la porte, inconsciente, jusqu'à la bouche d'égout entrouverte au fond du jardin, avant de la hisser sur mes épaules. Mes quadriceps se plient en squat pour sauter par l'ouverture. Je me réceptionne en souplesse, plissant les yeux pour m'habituer à l'obscurité. Ma main libre rabat la plaque métallique au-dessus de nous et l'écho résonne au loin dans les tunnels. Je n'ai besoin que de dix minutes pour rejoindre la voiture planquée dans un parking souterrain à trois blocs du musée.

Dix longues minutes. *Interminables.*

Quand je refais surface, Théa est toujours en proie aux ténèbres, elle me facilite la tâche autant qu'elle la complique. J'aurais préféré la sédater et être en maîtrise de la situation. Elle peut se réveiller à tout moment. Je contourne le véhicule, sur mes gardes, et ouvre le coffre pour la jeter dedans sans ménagement. Lukas a pris le contrôle des caméras de surveillance, ça me laisse un peu de temps avant que je ne sois à nouveau traqué comme une bête. Le danger avec les créations du diable, c'est qu'elles sont redoutables. Prêtes à mordre la main qui les a façonnées dès que le moment se présentera. Barthélémy a programmé son heure de mort à l'instant où il m'a fait torturer. Ils ont dilué tellement de poison dans mes veines que je suis devenu *toxique*.

Les pneus du SUV crissent quand je démarre à toute vitesse. Le quartier est trop éloigné du MoMA pour être bouclé, et le trafic est fluide à cette heure de la nuit. Finalement, la situation n'est pas si merdique que ça. Mes doigts se crispent sur le volant et les images de la soirée défilent sur mes rétines. J'ai plongé leur univers dans le chaos. Et je m'apprête à ouvrir les portes de l'enfer à Lilith[5]. J'ai beau régner dessus depuis des années, à l'instant où Théa débarquera dans mon monde, elle pourrait bien l'incendier. Mon cœur s'emballe furieusement dans ma poitrine en franchissant le chemin qui mène à l'aérodrome en marge de la ville. L'adrénaline calcine chaque partie de mon corps, à tel point que je pourrais me transformer en torche humaine.

Tout s'enchaîne à une vitesse folle quand mes bras enlacent le corps inanimé de la jeune femme pour la sortir du coffre. Je ne marche plus, je cours. Je gravis à grandes enjambées les marches de l'appareil et les réacteurs du jet grondent lorsque je la dépose, en douceur cette fois-ci, sur un canapé en cuir. J'ai beau vouloir relâcher la pression, tant que nous sommes au sol, c'est impossible. Mon front cogne contre la paroi de l'habitacle, alors que je compte jusqu'à quarante les yeux fermés. Quarante secondes horriblement longues. C'est le temps qu'il faut pour que l'avion décolle dans les airs. J'enlève

5. Déesse des enfers.

ma capuche et passe le plat de ma main pour enlever les gouttes de sueur qui perlent sur mes tempes. Mes genoux s'affaissent et je tombe lourdement dans le fauteuil face à elle. Un rire sournois m'échappe en repensant à la pagaille que je viens de semer. Je m'en délecte. Le problème, c'est que le danger ne m'effraie pas. En fait je suis le danger. Revenir d'entre les morts m'a laissé des séquelles, il ne reste que des lambeaux d'humanité carbonisés dans les tréfonds de mon être. Tobias va devenir fou mais je m'en moque, je rentre à la maison.

On rentre à la maison.

Un frisson me parcourt quand cette pensée effleure mon esprit. La vérité, c'est que je suis résident d'un enfer sombre et tourmenté. Et pour une raison que j'ignore, je suis prêt à parier que Théa sera la première à danser avec mes démons dans le noir. À condition qu'elle se réveille. Sa blessure ne saigne plus, c'est le moment parfait pour la nettoyer. Je tamponne une gaze d'antiseptique pour la désinfecter avant de la suturer. La petite plaie est le seul dommage visible sur son corps. Je manipule avec précaution ses membres, ils n'ont pas l'air fracturés. Je soupire de soulagement et promène ma main dans ses cheveux, jouant avec les mèches qui s'échappent de son chignon. Ou tout du moins ce qu'il en reste. Elle semble si paisible à cet instant, mais ce calme va être éphémère. Un rictus étire mes lèvres. Théa Scott Luciano est une putain de tempête, un ouragan ravageant tout sur son passage. Et ça tombe bien car je suis un cyclone. Un choc des titans se prépare dans l'ombre et la collision entre nos âmes va plonger notre monde dans les ténèbres.

J'effleure la peau de son cou, et resserre mes doigts autour de sa gorge. Mon pouls s'accélère et ma respiration se saccade. Mes démons m'aveuglent, je ne réfléchis plus de manière rationnelle et c'est dangereux pour elle. Ma soif de vengeance éclipse tout le reste, je ne ressens plus rien, vide d'émotions. Je pourrais lui ôter la vie sans le moindre effort. Ce serait ennuyeux à mourir mais je n'ai qu'à presser un peu plus fort pour l'étouffer. Sa bouche s'entrouvre en cherchant l'air alors que ses paupières s'agitent nerveusement. Même inconsciente, elle lutte, se rebelle et me confronte. Tout doucement, la vie reprend le dessus et elle frémit à mon contact. Je la lâche et sors une seringue pour la sédater. Je ne peux pas prendre le risque qu'elle se débatte encore une fois. Non pas que ça ne m'amuse pas, loin de là. Mais si elle se blesse à nouveau, je pourrais l'achever sous la colère. Je puise en moi pour trouver la force de m'éloigner. Mes démons protestent furieusement mais je les tiens en laisse. Je dois m'en tenir au plan. C'est la pièce maîtresse de la partie d'échecs que je mène. L'instrument de mort que je vais utiliser pour abattre Barthélemy et son empire.

San Diego, Californie

Le jet entame son atterrissage vers quatre heures du matin. Lukas est déjà là, adossé contre le capot de son 4×4. Un sourire illumine son visage lorsqu'il m'aperçoit mais se rembrunit quand son regard se pose sur la jeune femme dans mes bras.

— Comment va-t-elle ?

— Elle dort comme un bébé, ça ne se voit pas ? me moqué-je en arquant un sourcil, le défiant de me contredire.

Sa moue dubitative me fait hausser les yeux au ciel mais il n'insiste pas. Il ouvre la portière à l'arrière et déplie une couverture. Sa bienveillance m'impressionnera toujours. J'allonge le corps de Théa dessus avant de refermer la porte. Je le bouscule d'un coup d'épaule fraternel, il est temps de rentrer. Le trajet jusqu'au domaine dure un peu plus d'une demi-heure et je sens que mon petit frère a des questions qui lui brûlent les lèvres. Il inspire bruyamment mais s'interrompt à chaque fois qu'il veut prendre la parole. Ça me tape sur le système, j'ai épuisé mes réserves de patience.

— Tu vas finir par me dire ce qui te trotte dans la tête ?

Il se renfrogne sur son siège, à la fois vexé et anxieux. Je sais très bien qu'il se sent obligé de prendre des pincettes avec moi. Sauf qu'avec ce genre de comportement, je risque d'exploser encore plus vite. Ses doigts pianotent sur le volant et il se décide enfin à parler.

— Je ne sais pas ce que tu as foutu là-bas, mais Tobias est furieux. J'ai arrêté de compter le nombre de verres qu'il a fracassés contre le mur, se lamente-t-il à voix basse.

— Plutôt que de le regarder les lancer, tu aurais peut-être dû lui en servir un. Un petit coup de whisky, ça le calme toujours !

— Tes conseils sont vraiment merdiques, tu es au courant ?

— Je n'ai jamais dit qu'ils étaient bons, dis-je en éclatant nerveusement de rire en m'enfonçant dans le siège.

Je n'ai aucune envie d'affronter notre aîné. Mais je ne vais pas y couper. Je ne sais pas lequel des deux je préfère combattre. Tobias est colérique, mais prévisible. Théa est un chat sauvage. Elle pourrait m'éviscérer avec ses griffes. Je croise le regard suspicieux de Lukas dans le rétroviseur. Il fait des allers-retours incessants entre la route et la Belle au bois dormant sur le siège arrière. La lutte qui fait rage en moi pour conserver mon self-control est à son maximum.

— Pourquoi est-ce qu'il y a du sang séché sur sa tête ?

— Elle est tombée dans les escaliers.

— Tombée ou poussée ? me questionne-t-il pour la forme alors que le ton de sa voix m'accuse déjà.

Je me mords la langue pour ne pas déverser un torrent d'injures sur mon petit frère. Une part de lui sait ce dont je suis capable. J'en ai tout autant conscience. Un sentiment d'amertume prend le dessus sur la colère qui bouillonne dans mes veines. Je ne tue que pour deux raisons : *protéger les miens ou me protéger.*

Ceux qui tomberont au nom de ma vengeance n'auront pas le choix. Le sang appelle le sang. Pour chaque vie qu'ils ont prise, j'en arracherai une. Même si elle l'ignore encore, je viens de sauver Théa. De son parrain et de ses manigances. En ce qui concerne ses chances de survie à mon contact, tout dépendra d'elle. Elle a le choix. Je me redresse et pivote pour lui faire face, les poings serrés sur mes genoux.

— Apparemment, il va falloir lui apprendre à marcher avant de vouloir courir, craché-je en lui montrant les dents. Ce n'est pas ma faute si elle n'écoute rien !

— On dirait qu'au grand bal des têtus, tu as trouvé une partenaire de choix !

Abasourdi par son insolence, je manque de m'étrangler et un rire amer m'écorche la gorge.

— Va te faire foutre Lukas !

Je brandis mon majeur en l'air avant de lui asséner une tape à l'arrière du crâne. Un sourire malicieux retrousse la commissure de ses lèvres, et il hausse les mains au-dessus du volant en signe de paix.

— Tobias a préparé la chambre d'amis, tout est prêt pour l'accueillir.

— Elle reste avec moi jusqu'à son réveil, martelé-je en serrant les poings à en faire craquer les jointures.

— On peut prendre le relais Nate. T'as fait le plus dur. La surveiller n'est pas le plus compliqué.

— C'est non négociable. Elle serait capable de vous trancher la gorge et d'y graver ses initiales en un battement de cils.

— Tu parles de toi à la troisième personne maintenant ?

Cette fois-ci, je ne contiens plus mes pulsions et lui balance un coup de poing dans l'épaule. Il éclate de rire si franchement que je me surprends à en faire de même. La suite du trajet se poursuit en silence. Il pénètre au pas dans l'allée du domaine. Une fois la voiture immobilisée, j'emporte le corps de Théa avec moi jusqu'au dernier étage sans me retourner. Mes pas me mènent dans la salle de bains accolée à ma chambre. Le sédatif et les analgésiques que je lui ai donnés dans le jet ne seront pas suffisants pour atténuer les courbatures à son réveil.

Je remplis l'immense baignoire au centre de la pièce de glace et d'eau froide. C'est une technique ancestrale, utilisée par la ligue des assassins. La morsure du froid permet l'apaisement de la chair et de l'esprit. Je la déshabille à la hâte en évitant de me perdre sur ses courbes. Le processus d'immersion est complexe, je l'y plonge lentement, surveillant son rythme cardiaque. Après un moment dans l'eau glacée, elle devrait être en forme et se réveiller sans séquelles. Je veux l'affronter d'égal à égal. On ne touche pas à une personne déjà à terre, sauf si elle vous demande de l'achever.

Des pas lourds résonnent dans les escaliers. La confrontation que je redoute va avoir lieu bien plus vite que je ne le pensais. Je grogne les dents serrées, mon agressivité est palpable quand Tobias franchit le seuil. Son regard s'assombrit au moment où il aperçoit Théa, inerte dans l'eau. Furieux, il pointe un index accusateur dans ma direction.

— Nom d'un chien Nathanaël, qu'est-ce qu'elle fout dans une baignoire remplie de glace ?

Mes épaules se redressent brusquement, je le toise, jaugeant le niveau de colère qui l'habite. J'ai du mal à comprendre ce qui le fout en rage comme ça. Me connaissant, ça aurait pu être pire. Il est hors de question que je plie devant lui.

— Ce ne sont ni tes affaires ni ton problème Tob !

— Tu te fous de ma gueule ? s'époumone mon frère, la veine sur son front à deux doigts d'éclater.

Son visage se transforme douloureusement sous l'animosité. Ses yeux gris sont comme des éclairs prêts à me foudroyer. Je bouillonne, perdant le peu de sang-froid qu'il me reste. S'il franchit mes dernières barrières, je vais libérer mes démons. Mes doigts tremblent sous l'assaut de mes pulsions meurtrières. Je ne peux pas. Je ne peux pas penser à fracasser son crâne contre le marbre noir. C'est mon frère. Il le restera toujours. Même s'il désapprouve tout ce que je fais et qu'il tente de me défaire sans succès de mes noirceurs. Je clos mes paupières, me débattant avec les ténèbres prêtes à se déverser sur lui. J'ai plus ou moins merdé, mais je refuse qu'on me le dise. L'autorité est un sujet sensible, et depuis cette atroce nuit, je n'ai jamais laissé personne me dominer ni me plier à sa volonté. Je marche en équilibre sur un fil imaginaire, tendu à l'extrême entre la raison et la folie. Franchissant la ligne un peu plus chaque jour. J'ouvre les yeux et le contourne, je pourrais le blesser et il riposterait. Nous l'avons déjà fait. Ce n'est pas le moment de nous livrer à ces petits jeux.

— Il est hors de question que tu touches à un seul de ses cheveux. *È chiaro*[6] ? me menace-t-il en italien.

— Je ne peux pas te promettre des choses que je serai peut-être incapable de tenir !

6. « C'est clair ? »

— Et donc ? Comment tout ça va finir ?

— Mal, lâché-je avec une sincérité déconcertante.

Pour elle.

Pour moi.

Pour *nous*.

J'ai pris un immense risque pour notre famille en l'enlevant et en lui dévoilant mon identité. Je viens de tout parier sur sa faculté à discerner le mensonge de la vérité. Elle m'exaspère peut-être mais je ne remets pas en question son intelligence. Non, je redoute quelque chose de plus terrible. Il y a des démons prêts à incendier le monde dans ses yeux. Et je crois que je vais lui apprendre à jouer avec des allumettes et verser moi-même l'essence sur les braises de mon âme. Je chasse cette pensée en secouant la tête. Tobias tourne les talons et marque une pause avant de partir.

— Ne bousille pas ce qu'il reste de ton humanité, m'avertit-il en quittant les lieux, me laissant seul avec Théa.

Ses lèvres se teintent d'une nuance bleutée, c'est le moment de la sortir de là. Je l'enveloppe dans d'épaisses serviettes moelleuses avant de l'habiller d'un jean et d'un t-shirt que j'ai volés dans son dressing. J'observe sa peau tuméfiée par la chute. De fines cicatrices jalonnent son petit corps. Un amer témoignage du courage qui l'anime. Je la porte avec précaution jusqu'à mon lit et la dépose dans les draps en satin noir. Je me rapproche à quelques centimètres d'elle. Mon souffle caresse son visage alors que je promène la pulpe de mon index sur une de ses clavicules.

— S'il te plaît Scottie, ne rends pas les choses plus compliquées qu'elles ne le sont déjà. Ne me fuis pas, et je ne te ferai aucun mal, murmuré-je à son oreille avant de m'éloigner.

C'est un mensonge, les monstres comme moi sont forgés avec un acier à double tranchant. Je vais semer le chaos dans sa vie et la blesser, d'une façon ou d'une autre.

On ne ressort jamais indemne d'un séjour en enfer.

CHAPITRE DIX

Théa

San Diego, Californie

DOMAINE DES GRIMALDI

Une douleur sourde et lancinante pulse sur le côté de mon crâne. J'essaie de me débattre dans les ténèbres. Mon esprit frappe, griffe, lacère le brouillard qui règne dans ma tête, dans une tentative désespérée d'émerger. Chaque fois que j'entrevois la lueur du jour, je bascule en arrière, dans une chute vertigineuse. Aucune main ne se tend pour me rattraper, seule une corde entrelacée de mes souvenirs semble se dresser devant moi. Mes doigts glissent et je dois lutter pour ne pas la lâcher. Il faut que je me raccroche à quelque chose, je ne peux pas perdre pied. Tout se bouscule dans mon cerveau, c'est un vrai sac de nœuds. J'ai beau hurler, personne ne m'entend. Le son de ma voix s'étouffe dans ma gorge et tout se brouille à nouveau.

Concentre-toi, me souffle ma petite voix intérieure.

Je m'agrippe à une sensation, elle est glaciale. Le froid parcourt ma chair, se répand dans mes veines et vient chatouiller mon lobe frontal. Il toque à la lisière de ma conscience et entrouvre une brèche. Je dois me réchauffer, reprendre possession de mon corps. Et c'est là que je l'entends. Une voix rauque m'appelle au loin.

Elle m'apaise puis *m'écorche*.

Un souffle chaud court sur ma peau, je frissonne sous cette caresse brûlante. Mes mains saisissent la corde et j'escalade l'Everest de ma psyché. Au sommet, tout s'éclaire, je suis ici parce que *le Fantôme m'a poursuivie*.

Non, si je suis là, c'est parce que *je l'ai fui*.

Et il m'a eue.

Corps et âme.

Tout me revient comme un boomerang. La chaleur du sang sous mes doigts. Le supplice de mes muscles endoloris par la traque effrénée. Son regard de prédateur imprimé sous mes paupières. Je me réveille en sursaut. Je respire péniblement, ça me fait tellement mal que j'ai la sensation de respirer un nuage de cendres. Je roule dans le lit et me fige. Ces draps ne m'appartiennent pas. Je plisse les yeux pour les habituer à la pénombre. Les murs, le sol, le linge de maison, tout est noir. Je ne connais pas cet endroit. Un effroyable pressentiment me secoue, cet antre est celui du diable. Non, c'est impossible. Je grimace de douleur. Si j'étais en enfer, je ne ressentirais plus d'émotions. Tout du moins, je le suppose. Je ne sais pas ce qui m'angoisse le plus.

Être en vie à *sa* merci.

Ou morte.

Un rayon de soleil transperce la pièce et m'aveugle avant de guider mon regard vers la baie vitrée. Il est adossé contre elle. Les mains dans les poches, ses iris bleus braqués sur moi. Il respire la nonchalance. Un nouveau frisson me parcourt l'échine. Il se tient dans la semi-obscurité à visage découvert. Une chemise noire a remplacé son sweat à capuche. Ses manches sont retroussées et je m'égare sur les tatouages qui se perdent sous le tissu. Je remonte avec une lenteur indécente sur les traits de son visage. Je déglutis avec difficulté. Il est aussi beau que dangereux. C'est peu dire, quand on connaît sa réputation de tueur. Je plonge dans l'océan de ses yeux et me noie dans les abysses de son âme. La vague de terreur qu'il m'inspire se fracasse contre la digue de mon esprit.

Il est calme.

Beaucoup *trop* calme.

Les battements de mon cœur s'accélèrent alors que sa respiration ralentit. Je ne sais pas ce qu'il compte faire de moi mais je n'ai aucune envie de le découvrir. Sans que je puisse les contrôler, mes jambes se raidissent et je bondis à côté du lit. Ce sursaut de survie m'inquiète plus qu'il ne me rassure, c'est lui qui m'a conduite ici. Le temps s'arrête lorsqu'il fait un pas dans ma direction, puis un autre. Je recule par réflexe. Nos mouvements se synchronisent. La distance qui nous sépare se réduit à chaque seconde. Un sourire provocateur étire la commissure de ses lèvres quand mon dos rencontre le mur derrière moi. Mon cœur loupe un battement avant de battre furieusement dans ma cage thoracique. Il incline la tête sur le côté et une lueur sauvage danse dans ses pupilles. Elles se dilatent sous l'excitation alors que mon souffle se coince dans ma gorge. Son torse musclé se plaque contre ma poitrine. Je dois renverser ma tête en arrière pour ne pas rompre le contact visuel. Je sursaute quand il emprisonne mon visage en posant ses mains de part et d'autre sur le mur. Je détourne mon attention du sien, je dois trouver une solution pour le fuir.

Tu ne l'as jamais fui, tu cours depuis des années dans sa direction, me rappelle avec arrogance la petite voix dans mon cerveau.

Je suis en train de devenir cinglée. Voilà où ça mène d'être assez idiote pour traquer un criminel comme le

Fantôme. Courage, mon cul. C'est un tissu de conneries. La fatigue morale de ces derniers jours m'empêche de réfléchir convenablement. Et son corps contre le mien ne m'aide pas non plus. Traîtresse de chair. Elle et moi, nous allons avoir une petite discussion si je sors d'ici vivante. Je tente de le repousser du plat de la main, mais je n'ai pas le temps de le toucher qu'il attrape mon poignet entre ses doigts. Il m'attire contre lui et mon dos se décolle de quelques centimètres du mur. Son autre main empoigne mon cou, et son pouce effleure ma mâchoire. D'un geste bref il me contraint à le regarder à nouveau. Son visage se rapproche, alors que son menton glisse contre ma joue. Ses lèvres s'entrouvrent en aspirant mon souffle. Un millier de sensations ravagent mon corps. C'est tellement intense que j'en tremble.

— Ne m'oblige pas à te rappeler ce que tu risques en me tournant le dos, murmure-t-il en frôlant ma bouche avant de me lâcher et de se reculer.

J'enrage. C'est comme s'il m'avait balancé un cocktail Molotov. L'insolence de ses mots explose dans chacune de mes cellules.

— Tu parles beaucoup, Nathanaël, mais agis peu. Vu que je suis toujours en vie, j'en déduis que tu n'as pas le cran d'aller jusqu'au bout…, craché-je avec un peu trop d'assurance dans la voix.

— Laisse Nathanaël là où il est, ça fait dix-sept ans qu'il est mort. Mais je serais ravi de te présenter le Fantôme si tu insistes, petite corneille.

Il m'a désarçonnée en une phrase. Il manie les mots avec autant de dextérité que des poignards. Je titube quand il évoque l'oiseau tatoué sur mes côtes. Je sonde ses yeux, priant silencieusement pour que ce soit une coïncidence. Ses iris brillent d'amusement. Il n'y a aucun hasard. Il confirme ce que je redoute en déviant son regard sur mon buste, juste en dessous de la naissance de mes seins. Ses sourcils s'arquent au souvenir de ce qu'il a vu. Je serre les dents quand il mord sa lèvre inférieure. Un magma en fusion crépite dans mes veines, attisant la lave brûlante qui les traverse. Et c'est ce qui me rend folle. Je suis incapable de dissocier la haine que j'éprouve pour lui de cette attirance malsaine. Je ne peux pas lutter contre ça. Je suis en proie à une longue agonie, dévastatrice. Sa vue se trouble quand il remarque l'ecchymose violette sur mon biceps. À l'endroit exact où Barthélémy a posé ses doigts sur moi. Un grognement sourd lui échappe et je tressaille de surprise.

Il attrape ma main, jouant avec mes doigts pour me forcer à les ouvrir. Je hoquette sous la décharge que son contact provoque sur ma peau. C'est comme une déflagration qui résonne au creux de mes entrailles. Il glisse habilement une arme à l'intérieur. Pas n'importe laquelle. Mon beretta. J'empoigne le pistolet et mon bras retombe le long de mon corps. Je ne suis pas suicidaire, si je le pointe vers lui, il va me tuer. Une flamme chancelle dans ses yeux, et j'y décèle une faille. Je m'y engouffre, saisissant ma chance.

— Pourquoi est-ce que je suis là ? demandé-je à voix basse.

Au moment même où les mots franchissent mes lèvres, je comprends trop tard que j'ai posé un pied là où il ne faut pas. On n'exige rien du Fantôme.

J'ai commis une erreur de débutante.

Une *grossière erreur* qui pourrait *me coûter la vie.*

Il se jette sur moi et mon dos heurte avec violence le mur. Il sort de sa poche un couteau et déploie la lame avant que j'aie le temps de riposter. Un rayon lumineux se reflète sur l'acier alors qu'il presse l'arme sous ma jugulaire. Je tressaille quand il effleure la fine membrane de mon cou avec la pointe du canif. Mon estomac se soulève dans mon ventre sous la peur.

— Tu veux que je te parle ? raille-t-il sournoisement. Très bien, je vais même faire mieux. Je vais te montrer à quel point je peux te briser en quelques secondes.

Toute trace d'humanité a disparu en lui. Seul un éclat sauvage brille dans ses yeux. Il balade la lame lascivement pour venir la glisser sous mon menton. Sa main libre enserre ma gorge et je suffoque. Je ne peux pas cacher mon trouble. Il inspire en avalant l'air qui me manque, se nourrissant de ma peur. Son front rencontre le mien et il ferme les yeux. La lame danse entre ses doigts et réalise une chorégraphie sans un seul faux pas. Il suit un chemin invisible pour venir la loger entre son pouce et son index à la base de ma gorge. Je frissonne sous la froideur du métal qu'il presse contre moi. La pièce se charge en électricité et ma peau frémit quand il lâche le couteau. Il chute dans un bruit sourd et claque sur le sol avec fracas. Il s'y prend tellement bien qu'il va me tuer sans vraiment me toucher. Mon cœur est en train de lâcher.

— Reprends ton souffle, *Scottie*. Prépare-toi à courir, car si je te rattrape, je te tue ! me menace-t-il avant d'ouvrir la porte juste à côté de nous.

Ce maudit surnom. Encore et toujours dans sa putain de bouche. Il le salit et le sublime à la fois. Il roule sur sa langue comme un doux poison, que j'ingère malgré moi et qui résonne dans tout mon être.

Je secoue la tête pour reprendre le contrôle de mes pensées. Il s'éloigne en me laissant de l'espace et le temps de fuir. Je n'ai pas d'autre choix, je dois essayer. Mes jambes encore courbaturées se rappellent à mon souvenir quand je détale à toute vitesse de la chambre. Je dévale les escaliers devant moi tout en enlevant la sécurité de mon arme. L'adrénaline prend le contrôle de mon corps, anesthésiant mes muscles endoloris. Je suis presque arrivée au rez-de-chaussée quand il déboule derrière moi. Je tourne la tête au-dessus de mon épaule et j'essaie de le viser. Il évite mon tir et accélère pour me rattraper, nous repartons dans une course-poursuite infernale. Sauf que cette fois-ci, il riposte et tire aussi. La balle siffle au-dessus de ma tête alors que je me précipite vers un immense couloir. Je pousse sur mes cuisses pour atteindre la porte vitrée entrouverte. Mon avance diminue mètre après mètre, et quand je franchis le seuil, je me fige. Je suis face à l'océan. Je pivote pour regarder derrière moi, la maison est encerclée par des falaises.

Me voilà au milieu de nulle part, en Californie. Il n'existe aucune échappatoire. Nathanaël apparaît quelques secondes plus tard en marchant. Il s'adosse avec nonchalance contre le chambranle de la baie vitrée. Je suis dépassée par la situation et son comportement. Sans réfléchir, je lui balance mon arme au visage. Je dois vraiment remettre en question mon instinct de survie quand il est dans les parages. Il esquive le pistolet au dernier moment, surpris par mon geste. Il hausse un sourcil et se met à rire franchement, ce qui m'étonne, car jusqu'à présent, il n'a été que menaces et murmures.

— Sérieusement ? Ils vous apprennent quoi au FBI ? Pour information, si tu veux t'en servir correctement, il vaudrait mieux appuyer sur la gâchette plutôt que l'utiliser comme un projectile, se moque-t-il avec une pointe de sarcasme dans la voix.

Je passe nerveusement mes mains dans mes cheveux et je romps la distance qui nous sépare, prête à lui coller une gifle. Mais je me ravise à quelques pas de lui. Il est toujours armé. Moi non. Ce n'est pas une bonne idée. J'ai atteint mon quota de choix douteux pour l'année.

— Tu sais ce que tu es ? Un putain de prédateur ! lui crié-je à m'en briser les cordes vocales.

— Tu me traques depuis dix-sept ans, c'est normal que je te rende le sentiment, tu ne crois pas ?

— Si tu ne passais pas tout ton temps à m'observer caché dans l'ombre, tu te rendrais compte que c'est toi qui as un sérieux problème ! lui dis-je en le pointant du doigt.

Je veux l'étrangler. Je veux l'étouffer jusqu'à ce qu'il me supplie d'arrêter. Mais je sais très bien que je n'ai aucune chance.

— Sans vouloir te décevoir, on n'est pas dans *You*[7], je ne suis pas un *stalker.*

— Ah oui ? Et comment tu appelles ça alors ?

— Je dirais que je t'obsède autant que tu captives mes pensées…

Je le gifle si fort que je vacille sous l'impact. Mes mains agrippent ses épaules pour m'empêcher de tomber. Son regard plonge dans le mien et m'enflamme fiévreusement. Il n'a suffi que d'une étincelle pour qu'il démarre un incendie incontrôlable en moi.

— Qu'est-ce que je disais ? me défie-t-il en me gratifiant d'un clin d'œil.

Je blêmis sous l'évidence. Je vais devoir lutter entre la haine et l'attirance qu'il provoque en moi. C'est un jeu dangereux où même le gagnant finit toujours par perdre une infime partie de lui. Un raclement de gorge retentit, brisant le silence. Je tourne la tête et découvre avec stupéfaction que nous ne sommes pas seuls. Je reconnais aussitôt les deux autres membres de la fratrie Grimaldi, Tobias et Lukas. Leur attention est braquée sur nous.

---

7. Série américaine, où l'on suit les aventures de Joe Goldberg, un *stalker* et meurtrier. Il espionne ses victimes avant de se mettre en couple avec elles et de finir par les tuer.

— Si ça ne vous dérange pas, j'aimerais prendre mon café en paix, commence l'aîné, exaspéré. Il est trop tôt pour vous écouter vous disputer, et c'est impossible de lire mon journal quand des coups de feu fusent dans ma maison, déclare-t-il en faisant claquer sa langue contre son palais.

J'ouvre la bouche mais aucun son n'en sort. Je suis à la merci des hommes les plus puissants de Californie et, accessoirement, mes ennemis. Les félicitations sont de rigueur. Je viens de gifler le Fantôme et d'agacer le chef de leur organisation en moins de dix minutes. Il ne manquerait plus que je piétine les pieds du benjamin et j'aurais gagné ma journée. Cette matinée prend une tournure inattendue, et je ne suis pas au bout de mes surprises. Si je me sors de ce merdier, je vais écrire un bouquin. Et le titre est déjà tout trouvé.

Comment survivre dans la mafia : les dix conseils pour crever à coup sûr.

CHAPITRE ONZE

Théa

San Diego, Californie

DOMAINE DES GRIMALDI

Un mouvement sur ma droite me fait sursauter. Le plus jeune des frères Grimaldi se penche vers moi. Ses cheveux bouclés sont encore humides et son regard gris est incroyablement lumineux. Tout l'opposé de son aîné. Je me balance d'un pied sur l'autre, mal à l'aise, quand il me tend sa main. Ses yeux pétillent de bienveillance. Je reporte mon attention sur son invitation pacifique qui me laisse perplexe. Un sourire charmeur étire ses lèvres lorsqu'il perçoit mon trouble.

— Elle ne mord pas, Théa, me taquine-t-il en me gratifiant d'un clin d'œil malicieux.

J'ai les doigts qui tremblent et le souffle court quand j'attrape sa main. Je me serais attendue à tout, des cris, des échanges de coups de feu, des menaces. Mais pas à ça. Je suis totalement décontenancée. Le contraste entre l'attitude de Nathanaël et celle de son petit frère est déroutant.

— Content de voir que tu es enfin réveillée. Je m'appelle Lukas, se présente-t-il en portant ma main à sa bouche en parfait gentleman. Désolé pour les manières un peu rustres de notre frère, il n'est pas très doué pour accueillir les invités, s'excuse-t-il en posant sa main libre sur son cœur.

Invitée. Pas prisonnière.

Le tourbillon de mes pensées s'affole dans mon cerveau, je suis dans une impasse. À l'intersection entre le soulagement et l'inquiétude. Mais cette lutte intérieure est de courte durée. Ma mâchoire est à deux doigts de se décrocher quand un grognement de protestation me fait tourner la tête.

— À ta place, Lukas, je ferais attention à cette petite corneille. Un coup de bec est vite arrivé ! me provoque à nouveau le Fantôme avec un sourire diabolique.

— Va te faire foutre, Grimaldi ! craché-je en brandissant mon majeur.

Les flammes de ses démons s'entremêlent autour de mon âme. Nous nous défions en silence. Je devrais l'ignorer mais je n'en fais rien. C'est plus fort que moi. À chaque fois qu'il m'attaque, je riposte. Et je le cherche jusqu'à ce qu'il me trouve à son tour. L'expression de son visage s'assombrit mais ses yeux luisent intensément. Il se délecte de l'effet qu'il me fait. Et je me déteste de ne pas le combattre. En tout cas, pas de la manière dont je le voudrais. Nos joutes verbales arrachent un grand éclat de rire à Lukas et Nathanaël bat en retraite. Il se retire dans un imperceptible mouvement de recul. Une fraction de seconde où il se confond dans l'obscurité et sa soudaine absence laisse un trou béant dans ma poitrine.

Ma bouche s'assèche et un frisson court le long de ma colonne vertébrale. Les pièces du puzzle de ma vie s'assemblent. Je n'ai pas constamment ressenti ce vide mais il a sans cesse fait partie de mon existence. Par intermittence. Aussi furtif qu'un courant d'air. Je me raidis quand l'évidence me saute aux yeux. Le Fantôme a toujours été là, j'ai cherché toutes ces années quelque chose qui était sous mon nez. À un battement de cœur du mien. Il est impossible d'attraper une ombre. Je devine amèrement que pendant tout ce temps, il s'est confondu dans la mienne. Jusqu'à ce que nous ne fassions plus qu'un, et que je devienne à mon tour *l'ombre du Fantôme*. Nous nous complétons en quelque sorte. Cette idée me terrifie, mais ce n'est pas le moment de me perdre dans la spirale infernale de ma psyché. Une main se loge au creux de mes reins et je bondis en avant. Je pivote sur mes gardes, prête à montrer les dents.

— Désolé, je souhaitais t'inviter à entrer dans la maison, s'excuse Lukas en levant ses paumes vers le ciel.

— Ce n'est rien, balbutié-je, penaude.

Il me dépasse et je le regarde s'avancer, il s'immobilise avant de passer le seuil de la porte. Sa tête s'incline dans ma direction et un sourire retrousse l'ourlet délicat de ses lèvres.

— Juste une chose, Théa, quand tu veux insulter un Grimaldi, n'oublie pas de préciser lequel, souffle-t-il d'une voix moqueuse.

— Je..., commencé-je à me justifier avec maladresse. Je pensais que c'était évident que je parlais à Nathanaël !

Mes lèvres se pincent jusqu'à ne former qu'une ligne sur mon visage. J'ai envie de me taper la tête contre un mur. Rectification. Pas besoin de dix conseils pour se faire tuer. Un seul suffit, insulter vos ennemis. Cette fois-ci, c'est un rire tonitruant qui échappe au benjamin.

— Si tu veux mon avis, les injures sont comme des compliments à ses oreilles !

J'ouvre la bouche pour le contredire, mais il n'a pas tort. Le Fantôme est tellement perturbé mentalement qu'il pourrait prendre ça pour une déclaration.

— Mais fais attention à notre vieille branche, s'amuse-t-il en désignant du menton Tobias. Il pourrait s'énerver et ça ne serait pas bon à son âge ! Un infarctus est vite arrivé…

Mes sourcils s'arquent jusqu'à la racine de mes cheveux sous l'étonnement. L'idée que je me faisais de ma première rencontre avec les frères Grimaldi n'a rien à voir avec celle qui se déroule sous mes yeux. Je m'imaginais au beau milieu d'un bain de sang. Mais certainement pas dans un épisode de *Friends*. Sauf qu'à ma connaissance, personne n'a brandi un couteau sous la jugulaire de Rachel. Et elle ne s'est pas fait enlever non plus.

Tobias s'étouffe avec son café et je ris derrière mon poing. Je suis moralement épuisée et mes barrières s'effondrent comme un château de cartes. J'ai très envie de détester le célèbre hackeur mais c'est impossible. Je vais sûrement très vite déchanter, mais pour le moment, je m'agrippe au lien qui semble s'être établi entre nous. Avec une synchronicité parfaite, nous tournons les talons pour affronter la tempête qui se dirige droit sur nous. Le regard gris du chef de famille est un ciel orageux qui foudroie Lukas. Je déglutis, la gorge serrée, il est terriblement imposant. Physiquement, il dépasse d'une tête ses frères, et son costume sur mesure abrite avec difficulté sa carrure.

On dirait un quarterback.

Sans la boue et le short.

Mais tout aussi offensif.

— Quand tu auras fini de faire le clown, tu pourras peut-être amener notre invitée dans mon bureau. Nous devons parler entre adultes, pendant que tu feras joujou avec tes ordinateurs, menace Tobias tout en quittant la terrasse à son tour.

Tous les muscles de mon corps se raidissent au son de sa voix. Elle me rappelle douloureusement celle de Barthélémy et mon cœur loupe un battement. Je suis en train de plaisanter avec nos ennemis. Les fils de l'assassin de mes parents. Je ne dois pas me laisser berner. En tout cas, pas si facilement. J'ai été entraînée pour ce genre de situation. Et là, je ne contrôle absolument plus rien. D'invitée, je n'en ai que le nom. Le kidnapping dont j'ai été victime ne doit en aucun cas me faire développer un maudit syndrome de Stockholm ni une fichue dépendance affective. Sinon, je finirai comme toutes ces cruches qui se retrouvent avec une balle entre les deux yeux une fois leur utilité épuisée.

Je puise dans l'énergie qu'il me reste pour mettre en ordre mes idées et relancer la fonction principale de mon cerveau. *Réfléchir*. J'analyse la situation telle qu'elle est réellement. Je suis coincée au beau milieu de nulle part avec un sociopathe, un hackeur et un négociateur redoutable. Si je veux survivre et me tirer d'ici, je dois comprendre le motif de mon enlèvement. Mais également la raison pour laquelle je suis toujours en vie. La réputation des Grimaldi a traversé tout le pays, ils sont impitoyables. Ceux qui s'opposent à eux s'entassent dans des cimetières. Lukas m'interpelle d'un signe de tête et je le suis à l'intérieur, tous mes sens en alerte. Je marche en silence à ses côtés, mais en réalité, je dois presque courir. Une seule de ses foulées m'oblige à en faire trois. Je ne peux pas le laisser me distancer, je dois être en mesure d'analyser le moindre de ses gestes. Ma patience a atteint ses limites. Je commence à en avoir marre de me retrouver désarçonnée parce qu'on me colle une arme sur le front. Je me fige quelques secondes avant de monter la première marche des escaliers. Je plisse les yeux en découvrant les impacts de balles sur le mur. Un vestige de ma course-poursuite avec le Fantôme.

— Un petit coup d'enduit et on y verra que du feu, me rassure le hackeur en me tendant la main pour m'aider à gravir les marches.

Je la lâche une fois arrivés sur le palier et il la fourre dans sa poche. Je détourne les yeux et je suis abasourdie par la beauté de l'endroit. Des œuvres d'art moderne ponctuent les murs d'une touche de couleur. Tout le reste est d'un blanc immaculé. Je suis les rayons du soleil qui s'engouffrent par l'immense puits de lumière au-dessus de nous. Il inonde de chaleur la bâtisse et les nombreuses plantes se prélassent sous sa caresse. Un eldorado de vie dans tout ce chaos mortel.

— Où est le bureau de ton frère ? demandé-je prudemment.

— En bas, je voulais d'abord te montrer ta chambre. Je suppose que tu es claquée et qu'un peu de repos ne te fera pas de mal avant de discuter avec Tobias.

Ma chambre ? Je ne compte pas rester ici. *Plutôt mourir*, prié-je en silence. Je me mords les lèvres pour réprimer un ricanement. À ce rythme-là, je vais exaucer moi-même mes prières.

— Il y a d'autres chambres à cet étage ?

— À l'exception de celle-ci, il n'y a que la mienne et celle de Tobias. La tanière de Nathanaël est juste au-dessus, m'informe-t-il en s'appuyant contre le garde-corps de l'escalier.

— C'est une chambre d'amis ?

— Oui, même si on ne reçoit jamais personne. En fait, c'était celle de notre mère, répond-il avec une pointe de nostalgie.

— Elle est décédée ?

— Si on veut, clôture-t-il alors que sa voix se meurt sans me donner plus d'explications.

Mes bras se couvrent de chair de poule. J'ignore encore ce qui m'a pris de demander ça. Nous avons tous perdu quelqu'un cette nuit-là. Mais l'entendre de sa propre bouche me glace le sang. Mon cœur se serre quand les yeux de Lukas s'embrument de larmes silencieuses. Selon les rumeurs, Mara Grimaldi a disparu il y a plusieurs années. Son clan de naissance l'aurait bannie après la trahison de son mari. Chassant l'ambiance maussade, il pousse la porte devant moi en me souriant et me barre la route avec son bras.

— Tu ne devrais pas en avoir besoin mais j'ai pensé que tu voudrais le récupérer, murmure-t-il en me tendant mon pistolet.

Le muscle de ma mâchoire tressaute. Je ne serais pas aussi catégorique que lui à ce propos. Le Fantôme a mis une cible lumineuse au-dessus de ma tête et ce n'est qu'une question d'heure avant qu'il tente à nouveau de me tuer.

— Merci, le remercié-je, la voix enrouée.

— Prends ton temps avant de rejoindre Tobias, il y a de la pizza sur la table basse. Quand tu te sentiras prête, le bureau de mon frère est au fond du couloir en bas, il t'attend.

Sans prononcer un mot de plus, il se retire. Je pose un pied après l'autre en pénétrant dans la chambre. Je tourne sur moi-même en contemplant les lieux. Mon souffle se coupe quand je découvre la vue sur l'océan qu'offrent les grandes fenêtres face à moi. Elles montent jusqu'au plafond. Je tombe lourdement dans un des fauteuils et me précipite sur la pizza au fromage posée sur la table basse. Mon ventre gargouille quand j'avale la première bouchée. Je suis affamée. Le temps se suspend et une bouffée d'air frais s'engouffre dans mes poumons. Je la savoure alors qu'une drôle de sensation m'envahit.

C'est le calme *avant* la tempête. J'adore les tempêtes. Vraiment. Mais je les préfère encore plus quand je suis dans mon lit, à l'abri, avec un bon livre. Je n'aime pas en être le centre. Le milieu d'après-midi pointe le bout de son nez lorsque je me décide à abandonner la quiétude de la chambre. Je repousse la confrontation avec l'aîné du clan depuis de longues heures et ça a assez duré. C'est comme un sparadrap, plus on attend pour le retirer et plus ça fait mal. Mes pas sont las quand je descends les marches des escaliers. Lentement, une brûlure intense ravage ma nuque. Je n'ai pas besoin de me retourner pour savoir qu'il est là. À quelques mètres de moi. Seuls mes pas résonnent dans la maison. Elle est entièrement vide à l'exception des frères Grimaldi. Je n'ai personne à amadouer pour m'aider à sortir de ce bourbier. Les rayons du soleil jouent aux ombres chinoises le long du couloir qui mène au bureau de Tobias. Une seule manque au tableau, celle du Fantôme.

Malgré moi, j'esquisse un sourire. Il s'est toujours tenu dans la mienne. Mes doigts effleurent mon reflet, *notre reflet*, sur le mur. Sous le toucher, je peux sentir le frémissement qu'il camoufle avec difficulté. Sa respiration s'intensifie, devient plus rauque. Je n'ai pas peur des ténèbres, j'irai chercher ses démons jusque dans les tréfonds de l'enfer. Ma main agrippe la poignée du bureau et je franchis le seuil sans m'annoncer. Après l'entrée fracassante qu'ils ont faite dans ma vie, il n'est que justice que je leur rende la pareille.

CHAPITRE DOUZE

Théa

San Diego, Californie

DOMAINE DES GRIMALDI

Je m'immobilise à l'entrée du bureau. Prenant mon courage à deux mains. Je m'y accroche de toutes mes forces, refusant qu'il s'envole. Parce qu'il en faut une sacrée dose pour affronter ses ennemis. Mais encore plus quand il s'agit de faire face à la vérité. Mes yeux courent sur les étagères de la bibliothèque qui se profile devant moi. Un joli méli-mélo de livres anciens et de parutions modernes. Un sourire songeur fleurit sur mes lèvres. Nous sommes si différents et si semblables à la fois. J'aurais peut-être rajouté un ou deux romans pour embellir sa collection mais elle est déjà parfaite. Le problème avec les gens parfaits, c'est qu'ils abritent des secrets si dangereux qu'ils peuvent vous tuer d'une seule parole. Sans que vous le voyiez venir. Je ne crains pas les balles. La chair est capable de faire des miracles en ce qui concerne la guérison. Mais les blessures d'âme ne se referment jamais. Avez-vous déjà froissé une feuille de papier ? Malgré toute la bonne volonté du monde, elle ne redeviendra jamais plus comme avant. Et je sens au plus profond de moi que je ne ressortirai pas indemne de ce bureau.

Les rayons du soleil jouent sur la vitrine du bar au fond de la pièce. Tobias possède une impressionnante collection de whiskys. Mon cœur se serre en observant le liquide ambré. Meghann adorerait cet endroit. Une ombre vacille dans le reflet des bouteilles et je pivote sur moi-même à la recherche de son propriétaire. Mon rythme cardiaque s'apaise quand je découvre qu'il s'agit de l'aîné des Grimaldi et non du Fantôme. Il est assis dans l'un des nombreux fauteuils en cuir qui entourent l'immense table en verre et fer forgé. C'est raffiné. À son image. D'un signe de la tête, il m'invite à le rejoindre.

Son regard gris acier me jauge et m'analyse. Je peux lire dans ses iris tout ce qu'il ne prononce pas à voix haute. Lui comme moi avons des choses à nous dire. *Beaucoup de choses*.

— Je te remercie d'être venue, prononce-t-il d'une voix calme.

— Avais-je le choix ?

— On a toujours le choix, Théa.

Mes genoux s'affaissent et je m'assois en silence. La brûlure sur ma nuque a disparu à l'instant où j'ai franchi la porte. Je regrette amèrement de ne pas avoir cédé à l'idée de me soustraire à cette discussion civilisée. Prendre l'option plus violente avec Nathanaël aurait été plus simple. Il m'aurait sûrement blessée mais j'aurais su comment gérer.

— Tu as l'air tendue, je peux te proposer un whisky ? propose-t-il comme s'il lisait dans mes pensées.

— Vous faites vraiment tout vous-mêmes dans cette maison ? Il n'y a aucun personnel ? demandé-je, surprise.

Comparé à la forteresse des Changretta, l'endroit est désert. Je ne me souviens pas à quand remonte le moment où je me suis servi un verre moi-même.

— J'ai choisi de préserver l'anonymat de mon frère. C'est sa *safe place*. Tu devras te contenter de nous trois.

J'écarquille les yeux, étonnée. Comment des hommes aussi puissants arrivent-ils à gérer un réseau criminel et l'entretien d'une baraque ? Mon esprit dérive et pour une raison obscure, il me renvoie à une image que je peine à chasser de ma tête. Nathanaël, nu, en train de faire les poussières avec un plumeau. Je déglutis avec difficulté en priant pour que Tobias ne devine pas où mes pensées m'ont emmenée. Je ne sais pas ce qui est le plus perturbant. Que j'imagine le Fantôme en train de faire le ménage ou cul nu, un plumeau à la main.

Je ne préciserai pas de quel plumeau je parle.

Une vague de chaleur envahit mes joues. Je rougis et évite avec précaution le regard de Tobias. Il perçoit ma gêne et un ricanement s'échappe de sa gorge.

— Ne fantasme pas sur Nathanaël un balai à la main, ça n'arrivera jamais, raille-t-il à son propre propos. Lukas gère la partie cuisine, et je nettoie le bordel que ces deux-là laissent.

— Je ne fantasme pas du tout, m'étouffé-je à moitié.

Je secoue la tête pour chasser l'image du postérieur du Fantôme.

Menteuse, murmure ma minuscule voix intérieure. Comment fait-on pour éteindre cette fichue conscience ? Elle est en train de m'assassiner à petit feu avec ses remarques à la con.

— Tu es une fille surprenante et pleine de ressources, me gratifie-t-il en se levant pour servir deux verres de whisky sans glace.

Cette petite discussion s'annonce plus pénible que prévu si je dois puiser mon courage dans de l'alcool fort. J'attrape le verre qu'il me tend et le porte à mes lèvres.

— Je ne vois pas bien en quoi j'ai pu te surprendre.

— Personne n'affronte mon frère ni ne lui résiste. Ta gifle était un joli coup d'éclat.

Je me mords la lèvre inférieure. Je ne suis pas sûre que frapper le fantôme ait été ma meilleure décision. Ça s'apparente à jouer à la roulette russe avec une arme que l'on n'a pas chargée soi-même. Je ne dois mon salut qu'à leur présence ce matin. Il n'y a rien d'admirable, vraiment.

— Tu devrais sans doute remettre en question ma santé mentale au lieu de m'encourager à le défier.

— Je préfère que tu recommences une centaine de fois plutôt que tu tentes de le fuir, me prévient-il.

Je suis mentalement instable, pas folle. Si je lui tourne le dos, ne serait-ce qu'une fois de plus, il va me pourchasser jusqu'à ce que je m'écroule d'épuisement. On ne peut pas échapper au fantôme. C'est *lui* qui vous hante.

— Il me tuerait si je le faisais... Donc je n'ai pas vraiment le choix.

— Tu as toujours le choix, Théa, me répète-t-il. Mais tu dois savoir que nous avons un accord lui et moi. Il a accepté de ne pas t'assassiner, sous certaines conditions, lâche-t-il en faisant tourner le liquide ambré dans son verre.

Ma bouche s'ouvre en grand de stupéfaction. Il n'y a aucune once d'humanité qui coule dans les veines du Fantôme. La seule raison pour laquelle il m'épargne, c'est ce putain d'accord. Il est tenu en laisse. Je me maudis quand mon cœur loupe un battement. Je déteste encore plus le fait qu'il soit obligé de porter une muselière. J'ai enfilé un masque pendant trop longtemps. Je ne sais que trop bien ce que ça fait de ne pas pouvoir être soi-même.

— Et que se passera-t-il quand tu n'arriveras plus à le contrôler ?

— Je ne vais pas te cacher qu'il est dangereux. Tu n'as vu qu'un infime échantillon de ce dont il est capable, et j'espère sincèrement que tu n'en découvriras pas davantage.

Je ferme brièvement les yeux et me résigne à faire abstraction de l'épée de Damoclès au-dessus de ma tête.

— Je ne suis pas là pour jouer au chat et à la souris avec Nathanaël. Et *spoiler*[8], c'est un épisode qui tourne déjà en replay sur le petit écran de mon existence. Rien de neuf sous le soleil.

— Tu es perspicace mais il ne t'arrivera rien, je m'y engage. Sauf si tu refuses notre proposition, balance-t-il avec sarcasme.

Mes poings se resserrent violemment sur mes genoux. Mes ongles entaillent ma peau et je serre les dents pour masquer la douleur que je ressens. J'ai toujours redouté ce moment. Celui où ma vie dépendra d'une seule décision. Mais pas n'importe laquelle, le genre qui implique qu'il y ait du sang qui coule par ma faute. Je ne suis pas idiote, les hommes comme Tobias négocient rarement pour autre chose. Faire partie de l'organisation par droit de naissance est un cas de conscience que je gère relativement bien. Me prendre pour Dieu en choisissant qui doit vivre ou mourir est plus délicat. Je me suis lâchement cachée derrière les larges épaules de Barthélémy, essayant tant bien que mal d'équilibrer la balance. Je crois encore naïvement que mes enquêtes ont sauvé la vie de milliers d'innocents. C'est le genre de mensonge qui m'aide à dormir la nuit, alors

8. *Spoiler* veut dire divulguer des informations importantes sur un sujet en anglais.

que quelque part, une justice divine m'attend. Je pose mes doigts à plat sur mon jean, cachant du mieux que je peux mon anxiété.

— Que me proposes-tu ? demandé-je d'une voix blanche.

— Une alliance.

J'étrangle dans ma gorge le « va te faire voir » qui brûle sur ma langue. Je dois être plus intelligente que ça et entendre tous les détails. J'aviserai après. Peut-être que je vais m'en sortir sans faire éviscérer la moitié du pays.

— Quel type d'alliance ?

— De fausses fiançailles.

Un rire froid et glacial s'échappe de ma bouche. Je recule au fond de mon siège et croise les bras sur ma poitrine, complètement fermée à la discussion. J'ai tout perdu de la main de leur père. Il m'a volé ma famille, mon enfance et mon innocence. Je ne porterai jamais le nom des Grimaldi, plutôt crever que de faire un tel affront à ceux qui sont tombés suite à cette trahison. Même si c'est pour de faux.

— Tu me crois assez stupide pour manquer de respect à mes parents ?

— Je te pense assez intelligente pour honorer le sacrifice de leur vie. Ils sont morts parce qu'ils ont voulu unir nos deux familles.

Un lourd silence s'abat dans la pièce, l'air devient presque irrespirable et je suffoque sous l'arrogance du négociateur. Je n'ai jamais entendu parler d'un mariage entre les Luciano et les Grimaldi.

— C'est n'importe quoi ! feulé-je sous l'indignation.

— Nos pères désiraient vous marier, Nathanaël et toi. C'est pour ça qu'on les a tués.

Je bondis de rage et mon poing frappe la table avec une telle force qu'elle manque de basculer. Mes yeux sont injectés de sang et je me domine pour ne pas franchir l'espace qui nous sépare.

— Tu parles d'une union et tu penses que personne ne m'aurait avoué un truc aussi énorme ? hurlé-je, la voix emplie de colère.

— Pourtant, la nuit du grand massacre devait sceller cette alliance entre nos familles, me confirme-t-il en me fixant.

Tobias est si calme que ça me déroute. Je fais les cent pas dans le bureau. Mes mains arrachent mes cheveux et j'écume de fureur. C'est tellement gros que ça ne peut pas être possible. Je refuse de croire que mes parents m'aient caché une information capitale sur mon futur. Mes démons s'agitent frénétiquement en moi et je dois les contenir pour ne pas frôler la catastrophe. La colère pulse en moi comme un volcan prêt à entrer en éruption. Je la repousse en serrant les dents, les nerfs à vif.

— Ce que personne ne sait, c'est qu'exceptionnellement, les membres du clan Changretta étaient présents ce soir-là, affirme-t-il sans sourciller.

— Ils n'ont jamais été invités à ces putains de réunions ! protesté-je, le fusillant du regard.

— Pourtant, Barthélémy était bien là. La présence de toutes les parties de l'organisation était obligatoire pour valider ce mariage. Et il a *étrangement* survécu.

Il ne cache pas le sous-entendu dans sa voix. C'est impossible. Je sais au plus profond de moi qu'il n'a pas pu faire ça à mes parents. C'est mon parrain, ils avaient confiance en lui.

Jusqu'à hier, toi aussi tu avais confiance en lui, martèle ma conscience.

Avais, au passé.

La pièce se met à tourner et je dois me raccrocher à la table pour ne pas tanguer. Mes jambes tremblent sous les flammes enragées qui dévorent mon corps. Je retombe lourdement dans le fauteuil, épuisée.

— Comment aurais-tu pu le savoir alors que tu n'étais même pas là ? m'insurgé-je.

— Je devais être présent ce soir de novembre. Mais selon les règles, un seul nouveau membre pouvait siéger par réunion. Barthélémy a pris ma place et mon père m'a mis dans la confidence.

— Pourquoi toi ?

— Parfois, être l'aîné d'une famille a ses avantages, glisse-t-il en haussant les épaules.

Je lève les yeux au ciel, incapable de cacher mon agacement. Ce n'est pas une question d'ordre de naissance. Cette fichue mafia et ses principes archaïques. Ça fait des millénaires que les femmes sont aussi importantes, voire plus sanguinaires, mais ils s'évertuent à comploter entre hommes. Les traits ciselés du visage de Tobias sont imperturbables. Rien dans son attitude ne me permet de déceler une tentative pour me manipuler. Quand une personne ment, elle mobilise toute la partie gauche de son cerveau et le regard est toujours attiré dans la même direction. Le sien ne cille pas une seule fois, puisant dans l'hémisphère droit les bribes de souvenirs qu'il déballe sans cérémonie.

— Mon parrain n'avait aucune raison valable d'être là, à moins que…

— À moins qu'il s'oppose à ce mariage, me coupe-t-il. Il avait envoyé une main noire à mon père anonymement pour le dissuader d'aller jusqu'au bout.

Tobias lance une carte sur la table. Le papier est usé, il n'y a aucun doute, ce n'est pas un faux. Mon estomac se soulève quand je reconnais l'écriture manuscrite de Barthélémy. Il est inscrit dessus en italien : *Se costringi Thea a sposare un*

Grimaldi, dissanguerò ciascuno dei tuoi figli[9]. L'incompréhension déforme mon visage. Pourquoi diable mon parrain aurait contredit une telle union ? Ça n'a aucun sens. Ce n'étaient même pas ses affaires. C'était la décision de mes parents. Bonne ou mauvaise, il n'avait aucun mot à dire à ce sujet.

— Pour quelles raisons aurait-il pu s'opposer à ce mariage ?

— Je ne sais pas, tout n'est pas une question de logique. C'est peut-être une histoire de fierté ou de pouvoir ? Quoi qu'il en soit, cette nuit-là, la seule famille à avoir survécu, c'est la sienne…

Sa phrase reste en suspens entre nous. Le temps s'étire dans un long supplice alors que je déglutis nerveusement. Une partie de moi est déconcertée par les révélations qu'il vient de faire, mais l'autre refuse de les accepter.

— Tu insinues que l'homme qui m'a sauvée, qui m'a élevée comme sa propre fille, serait celui qui aurait orchestré tout cela ? Pourquoi ne s'est-il pas débarrassé de moi ?

— Théa, tu as du pouvoir sur lui. Quelque chose de bien plus fort qu'un simple lien entre une filleule et son parrain.

— Quoi ? sursauté-je sur ma chaise.

Tous mes muscles se contractent et ils deviennent si douloureux que c'en est presque insupportable. Bien sûr que Barthélémy s'est constamment occupé de moi, plus que de son propre fils. Je tique à cette pensée. Et si j'étais plus que ça ? Non, c'est impossible. Ma mère n'aurait jamais pu tromper son mari. C'est le genre de chose qu'elle n'aurait pas pu lui cacher. Elle était toujours suivie par le père de Dario et il l'aurait dénoncée sans état d'âme pour protéger la réputation de mon père. Ce dernier l'aurait abattue sans remords. Dans notre monde, la tromperie est cruellement

9. « Si tu forces Théa à épouser un Grimaldi, je saignerai chacun de tes enfants. »

punie. Même dans les mariages de convenance, ça envoie un signal faible à vos ennemis et le pardon est impensable. La voix grave de Tobias me sort de mes pensées avec fracas.

— Il t'a épargnée cette nuit-là. Ça signifie que c'était son choix de te protéger. Tu es la seule faille de ce fumier.

Ce n'est pas simplement une histoire de fausses fiançailles. C'est un piège pour frapper le grand Barthélémy Changretta là où ça fait mal. Depuis le départ, leur idée est de se servir de moi pour l'atteindre. Pour se venger. Je me sens tout à coup minuscule dans l'immensité de la pièce. Je refuse d'accepter qu'il puisse être le monstre qu'il me décrit. Je reste sans voix alors que des larmes coulent en silence sur mes joues. Remuer le passé pourrait être plus dur que je ne l'imaginais. Les secrets de mon parrain sont peut-être enterrés profondément, mais je n'ai jamais été si proche de les découvrir.

— Toutes ces années, il t'a manipulée et tu te retrouves au milieu de tout ça parce qu'il t'y a mise, Théa. C'est lui que nous voulons, et malheureusement, tu es la seule façon d'y parvenir.

— Tu ne vas pas me faire croire que vous n'avez jamais tenté de le tuer ? Dix-sept ans à nourrir une telle haine, c'est long, tu ne penses pas ? Il y a forcément un autre moyen que de m'impliquer dans votre vendetta.

Mon regard se perd dans le vide. J'ai l'impression d'être prise dans une spirale infernale. Mes doigts tremblent sur mes cuisses lorsque la réponse de Tobias secoue tout mon corps.

— La mort est trop douce après ce qu'il a fait à notre famille, il nous a humiliés, privés de notre père et détruit mon frère. Je veux qu'il souffre, qu'il paie le prix lourd pour sa trahison.

— Qu'est-ce qu'il a fait à Nathanaël ?

La question s'échappe de mes lèvres avant que je ne puisse la retenir et, pour la première fois, un rire sombre s'étrangle dans la gorge de Tobias. Ses yeux déversent une pluie d'éclairs sur moi tandis qu'un voile brûlant embrume sa vision et que la rage monte en lui.

— Te crois-tu prête à l'entendre ? me défie-t-il.

J'acquiesce d'un signe de tête, je dois savoir, je dois connaître la vérité. Est-ce que l'homme qu'il est devenu est le résultat d'actes de cruauté ? Ou est-ce dans sa nature ? Je n'ai aucune envie de le sauver de ses ténèbres, mais quelque chose en lui me perturbe.

Ses démons et les miens se comportent comme des flammes jumelles. S'attirent puis se repoussent dans le chaos d'une attraction chimique.

— Cette nuit-là, mon frère a été enlevé et, quand il est rentré à la maison, il n'a plus jamais été le même. Il ne reste plus que des lambeaux d'humanité calcinés par les flammes de l'enfer dans son enveloppe charnelle. Ils ont vendu son âme au diable. Il y a pire que la mort, Théa. Il existe un entre-deux, un monde entre celui des vivants et des défunts, un cimetière d'esprits errants. Et ils ont fait en sorte qu'il en soit prisonnier pour l'éternité. Condamné à revivre les mêmes souffrances sans jamais pouvoir trouver le repos.

Mes bras se couvrent de chair de poule sous ses aveux. Une effroyable sensation parcourt chaque centimètre de ma peau. Le Fantôme a été créé de toutes pièces. On a blâmé pendant de nombreuses années le monstre froid et sanguinaire qu'il est devenu, mais personne n'a cherché à incriminer ceux qui l'ont façonné.

— Tu as besoin d'un mouchoir, Tob ? T'as presque réussi à me faire pleurer avec ton monologue ! raille Nathanaël d'une voix rauque en faisant irruption dans le bureau.

CHAPITRE TREIZE

Théa

San Diego, Californie

DOMAINE DES GRIMALDI

Sa voix tout droit sortie des ténèbres résonne dans le bureau. Il est partout et nulle part à la fois. Je me paralyse de surprise. Son timbre rocailleux court sur ma peau et affole tous mes sens. Cet homme est un *poison*. Ou un *antidote*. Il avance dans la pièce et les muscles de son corps se tendent. Des ombres dansent dans ses pupilles dilatées, ondulant entre les flammes qu'elles abritent. Ses démons parlent un langage presque poétique avec les miens, un dialecte ancien. Une langue que les hommes de notre monde ont oubliée depuis de longues années. Et sans que je m'en rende compte, j'en saisis le sens le plus profond. Un tourbillon sensoriel s'empare de mon âme. Je suis perdue entre l'envie de lui sauter à la gorge et le besoin viscéral de le laisser dialoguer avec l'obscurité de mes pensées. La lutte dans mon esprit fait rage et mes yeux abandonnent notre conversation silencieuse pour l'étudier. L'encre noire de ses tatouages recouvre l'intégralité de ses avant-bras. Les deux premiers boutons de sa chemise sont ouverts et je déglutis lorsque j'aperçois ses pectoraux. Ils sont eux aussi couverts de dessins, faisant ressortir leur galbe. Mon regard glisse sur sa gorge et sur l'os saillant de sa mâchoire. J'avale nerveusement ma salive quand la réalité me rattrape. Un sourire arrogant retrousse ses lèvres au moment où il me dévisage de ses iris bleus.

Prise la main dans le sac, ma grande, murmure ma conscience.

Je secoue la tête pour la faire taire. Il a vu la corneille tatouée sur mes côtes, il ne s'est pas gêné pour m'observer lui aussi. Ce n'est qu'un juste retour des choses que je lui rende la monnaie de sa pièce. La voix grave de Tobias rompt le délire qui s'est installé dans mon esprit, me délivrant en quelque sorte de l'emprise de Nathanaël. C'est un mensonge, j'ai plongé la tête la première dans l'abysse de sa noirceur, jusqu'à m'y noyer. Mais ça, je ne suis pas encore prête à l'avouer.

— Sers-moi plutôt un autre verre, Nate, au lieu de dire des conneries !

Nate ? Mes yeux s'écarquillent de stupeur, le Fantôme a un surnom. C'est irréaliste. Comment un criminel pourrait-il posséder quelque chose d'aussi banal ? Ça le rend presque humain. L'interaction entre les deux frères me coupe le souffle. Le respect et l'autorité de Tobias sont indiscutables, mais il n'y a aucune forme de hiérarchie entre les deux hommes. Ils s'adressent l'un à l'autre sur un pied d'égalité. Barthélémy a toujours mis un point d'honneur à établir une distance avec tout le monde, y compris avec sa propre famille. Le fil rouge de ma conscience me rattrape. Je ne dois pas me laisser distraire. Un voile brumeux assombrit mon regard et mon ventre se tord de douleur à m'en donner la nausée. Les révélations sur mon parrain sont atroces. Je peux sentir la bile dans ma gorge rien qu'au souvenir des paroles prononcées par l'aîné du clan Grimaldi. Ma vie ne peut pas reposer sur un tissu de mensonges. Je clos mes paupières pour calmer le sang qui bourdonne dans mes oreilles. J'inspire brusquement et rouvre les yeux pour toiser les deux hommes face à moi. Je ne les laisserai pas si facilement briser l'univers que j'ai péniblement reconstruit à la mort de mes parents. C'est leur parole contre celle de mon père adoptif et je n'ai aucune preuve que ce que je viens d'apprendre est vrai. Mes doigts se referment sur mes genoux et mon cœur palpite à un rythme effréné dans ma poitrine quand Nathanaël claque un verre de whisky devant moi. Mon regard oscille avec méfiance entre le liquide ambré et celui du Fantôme.

— Bois, Théa, ordonne-t-il à voix basse.

— Comment puis-je être sûre que tu n'as rien mis dedans ?

— Oh, ma petite corneille, ne m'insulte pas, s'amuse-t-il avant de reprendre avec arrogance : si je te tue, ce sera à la loyale, pas comme ces traîtres de Changretta.

Mes dents s'entrechoquent avec violence quand il se penche vers moi. Ses doigts caressent le verre qu'il a déposé quelques secondes plus tôt sur la table. Ses gestes sont d'une lenteur insoutenable et je suffoque dans l'attente de son prochain mouvement. Il porte le whisky à ses lèvres, sa bouche s'entrouvre pour happer une gorgée. Je le vois faire tournoyer le liquide sur sa langue avec une insolence délibérée avant qu'il ne l'avale. Du coin de l'œil, je suis le trajet de la boisson le long de sa gorge et je frissonne sous l'effet que ça me procure. Il ne va pas se contenter d'un pauvre poison, il va me torturer jusqu'à ce que j'en meure. Sauf que je suis à peu près sûre qu'avant ça, je vais crever de désir pour lui.

Doucement. Sournoisement. *Indéniablement.*

— Ne le gâche pas, il sera bien mieux dans ta bouche que dans ce verre, murmure-t-il à mon oreille avant de reposer l'objet en cristal.

Le volcan en moi vient d'entrer en éruption. La lave brûle chaque centimètre de ma peau, ravageant tout sur son passage. Je m'enfonce dans mon siège, le maudissant entre mes dents. À chaque gorgée que je bois, son regard s'intensifie sur moi. Je ne sais plus ce que je déguste.

Le whisky ?

Lui ?

Les deux.

Le goût du péché s'accroît sur ma langue. Je suis en train de me vautrer dans la luxure et j'en savoure chaque saveur. Il fait taire le peu de logique qu'il me reste. Ma langue claque contre mon palais sous l'agacement. Je ne suis pas ici pour flirter avec un assassin, je suis là pour négocier.

— Tu ne m'utiliseras pas si facilement dans ta vendetta contre Barthélémy. Ce ne sont que des paroles, et j'ai besoin de preuves, m'adressé-je à Tobias.

— Je n'en attendais pas moins de toi, Théa, tu n'as qu'à regarder par toi-même.

Ses doigts tapent sur le clavier de son ordinateur, le déverrouillant. Je ne quitte pas un seul instant l'objet des yeux quand il le pousse dans ma direction. Ma bouche s'entrouvre et le muscle de ma mâchoire se décroche quand je découvre ce qui est sur l'écran. Depuis tout ce temps, ils ont un accès libre à la boîte noire du FBI. Mon buste bascule en avant pour me rapprocher et mon souffle se coince dans ma poitrine. L'air présent dans la pièce n'est plus suffisant, l'atmosphère s'alourdit et je peine à respirer. Mes sourcils s'arquent jusqu'à la racine de mes cheveux lorsque je constate que la page est ouverte sur le dossier relatant les faits de la nuit du 28 novembre. Un putain de fichier classé sous scellés depuis dix-sept ans. J'ai pu le parcourir une seule fois, il y a des années. Rien ne correspond. Les informations, les commentaires des agents, même les photos des balles. Elles sont toutes estampillées d'un *B. C.* Les initiales de mon parrain. Je connais ses munitions par cœur puisqu'il s'agit aussi des miennes. Nous signons toujours en son nom. Aucun membre des Changretta ne peut s'y soustraire. La colère transforme les traits de mon visage. Ces fumiers ont modifié jusqu'aux moindres détails tout ce qui se trouve dans ce document. Je me souviens avec exactitude de ce qu'il y avait à l'intérieur, c'est gravé à l'encre indélébile sous mes paupières. Mes genoux tremblent sous la table, je ne peux contrôler la rage qui me submerge.

— Ce dossier a été falsifié. Tu imagines que je ne l'ai jamais vu ? Tes histoires sonnent comme de la merde à mes oreilles, je refuse de croire un seul mot que tu as prononcé ! Ce n'est même plus du vice à ce stade ! m'époumoné-je, luttant pour ne pas lui balancer l'ordinateur à la tête.

Tobias me fixe pendant plusieurs longues secondes et ses yeux brillent d'une lueur effrayante. Il ne reste plus rien de son attitude bienveillante, les éclairs qui zèbrent ses pupilles me foudroient sans retenue. Ses doigts glissent dans la poche de son pantalon et je frémis de peur. Je n'ai pas pensé à amener mon beretta avec moi. Je n'ai aucune chance de survivre s'il essaie de m'abattre. Cette pensée me glace le sang. Je sursaute quand il lance un projectile en l'air. Mes mains l'attrapent en coupe et mon ventre se tord. Il s'agit d'une balle, un modèle ancien de munition. L'arme dont elle provient n'existe plus depuis quinze ans. La pulpe de mon index effleure l'acier froid au creux de ma paume. Le sang a rouillé une partie du métal mais il reste une inscription encore bien visible. Je soupire bruyamment quand l'écriture se dessine sous mon toucher. Je n'ai pas besoin de regarder pour savoir ce qu'il y a tracé dessus. *B. C.* en lettres pleines et en italique. Son ancienne signature.

— Elle a été extraite du bras de ma mère. Ton parrain a tiré sur elle cette nuit-là, confirme-t-il en appuyant ses coudes sur la table.

— Ce n'est pas possible…, balbutié-je, ma voix s'éteignant dans le silence de la pièce.

— N'as-tu jamais douté de Barthélémy ? me questionne-t-il avant de porter le coup fatal. Cette archive a été scellée par ses soins quelques heures après qu'il te l'a montrée. À ton avis, pourquoi ?

La date sur l'écran me défie, me nargue, se moque de ma naïveté. Personne n'a jamais modifié ce dossier depuis qu'il a été classé secret-défense. Le dernier à l'avoir fait est mon parrain, il y a dix-sept ans. Je perds pied. Tout devient flou. Tobias, Nathanaël, les meubles, la lumière, tout danse autour de moi. Je me sens ridiculement petite dans l'immensité du bureau. Ma bouche s'assèche et une violente crise de panique déferle en moi. Je suis en train de boire la tasse, de m'asphyxier. C'est comme si des milliers de mains encerclaient ma gorge pour étouffer mon souffle, mes cris, ma détresse. La balle m'échappe et tombe sur le sol dans un bruit métallique, mais je n'en perçois que l'écho. Je suis loin.

Si loin que je pense être à des années-lumière de mon corps physique.

Je dois faire face à deux loups qui s'affrontent dans mon esprit. Le combat qu'ils se livrent est harassant. L'un d'eux défend l'intégrité et la loyauté de Barthélémy, alors que l'autre est en train de les mettre en pièces jusqu'à ce qu'il ne reste plus que de la poussière. Des mains puissantes agrippent mes bras et me soulèvent au-dessus du sol. Aucun son ne sort de ma bouche. Je voudrais protester, m'insurger, me rebeller, mais je suis absente. Je vacille et manque de perdre l'équilibre alors que des doigts soutiennent mon menton avec fermeté, m'obligeant à me reconnecter à la réalité. Et à faire face au *Fantôme*.

— Scottie, regarde-moi ! REGARDE-MOI ! hurle-t-il en essayant de capter mon attention.

Je plonge dans l'océan de ses yeux bleus. Ses démons se fracassent contre la digue que mon esprit a érigée autour de ma conscience. Ils s'infiltrent dans la moindre faille, caressant les miens. Je cède et il ensevelit mon âme de sa présence. La vague froide qu'il déverse en moi éteint le feu qui est en train de me consumer. Sa voix me parvient à nouveau, il n'est plus si loin.

— Respire, souffle-t-il, ses lèvres au bord des miennes.

Il me tend une main invisible et je m'y accroche de toutes mes forces, je ne veux pas sombrer dans les ténèbres. Pas maintenant. Je me concentre sur chacun de ses mots, ils sont mon échappatoire.

— Compte jusqu'à cinq, inspire et expire lentement, m'ordonne-t-il en posant son front contre le mien.

Je cille l'espace d'une seconde, il est même au courant de ça. Je suis un livre ouvert pour lui, il me connaît mieux que personne. Ça me terrifie autant que ça me fascine.

Une respiration.

Deux.

Trois, quatre respirations.

Cinq.

Et puis le calme.

Nathanaël recule d'un pas sans pour autant me lâcher. Je réintègre mon corps par étapes. Mon rythme cardiaque ralentit pour retrouver une cadence normale. Je ne suis pas en mesure de le remercier, les mots restent coincés dans ma gorge. Je n'aurais jamais su revenir par moi-même d'une aussi violente crise d'angoisse. Je hoche confusément la tête, incapable de faire mieux. Il devra se contenter d'un merci silencieux. Je peux lire dans ses yeux le soulagement. C'est étrange, imperceptible, mais je peux le sentir au plus profond de mes entrailles. Je n'ai pas le temps de souffler qu'il me tire d'un coup sec, m'obligeant à le suivre.

— Où comptes-tu aller, Nate ? demande Tobias, une pointe d'inquiétude dans la voix.

S'il est soucieux, c'est peut-être le moment pour que mon instinct de survie se manifeste. *Pour que tu ailles te jeter dans la gueule du loup ? Je t'en prie, Théa, vas-y, passe devant*, se moque ma conscience.

— Il est temps de faire les présentations, si elle ne nous croit pas, *elle* la convaincra.

— Très bien, si tu penses que c'est une bonne idée, après tout les survivants ont toujours de sages paroles.

— File-moi les clés de ta voiture, il est hors de question que je la prenne avec moi sur ma moto.

Je sursaute, leur conversation me laisse perplexe. Je suis dans un état de confusion totale.

— Premièrement, je ne vais nulle part avec lui et, deuxièmement, je suis là, au cas où vous auriez oublié. Pas besoin de parler de moi à la troisième personne, craché-je en reprenant le contrôle de mon mental.

Je me tortille pour dégager mon bras de son étreinte mais il résiste. Je pousse, tire, rien n'y fait. Une goutte de sueur perle contre ma tempe à force de me débattre.

— Tu as fini ? me défie-t-il en haussant les sourcils.

— Lâche-moi ou je te mords, feulé-je.

— Même si la proposition est tentante, on a autre chose à faire, tout de suite. Garde tes canines au chaud pour *plus tard*, dit-il en riant sans desserrer son emprise d'un centimètre.

Je suis à deux doigts de lui sauter dessus et lui arracher la carotide avec mes dents. Une lueur d'amusement brille dans ses yeux et je devine que ce petit jeu lui plaît. Il le savoure, s'en délecte et la langue qu'il passe sur sa lèvre inférieure me le confirme. Tobias me prend totalement au dépourvu quand il lui lance ses clés de voiture. Il les intercepte au vol de sa main libre.

— Je te pensais plus malin que ça. Qui te dit que je ne vais pas m'enfuir une fois dehors ? menacé-je.

— Je ne place aucune espérance en toi, Théa. Mais je lui fais confiance pour te traquer et te retrouver si tu tentes quoi que ce soit, répond-il avec une sincérité extrême.

Un frisson parcourt ma colonne vertébrale et mon sang se glace. Mes pieds se figent dans le sol, s'enfonçant lourdement dans le plancher en bois. Il faudra qu'il me traîne de force, il est hors de question que je le suive de mon plein gré. J'ai assez rencontré de personnes pour la journée.

— Par contre, Nate, c'est elle qui conduit. Je n'ai aucune envie que tu fasses hurler mon moteur comme tu le fais avec tes motos.

— Comme tu veux, grand frère, après tout, c'est ton carrosse. Pas le mien, susurre-t-il en glissant les clés dans ma main.

Je serre mes doigts dessus jusqu'à ce que mes phalanges blanchissent. Le Fantôme me tire d'un coup sec en avant et je trébuche. Mes pieds ne touchent presque plus le sol lorsqu'il m'entraîne dehors. Ma tentative de rébellion a échoué avant même de commencer. Je le bouscule alors qu'il se retourne pour me faire face.

Je plisse les yeux pour m'habituer à la luminosité extérieure et lève la tête pour le regarder.

— File-moi les clés, il n'est pas question que je te laisse conduire. Tous ceux qui ont emprunté cette route sans la connaître ont fini par s'écraser dans la falaise, exige-t-il en essayant de subtiliser l'objet qu'il convoite dans la paume de ma main.

— Oh, le *petit Nate* se fait du souci ? éclaté-je de rire, troublée par cet élan héroïque.

— Appelle-moi encore une fois comme ça et je t'étouffe avec ces maudites clés !

J'incline la tête légèrement sur le côté et chuchote à voix basse en agitant le trousseau sous son museau.

— Susceptible et prévenant, quel curieux mélange !

— Ne te fais pas de films, tu as fait assez de dégâts pour aujourd'hui. Trouer sa baraque comme un gruyère est largement suffisant, je ne donne pas cher de ta peau si tu bousilles sa voiture, marmonne-t-il, mi-agacé, mi-amusé.

Un sourire espiègle retrousse mes lèvres et le bout de mon nez rencontre son torse musclé. Son effluve de bois de santal et de whisky chatouille mes narines. Il sent divinement bon. Un parfum de vice, de péché et de danger. Une odeur si délicieuse qu'elle en est presque criminelle. Je glisse mon oreille sous son biceps, contre son cœur et il tressaille légèrement à mon contact.

— Mais… c'est qu'il y a un cœur qui bat dans cette poitrine ! m'enthousiasmé-je en en faisant des tonnes.

— Scottie, je sais que tu as une imagination débordante, mais je te le répète. J'ai besoin de toi vivante pour détruire ton parrain. Ça s'arrête là. Si après tout ça tu veux te jeter d'un pont, je serai ravi de te faire un croche-patte pour que tu chutes plus rapidement.

Fâchée de me retrouver prise à mon propre jeu, je laisse les clés tomber sur le sol. S'il les désire à ce point, il n'aura qu'à aller les chercher lui-même. Je refuse de lui donner quoi que ce soit. Ce mec est un putain de connard arrogant.

Un connard qui t'a tendu la main alors qu'il aurait pu t'abandonner et laisser ta crise te terrasser sans sourciller, me rappelle une petite voix dans ma tête. *Oh ! Tais-toi, va brûler en enfer, toi et tes remarques à la con*, soupiré-je en mon for intérieur.

Tu veux que je lui demande une boîte d'allumettes quand il aura fini de ramasser ce que tu viens de faire tomber ? Je suis sûre qu'il sera ravi de t'embraser. Comment fait-on pour museler une putain de conscience ? Je suis en train de devenir complètement cinglée. Mon état s'aggrave chaque minute de plus à ses côtés. Je me gifle mentalement pour chasser cette fichue voix intérieure qui appuie là où ça fait mal. Un bip suivi d'un petit éclair lumineux m'indique quelle voiture nous allons prendre. Un rire nerveux secoue tout mon corps de tremblements. C'est une Audi noire, sportive, comme celle de Tony Stark dans les *Avengers*. Tobias a définitivement bon goût. Cet homme dégouline de perfection. C'est presque trop pour un seul être. Je me fige, réticente, avant de me laisser tomber sur le siège passager. On dit souvent que c'est la place du mort. Je ne serais pas étonnée que ce bolide se transforme en corbillard avec le Fantôme aux commandes. Nathanaël s'installe au volant et démarre la voiture, faisant rugir le moteur à plusieurs reprises. Le véhicule dérape avant de partir en trombe dans un nuage de poussière. La silhouette furieuse de son aîné apparaît dans le rétroviseur et l'espace d'un bref instant, nous échangeons un regard complice. Un courant électrique me traverse quand je croise à nouveau ses yeux bleus et mes poils se hérissent sur mes avant-bras à son contact. Je détourne mon attention sur la route alors que je peux sentir la lueur incandescente de ses iris sur moi. D'une main distraite, je caresse la vitre qui nous sépare des paysages californiens. Ils défilent à vive allure, mais même comme ça, ils restent somptueux. Je laisse mes pensées m'envahir, elles tournent dans ma tête, à l'image du vent dans une tempête. La perspective de cette rencontre me terrifie. Les mensonges sont des masques que nous portons tous à tour de rôle pour sauver, préserver, éloigner nos proches d'un fardeau bien trop lourd à partager. La vérité, elle, est aussi acérée que la lame d'un scalpel. Elle peut diviser tout un peuple, détruire des familles, bousiller des vies. Elle apporte d'abord la douleur avant d'apaiser les cœurs. Il y a une forme de lâcheté quand nous acceptons d'adhérer à la tromperie.

Mais parfois, le courage ne suffit pas.

Il faut une force insoupçonnée pour se relever et garder la tête haute lorsque tout votre monde s'écroule.

CHAPITRE QUATORZE

Nate

San Diego, Californie

La route n'a pas la même saveur en voiture, elle est insipide. Elle manque cruellement de piment. Habituellement, c'est un délice de sentir l'asphalte sous mes roues. Je préfère cent fois l'arpenter avec ma moto et jouer avec les virages. Cette fichue automatique ne passe même pas les bonnes vitesses. Je puise dans ma détermination pour ignorer Théa qui s'agite nerveusement à côté de moi. Si ça continue, elle va trouer le cuir de son siège. Sa respiration siffle à chaque fois qu'elle inspire pour prendre la parole, avant de se rétracter. Indécise. Ma main tâtonne sur le tableau de bord et d'une légère pression, j'augmente le volume de la radio. Un morceau de jazz résonne dans tout l'habitacle. Je laisse le son mélodieux du saxophone s'infiltrer sous ma peau. J'ai toujours adoré les instruments à vent. Mes doigts tapotent le volant sur le tempo de la chanson.

Je glisse un regard en coin sur l'océan qui se profile sur ma gauche. Les vagues affleurent contre la falaise. S'écrasant au même rythme que les notes de musique. Le coucher de soleil baigne les flots d'un voile orangé, et les derniers rayons jouent leur ultime partition. L'eau brille d'un milliard de lueurs étincelantes, n'attendant que le crépuscule pour se fondre dans le ciel. Enfant, je croyais que ces petits éclats étaient des poussières d'étoiles. Notre mère nous disait toujours que lorsque tout semble perdu, il faut se laisser guider par les astres. Et je pense que d'une certaine manière, l'océan prend le relais quand la lune s'efface. Il nous rappelle de nous laisser porter par ce fil incandescent que tisse le destin.

Ma destinée est teintée par la *couleur* de la vengeance.

Noire comme les ténèbres.

Rouge comme le sang.

Verte comme les yeux émeraude de Théa.

Un sourire étire la commissure de mes lèvres lorsque je reporte mon attention sur elle. Je lève le pied quand le trafic s'intensifie au moment où nous pénétrons dans la ville. Nous ne sommes qu'à dix kilomètres de l'hôpital et la tension redouble dans mon corps. L'atmosphère s'alourdit tandis que nous roulons au pas dans un silence de mort. L'air devient de plus en plus moite, et mon index glisse sur la portière pour descendre de quelques centimètres la fenêtre. La chaleur est insoutenable, brûlante. Elle s'accroche à ma peau, rendant la moindre bouffée d'oxygène lourde et étouffante. Ce serait mentir de dire que je suis insensible au charme que dégage l'incroyable créature à mes côtés. Il y a des années que je n'ai pas ressenti autant d'émotions. La haine viscérale que j'éprouve à son égard s'est lentement transformée en obsession. Son visage hante mes nuits. C'était facile de résister aux pulsions qu'elle provoque en moi quand je la tenais à distance. Mais maintenant, elle me nargue, agite mes démons, et la douleur qu'elle creuse dans ma poitrine est insoutenable. L'avoir à mes côtés est une douce torture. Mes doigts cramponnent le cuir noir du volant. Je dois lutter pour ne pas couper le moteur et me jeter sur elle. Je suis emprisonné dans un dédale de pensées contradictoires. L'embrasser ou serrer mes mains autour de son précieux cou. Je suis partagé entre l'envie de tenir son dernier souffle au creux de mes paumes et le désir de voir son corps réagir sous mes lèvres. Je secoue la tête pour chasser au loin cette dernière image de mon esprit.

Je ne peux pas. Je ne DOIS pas penser à elle.

Ni comme ça, ni autrement.

J'ai promis à Tobias de ne pas la toucher. Il est donc hors de question que j'essaie de la tuer ou de la séduire. Finalement, je ne sais même plus ce qui est le plus simple. Tout en elle appelle au crime. Je pourrais l'achever d'une balle… Ou la faire succomber à l'aide de mes coups de reins.

Putain, elle me rend fou.

Ma bouche se pince pour retenir un ricanement. Bien entendu que je suis taré. Ma réputation n'est plus à faire. Je ne l'ai pas attendue pour être catalogué comme tel. Mais elle décuple toutes les facettes de ma personnalité. Je tire nerveusement sur le col de ma chemise, ouvrant un bouton supplémentaire. Je redoute la réaction de ma mère quand elle va découvrir que je lui ramène l'héritière des Luciano. La folie dans laquelle elle a sombré l'a laissée fragile. Je m'en voudrais toute ma vie si je lui causais un nouvel épisode psychotique. Un rien peut la faire basculer définitivement de l'autre côté. Je ne peux ignorer plus longtemps le regard insistant que Théa pose sur moi. Elle me lance d'interminables messages silencieux. Presque implorants. Je dois faire un effort surhumain pour entamer la conversation.

— Tu as perdu ta langue, petite corneille espiègle ?

— Ce n'est pas les mots qui me manquent. Mais avec un peu de chance, tu vas les utiliser contre moi pour essayer de me tuer !

J'éclate de rire devant son air renfrogné. Elle est loin d'être stupide. C'est ce que j'aime le plus chez elle, son intelligence. Faire l'amour à un putain d'esprit comme le sien, ça doit être jouissif. Des flashs de son corps presque nu me reviennent et je me retrouve comme un con avec une trique d'enfer.

Bien joué l'artiste.

Je dois absolument faire retomber l'afflux sanguin qui pulse dans mon bas-ventre. Ce n'est pas tant le fait qu'elle le remarque qui m'inquiète. Avez-vous déjà essayé de courir en érection ? C'est presque impossible. Et elle court plus de kilomètres qu'Usain Bolt. Peut-être pas aussi rapidement que lui, mais elle est toujours prête à s'enfuir.

— Arrête de tourner autour du pot et pose ta fichue question, soufflé-je d'une voix rocailleuse.

— Qui veux-tu me présenter ?

— Joker, botté-je en touche, refusant de gâcher l'effet de surprise.

— Ne me demande pas d'énoncer mes interrogations si tu t'abstiens d'y répondre, marmonne-t-elle en détournant les yeux.

Elle croise les bras sur sa poitrine et se renferme sur elle-même. Je vous présente Théa, vingt-six ans et demi et toutes ses dents. Je pouffe derrière mon poing, simulant une quinte de toux.

Dans ma tête, elle ressemble à Harley Quinn, en brune.

Supplément jupe à carreaux, batte de base-ball et couettes.

Et ça m'excite plus qu'autre chose. Bravo mon grand, c'était quoi le plan ? *Ah ouais, débander c'est vrai.* À ce rythme-là, tout ce que je vais gagner, c'est faire exploser le bouton de mon pantalon.

— Arrête de bouder, pour la peine je t'accorde une autre question. Et oui, j'y répondrai, pas la peine de me regarder comme ça.

— Avec quel regard ? demande-t-elle avec un air faussement innocent.

— Celui qui menace de me tuer…

— Ah oui, tu parles de celui-là ? mime-t-elle en plantant ses yeux verts dans les miens, alors qu'une fossette malicieuse fleurit sur sa joue.

— Ne me souris pas comme ça non plus…

— Sinon quoi ?

— Ça fait trois questions, Théa, remarqué-je en haussant un sourcil provocateur.

Je ne lui révélerai jamais qu'un seul de ses sourires pourrait bien détruire tout mon univers. Tout ce qu'elle représente me tue à petit feu. Je déteste ce petit bout de femme. C'est une apocalypse. En un battement de cils, elle pourrait bien éteindre le peu d'humanité qu'il me reste. *Ou la réanimer.*

— Tu n'as répondu qu'à la première et ce n'était même pas celle que je voulais réellement poser. Tu es un tricheur, *Nathanaël Grimaldi* ! s'insurge-t-elle.

Ça faisait longtemps qu'elle ne m'avait pas appelé comme ça. Je suis joueur, peut-être un peu trop. J'ai failli me faire avoir à plusieurs reprises à cause de ça. Par contre, je ne trompe jamais. J'abats mes cartes sans aucune poudre aux yeux. Même si de temps en temps ma main n'est pas la meilleure, je sais comment tirer mon épingle du jeu. J'ai appris que tout le monde finit par dévoiler ses meilleurs atouts, l'astuce est de le faire en dernier. Il n'y a aucune honte à être stratège. C'est en quelque sorte une condition indispensable pour survivre dans notre organisation criminelle. Avoir un coup d'avance, à chaque fois.

— Très bien, vas-y, pose-la !

— Pourquoi m'avoir divulgué ton identité ?

Je viens de rafler la mise sur le tapis sans aucun effort. C'est le jackpot. Brillante mais prévisible, ma jolie corneille. Mon pied relâche la pédale d'accélérateur et la voiture s'immobilise. Dans un mouvement lent, je pivote vers elle en inclinant la tête.

— On n'accepte jamais de donner sa confiance si l'autre en face n'a rien à perdre, murmuré-je en me rapprochant d'elle, mêlant mon souffle au sien.

— Pourtant j'ai tout à perdre..., chuchote-t-elle en frôlant mes lèvres.

— Ou tout à gagner, ça dépend si tu es prête à venger tes parents.

— Qui me dit que tu ne vas pas essayer de me tuer si je ne cède pas et ne te livre pas Barthélémy ?

Ma bouche flirte dangereusement avec la sienne sans jamais la toucher. Bien sûr qu'elle va obtempérer. Quand elle se rendra compte de l'hypocrisie de son parrain, elle me suppliera de l'aider à le faire tomber.

— N'oublie pas que j'ai taché mes mains du sang de tes ennemis pour te protéger, ce serait bête d'avoir fait ça pour rien.

— Il y a donc une conscience dans toutes ces ténèbres, même si entre nous, l'unique ennemi que je vois ici, c'est toi, s'amuse-t-elle en appuyant la pulpe de son index contre mon front.

— Ne confonds pas être consciencieux et avoir une conscience. Tu t'adresses à un assassin, je te rappelle.

— Je dois t'épeler le mot *consciencieux*, ou ta connerie dépasse ta science ? déclare-t-elle sans ciller une seule fois.

Sa réponse me désarçonne et le muscle de ma mâchoire tressaute. Je renverse la tête en arrière pour libérer un puissant éclat de rire.

— Parce que tu as du cran, je vais te confier un petit secret, *Scottie*, chuchoté-je en reprenant mon calme.

— Arrête de m'appeler comme ça, tu sais que je déteste ça.

— Message reçu, Scottie, la défié-je une nouvelle fois.

Un voile sombre habille son regard et elle me fusille à travers ses longs cils noirs.

Sa respiration s'accélère quand elle lutte entre son agacement et sa curiosité.

— Tu n'avais pas quelque chose à me dire ? s'emporte-t-elle en reculant si brusquement que son dos heurte la portière.

— Ne sois pas pressée, petite corneille. Ton parrain a oublié un précieux détail dans tous ses mensonges. Mon bourreau et l'homme que j'ai abattu l'autre soir avaient le même tatouage. Un serpent, enroulé autour de leur cœur. Je serais curieux de savoir quel mystère cachent les chemises en soie de Barthélémy.

Je mettrais ma main à couper que ce salaud a le même. Je l'abandonne à mes révélations et coupe le moteur de l'Audi. Nous sommes arrivés depuis un moment déjà et il est temps de faire les présentations. Ma portière claque dans un bruit sourd, et je farfouille dans le coffre pour enfiler un sweat. Mes doigts agrippent le tissu de la capuche et je la rabats d'un geste brusque sur ma tête. Théa est toujours figée à l'intérieur du véhicule lorsque j'ouvre la porte côté passager. Ses mains tremblent quand elle aperçoit l'inscription brillante et argentée sur le bâtiment blanc en face d'elle.

Ocean Mental Health
Établissement psychiatrique

La dernière mention est presque illisible. Seul l'aspect mat contraste sur la façade immaculée. Je lui tends une main pacifique et elle la saisit sans rechigner. Je sais qu'elle a un passif avec ce genre d'institution. Elle n'est pas étrangère à ce qui se passe là-dedans. Son parrain l'a longtemps fait suivre pour soi-disant calmer ses crises d'angoisse. Je dirais plutôt qu'il a essayé de museler ses démons. Mais Théa n'est pas du style à être tenue en laisse. Et je ferai en sorte qu'elle puisse à nouveau être elle-même, peu importe ce qu'il m'en coûte. Mes yeux fixent le sol alors que je la guide à pas feutrés par une entrée de service. L'obscurité nous accueille en déployant ses ombres autour de nous. Du menton, j'indique à Théa de monter les escaliers, et je la suit. Couvrant ses arrières. Elle ne le sait pas encore, mais elle a rendez-vous avec le jour le plus important de sa vie. Le premier de son existence en tant que Scottie, cheffe de l'empire Luciano. La première décision qu'elle prendra en sortant d'ici sera cruciale. Son adhésion à l'alliance n'est qu'une question d'heures. Une redoutable déesse s'apprête à faire son grand retour. Quelque chose me dit qu'elle va tout décimer sur son passage. *L'enfer est pavé de bonnes intentions.*

Elle, encore plus.

CHAPITRE QUINZE

Théa

San Diego, Californie

OCEAN MENTAL HEALTH

Les tourments de mon passé me troublent au plus haut point quand je pénètre dans l'enceinte de l'hôpital. J'essaie de chasser les souvenirs qui m'assaillent à chaque marche que je gravis. Mon ventre se tord et j'en ai la nausée. La première fois que je me suis retrouvée face à un psychiatre, j'avais neuf ans. De cette rencontre il ne me reste qu'un vague trou noir. Les fragments de mon passé glissent entre mes doigts comme du sable. Dès que je tente de m'y replonger, j'avance à l'aveugle dans un marécage brumeux. Le traumatisme de la perte de mes parents a ébranlé les bribes de souvenirs que je possède. Seule la nuit où Barthélémy est venu m'annoncer leur décès est encore nette dans ma tête. Le reste est un vague méli-mélo de contours flous. La seconde fois où j'ai foulé le sol d'un centre psychiatrique, j'avais seize ans. Le lendemain où j'ai donné la mort de mes propres mains. Barthélémy s'est empressé de camoufler ce crime. C'était de la légitime défense, rien de plus qu'un pur instinct de survie. Pourtant, ils m'ont abreuvée de médicaments pour me rendre coupable. Il ne se passe pas une seule nuit où l'image de mes doigts tachés de sang ne se glisse pas sous mes paupières.

À compter de ce jour, je n'ai plus jamais été la même, vivant dans la peur de tuer. Alors que j'aurais dû être angoissée par le fait qu'on souhaite me faire taire à tout jamais. Ce qu'ils ont passé sous silence pendant toutes ces années, c'est que ce fameux soir de juin, c'était lui ou moi. Et je n'ai jamais voulu jouer à ce genre de jeu. Quand un homme de mon parrain commet son premier assassinat, on appelle ça un « rite de passage ». Une validation en somme. Une simple étape de vie. Moi, on m'a condamnée pour avoir refusé de me faire agresser. Non pas aux yeux de la loi, mais dans le regard des miens. C'est à partir de ce moment que mes crises de panique ont commencé. De manière épisodique dans un premier temps, et puis elles sont apparues de plus en plus fréquemment. Si bien que même leur traitement n'a plus fonctionné. Seuls la boxe et le soutien de Dario m'ont aidée à tenir debout. Ma relation avec mon parrain est devenue conflictuelle à l'instant où il a compris que je possédais en moi le pouvoir de vie ou de mort. Depuis, un infime doute s'est glissé dans mon esprit et ne m'a plus jamais quittée. Creusant un trou béant dans ma poitrine.

Que protège si férocement Barthélémy ?

L'empire sous sa tutelle ou *moi* ?

Les révélations de ses derniers jours ont un goût amer. Au fond, j'ai toujours su la réponse, et ça m'horrifie de m'être laissé berner par ses grands discours. S'il m'a menti une fois, il l'a sûrement fait tout au long de mon existence. Mais je refuse de le condamner avant d'avoir la preuve ultime de sa trahison. L'angoisse qui me tenaille laisse place à une autre sensation.

Plus chaude et bien plus agréable.

Elle est presque suave.

Ma bouche s'assèche quand Nathanaël se rapproche de moi, me ramenant peu à peu à l'instant présent. Sans le savoir, la présence du Fantôme pendant toutes ces années a comblé un vide. C'est pour cette raison que son absence me rendait folle. Ses démons se mêlent aux miens, leur murmurant dans un langage silencieux de s'apaiser. Le feu qu'il insuffle dans mes veines brise la glace.

La chaleur qui m'enivre est délicieuse.

Elle m'enveloppe d'un millier de sensations, m'éloignant de mes pensées maussades. Ses yeux incendient chaque centimètre de ma peau. Une vive brûlure crépite au fond de mes entrailles avant de s'intensifier quand son torse frôle mon dos. Je ralentis l'allure et son souffle caresse ma nuque. Une décharge électrique court le long de ma colonne vertébrale lorsqu'il effleure ma main. Ses doigts m'arrachent un frisson pendant qu'il les glisse sur mes hanches avant de s'évaporer dans l'ombre. Mon cœur tambourine dangereusement et je sens le sol tanguer sous mes pieds au moment où il s'éloigne.

Où te caches-tu, Fantôme ?

Je voudrais lui dire de ne pas m'abandonner seule ici. Mais les mots restent coincés dans ma gorge. Une petite partie de moi sait qu'il ne me laissera pas m'effondrer. Le son de sa respiration saccadée le trahit. Je plisse les paupières pour le débusquer de sa tanière. Il se confond avec l'obscurité, jouant avec la pénombre. Et puis soudain, je me fige.

Deux saphirs luisent dans le noir.

Ils sont flamboyants. Regorgeant de malice et de promesses sombres.

Sans le voir, je peux sentir ce lien qui nous relie. Il suffirait que je tende la main pour le toucher et le faire danser au creux de mes paumes. Mon enfer est comme une tempête en plein milieu de l'océan. Elle porte un nom, elle s'appelle Nathanaël Grimaldi.

Cet homme attise une haine cruelle en moi qui me dévaste lorsqu'elle m'emplit de désir.

Il faut choisir ma grande, le détester ou succomber ? chuchote ma conscience. Un sourire animal se dessine sur son visage et je devine qu'il lit dans mes pensées.

Je me mords l'intérieur de la joue pour ne pas chavirer quand il me reluque sans s'en cacher. Son pouce effleure ses lèvres, comme s'il venait de me goûter, et j'en meurs presque. Oh Dieu tout-puissant ! Je vais décéder déshydratée à force de me liquéfier sous son regard. Je suis un livre ouvert, alors qu'il est insondable. Derrière les affres du désir, je n'ai aucune idée de ce qui se trame dans sa tête. Et ça, ça m'inquiète.

Ah, te voilà revenue à la raison, il était temps, raille la petite voix sournoise dans mon esprit.

Note à moi-même, consulter un chamane ou un hypnotiseur pour la faire taire. Si c'est elle qui conseille mon instinct de survie, je comprends mieux qu'il soit aussi perturbé et incohérent. Mon cœur loupe un battement quand il bouge. C'est si rapide que je n'ai pas le temps d'anticiper ce qu'il compte faire. Une pincée de déception saupoudre mon âme au moment où il ouvre une porte à la volée, s'engouffrant dans le couloir sans se retourner. Pourquoi faut-il que mes jambes s'affaiblissent chaque fois qu'il se détourne de moi et qu'elles courent dans le sens opposé dès qu'il s'approche ?

Sûrement parce qu'il essaie de te tuer à chaque fois ?

Un point pour ma conscience, c'est peut-être la seule occasion où nous tombons d'accord. Je secoue la tête, ma logique me désole. Elle est vraiment à chier. Comme la vérité qui m'attend sur le palier. Je le suis sans conviction, mes pas sont lourds quand je passe le seuil de la porte qu'il n'a même pas pris le temps de retenir. Je me fonds dans ses traces pendant qu'il inspecte les environs. C'est assez ironique, je me mêle à son aura, si bien que je deviens son ombre. *L'ombre du Fantôme*. Des bruits de voix résonnent au fond du couloir et Nathanaël m'attire à lui avant que j'ai le temps de réagir. Ses puissants bras m'entraînent dans une alcôve où personne ne peut nous voir. L'arrière de mon crâne percute une surface dure et je comprends que je suis acculée contre un mur.

Je cligne des yeux sous la surprise. Ma respiration s'emballe, si bien que ma poitrine monte et descend à un rythme effréné jusqu'à ce qu'elle rencontre un amas de muscles. Cette fois-ci, mon cœur tombe en chute libre dans les tréfonds de mon âme. Je tremble sous l'impact. Ses iris vagabondent sur le col en V de mon t-shirt et sa respiration s'intensifie brusquement. Son torse s'écrase lourdement contre mes seins et son visage n'est plus qu'à un cheveu du mien. Ses paumes sont posées à plat de part et d'autre de ma tête. Je ne peux pas bouger sans que mes lèvres effleurent les siennes. Je frémis quand sa main gauche glisse sur ma joue. Incapable de détourner le regard, je clos mes paupières, savourant la chaleur de ses doigts sur ma peau. Ma bouche s'entrouvre, aspirant son souffle. L'instrument de mort qu'il incarne me fait sentir vivante. Je ne l'ai jamais autant été qu'à ce moment précis. Il se presse si fort contre moi que je vais finir par entrer en éruption. Sa cuisse emprisonne la mienne et je hoquette de surprise. Son érection est palpable à travers le tissu. Je peux sentir le sang affluer dans la partie basse de son corps et pulser dangereusement contre ma jambe. Sa main immobilise mon menton et je suffoque sous le poids de la tentation. L'un de nous doit revenir à la raison.

Parce qu'une fois la limite franchie, il ne restera plus que la haine.

— Nat…, marmonné-je si près de ses lèvres que l'écho de ma voix s'éteint à l'instant où les mots quittent ma bouche.

Je ne peux pas continuer à parler sans le toucher. Même le plus délicat des murmures m'obligerait à presser mes lèvres contre les siennes. L'amertume se lit sur son visage quand il renonce à m'embrasser. Je décèle une lueur de déception au fond de ses pupilles sombres. Il soupire, épuisé par la lutte interne qu'il vient de mener pour ne pas succomber à ses désirs. J'accueille la délivrance qu'il m'offre, quand son index s'interpose entre nous.

— Chut, petite corneille, il y a des monstres bien plus dangereux que moi ici…, gronde-t-il en se reculant.

Oh je le déteste.

Mais je sais qu'il se déteste encore plus d'avoir cédé à ses pulsions.

Je renverse la tête en arrière pour reprendre une bouffée d'air, les paupières closes. C'est la première fois que je le vois perdre le contrôle, se rattrapant de justesse. Nathanaël Grimaldi est un prédateur affamé. Insatiable. Et il ne sera pas repu tant qu'il n'aura pas dévoré sa proie. Il vient de commettre sa première erreur. Le Fantôme convoite mon âme autant qu'il souhaite accomplir sa vengeance. Je suis prête à parier que ça le hante, et je ne vais pas le nier, il m'obsède aussi. J'écarquille les yeux quand je le vois, tendu et immobile, devant une porte. Un masque impassible a recouvert les traits de son visage, alors qu'il me fait signe de le rejoindre.

Tic-tac, se moque l'horloge du couloir.

La vérité est pile à l'heure. Elle ne rate jamais un rendez-vous.

J'inspire profondément lorsqu'une violente crampe d'estomac me donne la nausée. Une fois à l'intérieur, tout mon passé et mon présent vont voler en éclats. Dans un grincement strident, il m'invite à entrer. Mon pouls palpite à une vitesse folle et je danse d'un pied sur l'autre, mal à l'aise. Ma nervosité s'accentue à chacun de mes pas et elle me foudroie quand je pénètre dans la chambre. Je titube, prise de vertige, quand mes yeux se posent sur une femme, assise au bord du lit. La tristesse qui se lit sur son visage me fait l'effet d'un coup de poing dans le ventre. Ses cernes sont gonflés par la fatigue et elle fixe l'horizon, le regard dans le vide. Je me sens soudainement de trop dans la pièce, je rase les murs pour ne pas la déranger ou, pire, l'effrayer. Les petites rides qui sillonnent son front traduisent la souffrance qu'elle a dû éprouver avant d'arriver ici. Mon cœur se serre dans ma poitrine et j'étouffe, à l'étroit dans mon propre corps. Ma respiration se coupe au moment où elle pivote pour me faire face. Malgré tout ça, elle est belle. Une forme de beauté et de pureté irradie d'elle. Un sourire éclatant l'illumine lorsqu'elle me fixe. Je n'ai aucune idée de qui est cette femme, mais ce n'est pas la première fois qu'elle me voit. Je blêmis quand le bleu de ses yeux heurte les miens. Je n'ai pas besoin de me retourner vers Nathanaël pour confirmer ce que je devine. L'intensité qu'elle dégage est aussi forte que celle qui brûle dans ses iris. Je trébuche en arrière, complètement déboussolée.

Mara Grimaldi est toujours vivante.

Ou tout du moins, elle est physiquement là. Son esprit oscille entre la folie et la raison. Qu'est-ce qui a bien pu l'abîmer à ce point ? Je frémis, les nerfs à vif. Une violente douleur me traverse quand elle ancre son âme à la mienne. La laisser s'arrimer à moi n'est pas une bonne idée, mais c'est le seul moyen pour qu'elle puisse se connecter à la réalité.

— Théa, ma douce enfant, tu es enfin là ! s'étonne-t-elle, la voix enrouée.

Ma mâchoire se décroche sous la stupeur. Barthélémy l'a toujours décrite comme une affreuse sorcière avide de pouvoir. Jalouse de ma mère et de sa précieuse fille, puisqu'elle n'a eu que des fils. Jugée coupable de haute trahison par notre organisation et sa famille. Mais les yeux ne mentent pas, la bonté transparaît en elle. Elle n'a aucun vice, aucune rancœur envers moi. Juste une immense joie. Comment pourrait-elle se réjouir de me voir ici, si tous les chefs d'accusation qui pèsent sur ses épaules sont fondés ? Dans son état actuel, elle ne peut tromper personne. C'est une lumière dans l'obscurité. Je sens comme un goût de cendre sur ma langue. Les mensonges de mon passé sont en train de se consumer sous sa bienveillance.

La seule chose dont Mara est coupable, c'est d'inonder le monde de gentillesse.

Je ne peux m'empêcher de dévisager le Fantôme. Il est livide comme s'il venait de croiser un revenant. L'incrédulité se lit dans son regard au fur et à mesure que sa mère s'anime. Le temps d'une imperceptible seconde, un voile de nostalgie assombrit ses traits avant qu'il ne reprenne son attitude habituelle. Je sursaute quand elle tapote le bord du lit. Ses doigts fins s'agitent sur les draps en satin pour attirer mon attention.

— Viens t'asseoir près de moi, cela fait des années que j'attends ta venue.

Je suis perdue, s'adresse-t-elle à son fils ou à moi ? En guise de réponse, Nathanaël hausse les sourcils en direction du matelas pour m'encourager à la rejoindre. Mes genoux m'abandonnent et je m'enfonce lourdement à côté d'elle. Sa main droite caresse ma joue avant de replacer une mèche rebelle derrière mon oreille. Un geste plein d'affection. Elle est douce et délicate, bien plus que ma propre mère ne l'a jamais été avec moi. C'est étonnant pour une femme qui n'a élevé que des garçons plutôt… turbulents.

— Je savais que le destin finirait par vous réunir, Nate et toi !

— Pardon ? balbutié-je, perdue.

Les mots de Tobias virevoltent dans ma mémoire.

L'alliance. *Le mariage*.

Ma voix s'étrangle dans ma gorge et je suis incapable de l'arrêter dans son monologue.

— Tu vois, mon petit garçon, j'avais raison. Elle est encore plus belle maintenant que quand elle était enfant, chuchote-t-elle en s'adressant à Nate.

À la tête qu'il fait, je pressens que c'est la première fois depuis des années qu'elle lui parle.

— Euh, oui, lâche-t-il, hagard en clignant des yeux.

Oui.

Juste *oui*.

Sans aucune conviction.

Je ne m'attendais pas à des éloges ni à des compliments de sa part. Mais de là à balancer un pauvre oui de pacotille. C'est vexant. Sa réponse est aussi plate que s'il avait parlé de la pluie et du beau temps. Et encore, je le soupçonne de feindre plus d'intérêt pour la miss météo de l'émission *The Weather Channel*[10]. Sans passer pour une pimbêche narcissique et égocentrique, il aurait pu s'étendre un peu plus sur ce qu'il pense de moi. Surtout après qu'il a failli me faire l'amour contre le mur d'en face avant de me présenter à sa mère. Ça m'apprendra à baisser ma garde.

10. Chaîne américaine nationale de météorologie.

La dernière phrase de Mara tourne en boucle dans ma tête et je bute sur les mots qui me reviennent à l'esprit comme un boomerang. Cette histoire de noces arrangées pourrait bien être vraie après tout. Pour quelles raisons Nathanaël m'aurait-il rencontrée plus jeune ? Si j'avais déjà croisé ce regard défiant le bleu de l'océan, je m'en serais souvenue, il n'y a aucun doute là-dessus. Je n'ai pas le temps de débattre plus longuement avec ma pensée que le visage de sa mère se transforme sous la douleur qui la foudroie. La réalité la frappe, secouant tout son être de désespoir. J'attrape sa main pour la rassurer mais ses yeux se remplissent de larmes lorsqu'elle les pose à nouveau sur son fils.

— Elle n'a donc pas réussi à te ramener de l'enfer.

Sa voix se brise dans un sanglot. Le chagrin la submerge et elle sombre dans le néant. Ses doigts lâchent les miens et elle se referme sur elle-même. Dans un monde où la tristesse et le malheur n'existent pas. Un murmure presque inaudible s'échappe de ses lèvres et je dois tendre l'oreille pour discerner ce qu'elle répète en boucle.

« Oh Seigneur, que sommes-nous devenus ?
Ne vois-tu pas ces deux vipères avides de pouvoir ?
Un venin mortel coule dans leurs veines,
Et les voilà prêtes à semer la mort !
Leurs langues fourchues s'entremêlent,
C'est le goût du sang qui les pousse à frapper.

Leur trahison est froide,
Leur poison a infecté nos rangs !
Oh Seigneur, le mal provient de l'intérieur.
Elles nous traînent dans la boue,
Alors qu'elles ont vendu leur âme au diable.
Pourquoi célèbres-tu leur triomphe ? »

Je tourne dans le vide, ou c'est peut-être la pièce. Tout se mélange dans ma tête. Les révélations de Nathanaël et les mots de sa mère entrent en collision dans ma psyché. Mes yeux deviennent fous sous mes paupières. Barthélémy pourrait bien être l'une des vipères de Mara. Des bribes de souvenirs m'assaillent et écorchent mon âme comme des milliers de poignards. Mon sang ne fait qu'un tour quand je repense à la dispute entre mon parrain et l'un des hommes de main de son patron. La bile remonte dans ma gorge et je dois serrer les dents pour ne pas vomir mes tripes sur le tapis. J'ai peut-être grandi avec le complice ou le commanditaire du meurtre de mes parents. La crise d'angoisse qui a pris le contrôle de mon corps essaie de faire taire cette hypothèse. Une douleur vive comprime ma cage thoracique et je commence à manquer d'air. Je dois m'interdire de réfléchir et berner mon subconscient. Si je ne repousse pas mes limites, je vais laisser mon monde s'écrouler. Le déni est ma seule issue, mon seul rempart contre le chaos. J'appuie mentalement sur un bouton off dans les tréfonds de mon humanité.

Tout se coupe et c'est le trou noir.

Quand je rouvre les yeux, la souffrance qui a entaillé mes entrailles s'est envolée dans un nuage de poussière. Mes deux mains sont posées à plat sur le capot de l'Audi de Tobias et je n'ai aucune idée de comment je me suis retrouvée là. De l'eau ruisselle sur mon visage et je suis trempée. Mon regard suit un chemin invisible pour trouver celui de Nathanaël en face de moi. Il se tient immobile, les yeux écarquillés et une bouteille d'eau presque vide entre les doigts.

Il m'a encore sauvée.

Certes, pas de la manière la plus orthodoxe. *J'ai la vague impression qu'il m'a aspergée d'eau comme on exorcise un démon*. Mais il m'a à nouveau tendu la main alors que j'étais au bord du gouffre, sans rien demander en retour. La nuit nous enveloppe de son voile protecteur, tandis que nous nous jaugeons en silence. Mes dents claquent et je grelotte de froid. Il soupire bruyamment avant d'enlever son sweat à capuche. Je reste muette, incapable de détourner le regard, lorsque j'aperçois les tatouages qui recouvrent ses abdominaux affûtés. J'avale de travers ma salive quand je me rends compte que les dessins longent le tracé de ses muscles pour s'égarer sous la ceinture de son pantalon.

— Ravi de constater que tu ne perds pas le nord, se moque-t-il avant de me lancer son pull à la figure, suivi de la bouteille d'eau.

— Je… Euh, merci, bredouillé-je.

— Évite de mourir de froid ou de t'étouffer, j'ai promis à Tobias de te ramener saine et sauve. Ça me ferait clairement chier de creuser un trou dans le jardin à cette heure-ci.

Je retire ce que j'ai dit. Ce mec est toujours un salaud. *Terriblement sexy, certes*. Mais un petit con quand même.

J'enfile le sweat avant de lui adresser un spectaculaire doigt d'honneur.

— Tu sais quoi, Grimaldi ?

— Tu m'emmerdes ?

— Exactement, répliqué-je en souriant, avant de m'effondrer dans le siège en cuir.

Ses éclats de rire résonnent dans l'écho de la nuit. Je hausse un sourcil quand je l'observe à travers le pare-brise contempler la lune et les étoiles. Arrogant et spirituel. Je ne suis pas au bout de mes surprises avec ce garçon. Il s'installe quelques secondes plus tard au volant et nous n'échangeons plus un mot. De nouvelles notes de jazz emplissent l'habitacle lorsqu'il démarre la voiture, et je laisse mon esprit vagabonder par la vitre. Les mécanismes de protection de mon cerveau s'effritent à chaque kilomètre que nous parcourons. Le déni s'évapore pour laisser place à l'accablante vérité. À partir de ce soir, je vais devoir endosser le rôle de bourreau et de victime. Dans ma main, un sablier imaginaire s'écoule, celui du jugement dernier. Je vais devoir déterminer si Barthélémy est coupable ou innocent. Et ça me terrifie. Je me tortille sur mon siège, incapable de me décider. Il faut un sacré culot, ou faire preuve de folie, pour se prendre pour la justice divine. Je plaque mes cheveux encore humides en arrière, essayant de tourner et de retourner la situation dans ma tête. Je sursaute au moment où le téléphone de Nate vibre. Ses doigts s'agitent sur le tableau de bord pour baisser le volume de la radio alors que son autre main déverrouille l'écran. La voix grave de Tobias couvre les rugissements du moteur. Ils échangent des banalités, Nathanaël fait preuve de fair-play quand il le rassure à mon sujet, me forçant même à parler pour le convaincre que je suis en vie. Cette petite conversation aurait pu être anodine, mais j'aurais dû me douter qu'il en profiterait pour déclencher de nouveau l'apocalypse.

— Elle est prête, tu auras ta réponse en rentrant, je t'en fais le serment, déclare-t-il avant de raccrocher sans me consulter.

— Prête à quoi, selon toi ?

— À jouer avec des allumettes. T'as d'autres questions stupides en stock ?

— Je ne plaisante pas, qu'est-ce que tu lui as promis ? répété-je en haussant le ton.

— Que tu allais rejoindre l'alliance.

— Pardon ? Tu te prends pour qui, à parler à ma place ? Je ne suis pas ta putain de marionnette ! hurlé-je en frappant du poing le tableau de bord devant moi. *JE* décide quand je donnerai ma réponse et ça ne sera sûrement pas ce soir et encore moins parce que *TU* l'as décidé ! N'oublie pas que tu n'as aucun droit sur moi ni sur ce que je fais.

J'explose intérieurement, comme un verre qui se fracasse au sol alors qu'il m'ignore. Je veux ramasser chaque éclat pour les planter dans sa peau. Il ne peut pas me balancer des conneries pareilles et ne pas réagir. Je suis piquée au vif, chaque terminaison nerveuse de mon corps me fait mal et il s'en contrefout. L'homme impulsif et sanguinaire à côté de moi n'a pas cillé une seule seconde quand je l'ai défié. Je dois me préparer au pire, les colères silencieuses sont les plus redoutables. Celle qui arrive va déferler sur moi comme une tornade. Mon rythme cardiaque grimpe en flèche lorsque nous approchons du domaine des Grimaldi. Je remercie mentalement mon intuition et ma curiosité. Mes doigts se resserrent sur le manche du pistolet que j'ai glissé contre mon ventre, à l'abri des regards indiscrets, caché sous le pull qui m'a été offert en gage de paix.

Tobias devrait mieux ranger *ses jouets*.

C'est étonnant tout ce que l'on peut trouver dans une boîte à gants.

Cette fois-ci, je ne baisserai pas ma garde. Nathanaël a peut-être promis à son frère de ne pas me tuer, mais je n'ai pas signé pour qu'il me blesse. Je ne le laisserai plus me menacer ou se moquer de moi. Il est grand temps de lui rappeler que les Luciano n'ont peur de rien, même pas de la mort. Je le mettrai à genoux s'il le faut, mais j'en ai terminé avec ces conneries. Ses démons peuvent se préparer au combat, je vais foutre le feu à l'enfer jusqu'à ce qu'ils soient obligés de sortir de leur trou.

Et il peut garder ses putains d'*allumettes*, je ne suis plus une enfant.

Je vais tout calciner au *lance-flammes*.

CHAPITRE SEIZE

Théa

San Diego, Californie

DOMAINE DES GRIMALDI

Les pneus de l'Audi crissent sur les graviers au moment où nous pénétrons dans le domaine. Le Fantôme se gare en plein milieu de l'allée. En travers. Bloquant le passage. Aucune once de gêne ne le traverse alors qu'il coupe le moteur de la voiture. Comme s'il s'en moquait éperdument.

Nathanaël Grimaldi n'en a rien à faire des conséquences de ses actes.

Ni *hier* ni *demain*, et encore moins à cet instant *présent*.

Il se fout de tout. De la vie, de la mort et de *mon avis*. Et c'est ce dernier point qui me rend folle. Essayer de lui faire entendre mon point de vue et mes ressentis revient à foncer droit dans un mur. En appuyant les deux pieds joints sur la pédale d'accélérateur. Pourtant, je n'en démords pas. Mentalement, je regarde le compteur grimper en flèche. Nous allons nous fracasser l'un contre l'autre et je ne fais rien pour l'éviter. La lave qui m'habite depuis que nous avons cessé de parler contraste avec la froideur de son absence. Ce n'est qu'une illusion. Il est un fichu iceberg en pleine fonte des glaces. Quand il va se disloquer, la vague de fureur qu'il abrite va foncer droit sur moi. Enveloppant le feu de ma rébellion pour l'étouffer. Sauf que cette fois-ci, je ne serai pas la seule à prendre une douche froide. Il est temps que je me tienne devant lui, prête à l'affronter. J'ai relégué ma conscience et mon humanité dans les tréfonds de mon âme. Ses démons peuvent flirter avec les miens, ça ne me fait ni chaud ni froid. La tentation de le défier est plus grande que le désir que je peux ressentir pour lui. La partie de mon cerveau capable d'éprouver des sensations charnelles sommeille, engourdie par la rage.

J'ai le souffle court quand mes doigts tremblent, tâtonnent et accrochent la poignée pour quitter la voiture. Je guette le moindre de ses mouvements dans la pénombre et je m'aperçois qu'il a disparu. C'est presque devenu prévisible. Chacune de ses entrées théâtrales est précédée de ses absences. J'ai retenu la leçon, ça ne sert à rien de chercher l'introuvable. Surtout lorsqu'il ne peut s'empêcher de venir à moi. Je clos mes paupières pendant une fraction de seconde, me préparant à l'impact. Mes talons s'enfoncent dans le sol alors que Nathanaël me percute de plein fouet. Son torse heurte ma poitrine si fort que je sens mes os résonner dans mon corps. Mais je ne bouge pas, ne recule pas, ne chancelle pas. Avant que j'ouvre les yeux, ma main dirige l'arme contre son front. Un sourire arrogant fleurit sur mes lèvres quand une lueur de stupéfaction traverse ses pupilles.

Surprise, motherfucker.

Sa réaction est immédiate et il me tient lui aussi en joue. Une balle nous sépare. Mon index déverrouille le cran de sûreté, prêt à tirer. Tous les événements précédents n'étaient qu'un tour de chauffe. La partie commence à peine et je peux être une redoutable joueuse. Je cramponne le manche du pistolet quand il presse son front contre l'acier du canon. Il plonge son regard dans le mien, à la recherche d'une faille.

— Une bouille d'ange avec une âme de tueuse, c'est un curieux mélange. Même pour toi, *Scottie*, souffle-t-il en haussant les sourcils.

— Tu ne me feras pas croire que c'est la première fois que tu rencontres un ange déchu, *Nate*.

— Pas dans ce monde en tout cas.

— J'ai un scoop pour toi, tous les démons ne vivent pas en enfer, me moqué-je en lui faisant un clin d'œil.

Un rire rauque s'échappe de ses lèvres. Une mélodie infernale tout droit sortie de l'antre de Lucifer. Il me provoque et attise les braises de ma fureur. C'est une lutte psychologique. Un combat si intense que seules nos âmes peuvent mener. Une fossette perfide se dessine sur son visage.

— Puisque nous sommes dans les confidences... N'imagine pas que nous soyons dans cette position parce que tu l'as décidé, siffle-t-il les dents serrées, tandis que ses yeux pointent vers le pistolet que j'ai entre les doigts.

— Oh, tu penses que je n'avais pas reconnu ma propre arme ? minaudé-je en mimant l'étonnement.

— C'est un peu stupide de plonger dans la gueule du loup... Il suffit de te tendre un piège pour que tu trébuches dedans. J'ai moi-même placé ton beretta dans la boîte à gants pendant que tu discutais avec Tobias, et tu crois pouvoir me surprendre ?

Sa main libre s'ouvre et l'ensemble de mes balles tombe sur le sol. Un air victorieux danse sur son visage alors qu'il fait rouler les munitions à mes pieds.

— À l'avenir, je te conseillerais de mieux travailler tes effets de surprise. Malheureusement pour toi, tu fais exactement ce que je veux que tu fasses.

— Je suis désolée mais je n'accepte ni les suggestions ni les ordres ! Surtout venant de toi.

L'espace d'une seconde, je dévie l'arme de sa tête pour tirer en l'air, avant de replacer le canon encore fumant devant lui. L'écho de la détonation résonne dans le calme absolu de la nuit, lui rappelant que ce n'est plus lui qui mène la danse.

— Comment as-tu fait ? s'époumone-t-il, estomaqué par la surprise.

— La prochaine fois que tu me plaques contre un mur et que tu essaies de baiser mon esprit, fais plus attention. Assure-toi que je n'ai pas les mains libres ou ne laisse pas traîner tes balles dans les poches arrière de ton pantalon…

— J'hésite entre le fait que tu sois brillante ou suicidaire. Dans les deux cas, ça va mal se finir, grogne-t-il en enlevant le cran de sûreté de son arme.

— Tue-moi, je t'en prie, ça me ferait vraiment plaisir de te voir échouer si près du but. Qui est le plus stupide maintenant ?

En l'occurrence, nous sommes parfaitement *ex aequo*. Nous savons *tous les deux* que l'on a trop à perdre pour aller au bout de ce duel.

Il a besoin de moi pour obtenir sa vengeance.

Sans lui, je n'ai aucun moyen de découvrir la vérité sur l'assassinat de mes parents.

Nous voilà comme *deux crétins*, prêts à s'exploser la cervelle.

— Ne me force pas à libérer mes démons contre toi, m'avertit-il.

— Tu peux les envoyer à mes trousses mais c'est trop tard, les miens sont déjà sortis de leur cage. Ils galopent comme une horde de chevaux sauvages dans les ténèbres. Instoppables et infatigables ! craché-je avec fureur.

L'air qui s'infiltre dans mes poumons me brûle. Il est sec, presque tranchant. Les muscles de mes jambes sont tétanisés par la rage. Je ne reculerai pas.

Pas maintenant.

Et plus jamais.

De toute manière, je n'ai nulle part où aller. Mon dos est collé contre la portière de la voiture et la seule issue se trouve face à moi. Sauf que lui aussi ne bougera pas, c'est une question d'orgueil et d'ego. Le genre de querelle qui a poussé des hommes sains d'esprit à se livrer à des jeux dangereux. Pour eux, comme pour le reste du monde. Les guerres sont déclenchées car une fois amorcées, on ne peut plus faire machine arrière. Je suis en train de mener une des batailles les plus dures et compliquées qui soient, celle du respect, ou plutôt de gagner celui du Fantôme. L'ombre de ses démons danse dans ses yeux. Ils sont enragés, furieux d'être tenus en laisse alors que les miens viennent de briser leurs chaînes. Plus je presse mon front contre son arme, plus sa respiration s'accélère.

Une part de lui désire tirer et en finir.

L'autre lutte dans les abysses pour m'épargner.

— Je ne sais pas comment tu as réussi à survivre aussi longtemps jusqu'ici... T'es une putain de tornade autodestructrice. Il ne s'écoule pas un jour sans que tu ne pousses quelqu'un à bout, au point de vraiment vouloir te tuer.

— La manière dont je gère ma vie ne te regarde pas, je n'ai pas besoin d'un protecteur !

— Pourtant j'ai passé ces dix-sept dernières années à assurer tes arrières, rétorque-t-il avec sarcasme.

Ses mots me glacent le sang alors que je tapote avec la pulpe de mon index la plaie sur le côté de mon crâne.

Le Fantôme est celui qui donne la mort. Il tue et disparaît sans jamais laisser de trace. Mais Nathanaël Grimaldi, *lui*, me sauve à chaque occasion.

De mes crises d'angoisse et de mes chutes.

De mes ennemis et de mes propres ténèbres.

C'est la stricte vérité. L'évidence me tord l'estomac à m'en donner la nausée. Comment ai-je pu passer à côté de ça ? Je ne le déteste pas moins pour autant. Je le hais de toute mon âme, de toutes mes forces. Mais je respire encore grâce à lui. Ma vue se trouble d'un voile sombre alors que mes idées se bousculent dans ma tête. Mon ange gardien est le diable, il a les mêmes yeux bleus que lui. Cette pensée me dévore et me consume jusqu'à me torturer. Nos démons sont instables, attirés inexorablement les uns par les autres. C'est une addiction, un poison qui se diffuse dans nos veines. Je m'éloigne doucement de la raison et finalement, je crois que j'aime bien ça. Même si ça m'écorche la bouche de le faire, j'énonce les mots qui nous permettront d'amorcer une trêve temporaire. Au moins pour la nuit.

— Je donnerai ma réponse sur mon adhésion à l'alliance demain.

— Très bien, la décision t'appartient après tout, conclut-il en hochant la tête avec respect.

Les battements de mon cœur ralentissent alors que nous abaissons nos armes d'un même mouvement. Ni lui ni moi ne mourrons ce soir. Au fond de ma conscience, je sens son âme enlacer la mienne. Elle ne pousse plus contre mes barrières mentales pour forcer l'accès mais en demande la permission. Je ne suis pas encore prête à lui ouvrir la porte, même s'il est en train de grignoter tous les murs que j'ai bâtis autour de moi. À son contact, ils s'effritent et menacent de s'effondrer. Une part de moi a toujours eu envie de les abattre à coups de masse et il est peut-être temps de les faire sauter à la dynamite. Je prends soudainement conscience que nous ne sommes plus seuls. Tobias nous observe en silence depuis plusieurs secondes, à mi-chemin entre la maison et l'allée. Nous n'avons plus besoin de parler, tout a été dit. Je tourne les talons pour rejoindre la bâtisse, les jambes lourdes, usée par la fatigue. Je me fige quand l'aîné des Grimaldi attrape mon bras.

— Tout va bien, Théa ? s'inquiète-t-il, les traits tirés.

Je ravale un ricanement sournois. Je suis à deux doigts d'admettre que mon parrain a sûrement tué mes parents. Mon monde, ou celui que je croyais être le mien, pourrait ne plus exister au lever du jour.

Non, je ne vais *pas* bien.

J'en crève de l'intérieur. Ça me fait mal, tellement mal. Ma poitrine n'est qu'une seule et même douleur. Un calvaire difficilement supportable, semblable au feu du purgatoire. J'hésite à lui déballer toute ma tirade et puis me ravise. Parce que si je commence, je vais devoir rendre mon jugement et je ne suis pas prête. Pour encore une nuit, quelques heures de répit, je veux vivre naïvement. Demain j'enterrerai ce qu'il me reste d'espoir, mais *pas avant*.

— Laisse-moi jusqu'à l'aube pour te répondre, le supplié-je avant de me dérober à son étreinte.

Je lis dans ses yeux qu'il ne me retiendra pas et je lui en suis reconnaissante. Tobias est peut-être un chef de clan impitoyable, mais c'est aussi un homme qui sait faire preuve de compassion. Il est le gardien de sa famille et pour une raison que j'ignore, il me fait me sentir à ma place parmi eux. M'offrant un bouclier protecteur dans la tempête que je m'apprête à traverser. Je franchis les derniers mètres qui me séparent de la maison à la vitesse de l'éclair. Pressée de me retrouver seule et en même temps terrifiée par cette idée. Je m'immobilise, un pied dedans, un pied dehors, quand le rugissement d'une moto rompt la quiétude du crépuscule.

Sa moto.

Je lance un regard par-dessus mon épaule, il ne lui faut que quelques secondes pour quitter la propriété, ou la fuir. C'est une question de point de vue. Je m'interroge en silence sur sa destination. Je l'imagine contempler l'océan ou les étoiles.

Peut-être les deux à la fois en écoutant du jazz.

Le Fantôme possède une âme pleine de poésie, son art est à la hauteur de ses tourments. Il peint le monde en *le criblant de balles*. Je secoue la tête pour me concentrer sur mes propres problèmes en rejoignant la chambre d'amis. Je m'effondre sur le sol, m'adossant contre le lit, hébétée. Mes mains frottent nerveusement mon visage à la recherche de réponses qui glissent entre mes doigts. Je ne réagis pas lorsque la porte s'ouvre, trop exténuée pour me lever. Mes yeux s'écarquillent quand Lukas pénètre dans la pièce, armé de son sourire bienveillant et d'une boîte à pizza. L'odeur familière me chatouille le nez et mon ventre gargouille bruyamment.

— Tu t'es perdu ? m'amusé-je en l'observant se laisser tomber à côté de moi.

— J'ai la dalle et personne n'est disponible pour manger avec moi, du coup je me suis dit qu'après ta petite promenade avec Nathanaël, tu aurais sûrement faim !

Je m'étrangle avec ma salive. *Une promenade ?* Comme si nous nous étions baladés bras dessus, bras dessous en gambadant. Le hackeur ne sourcille même pas quand je tousse à m'en décrocher les poumons, préférant se jeter sur le premier bout de pizza au fromage. D'une tape sèche sur les doigts, je le lui vole et m'empresse de croquer dedans.

— Il faut vraiment que tu revoies ta notion de sortie avec ton frère, grommelé-je la bouche pleine.

— Et toi tes manières, on ne t'a jamais dit que c'était impoli de parler sans avoir fini de manger ? proteste-t-il en m'arrachant la part des mains.

— Tu ne peux pas en prendre une dans le carton comme tout le monde ?

— Dit la fille qui vient de me la dérober juste avant ?

Un rire sonore m'échappe et agite tout mon corps. Mes muscles se détendent un à un et je respire enfin normalement. Je savoure la présence du plus jeune des Grimaldi à mes côtés. Sa légèreté me tire de mes ténèbres, m'offrant une pause dans tout ce chaos.

— Fais attention, je pourrais devenir particulièrement violente, surtout quand il s'agit de nourriture, le menacé-je sur le ton de la rigolade.

— Théa, je vis avec Tobias *ET* Nate... Il en faut plus pour me faire peur.

— Mmmh, pas sûr !

— L'un fracasse des verres à longueur de journée si bien que tu ne peux pas marcher pieds nus sans te retrouver avec un éclat dans le talon. L'autre a la gâchette et le poing si sensibles qu'on a fini par le surnommer *Rocky Luke*. T'as la réf ?

J'esquisse un sourire en visualisant la scène. Un mélange de Rocky Balboa et de Lucky Luke, je salue la créativité de Lukas.

— Ça a l'air sympa de vivre au Far-West, dis donc !

— Tu n'imagines même pas, heureusement qu'on a du bon whisky, pouffe-t-il avant d'avaler tout rond la moitié de la pizza.

Je me dépêche de subtiliser ce qu'il reste dans la boîte avant qu'il ne l'engloutisse. Mon ventre ronronne, repu. Une toute petite partie de moi se demande encore où est le Fantôme et ce qu'il fait. Je tends l'oreille pour entendre le bruit infernal de son engin, en vain. Je me redresse en essayant de ne pas salir le tapis d'un blanc immaculé avec mes mains pleines de sauce tomate. Je grimace en les imaginant rouges du sang de Barthélémy. Si je rejoins l'alliance, c'est ce qui m'attend. Je chasse toutes mes pensées en clignant des yeux. Je dois ressembler à une guirlande lumineuse dans le sapin de Noël du Rockefeller Center vu le regard étonné de Lukas.

— Je vais aller prendre une douche, tu n'as qu'à faire comme chez toi… Enfin tu es chez toi. Je veux dire, c'est ta chambre. Même si ce n'est pas la tienne, c'est tout comme ! Tu m'as comprise de toute façon, bégayé-je en me rendant compte de l'absurdité de la situation.

— Tu bouffes ma pizza, tu t'appropries la chambre de ma mère… Je te préviens, si tu voles mes caleçons, je montre les dents !

Je lui jette le sweat de son frère à la figure avant de quitter la pièce. Mon cœur se brise dans ma poitrine quand il évoque Mara. Je ferme les yeux sous le jet d'eau chaude pour effacer son image, mais elle reste prisonnière de mes paupières. Je ne pourrai jamais oublier son visage et son désespoir. L'eau ruisselle sur mon corps et je soupire en appuyant mon front contre le carrelage de la douche à l'italienne. Je dois trouver le courage d'affronter la vérité. Celle qui va *écorcher mon âme* jusqu'à la faire saigner.

J'actionne le robinet d'eau froide pour faire taire la puissante angoisse qui s'empare de tout mon être et m'aveugle. Le poids de cette décision pèse sur mes épaules comme un lourd fardeau. Pour Mara, son mari, mes parents et Nathanaël, je dois être forte. Assez pour maudire ces monstres et les envoyer dans un lieu où aucune rédemption ne pourra leur être offerte. Je coupe le jet et me glisse dans une vieille chemise de mon père. Elle fait partie des vêtements que Nate a dérobés dans mon dressing à New York avant de m'enlever. Un pyjama de fortune mais qui me rappelle que peu importe l'endroit, peu importe le moment, il est toujours à mes côtés. Je hoquette de surprise quand je tombe sur Lukas dans la même position où je l'ai laissé. Avachi sur le sol, en train de jouer sur son téléphone. Je penche la tête pour l'observer avant de me planter devant lui.

— Au risque de te décevoir, je ne suis pas très *pyjama party* !

— Oh non ! Moi qui voulais qu'on se tresse mutuellement les cheveux et que tu me vernisses les ongles, soupire-t-il en haussant les épaules et feignant la déception.

— Dans tes rêves, Lukas !

— Tu crois vraiment que j'allais te laisser me coiffer ?

— Maintenant que tu me dis ça, je vais être tentée de le faire, ironisé-je, poussant le vice un peu plus loin.

— Non, non et non !

— Oh allez quoi, sois sympa, le taquiné-je en ébouriffant ses mèches rebelles.

— Sois déjà contente que je dorme ici pour veiller sur toi et laisse mes boucles tranquilles !

Je reste sans voix alors que ma poitrine se serre en un vif pincement. Mes yeux deviennent humides, s'embuant de larmes chaudes. Ses mots sont doux comme une caresse. C'est une première pour moi. Personne ne m'a jamais proposé de veiller sur moi, sans condition, sans reproche, juste parce que *ça lui tient à cœur*.

— Merci, chuchoté-je en me glissant sous les draps.

Une larme roule sur ma joue alors que je sombre dans les bras de Morphée. La vie est plutôt bien faite. Quand tout semble s'effondrer autour de vous, elle vous offre toujours une lueur dans l'obscurité, un roc auquel vous raccrocher. Dans chaque drame que j'ai dû traverser, j'ai sans cesse été seule. Mais ce n'est plus le cas aujourd'hui, j'ai les Grimaldi à mes côtés. Après toutes ces années, j'ai enfin l'impression de rentrer à la maison et d'avoir un foyer. Un endroit où je ne serais plus obligée de porter un masque et où je suis finalement prête à accueillir une vieille amie.

Le passé ne m'intéresse pas.

Le futur non plus.

L'ancienne Théa Changretta est morte.

La nouvelle Théa Luciano n'existe pas encore.

Seul l'instant présent compte et je vais le vivre en étant le personnage principal de ma propre existence… Moi, *Scottie*.

CHAPITRE DIX-SEPT

Théa

San Diego, Californie

DOMAINE DES GRIMALDI

Les rayons du soleil chatouillent mes joues lorsque j'émerge aux premières lueurs du jour. Je n'ai pas réussi à dormir plus de deux heures d'affilée. Je me suis réveillée en sursaut, hantée par le visage de mon parrain. Je grimace de douleur quand je m'étire. Chaque muscle de mon corps est si raide que chaque mouvement est douloureux. Je me faufile sur le parquet, marchant à pas feutrés pour ne pas réveiller Lukas. Il somnole encore, en boule, à même le sol. C'est un spectacle presque attendrissant. Ses mèches dorées retombent sur son front, effleurant les traits paisibles de son visage. Le bruit des vagues m'attire vers l'immense fenêtre qui baigne la pièce de lumière. Mon regard se perd à l'horizon avant de rencontrer la silhouette du Fantôme sur le sable, ou plutôt son corps nu à l'exception d'un short de bain vert. Mes doigts frôlent la vitre qui nous sépare alors que je ne loupe aucune miette de la scène qui se déroule devant moi.

L'eau ruisselle de ses cheveux noirs sur son torse musclé, intégralement couvert de tatouages. Ma mâchoire se décroche quand l'un d'entre eux attire mon attention. Une impressionnante tête de loup scandinave. Elle prend naissance sous ses clavicules pour courir sur ses pectoraux avant de s'estomper au-dessus de son nombril. C'est une pièce d'art à elle seule. Il la sublime d'une certaine manière. Son cou, son buste et ses bras sont également tatoués. Sa peau hâlée luit, alors qu'il traverse la plage, une planche de surf sous son biceps droit. Son bras se contracte sous l'effort et je déglutis en l'imaginant s'enrouler autour de mes hanches. Une violente excitation m'envahit, inondant mon bas-ventre de chaleur. C'est l'effet Nathanaël Grimaldi.

Renversant et dévastateur.

Si bon que ça en devient douloureux.

Je plaque la paume de ma main contre le chambranle, le souffle court. Ça m'apprendra à admirer le paysage. *Tu viens surtout de te rincer l'œil, ma grande*, susurre ma conscience. Une envie sauvage s'empare de moi et je recule sur la pointe des pieds pour m'éloigner de la tentation. Je sursaute quand une intonation angélique me tire de mes pensées.

— La vue est à couper le souffle, hein ? murmure Lukas, la voix encore enrouée par le sommeil.

— Elle est incroyable.

Je me mords l'intérieur de la joue pour arrêter de divaguer sur l'apollon en bas de ma fenêtre. Je le déteste quatre-vingt-dix-neuf pour cent du temps. Mais le pourcentage restant, je désire dévorer chaque centimètre de sa peau.

— Je vais préparer le petit déjeuner, tu veux quelque chose en particulier ? demande innocemment le jeune hackeur.

— Euh, non merci, je n'ai pas très faim, balbutié-je en me raclant la gorge.

Menteuse, tu rêves d'étaler de la pâte à tartiner sur les abdominaux de son frère, martèle la minuscule voix dans ma tête. J'avale de travers ma salive à cette idée et je fonce dans la salle de bains pour éteindre le feu qui couve entre mes cuisses. J'ouvre le robinet d'eau froide et je retiens un petit cri aigu du bout des lèvres au moment où le jet glacé me mord la peau. La vague gelée déferle sur le brasier qui menace de se propager dans tout mon corps. Mes dents claquent et une infinité de frissons court sur mon épiderme. Je grelotte alors que les flammes s'enfuient, me laissant seule avec ma chair de poule.

Cette attraction va me tuer.

Je sors de la douche et je soupire en m'enveloppant dans une serviette moelleuse. La chaleur regagne mon corps et j'enfile un short en jean et un top blanc sans traîner. Les problèmes m'attendent, et vivre dans le déni ne les fera pas disparaître. L'angoisse me broie l'estomac alors que la peur me paralyse. Je dois être sûre de moi. La décision que je vais prendre va être décisive, sans aucun retour en arrière possible. Je ne peux pas me permettre d'hésiter une seule seconde. Quelques doutes m'assaillent et je dois les chasser pour ne pas regretter ce que je m'apprête à faire. Mes jambes me guident à travers la maison pendant que j'essaie de démêler l'énorme sac de nœuds dans mon cerveau. Je manque de me vautrer en trébuchant sur Nate, assis en train de lire sur la terrasse. Mes doigts glissent sur son torse encore humide alors que je tente de me rattraper avec maladresse. Je remercie en silence l'univers quand ils terminent leur course juste en dessous de son nombril, à la frontière de son short. Mon regard remonte le long de ses tatouages et se fige sur le muscle de sa mâchoire qui tressaille à mon contact. Je me mordille la lèvre inférieure au moment où ses abdominaux se contractent sous la paume de mes mains. Le toucher me trouble bien plus que je ne voudrais l'admettre.

— Ferme la bouche, tu vas finir par baver, s'amuse-t-il d'une voix grave.

Je rougis de la tête aux pieds en retirant mes mains comme si son buste était de la lave en fusion. Il ne le laisse pas paraître, mais son corps trahit lui aussi son trouble. Il appuie le livre sur son entrejambe, une manière plus ou moins discrète de cacher son érection. Je lève les yeux au ciel avant de les reposer à l'endroit exact de son excitation. Mes pupilles se dilatent quand je distingue le titre de l'ouvrage, *La Vérité sur l'affaire Harry Quebert*. Je remarque les coins jaunis et les Post-it de couleur qui ornent les pages. Cet idiot tient mon édition en équilibre sur son pénis. J'ai littéralement envie de le tuer.

— En plus d'être un *stalker*, t'es un fichu cleptomane. Rends-moi mon bouquin ! m'écrié-je, outrée.

— Alors là tu rêves, ma grande ! Ce chapitre est palpitant, je suis à deux doigts de découvrir un truc hyper intéressant !

Mon cœur bat dans ma poitrine à tout rompre. Ma respiration s'accélère alors que je me rapproche de lui dans une tentative désespérée de le lui arracher. Je m'immobilise au-dessus de lui quand je comprends le double sens de sa phrase. Je suis en train de lui offrir une vue plongeante sur mon décolleté. Et il se rince l'œil.

Fait chier.

Je me trouve à des années-lumière de récupérer mon ouvrage favori, ainsi que *ma dignité*.

— C'est quoi la prochaine étape ? Qu'est-ce que je vais encore découvrir ? Que t'as pris une de mes petites culottes en otage ? enchaîné-je, à bout de souffle.

— Pour être franc, je préfère largement te voir les porter plutôt qu'elles soient dans mes tiroirs.

Un rictus pervers se dessine sur son visage et je devine qu'il est en train de m'imaginer les fesses dans de la dentelle. Ou sans rien, nue, dans mon plus simple appareil. Je me liquéfie à cette idée alors qu'il humecte ses lèvres. Cette attirance malsaine va me détruire. Une lueur lubrique danse dans ses iris et je manque de vaciller. Ce fumier n'essaie même plus de camoufler ce qu'il pense. Je dois reprendre le contrôle de cette conversation, avant qu'elle ne m'explose à la figure. D'un coup de pied, je repousse ses jambes pour qu'il me laisse m'asseoir en face de lui. La récréation est terminée. Je balaie ces minutes d'égarement d'un battement de cils et je me concentre sur la raison de ma présence.

— Puisqu'on est parfaitement honnêtes toi et moi, j'aimerais savoir à quel moment tu m'as vue enfant.

— Tu viens de détruire mon fantasme, *Scottie*, proteste-t-il en ronchonnant.

— Désolée pour ton film de boules, *Nate*, mais j'ai vraiment besoin que tu répondes à cette question !

Il est le seul à pouvoir m'aider à assembler les pièces du puzzle de mon existence. Il pose négligemment un bras derrière sa tête, me jaugeant avec intensité. Je ne vais pas le supplier, c'est aussi une nécessité pour lui que j'arrive à prendre cette décision. Ma quête de vérité s'entremêle avec celle de sa vengeance. Elles sont étroitement liées. Comme les deux faces d'une même pièce.

— Pourquoi est-ce que tu veux savoir ça ?

— C'est important pour moi.

Je n'ai pas besoin d'en dire plus. Un voile assombrit son regard lorsqu'il se replonge dans ses souvenirs. Nos genoux s'effleurent au moment où il s'avance au bord du fauteuil. Cette proximité a une saveur étrange, elle est différente de toutes celles qu'on a pu connaître. Il y a une certaine forme d'intimité qui se tisse entre nous. Je scrute son visage, suspendue à ses lèvres tandis qu'une multitude d'étoiles brillent dans ses yeux. L'attente est pénible, je me languis d'entendre sa voix. Lorsqu'il rompt le silence, il *me libère* et *m'achève* à la fois.

— C'était quelques semaines avant la nuit du bain de sang. Ma mère m'avait annoncé que mon père m'avait trouvé une fiancée. J'ai toujours détesté ces conneries d'unions arrangées, commence-t-il avant de marquer une pause. Dans notre monde, l'amour est le seul luxe hors de notre portée. Mon unique condition était de te connaître avant d'accepter.

— Pourtant je n'ai aucun souvenir de t'avoir déjà vu...

— Ta mère a refusé. Elle voulait te protéger et te préserver en quelque sorte. À neuf ans, tu avais autre chose à penser que ton futur mariage.

J'acquiesce d'un mouvement de la tête. Pour une fois, nous sommes d'accord. Les enfants des mafieux devraient grandir sans se soucier de ce que leur réserve l'avenir.

— Ça ne m'explique toujours pas pourquoi tu es censé me trouver plus jolie qu'à notre première rencontre, lui rappelé-je, le piquant dans son ego.

Après tout, il n'a pas contredit sa mère quand elle l'a dit.

— Lors de tes vacances à Capri, j'étais là. Je t'ai vue au loin, tu dansais sur la plage. Au même rythme que les vagues, dans une robe assortie au bleu de la mer. Et oui, tu étais déjà très belle. Peut-être même un peu trop pour un gamin comme moi.

Son sourire s'éteint alors que mes yeux se remplissent de larmes. Je bats des cils pour les empêcher de rouler sur mes joues. Je me souviens parfaitement de ce moment, un des rares instants où nous étions heureux avec mes parents. Une parenthèse aussi furtive qu'un courant d'air. Les doigts du Fantôme s'agrippent à mes genoux et je refoule la nostalgie qui m'assaille. Cette proposition de mariage a vraiment existé. Il ne peut pas inventer ce qu'il vient de décrire. Tout est *vrai*, jusque dans les moindres détails. Un trou béant se creuse dans ma poitrine alors que je prends conscience de l'abominable vérité. Elle est aussi laide que les mensonges que l'on m'a racontés. Il ne me reste plus qu'un dessin à confirmer, une histoire de vipère et de tatouage. Je bondis sur mes pieds pour retrouver Lukas, il est le seul à pouvoir m'aider maintenant. Je me fige avant de franchir le seuil de la maison.

— Après m'avoir vue, tu t'es dit quoi ? demandé-je sans avoir eu le temps de retenir les mots qui fusent entre mes lèvres.

— Que ça valait le coup d'accepter ce mariage si ça voulait dire que je pouvais te regarder danser pour l'éternité à mes côtés.

Sa sincérité me foudroie. Nous avions peut-être un avenir, et ça aussi on nous l'a volé. Un arrière-goût amer se distille sur ma langue. Celui du bonheur arraché, remplacé par le malheur. Je n'ai pas juste contemplé ses muscles tout à l'heure, derrière ses tatouages se cache une histoire terriblement douloureuse. Elle est gravée profondément dans sa chair sous ses cicatrices. Mon parrain ne mérite pas le pardon. Encore moins s'il est le responsable de tout ce gâchis. Je déboule comme un boulet de canon dans la cuisine. Ma respiration se fait plus brève, presque haletante quand je me retrouve face au hackeur.

— Tu mets du lait dans ton café ou tu le veux noir ? me demande-t-il en se retournant, une tasse à la main.

— Noir sans sucre, mais avant, j'ai besoin d'un petit service. Je dois joindre Meghann.

Il sort mon téléphone d'un tiroir et le pose sur le plan de travail devant nous.

— Tu peux l'appeler sans crainte, j'ai placé un dispositif dedans pour qu'on ne puisse pas tracer tes appels.

Sans attendre de réaction de ma part, il retourne à ses fourneaux. J'attrape l'appareil et compose, les mains tremblantes, le numéro de mon amie. Elle répond dès la première sonnerie.

— Tu as intérêt à t'expliquer pour avoir ignoré mes soixante-douze appels et mes cent cinquante messages ! aboie-t-elle de l'autre côté de la ligne.

— Bonjour à toi aussi, Meg, contente d'entendre que tu es en forme !

— Sans déc', Théa, où es-tu passée ? Ça fait des jours que j'essaie de prendre de tes nouvelles après la fusillade du gala ! Mark m'a dit que ton parrain avait été visé, tu m'as fait une peur bleue, me sermonne-t-elle, mi-fâchée, mi-soulagée.

Un silence gênant s'installe, je me balance d'un pied sur l'autre à la recherche d'une explication qui tienne la route. Il me faut une idée et vite, n'importe quoi qui puisse la convaincre sans éveiller ses soupçons.

— Je suis désolée, Blondie, c'était le bordel, et puis j'ai croisé Jackson. Il n'a pas tourné la page et… j'avais besoin de prendre du recul.

Elle souffle à l'évocation de l'agent fédéral. Par chance, elle n'a jamais su l'encadrer. Elle l'a toujours trouvé trop mielleux et trop lisse pour moi. Je ne peux pas la contredire, il était ennuyeux à mourir. *Même après quatre teq' paf.*

— Quel crétin celui-là ! Il faut sans cesse qu'il gratte à la porte avec l'espoir que tu changes d'avis ! s'emporte-t-elle en pestant contre le pauvre homme.

— Ouais, c'est compliqué, mais bon, je pense qu'il a compris le message. M'éloigner a fait du bien à tout le monde, on dirait.

— Je te préviens, la prochaine fois que je le croise, je lui jette mon verre à la figure. Ça lui enlèvera peut-être le balai qu'il a dans le cul !

J'éclate de rire en imaginant la scène. Ce petit bout de femme est intenable. Surtout quand il s'agit de se payer la tête d'un mec.

— On se détend, tu ne risques pas de tomber sur lui de sitôt !

— Surtout si tu prolonges ton séjour hors de la ville. Barthélémy m'a dit que tu étais partie te ressourcer dans les Hamptons.

Une violente crampe me retourne l'estomac. Un nouveau mensonge s'ajoute au palmarès de mon parrain. Il est vraiment créatif quand il s'agit de *déformer la vérité*. Je serre les dents pour repousser la bile dans ma gorge. J'inspire lentement pour ne pas craquer avant d'avoir obtenu la réponse à la question qui me brûle la langue.

— Décidément, on ne peut rien te cacher ! Je ne savais pas que tu étais si proche de mon père, entre ça et son tatouage, tu en sais bientôt plus que moi, plaisanté-je en croisant les doigts pour qu'elle morde à l'hameçon.

— Tu ne me feras jamais avaler que tu n'es pas au courant pour le serpent qu'il a tatoué pile sur le cœur ! Il est énorme ! Tu ne peux pas le rater…

— Effectivement, c'est gros comme un camion, coupé-je avant de réaliser l'impact de la bombe qu'elle vient de lâcher.

— Oh allez, ne fais pas la gueule, Théa !

— Je suis fatiguée, Meg, rien contre toi, je dois absolument raccrocher mais je te rappelle bientôt, promis.

— À bientôt trésor, tu me manques !

— Moi aussi, tu ne peux même pas imaginer à quel point, terminé-je en verrouillant le téléphone pour clore l'appel.

Il a un putain de serpent tatoué sur son cœur.

Ce connard est l'une des *vipères* de Mara.

J'ai été recueillie par *l'assassin* de mes parents, élevée par *un traître*.

Mon ventre se soulève et la nausée me submerge alors que je me précipite vers l'évier pour vomir l'intégralité de mes tripes. Mon cœur s'emballe et ma vision se trouble. Ma gorge me brûle à chaque inspiration, si bien que je n'arrive plus à respirer. Mes doigts tremblent quand je tente de trouver la poignée du robinet. Les larmes inondent mes yeux et je n'y vois plus rien, c'est le flou total. Mes jambes s'affaissent et je me rattrape avec difficulté au plan de travail. Le monde autour de moi explose, tout mon passé gît à mes pieds dans un amas de débris carbonisés. J'ai l'impression d'avoir à nouveau neuf ans et de revivre l'annonce du décès de mes parents.

Des bras puissants m'encerclent alors que je m'effondre lentement sur le sol de la cuisine. Je reconnais l'odeur de santal et de whisky du Fantôme. Pour la première fois, je me laisse aller contre lui, appuyant ma tête bien trop lourde pour mes épaules contre son torse. J'ai envie de hurler mais le son de ma voix s'étrangle dans ma gorge. C'est à peine si je peux rassembler mes genoux contre ma poitrine pour ne pas me casser en mille morceaux. Quand la crise de panique s'estompe et que je pense *naïvement* que c'est terminé, la douleur me terrasse. Elle me tord les entrailles et je peux sentir le goût métallique du sang dans ma bouche. Je me griffe la poitrine à la recherche d'air, renversant la tête en arrière. Les lèvres de Nathanaël rencontrent mon front et il les presse contre ma peau fiévreuse. Il chuchote des mots rassurants alors qu'il caresse mes cheveux avec douceur.

— Ça va aller, je te le promets, murmure-t-il. On est là. *Je suis là.*

C'est comme un électrochoc. Un courant électrique me parcourt la colonne vertébrale et me secoue l'échine. Je m'accroche à la seule chose que je suis capable d'entrevoir à travers mes paupières mi-closes. Son désir de vengeance. Je l'épouse et le fais mien, rassemblant le peu de force qu'il me reste pour me relever. Je puise dans mes dernières ressources mentales pour mettre un pied devant l'autre alors que j'entends Lukas grommeler.

— On ne peut pas la laisser comme ça !

— Elle va déployer ses ailes maintenant qu'elle est tombée du nid.

— Ce n'est pas un de tes fichus oisillons, Nate, grogne-t-il de colère.

— Oh non, elle est bien plus que ça ! C'est une magnifique corneille prête à prendre son envol…

Je ne peux pas m'arrêter au risque de tomber une nouvelle fois. Je sais que cette fois-ci, je ne me relèverai pas. Une étincelle de vie m'insuffle le courage de redresser le menton, puis la tête. Je suis un phénix, renaissant des cendres de son passé. Chaque pas que je fais devient plus affirmé, moins incertain. Mon instinct me guide alors que la lumière m'aveugle au fur et à mesure que j'émerge du brouillard. Sans que je m'en rende compte, je pénètre dans le bureau de Tobias et je me laisse tomber dans un des sièges face à lui. J'ouvre complètement les yeux, les contours de la pièce se font de plus en plus nets et les couleurs plus éclatantes. Ma décision est prise, il est temps de la lui faire savoir.

— Je ne veux pas seulement faire partie de l'alliance, Tobias, je veux être la dernière image que Barthélémy emportera dans la tombe, prononcé-je d'une voix blanche, déterminée.

— Je la graverai moi-même sous ses paupières si c'est ce que tu désires, me promet-il en hochant la tête.

Le sol tremble sous mes pieds alors qu'une brèche s'ouvre sur l'enfer. Je vais y traîner ce fumier avec fracas, les flammes du Jugement dernier ronronnent déjà à cette idée. Une main chaleureuse glisse entre mes omoplates et j'aperçois Lukas s'asseoir à ma gauche, rassuré de me voir reprendre du poil de la bête.

— Bienvenue dans la famille, petite déesse, dit-il en souriant en s'accoudant sur la table.

Théa signifie « déesse » en italien, et pour une fois, je ne doute plus d'en être une. En tout cas pas à leurs côtés, pas besoin d'avoir une armée quand on est entouré des Grimaldi. Dans l'obscurité, une ombre se détache du mur derrière Tobias. Je plonge dans ses yeux océan, à la rencontre des profondeurs. Il engloutit mon âme d'une seule vague et pour la première fois, je ne me noie pas. Je respire sous l'eau, à pleins poumons, mêlant mon souffle au sien. À cet instant, je sais que nos destins sont liés, scellés *pour toujours* et *à jamais* dans les ténèbres.

CHAPITRE DIX-HUIT

Nate

San Diego, Californie

DOMAINE DES GRIMALDI

Mes yeux capturent chaque détail de son visage, les gravant dans ma mémoire pour l'éternité. J'ai encore du mal à comprendre à quel moment tout a basculé. Toutes ces années à l'observer et à la surveiller ont nourri en moi un besoin viscéral. Ce que j'ai d'abord pris pour du désir se révèle être quelque chose de bien plus profond. J'ai soif de la protéger. C'est devenu une obsession, si bien que cela éclipse tout le reste. Dire qu'elle est jolie est un euphémisme. C'est une pépite, un joyau si rare qu'elle irradie de lumière tous ceux qui la touchent. Même dans les moments les plus sombres, elle a la rage de vivre, et c'est contagieux. À la base, Théa ne devait être qu'une partie du plan, un moyen d'arriver à mes fins. Sauf qu'elle a déboulé dans mon existence en renversant tout sur son passage. Depuis, je n'envisage plus un seul jour sans elle à mes côtés. Que ce soit pour s'affronter ou simplement cohabiter. Je me fiche bien de savoir combien de masques elle a dû porter. À travers mes yeux, elle sera toujours *Scottie*, dansant au rythme de l'écume des vagues.

Elle a foutu le feu à mon corps et il a recommencé à éprouver des sensations. À tel point qu'à chaque fois qu'elle respire, je m'embrase. Je suis si près de la combustion que je pourrais me transformer en torche humaine. J'ai beau la repousser, l'effrayer et vouloir la faire fuir, elle finit toujours par entrer en collision avec mes démons. Mes lèvres s'étirent en une ligne infinie quand je réprime un juron dans ma barbe. La vérité, c'est que je serais incapable de la laisser partir. Théa s'est invitée dans chaque cellule de ma peau.

Mon corps compte une trentaine de tatouages, mais un nouveau vient d'apparaître à son contact. Refusant de cicatriser à un endroit où j'ignorais qu'il était encore possible que je saigne. *Elle a gravé son prénom dans mon âme*. Alors que je divague dans les tréfonds de mon esprit, la tension au sein de la pièce grimpe en flèche. Je me force à me concentrer sur la discussion qui se déroule devant moi.

— Le plan est simple, explique Tobias en essayant de la rassurer. Nous ne te demandons rien de plus que de jouer la comédie.

— Une fois de plus, se moque-t-elle en haussant les sourcils.

— Je sais qu'on t'a trop souvent imposé d'être quelqu'un d'autre. Ce soir, je ne veux plus que tu te caches. Nous avons besoin que tout le monde pense que tu es la future Mme Grimaldi.

Elle tressaille sous la surprise, les yeux écarquillés.

— Tu es complètement fou, ça revient à pointer une cible sur mon front !

— Les seules personnes que tu dois craindre sont devant toi, et jusqu'à preuve du contraire, nous n'avons jamais essayé de te tuer.

— À part lui, me désigne-t-elle du menton.

Je lève les mains vers le plafond, excédé. J'ai besoin d'un whisky. D'abord pour éteindre le brasier qu'elle vient d'allumer dans mon corps, et pour anesthésier mon envie de lui faire *l'amour*... Ma langue fourche en silence et je secoue la tête, je veux dire, lui faire la morale.

Bien sûr, allez rame, se moque mon subconscient.

— Rappelle-moi de te laisser te débrouiller la prochaine fois que tu seras dans le pétrin, lui signalé-je.

— Dit-il alors que si j'ai une plaie au crâne, c'est entièrement de sa faute.

Oh, je pourrais lui faire bien plus qu'une vilaine blessure à la tête. Je pourrais bien ravager son corps et faire saigner son cœur. Mais je me garde bien de le lui avouer. Non seulement car je n'ai aucune envie de lui confesser qu'elle me rend dingue et que de toute évidence, je suis aussi en train de succomber à nos petits jeux.

Lukas se racle la gorge et chasse mes pensées malsaines avant que je me retrouve à l'étroit dans mon pantalon.

— Sans vouloir passer pour le rabat-joie de service, les Changretta ne sont pas ses seuls ennemis. Il reste l'inconnu du bureau de Barthélémy, ou plutôt celui pour qui il travaille, rappelle notre petit frère.

— C'est bien ce que je disais, me pointer à vos côtés en criant au monde entier que je les emmerde n'est peut-être pas une si bonne idée !

— Ce n'est pas la première fois que tu jouerais le rôle de la proie, raillé-je.

La simple pensée de la mettre en danger me retourne l'estomac. Mais nous n'avons pas vraiment le choix.

— Fais attention Nathanaël, il se pourrait bien que le gentil petit lapin ait des canines plus longues que le grand méchant loup !

— Fais hiiiii pour voir !

Elle me balance un stylo au visage et je l'esquive de justesse en faisant un pas de côté.

— Finalement, ton séjour ici t'aura appris à mieux viser, me moqué-je, mi-surpris, mi-impressionné.

Théa me fusille du regard et un sourire narquois se glisse sur mes lèvres.

— Bon, ça suffit vous deux, gronde Tobias en serrant les dents.

J'avale le reste de mon verre cul sec en retenant une réplique cinglante. Je ne peux pas me les mettre tous les deux à dos, ils seraient capables de se liguer contre moi.

— Ça ne me dit toujours pas pourquoi je dois prendre un tel risque, reprend-elle, intriguée.

— Tu ne craindras rien puisque personne n'osera t'attaquer. Tu seras sous notre protection. Pour le commun des mortels, ils assisteront à notre fête de fiançailles, l'informe-t-il avant de se tourner vers moi et de préciser : de fausses fiançailles, cela va de soi.

Il faut absolument que je pense à vérifier les caméras de surveillance. Si elles ont immortalisé la gueule qu'elle tire, je l'encadrerai en poster grandeur nature, juste pour la faire enrager.

— Je ne sais pas ce qu'il y a dans tes bouteilles de whisky, mais c'est clairement en train de te monter à la tête ! Personne n'avalera ça, s'insurge-t-elle alors que son regard oscille entre nous trois, cherchant du soutien.

— Plus c'est gros, plus ça passe, Théa, tente de la convaincre avec maladresse Tobias.

— Je peux te faire une démonstration si tu y tiens, proposé-je avec arrogance, conscient du double sens de ma phrase.

C'est cadeau. Tout le plaisir est pour moi.

Lukas pouffe derrière son poing. Des milliers d'éclairs jaillissent des yeux de Tobias. Quant à Scottie... Un fichu sourire pervers fleurit sur ses lèvres délicates. Je cille, pris à mon propre piège.

Elle est pire que moi, bordel !

Il me faut un autre verre, et vite.

— De toute manière, Lukas et moi serons présents pour assurer tes arrières, ce n'est qu'un détail !

— Je peux très bien le faire moi-même, siffle-t-elle.

— C'est moi qui m'occupe de ta sécurité et c'est non négociable, tranché-je, la voix aussi acérée que la lame d'un scalpel.

— Je n'ai pas besoin de toi, proteste-t-elle avec un brin de sarcasme.

Cette phrase me fait sortir de mes gonds. Je romps la distance qui nous sépare à grandes enjambées, m'arrêtant uniquement lorsque mes jambes frôlent ses genoux. Je pose mes mains à plat sur la table et inspire pendant de longues secondes avant de tourner la tête dans sa direction. Je camoufle mes inquiétudes et les relègue le plus loin possible. Elle ne doit pas déceler ce qui me trouble, sinon elle trouvera le moyen de s'en servir contre moi. Je ne peux pas charger de munitions l'arme qu'elle tient entre ses mains, en l'occurrence, *ce qu'il reste de mon cœur*.

— Laisse-moi rire ! Tu pourrais TE faire tuer, ou piiiiiiire encore, nous faire TOUS tuer ! me moqué-je sans retenue.

— Tu te prends pour la Hermione Granger de la mafia californienne ? Redescends sur terre, s'offusque-t-elle en me lançant une œillade meurtrière.

— Désolé de connaître mes classiques !

— Vous avez accès au cinéma en enfer ?

Je tire son livre de ma poche arrière et l'agite sous son nez, dans une énième provocation.

— Au cas où tu ne l'aurais pas remarqué, je sais lire ! Surtout quand il s'agit de bouquins qui ne m'appartiennent pas…

— Tu sais aussi attacher tes chaussures et compter deux par deux ? Espèce de crétin ! s'emporte-t-elle en m'arrachant sa précieuse édition des mains.

Si elle avait des pouvoirs magiques, elle me transformerait sûrement en rat, avant de me pourchasser avec un lance-flammes. Lukas éclate de rire, si bien que son écho emplit tout le bureau. Je glisse un coup d'œil vers mes frères, l'un frôle l'hystérie, l'autre se consume sous l'agacement. Tobias est à deux doigts de briser le verre qu'il tient dans sa main. Nous avoir sous son propre toit est dangereux pour sa tension et son self-control. Je reporte mon attention sur Théa quand elle bondit sur ses pieds, prête à détaler.

— Je vous préviens, si j'accepte cette connerie de fausses fiançailles, c'est uniquement pour faire chier Barthélémy. Mais c'est une très mauvaise idée ! fulmine-t-elle.

Je me mords la lèvre inférieure lorsque mon regard s'arrête sur ses courbes, incapable de contenir les pensées animales qui m'assaillent. Elle se fige sur le seuil de la porte et tourne la tête par-dessus son épaule. Ses yeux vert émeraude rencontrent les promesses sombres et torrides qui dansent dans mes pupilles. Sa réponse est immédiate, elle m'adresse un doigt d'honneur en quittant la pièce. Un rire rauque s'échappe de ma gorge avant de me rappeler que nous ne sommes pas seuls.

— Quand je te demande de ne pas la toucher, ça inclut de ne pas la tuer ET de ne pas coucher avec elle, grogne Tobias, les poings serrés.

— Je n'ai fait ni l'un ni l'autre, je te signale.

Pas encore, tout du moins.

Surtout en ce qui concerne la deuxième partie de sa phrase. Je passe sous silence le fait qu'on se soit presque embrassés hier. Le souvenir de ses lèvres contre les miennes m'arrache un sourire.

— Je ne rigole pas, Nathanaël, me sermonne-t-il, les traits soucieux.

— J'ai l'air de plaisanter ?

En ce qui concerne la jeune femme, je fais de mon mieux. Vraiment. Je suis au maximum de mes capacités. Dans *tous les sens* du terme.

— Tu en fais surtout qu'à ta tête, et ça, c'est dangereux.

— Pour qui ? craché-je sur la défensive.

— Pour tous les deux.

Je fais les cent pas, furieux. Bien sûr que c'est risqué, mais je commence à en avoir ras le cul qu'on me dicte ce que je peux faire ou non. Je remarque le petit écrin de velours vert dans la bibliothèque. Il abrite le bijou qu'elle est censée porter ce soir. J'attrape à la volée la boîte pour la mettre dans la poche de mon pantalon. J'ai fait une promesse à ma mère il y a dix-sept ans et je compte bien la tenir.

— Puisqu'on parle d'interdit, aucun de vous deux ne s'approche d'elle avec une putain de bague. C'est ma responsabilité, ordonné-je en claquant ma langue contre mon palais.

— Si tu y tiens, j'ai hâte de la voir essayer de t'étouffer avec, ironise Tobias.

— Mouais, à ce rythme-là, ils sont capables de consommer le mariage avant de passer à l'église, s'esclaffe Lukas.

Les nerfs lâchent. Les langues se délient et nos paroles s'entremêlent avec fracas. Notre aîné s'étrangle d'un rire jaune et je comprends qu'il est temps de quitter le bureau.

J'ai besoin d'être au calme pour réfléchir, et le seul endroit qui m'apaise est l'océan. Le bruit des vagues qui s'écrasent sur le sable fait écho au flot de pensées qui déferle dans mon esprit. Mon regard vagabonde à l'horizon tandis que ma respiration devient plus difficile, plus lourde. Ma bouche s'entrouvre vers le ciel pour laisser l'air pénétrer dans mes poumons. L'oxygène peut être vital, comme fatal. Je suis en apnée, suspendu aux lèvres de Théa. J'ai plongé de mon plein gré dans les eaux tumultueuses de *son âme*.

Ma main se serre et relâche l'écrin dans ma poche. Une furieuse envie de faire des ricochets avec me traverse, avant de me raviser, fatigué. Je n'ai aucune idée de comment je vais lui proposer cette bague. Finalement, le fait qu'elle tente de me tuer avec me semble plus doux que de la lui passer au doigt. Si ça ne tenait qu'à moi, je lui aurais offert un couteau.

Pour qu'elle me tranche les veines ? Brillante idée ! grommelé-je alors que j'arpente la plage en long, en large et en travers. Je n'ai jamais été aussi indécis. Pas une seule fois je n'ai hésité avant de décocher une balle. Mais cette terrible créature façonnée dans le feu le plus pur et le plus dangereux des enfers me déstabilise. C'est comme glisser dans des sables mouvants et se laisser emporter au lieu de se débattre.

Je ne sais même plus quel est l'enjeu. Persuader le reste du monde que Théa va se marier avec mon frère ou me convaincre que je ne suis pas en train de tomber à genoux devant elle ? Mon cœur s'emballe dans ma poitrine et je me surprends à écouter ses battements. Je le croyais endormi, enseveli sous la pierre. Mais depuis qu'elle a débarqué, il se pourrait qu'il soit encore *capable* de battre pour quelqu'un.

CHAPITRE DIX-NEUF

Nate

San Diego, Californie

DOMAINE DES GRIMALDI

L'océan est mon havre de paix.

Une parenthèse dans le chaos de mon existence. J'écoute le bruit des vagues qui s'écrasent sur le sable alors que mes pieds s'enfoncent lourdement à chacun de mes pas. J'arpente la côte, incapable de tourner les talons. J'ai besoin de l'océan et de la puissance qu'il dégage.

De son silence.

De ses rugissements.

De son calme.

De ses tempêtes.

Depuis que j'ai emménagé avec mes frères en Californie, il ne se passe pas un seul jour sans que je m'y rende. C'est devenu une thérapie. L'écume des flots est la seule à pouvoir laver mon âme de ses péchés. Et Dieu sait qu'ils sont nombreux. L'espace d'un instant, je peux m'autoriser à oublier ma vengeance et apaiser les blessures de mon esprit. Je pivote pour faire face à la mer et m'accroupis. Tout mon corps repose sur les paumes de mes mains, qui disparaissent à chaque assaut de la marée, nettoyant le sang que j'ai accumulé toutes ces années. Je nage dans une rivière pourpre depuis la nuit où j'ai été enlevé. Un rictus étire la commissure de mes lèvres quand la brise marine agite quelques boucles noires de mes cheveux. Je suis né pour faire couler le sang. On ne peut pas échapper à son destin quand il est lié à la mafia. Cela fait de moi un homme mauvais par essence. Je tue, je mutile et je détruis des empires. Mais je n'ai pas toujours été un assassin. Il y a eu du bon dans mon cœur. Je n'ai jamais été aussi gentil que Lukas mais j'étais un chouette gamin. Toujours prêt à rire et à faire l'idiot. Ce sont les derniers souvenirs auxquels je m'accroche pour ne pas sombrer dans une folie meurtrière. Après la tragédie qui m'a fait perdre mon innocence, presque tous les détails de mon ancienne vie ont disparu. Il ne me reste plus que ceux du Fantôme.

Froids, acérés et mortels.

Je hume l'air iodé en fermant les yeux, chassant le brin de mélancolie qui m'envahit. Les monstres ne ressentent pas la peine.

C'est faux.

Elle pique, brûle, griffe jusqu'à rouvrir des plaies invisibles à l'œil nu. Mais quand l'âme saigne au point de vous faire mal, il ne reste que deux issues. Succomber ou terrasser la douleur.

J'ai choisi de ne plus avoir mal.

Éteignant ma conscience et mon humanité.

Quand je rouvre les yeux, une lueur attire mon attention dans le creux des vagues. Il s'agit d'un reflet. Plus précisément celui de la fenêtre de la chambre de Théa. Je me redresse et fais face à la villa pour observer sa silhouette danser entre l'ombre et la lumière. Ma respiration se raréfie à mesure que j'avance sur le sable. Le spectacle qui se déroule devant moi est à couper le souffle. Je devine chacun de ses mouvements dans l'obscurité. Cette femme attise ma curiosité, comme une flamme dans un brasier. Lorsque je pénètre à l'intérieur, l'agitation est à son comble. Je fronce le nez au moment où les effluves d'un parfum m'assaillent. Du musc, du cuir et du cèdre. *Tobias*. Il est tellement occupé à ajuster ses vêtements et ses armes dans son bureau qu'il ne me remarque pas.

J'avance à pas feutrés, semant des grains de sable sous mes pieds nus. Je réprime un rire en imaginant la tête de mon aîné quand il découvrira le sol du salon. Lukas virevolte dans la cuisine, faisant coulisser sa cravate bleu marine. Il a toujours aimé les fêtes. Non seulement parce que les femmes se jettent presque toutes à ses pieds à chaque fois, mais parce que c'est aussi une occasion pour lui de sortir d'ici. Des notes de jazz résonnent au premier étage. Une confirmation que Théa m'attend. J'avale les mètres qui nous séparent en quelques secondes pour rejoindre sa chambre. Mon souffle s'accélère quand je l'aperçois, et je m'adosse contre l'embrasure de la porte pour l'admirer. Ses yeux vert émeraude me fixent dans le miroir lorsqu'elle me voit. Elle ne me quitte pas un seul instant du regard. Mon cœur loupe un battement quand ses doigts rassemblent ses cheveux sur son épaule. Elle est sublime dans sa robe blanche en satin, ses cheveux d'ébène retombant en cascade sur une partie de sa poitrine.

Si je ne savais pas ce dont elle est capable, j'aurais juré voir une sainte.

Je savoure chaque détail de son corps, de ses chevilles à son cou délicat. Un sourire indécent fleurit sur ses lèvres quand elle pivote pour me faire face. Elle avance dans ma direction avec assurance, balançant ses hanches au rythme de la mélodie. Je reste interdit sur le seuil, incapable d'aller plus loin.

Ou par peur d'aller trop loin.

— Soit tu rentres, soit tu sors, mais il faut que tu te décides, souffle-t-elle en me défiant.

Je ferme la porte derrière moi sans réellement réfléchir aux conséquences.

— C'est une invitation ?

— Tu n'en as jamais eu besoin pour envahir mon espace…

Elle s'immobilise, me contemplant à son tour. C'est comme si elle me regardait pour la première fois à travers ses longs cils noirs. Elle ressemble à une reine.

— C'est vrai. Pour autant, tu as toujours couru dans ma direction au lieu de me fuir.

— Je suis à la lettre un vieux conseil d'ami. Il ne faut jamais tourner le dos à un prédateur, quelque chose comme ça, rétorque-t-elle en reprenant mes mots.

— Un ami ? m'étonné-je en rompant l'espace entre nous.

Je n'ai jamais envisagé d'être son ami. Pour être franc, je veux être tout sauf son ami. Et elle n'a aucune envie que je le sois. Surtout pas à cet instant. Elle n'a plus rien d'un agneau, c'est un loup, observant à son tour sa proie.

— C'est une façon de parler…

— Fais attention à ce que tu dis, je pourrais te prendre au pied de la lettre, la défié-je en faisant un pas de plus vers elle.

La vérité, c'est que je voudrais la prendre tout court. Mais j'ai promis à Tobias de ne pas la toucher. Je serre les poings. Depuis quand est-ce que j'écoute mon aîné ? Je secoue la tête pour me concentrer sur ses mouvements. Elle ondule autour de moi, si bien que je suis obligé de rester sur le qui-vive pour ne pas me faire prendre au piège. Sur un malentendu, elle serait capable de brandir une arme, juste comme ça, pour le plaisir.

C'est exactement ce que je ferais, mais elle n'est peut-être pas aussi si folle que moi.

Foutaises, elle est bien pire.

— Nous allons rester là à nous dévorer du regard ou tu vas me dévoiler tes véritables intentions ? m'interroge-t-elle en inclinant la tête.

— Je ne me suis pas encore lassé de la vue, sifflé-je les dents serrées.

Ma respiration s'accélère quand elle remonte le tissu de sa robe le long de sa jambe.

— Plutôt que d'être passif, tu pourrais peut-être m'aider ?

— Tu ne veux pas qu'on discute avant d'enlever ta robe ? Même si je n'ai rien contre sauter les petites conversations, je trouve la séduction toujours plus intéressante que l'acte en lui-même, ironisé-je, la provoquant doucement.

Elle hausse les épaules en tapotant du bout des doigts l'élastique autour de sa cuisse.

— Ne sois pas idiot, je n'arrive pas à ajuster mon holster et un coup de main ne serait pas de refus.

Je pose un genou à terre devant elle alors que mes mains glissent sur ses mollets. Sa peau frissonne à mon contact et l'atmosphère s'alourdit dans la pièce. Elle hoquette au moment où je resserre d'un coup sec l'élastique et un sourire narquois étire mes lèvres.

— Si tu voulais que je me mette à genoux devant toi, il y avait d'autres façons de me le demander.

— Et tu aurais accepté ?

J'effleure du pouce l'intérieur de sa cuisse, lui arrachant un frisson, avant de me relever pour lui faire face.

— Tu ne sais pas ce dont je suis capable pour arriver à mes fins, l'avertis-je en attrapant son poignet pour l'attirer contre mon torse.

Elle lève la tête pour me regarder et elle frémit sous mon emprise. Une lueur animale traverse mes yeux et je comprends que ni elle ni moi n'avons envie de sortir indemnes de cette pièce. Sa bouche me défie d'aller plus loin, mais avant, je dois honorer une vieille promesse faite à ma mère. Je suis peut-être un criminel de la pire espèce, mais je suis surtout un homme de parole. Ma main libre extirpe le petit écrin de ma poche alors que son regard oscille entre la boîte et mon visage.

— Ça serait dommage de rater la meilleure prestation de ta vie parce qu'il te manque un accessoire, murmuré-je à son oreille.

— C'est une terrible manière de me faire ta demande !

— Je ne suis pas du genre à demander qui que ce soit en mariage, Théa… Je suis le Fantôme, je n'ai que la mort à offrir. Je le fais uniquement pour rendre ça plus crédible et pour emmerder Barthélémy !

Sans sourciller, elle me tend sa main, et je glisse le diamant à son annulaire avant qu'elle ne change d'avis.

C'est presque trop beau pour être vrai.

J'ai tout juste le temps de remettre l'écrin dans ma poche que ses doigts s'accrochent à mes épaules. Elle se hisse sur la pointe des pieds pour murmurer à mon oreille d'une voix enjôleuse :

— Et tu bandes aussi pour le faire chier ?

Mon sang pulse dans mon bas-ventre quand elle se plaque contre mon corps. Mes mains agrippent de part et d'autre ses hanches pour la maintenir contre moi.

Je suis un homme de parole, *sauf quand il s'agit de Théa.*

Tant pis pour Tobias, mais je ne peux plus retenir mes pulsions.

Mes lèvres s'abattent sur les siennes et je dévore sa bouche pulpeuse jusqu'à ce qu'elle soit à bout de souffle. Je recule l'espace d'une seconde, pour vérifier que c'est bien ce qu'elle désire. Je ne ferai rien contre son consentement. Elle devient sauvage et me rend mon baiser en me mordant jusqu'au sang. J'émets un grognement sourd quand nos dents s'entrechoquent. Ma langue tournoie avec la sienne, défiant tous les interdits. Je la pousse contre le mur, prenant son menton en coupe pour approfondir nos échanges. Elle gémit sous mes assauts et je remonte ses bras au-dessus de sa tête, les maintenant dans le creux de ma main. L'autre empoigne sa taille, pour m'ancrer à elle. J'abandonne ses lèvres pour dériver sur son cou alors qu'elle ondule sensuellement contre mon bassin.

Les battements de mon cœur se mélangent aux siens et je sens mon érection durcir dans mon pantalon. Notre corps à corps devient de plus en plus bestial. Elle frissonne sous moi, m'en réclamant toujours plus. Je suis avide de son âme, je l'aspire, la consomme jusqu'à la vider de son essence. Scottie prend bien plus que ce que je suis prêt à lui donner, elle me ravage, me fait saigner jusqu'à ce que je ne discerne plus le bien du mal. Nos baisers frôlent l'indécence et j'ai des difficultés à me contenir. Mon pouce remonte le long de sa mâchoire, effleurant sa lèvre inférieure. Je lâche ses bras pour enserrer sa gorge. Les morsures de mes dents rougissent la peau de son menton et je suis à deux doigts de lui arracher sa robe. Je chancelle en arrière, hébété par la fièvre et la passion. J'attrape son visage entre mes mains, l'obligeant à me regarder. J'observe sa bouche rougie, la détaille et en dessine les contours du regard. J'aspire son souffle à travers ses lèvres, si proches à nouveau que les frôler est un supplice.

Un éclair de frustration luit dans ses yeux quand elle tente de s'approcher à nouveau, mais que je la maintiens à distance. Je délaisse son corps avec amertume, le regrettant instantanément. J'ai perdu le contrôle, et c'est si enivrant que je pourrais tout oublier. Jusqu'à ma propre vengeance. Je pourrais passer des heures à l'embrasser. C'est dangereux.

Trop dangereux.

Nous devons revenir à la raison avant que l'un de nous fasse sombrer l'autre en enfer.

— Ne me laisse plus t'embrasser, l'avertis-je, priant pour qu'elle s'éloigne de moi.

— Sinon quoi, Nathanaël ? rugit-elle, furieuse.

Je ne réponds pas. Pas parce que je n'ai rien à lui dire, mais parce que j'ai trop à perdre à mettre des mots sur ce qu'elle me fait ressentir. Si je goûte ne serait-ce qu'une nouvelle fois à sa peau, je vais perdre la tête. Et avant, je vais la faire se consumer jusqu'à ce qu'elle hurle mon prénom. Elle ne me quitte pas des yeux, une lueur féroce brille dans ses iris. Je viens de provoquer Lilith et elle va faire trembler le diable qui habite en moi. Ce n'est qu'une question de temps avant qu'elle fasse voler en éclats mes barrières. Je me détourne, prêt à quitter la pièce, quand je me fige.

— Et donc ? Tu vas ENCORE disparaître ? Apparemment, tu sais te servir de ta bouche, donc parle maintenant ! aboie-t-elle, à bout de nerfs.

— C'est le mieux à faire, *Scottie*.

— Ne m'appelle pas comme ça si c'est pour fuir comme un lâche.

Sa voix est froide, glaciale, prête à me combattre. Je n'ai le temps de faire qu'un seul pas quand un objet percute le sommet de mon crâne avec violence. Je me retourne et fixe son escarpin à mes pieds.

Elle vient de me frapper avec sa putain de chaussure.

J'exulte, j'enrage, elle ne comprend pas que je fais ça pour la protéger. De ma folie. De mes démons.

De moi.

J'attrape son soulier et retourne vers elle à grandes enjambées. Je ne m'arrête qu'une fois nos deux corps plaqués contre le mur. Seule sa chaussure nous sépare. Le talon va sûrement m'entailler la peau mais je m'en moque. Ma main libre s'abat contre le béton. Mon poing se fracasse dessus à l'impact et quelques taches rouges perlent sur les jointures de mes doigts. Je dois lutter pour ne pas céder à la tentation et m'emparer d'elle sans scrupules. Je lui ferais l'amour à même le sol si je m'écoutais. Réduisant en lambeaux sa robe et ruinant son maquillage. J'inspire par le nez pour me calmer mais ses deux pupilles braquées sur moi m'accusent et m'ordonnent de lui donner ce qu'elle veut. Je secoue la tête, effaçant les pensées obscènes de mon cerveau. Je fais un pas en arrière et grogne dans ma barbe.

— Je ne suis pas un prince charmant, encore moins une citrouille et certainement pas marraine la bonne fée. Garde tes chaussures à tes pieds, *Cendrillon*, et tes distances avec moi.

— Si je veux m'approcher, Nate, je le ferai, et tant pis pour toi si tu n'as toujours pas compris que tu n'es pas en mesure de me donner des ordres. Pour ta gouverne, je n'en ai rien à secouer des bons garçons, me défie-t-elle en m'arrachant des doigts son escarpin.

— Je vais faire saigner ton cœur, Scottie, soufflé-je les yeux fermés.

— On sera deux à agoniser dans un bain de sang alors !

D'un coup d'épaule, elle me contourne et retourne vers le miroir pour réajuster sa robe. Même en colère, elle est magnifique. Je renâcle quand elle m'ignore.

Elle me met hors de moi quand elle ne m'écoute pas.

Encore plus quand elle le fait.

La distance qui se creuse entre nous devient insupportable. Pire encore que sa présence. Sans un regard en arrière, je sors de la chambre. L'abandonnant lâchement à ses démons. Je ne peux pas apaiser les siens lorsque les miens sont prêts à détruire le monde pour ses beaux yeux. Les chaînes invisibles qui les retenaient viennent de rompre et la prison mentale qui les enferme s'apprête à céder. Je suis un assassin, un instrument de mort. Je dois réfléchir froidement, sans émotion. Je fulmine quand une vague de sentiments contradictoires m'assaille. Mon cœur bondit dans ma cage thoracique à chaque pas qui m'éloigne d'elle. J'ai beau la fuir, elle s'insinue sous mon épiderme, au plus profond de mon être. Je clos brièvement mes paupières pour rassembler mes idées alors que je rejoins mon antre pour me préparer à mon tour. Ce soir, je n'ai pas le droit à l'erreur. Si je dévie une seule fois de mon but, je pourrais mettre en péril ma vengeance. Je prends conscience qu'il reste encore une trace d'humanité en moi, et qu'elle vient de la réanimer.

Pour elle, je serais prêt à mettre le monde à feu et à sang.

CHAPITRE VINGT

Théa

San Diego, Californie

DOMAINE DES GRIMALDI

Les poings serrés le long de mon corps, j'étouffe les tremblements furieux de mes doigts. Mon sang bouillonne de frustration.

Pour lui avoir cédé et pour l'avoir imploré de recommencer.

Je déglutis péniblement quand le Fantôme quitte la pièce alors que ses mots tournoient dans mon esprit à une vitesse folle.

Faire saigner mon cœur.

Un rire étranglé s'échappe de ma gorge. Cet enfoiré veut qu'on le qualifie de monstre, mais il passe son temps à essayer de me protéger. Je ne veux pas de sa protection ni de sa fichue conscience. Au plus profond de mon être, tout ce que je désire, c'est me sentir vivante. Même si ça signifie vendre mon âme au diable.

Ou plutôt à Nate.

J'effleure du bout de mon index ma lèvre inférieure, gonflée par ses morsures et ses baisers. Mon doigt glisse sur ma peau pour retracer le chemin invisible qu'il a dessiné entre mon menton et mon cou. Une brûlure exquise s'immisce à chaque endroit où il a laissé son empreinte.

Je déteste qu'il ait cet effet-là sur moi.

Je déteste qu'il ne l'exerce pas à l'instant même.

Je suis hors de contrôle. Peu importe la situation, j'ai besoin de le détester. Je me moque de le haïr. Mais je me maudis d'avoir besoin de lui. Un raclement de gorge me fait sursauter, m'arrachant à mes pensées. Mon attention se reporte sur le reflet de Lukas dans le miroir, les yeux écarquillés, observant mon menton et mes lèvres rougis. Une lueur d'étonnement glisse dans son regard en découvrant qu'il me manque une chaussure.

— Tu lances une nouvelle mode ? s'amuse-t-il, les mains dans les poches.

— Je diversifie mon arsenal d'armes ! m'exclamé-je en m'empressant d'enfiler l'escarpin avant de le rejoindre.

Mon souffle se coupe lorsque ses sourcils se froncent en découvrant l'impact du coup de poing de Nathanaël dans la cloison. Son regard se durcit quand il aperçoit quelques gouttes rougeâtres sur le placo.

— Si tu souhaites refaire la déco de la chambre, évite de demander à Nate. Aucun de nous ne veut qu'il tapisse les murs de son sang.

— Pas de *stanza rossa*[11], je suis déçue…

À l'instant où les mots sortent de ma bouche, j'ai envie de me taper la tête contre la porte. Je viens clairement d'avouer que Nathanaël était présent dans ma chambre.

---

11. *Stanza rossa* signifie *red room* en italien.

Et que tu ne serais pas contre t'envoyer en l'air avec lui dans une red room[12], surenchérit ma conscience.

Un rire franc agite les épaules de Lukas, qui ne lutte même pas pour le retenir.

— Je ne pense pas que vous ayez besoin d'une *red room* pour continuer ce que vous étiez en train de faire, se moque-t-il en tournant les talons pour quitter la pièce.

L'espace d'une fraction de seconde, l'envie de le frapper lui aussi avec une chaussure me démange.

— N'y songe même pas, garde tes escarpins pour mon frère, je suis certain qu'il adorerait que tu essaies de lui crever un œil avec ! m'avertit-il en dévalant les escaliers sans se retourner.

— Je te rappelle que j'ai DEUX talons aiguilles, je ne voudrais pas faire de jaloux ! m'écrié-je en me lançant à sa poursuite.

Je le retrouve dehors, appuyé contre la porte arrière de son SUV. Ses iris gris me scrutent avec intensité au fur et à mesure que je me rapproche.

— Tu es sublime, Théa, me complimente-t-il soudainement avec sérieux en ouvrant la portière.

— Merci, chuchoté-je en grimpant à bord du véhicule.

À cet instant, mes yeux rencontrent ceux de Tobias dans le rétroviseur. Indéchiffrables, comme à son habitude. À peine avons-nous démarré que les deux hommes parlent de la sécurité de ce soir et des invités. Je prête une oreille discrète, essayant d'analyser ce qui m'attend. Après cette nuit, il y aura une guerre. Et je suis la grenade que les Grimaldi s'apprêtent à dégoupiller au visage de Barthélémy. Nous roulons depuis un moment quand le véhicule s'arrête à

12. *Red room* veut dire « chambre rouge » en anglais, un endroit de plaisir et de tentation associé au sexe.

un feu rouge. Un grondement se fait entendre au loin, attirant mon attention à l'extérieur. En quelques secondes, une moto noire s'installe à ma hauteur. Le motard pivote dans ma direction et je fronce les sourcils en observant la bande de peau qui dépasse entre ses gants et son blouson en cuir.

Des tatouages.

Les pulsations de mon cœur s'emballent lorsqu'il relève sa visière. Ma bouche s'entrouvre lorsque je plonge dans son regard bleu. Un raz de marée d'émotions me submerge quand il cligne des yeux, m'invitant à baisser la vitre qui nous sépare. Ma main presse le bouton sur ma gauche et la barrière de verre disparaît.

Mon sang bourdonne dans mes oreilles, mais au milieu de la circulation californienne, je ne vois que lui. Un feu ardent envahit chaque fibre de mon corps, comme une lave prête à tout engloutir. Au fond de ses pupilles dilatées, je peux voir ses démons s'agiter, se débattre et cogner contre les murs de leur prison. Il incline son torse en avant et je dois me rapprocher pour entendre ce qu'il dit. Les bruits de son bolide couvrent presque chacun de ses mots, si bien que ses frères ne peuvent pas comprendre ce qu'il chuchote sous son casque.

— J'ai besoin d'être concentré ce soir, alors assure-toi qu'aucun crétin ne s'approche trop près de toi. Je ne voudrais pas gaspiller des balles inutilement.

— Jaloux, Grimaldi ? Pourtant, je croyais que tu voulais que je mette de la distance entre toi et moi, le défié-je avec sarcasme.

D'autres mots menacent furieusement de s'échapper de ma bouche mais je me mords la langue pour m'empêcher de déclencher une énième dispute. Cet homme a un culot monstre. Il y a moins d'une heure, il m'interdisait de l'embrasser, et maintenant il ne veut pas que je me fasse draguer. Si le mot *contradiction* avait une seule définition, ce serait celle-là.

Nathanaël Grimaldi. Pour vous servir, ou pas.

— La jalousie, c'est pour les envieux, Scottie. Je suis juste un homme qui protège ce qui lui appartient.

— Je ne t'appartiens PAS, Nate ! Ni hier, ni aujourd'hui, ni demain ! craché-je les dents serrées.

— Tu possèdes quelque chose de moi qu'aucune autre femme n'aura jamais. Il est juste que je détienne quelque chose de toi en échange, confie-t-il en m'adressant un clin d'œil avant d'abaisser sa visière.

Je possède son identité.

La vérité me frappe alors que je l'observe remonter la file de voitures au moment où le feu passe au vert. Le Fantôme m'appartient en quelque sorte, et forcément, je lui appartiens aussi. Dans notre monde, nous n'obtenons rien sans contrepartie. Au moment même où il m'a dévoilé son visage, il a scellé notre destin. Je me tortille sur mon siège, lorsque je surprends Tobias en train de m'observer pour déchiffrer ce qu'il vient de se dérouler. Heureusement qu'il n'a rien entendu, il nous aurait fusillés sur-le-champ. Ce soir, nous devons être crédibles en tant que faux fiancés. Hors de question qu'une dispute éclate en public. Le SUV se faufile dans les rues de la ville avant de s'engager sur un chemin vallonné. San Diego disparaît derrière les arbres, et après quelques minutes d'ascension, nous rejoignons une allée pavée menant à la réplique parfaite d'un petit château italien. Un dédale de vignes en contrebas offre une vue à couper le souffle sur la mer. La Californie n'a rien à voir avec New York. Même de nuit, elle est fascinante. Une fois dehors, je balaie l'espace du regard : la cour est pleine de voitures de luxe en tous genres. Nous sommes donc les derniers. Un violent nœud me tord l'estomac et je me mords la lèvre inférieure pour ne pas flancher. C'est la première fois que j'apparais à un événement public depuis ma disparition, et sans Barthélémy à mes côtés. Je chancelle sur mes talons hauts, regrettant amèrement de ne pas avoir opté pour des baskets. Alors que nous sommes sur le seuil, je sens les doigts de Tobias entrelacer les miens. Je lève la tête pour le regarder, et je hoquette de surprise face à la sérénité qui émane de lui.

— Théa, tu es parfaite, et ils ne pourront jamais deviner notre petit arrangement. Alors fais-moi plaisir, offre-leur ton plus beau sourire et fais en sorte qu'ils voient à quel point tu es forte, s'adresse-t-il à moi en douceur en exerçant une légère pression sur ma main.

— Et s'ils se rendent compte que je ne suis pas aussi forte que ce que tu penses ?

— Fais-moi confiance, après ce soir, même ceux qui ne croyaient pas en toi seront les premiers à dire qu'ils ont rencontré la femme la plus puissante de la mafia italienne. La digne héritière des Luciano.

Lorsque les portes s'ouvrent sur la salle de réception, ses doigts ne lâchent pas les miens. L'adrénaline met mes nerfs à vif quand je le suis au centre de la pièce. Le brouhaha des discussions s'arrête presque immédiatement. Lukas nous rejoint, m'invitant à avancer avec un sourire bienveillant. Je m'autorise à regarder la foule qui m'entoure et une sensation grisante s'empare de moi. Je ne lis que du respect dans leurs yeux et une forme d'admiration. Entourée des hommes les plus puissants de Californie, je me sens enfin à ma place. Aucun des deux frères ne m'étouffe ni ne camoufle ma présence. Je pivote sur moi-même pour observer la salle, ils n'ont pas fait les choses à moitié. Les lustres brillent de mille feux, un orchestre joue au fond de la pièce et le champagne coule à flots. Un premier couple s'approche pour nous présenter ses félicitations, et puis tout s'enchaîne. Les gens affluent autour de nous, me témoignant le respect qu'ils avaient pour mes parents. Mon cœur se gonfle de fierté en entendant le nom des Luciano. Mes doutes et mes angoisses laissent place à une toute nouvelle assurance et je me prends au jeu. Tobias est parfait dans son rôle, m'attirant à lui, jouant avec l'anneau à mon doigt et me présentant comme la huitième merveille du monde.

Lorsque la foule se disperse, j'abandonne enfin l'aîné à sa fonction de négociateur pour savourer un peu de calme. Ma tête tourne et j'inspire lentement par le nez pour faire redescendre la pression. Je relève le menton pour découvrir le salon de réception, des guirlandes lumineuses ont été installées au plafond pour reproduire une pluie d'étoiles. Un sourire étire mes lèvres face à ce spectacle, la musique change et de nombreux couples rejoignent la piste de danse. Je recule de quelques pas sous les alcôves pour observer les danseurs. Lukas virevolte au centre avec une jeune femme qui semble prête à lui tenir compagnie pour la nuit. Cette parenthèse est de courte durée, je me fige quand une voix grave et glaciale m'interpelle derrière moi.

— Enchanté, mademoiselle Luciano, ou devrais-je dire la future Mme Grimaldi, souffle l'inconnu en pressant l'acier de son canon contre mon dos nu.

De là où je suis, aucun des deux frères ne peut me voir, je dois me débrouiller seule pour le moment. La bile monte dans ma gorge quand je tends la main pour attraper mon arme contre ma cuisse. Mes doigts se crispent sur la crosse de mon pistolet lorsqu'il reprend :

— Je ne me servirai pas du mien ce soir, tu peux laisser ton flingue où il est, Théa !

— Difficile de faire confiance à quelqu'un qui pointe une arme sur soi, surtout que je ne vois pas votre visage…, grogné-je en dansant d'un pied sur l'autre.

Mon nez se fronce quand une odeur prononcée de cigare agresse mes narines. Je lutte mentalement pour ne pas me retourner. Cet homme dégage quelque chose de malsain et de terriblement inquiétant.

— Choisis bien ton clan et nous pourrons nous voir en face à face, glisse-t-il avec aplomb.

— Je n'ai jamais été impressionnée par ceux qui se cachent, et pour le moment, je n'ai aucune envie de vous voir, rétorqué-je, agacée par ses bribes de réponses.

Son accent ne ressemble en rien à celui des New-Yorkais ou à celui des Californiens. Mon cerveau surchauffe pour essayer d'obtenir des informations. Je grimace quand sa respiration chaude aux effluves de gin court sur ma nuque. Sa proximité me donne la nausée et je réprime un haut-le-cœur en me pinçant les lèvres.

— Il se pourrait qu'à partir de maintenant, tu aies une dette envers moi, et le moment venu, tu viendras de toi-même pour l'honorer.

— Une dette ? hoqueté-je.

— Tu devrais te mettre à l'abri, ma jolie. Narciso ne devrait pas tarder à essayer de t'assassiner dans les minutes qui suivent…

Je titube en arrière au moment où le poids du canon disparaît. L'inconnu se fond dans la foule sans que je puisse voir son visage. Mes doigts effleurent ma nuque quand je sens le regard de Nathanaël sur moi. Une vague de soulagement m'envahit mais elle est de courte durée, le froid de son absence s'empare aussitôt de moi. Mon visage pâlit, alors que je cherche désespérément Tobias dans la salle. Lukas se glisse dans mon champ de vision et je me précipite dans sa direction. L'inquiétude a remplacé son air jovial et sa main tâtonne sous sa veste de costume pour attraper son revolver. Il n'a plus rien du jeune hackeur farceur, ses traits sombres sont ceux d'un tueur. Je n'ai aucun doute sur le fait qu'il n'hésitera pas à tirer. Ma main agrippe son biceps alors que je m'approche de lui.

— On doit trouver Tobias, Narciso est là !

— Ne lâche pas ma main, Théa, sous aucun prétexte. Tobias va se débrouiller, et moi, je te ramène à la maison, m'ordonne-t-il en m'attrapant vivement.

Sa phrase se perd dans le bruit de la foule et des coups de feu retentissent à l'extérieur. C'est la deuxième fois en quelques semaines que je me retrouve au milieu d'une fusillade, et pourtant, je ne m'y suis toujours pas habituée. D'une poigne ferme, il m'attire contre lui, me forçant à me courber pour me recouvrir de son corps. En un éclair, Lukas nous exfiltre de la salle. D'instinct, mes doigts ont trouvé mon beretta, et une fois dehors, nous analysons ensemble la distance qu'il nous reste à parcourir jusqu'au SUV. Nos armes pointées devant nous, nous avançons dos à dos, essayant de débusquer l'auteur des coups de feu. Nous marchons jusqu'à la voiture quand des échanges de tirs retentissent dans la nuit.

Cinq coups de feu.

Puis le silence.

Un nombre impair, ce qui signifie que l'un d'entre eux n'a pas pu répliquer.

Mon estomac se tord dans mon abdomen, Nathanaël et mon cousin viennent de s'affronter. Mon cœur tambourine dans ma poitrine et l'espace d'une seconde, je me surprends à espérer qu'il n'arrive rien au Fantôme. Je sonde le plus jeune des Grimaldi qui semble étonnamment confiant malgré la situation lorsque nous nous installons à l'avant du véhicule. Les pneus patinent sur les pavés alors que nous nous frayons un chemin à vive allure pour quitter le domaine. La conduite de Lukas est brusque et ses jointures blanchissent sur le cuir du volant. Mon pouls s'accélère au moment où le trafic nous encercle, je m'agite sur mon siège, inquiète pour Nate.

— Il ira bien, tranche-t-il d'une voix dure qui ne lui ressemble pas.

— Comment peux-tu en être sûr ?

— Parce qu'il nous a promis de rentrer à la maison.

— Et il tient ses promesses ? soufflé-je à demi-mot en fixant la route devant nous.

— Toujours, murmure-t-il cette fois-ci avec douceur.

Le chemin du retour me semble durer une éternité. Quand nous franchissons le portail de la propriété, un soupir de soulagement s'échappe de mes lèvres. Au bout de l'allée, la moto du Fantôme est là. Ma gorge se serre et mes yeux s'embuent au moment où je découvre des taches de sang sur le siège et à terre.

Il y a beaucoup trop de sang pour une égratignure ou une légère blessure.

Sans réfléchir, je saute du SUV et balance mes talons dans les graviers pour courir à sa recherche. Une douleur sourde gronde dans mes oreilles et chaque battement de mon cœur résonne dans l'obscurité. J'avale les mètres, ignorant les coupures sous la plante de mes pieds nus. Une lumière me guide au fond du domaine où se trouve un hangar à bateaux. Un hurlement presque bestial déchire le silence de la nuit et les muscles de mon corps se tétanisent. L'espace d'un instant, je doute, et puis je reconnais cette voix.

C'est celle de Narciso.

Le souffle court et la respiration haletante, je m'approche de l'entrée et me fige en découvrant mon cousin enchaîné au centre sur une chaise. Mon attention se reporte sur Nathanaël, debout face à lui.

Vivant et menaçant.

Un sourire cruel se dessine sur son visage, effaçant toute trace d'humanité en lui. Il ne reste plus que l'animal, le prédateur. Le Fantôme se tient devant moi tel que la légende le décrit, comme un assassin impitoyable et terrifiant. Une rage incandescente brille dans son regard : ses démons ont pris possession de son corps et de son âme. Toute ma raison me hurle de faire demi-tour et de m'éloigner de lui. Pourtant, pour la première fois, je ne ressens aucune peur, aucune crainte. Je me délecte de sa forme la plus noire et la plus obscure.

Je veux le voir danser avec les ténèbres et l'y rejoindre.

CHAPITRE VINGT ET UN

Nate

San Diego, Californie

Trois secondes.

C'est tout ce qu'il m'a fallu pour décocher une balle dans la jambe de Narciso. Mes doigts se resserrent sur ma crosse au moment où il essaie de se mettre à l'abri. Jouant au jeu du chat et de la souris, mes pieds volent au-dessus du sol alors que je me déplace rapidement.

Trop rapidement pour mon ennemi.

C'est presque trop facile. Narciso n'est pas un combattant, c'est juste un homme de main qui a appris à manipuler des armes d'assaut. Mais au corps à corps, il n'est pas à la hauteur. J'expire lentement par le nez, presque en apnée, me confondant avec la nuit. J'empoigne un couteau à cran d'arrêt accroché à mon mollet, luttant contre mes démons. Les suppliant presque pour seulement l'affaiblir et non le tuer. En une fraction de seconde, l'entièreté de mes muscles se fige pour ne former qu'un bloc. Le cousin de Théa recule sans jeter un regard en arrière.

Une erreur fatale.

Son dos percute mon torse avec fracas, mon bras enlace sa gorge, l'empêchant de bouger et de respirer. De ma main libre, je laisse l'arme blanche trouver un point dans son épaule. Son sang coule lentement le long de mes doigts alors qu'il perd connaissance au moment même où je sectionne un de ses nerfs. Son corps inerte gît dans mes bras alors que je le traîne sur les pavés jusqu'à ma moto. En le sanglant sur le devant de ma bécane, mon index et mon majeur vérifient son pouls.

Lent mais régulier.

L'artère n'est pas touchée, ce qui me laisse assez de temps pour le ramener au domaine et essayer de le faire parler. Le trajet défile à toute allure, je passe les vitesses de ma moto avec frénésie, la poussant presque à bout. Le moteur rugit et souffre sous ma conduite brutale. Je ne cours pas après le temps pour Narciso, non, je n'ai qu'une idée en tête.

Scottie.

J'ai toujours couvert ses arrières. Pourtant ce soir, je viens de confier sa vie à mes frères et à elle-même. Ma mâchoire se contracte sous mon casque en analysant les images de la soirée. Elle n'était pas seule, avant que son cousin ne débarque de derrière les vignes. Je n'ai pas réussi à apercevoir le visage de cet homme, mais à en juger par les traits terrifiés de Théa, elle n'était pas en sécurité. Cette pensée me tord l'estomac et la rage afflue par vagues. Une fois arrivé, j'abandonne ma moto au fond de l'allée et glisse mes mains sous les aisselles de Narciso pour le hisser sur mes épaules et l'amener au hangar à bateaux.

Ce bâtiment n'a jamais abrité aucune embarcation. Il est seulement *le quai de tous les cauchemars*.

Avec une rigueur presque chirurgicale, je l'enchaîne à une chaise au centre de la pièce. D'un mouvement contrôlé, je retrousse les manches de ma chemise avant de saisir un seau d'eau glacée pour le lui jeter dessus. Le fils de

Barthélémy se réveille en sursaut, hagard, les traits tordus par la douleur. Un sourire carnassier étire mes lèvres lorsque je fais traîner avec nonchalance une chaise. Le crissement métallique contre le béton froid hérisse les poils de mes avant-bras. Je me laisse tomber lourdement sur mon siège, lui faisant face avec arrogance. Mes jambes dépliées touchent presque ses pieds alors que mes bras reposent le long du dossier. Affalé ainsi, j'ai l'air ennuyé et absent. Pourtant je suis bien là. Ancré au regard haineux que me lance la pourriture enchaînée face à moi. Il ne faut que quelques secondes à mon cerveau pour éteindre toute trace d'humanité au plus profond de mon âme. Le prédateur prend le dessus sans que je ne cille une seule fois. Le silence m'engloutit et mes sens se décuplent. L'odeur métallique du sang s'insinue dans mes narines alors que les battements de cœur irréguliers de mon ennemi exécutent une étonnante mélodie à mes oreilles. La fureur dans ses yeux vacille quand il aperçoit enfin le couteau avec lequel je joue depuis plusieurs minutes dans ma main gauche. Un frémissement presque imperceptible le trahit et je m'engouffre dans la brèche qu'il m'offre.

— Si tu continues à le fixer ainsi, je vais te le montrer de plus près, le nargué-je en faisant refléter un faisceau lumineux sur l'acier.

— Qu'est-ce que tu veux, Grimaldi ? halète Narciso, sa voix oscillant entre la colère et l'incertitude.

— Qui t'a autorisé à poser une question ?

Dans un léger mouvement de bascule, mes genoux se plient, permettant à mon torse d'avancer vers lui. L'arme tournoie entre mes doigts de façon à ce que la lame soit dirigée vers moi. Sans qu'il puisse réfléchir, j'enfonce le manche du couteau dans la plaie de son épaule, lui arrachant un gémissement de douleur.

Assez pour lui faire mal.

Trop peu pour qu'il perde à nouveau connaissance.

Un sifflement attire mon attention à l'extérieur du bâtiment alors que je retire l'arme de sa blessure. Plus précisément, le bruit d'une respiration, saccadée et exaltée...

Deux billes émeraude brillent dans le noir. Ma petite corneille est là, *saine et sauve*.

Elle me dévore du regard et m'enflamme, brûlant ma chair à vif. Théa n'a toujours connu que la version cabossée de ce qu'il reste de moi, elle n'a jamais réellement rencontré le Fantôme.

Il est temps de lui présenter *le grand méchant loup*.

Je bondis sur mes pieds pour attraper le menton de Narciso entre mes doigts, l'obligeant à me regarder.

— Pourquoi es-tu là ?

Avant qu'il puisse me cracher au visage, je presse fermement ma paume contre sa mâchoire, faisant claquer ses dents dans un bruit sec.

— Ne m'oblige pas à reposer la question, menacé-je à quelques centimètres de sa tête. Et si tu ne parles pas, je n'ai aucune utilité à t'entendre gémir comme un lâche.

— Si tu voulais me tuer, tu l'aurais déjà fait plutôt que de me capturer... *On* sait que ce que tu veux, c'est mon père, et il n'a aucune idée de ma présence ici, siffle-t-il entre ses dents dans un sursaut d'assurance.

— *On* ? Donc ton père n'a pas eu les couilles de t'envoyer jusqu'ici...

Évidemment que Barthélémy n'enverrait jamais son idiot de fils pour récupérer Théa. Ce crétin vient de me confirmer que la deuxième vipère est le cerveau de l'opération. La personne qui est derrière tout ça se sert donc de tout le monde, y compris des Changretta, pour faire son sale boulot. Je lâche son visage cramoisi pour retourner m'asseoir en l'observant s'agiter sur sa chaise. Finalement, cet interrogatoire pourrait être bien plus amusant que prévu.

— J'ai peut-être une paire plus grosse que la sienne, crache-t-il pour camoufler son demi-aveu.

— Oh crois-moi, s'il y a bien un héritage familial chez vous, c'est vos petites, minuscules, insignifiantes roubignoles, mimé-je en ne laissant que deux centimètres entre mon pouce et mon index.

Ma tête bascule en arrière et un rire froid s'échappe de ma gorge en découvrant les rides de colère se former sur son front.

— Pourtant, on en a eu assez pour abattre ton père et les parents de votre sale chienne, raille-t-il.

Mon sang ne fait qu'un tour dans mes veines. Je me moque bien qu'il appuie sur la mort de mon père. Cela fait bien des années que j'ai fait le deuil de son absence. Par contre, je ne le laisserai plus manquer de respect à Scottie. Mon avant-bras se déplie instantanément et la lame du couteau se plante dans sa cuisse. J'incline ma tête sur le côté pour regarder derrière lui, ignorant ses cris.

— Ne t'avise plus jamais de l'insulter en ma présence ou je te ferai saigner jusqu'à ce que tu oublies son prénom. Mais puisque tu insistes pour parler d'elle, autant le faire face à face.

À cette invitation, Théa traverse la pièce à grandes enjambées. Ses pieds nus laissent de petites traces de sang sur le béton gris. Si elle souffre, elle ne montre rien. Seul un puissant désir meurtrier semble l'animer. Je quitte ma chaise pour me placer en retrait, ne voulant rien manquer de la tempête qui va s'abattre sur Narciso. Elle s'avance d'un pas sûr et déterminé dans sa longue robe blanche. Son bras se lève et elle lui assène un coup de poing, faisant basculer sa tête en arrière.

— Dis-moi enfin la putain de vérité sur la mort de mes parents ! hurle-t-elle en refermant ses doigts gracieux autour de son cou.

Ses démons luttent dangereusement pour s'évader et prendre le contrôle, et pourtant elle tient bon.

— Je n'ai rien à dire à une sale traîtresse ! s'époumone Narciso en la défiant du regard.

— Traîtresse ? C'est votre famille qui nous a tous trahis ! J'ai eu confiance en vous pendant toutes ces années alors que vous aviez le sang de mes parents sur les mains !

La cage étroite qui abrite ses chimères cède et elle agrippe le couteau planté dans la cuisse de son cousin. Un rictus malsain retrousse le coin de ses lèvres et elle enfonce profondément la lame avant de la retirer et de la poser sous sa pomme d'Adam. Je suis subjugué par le ballet qui se déroule sous mes yeux. Scottie interprète sa propre version du *Lac des cygnes* de Tchaïkovski.

Sa métamorphose entre cygne blanc et cygne noir m'envoûte. Si elle est la *lumière* dans *l'obscurité*. Elle est encore plus *brillante* quand elle s'habille de *ténèbres*.

— Qu'est-ce qu'un parasite dans ton genre peut bien savoir sur nos jeux de pouvoir ?

— Assez pour savoir que je vous détruirai tous pour m'avoir privée de ma famille et de ce qui me revient !

— Dommage que mon père ne t'ait pas collé une balle dans la tête comme à tes parents ce soir-là ! rétorque Narciso pour la provoquer.

Ses mots ont l'effet d'une gifle et elle titube en arrière. Avant qu'il n'ait le temps de savourer les conséquences de sa phrase, je balaie sa chaise d'un coup de pied. Son crâne heurte violemment le sol dans un bruit sourd. Mon pied se loge entre son menton et sa gorge, appuyant sur sa glotte jusqu'à ce qu'il lutte pour respirer. Je ne lui permettrai plus jamais de lui faire du mal. Que cela soit par les armes ou par les mots. Revenant peu à peu à elle, Théa m'indique d'un mouvement d'index de le relever. Ma prise se referme sur le col de sa chemise tachée de sang pour le remettre en place. Mes mains s'abattent sur ses épaules, le forçant à se tenir droit face à elle.

— Plutôt que de me menacer de me faire exploser la cervelle pendant toutes ces années, tu aurais dû passer à l'action, raille-t-elle en tapotant la joue de Narciso.

— Tes parents n'auraient jamais dû insister pour te garder. Tu n'as toujours été qu'un fardeau pour leur empire ! s'époumone-t-il en tentant de se libérer.

— Le seul qui n'a jamais été désiré, c'est toi. Barthélémy est une pourriture, mais il m'a toujours mieux traitée que ta petite personne…

— Mon père t'a élevée pour que tu sois une pute docile et il a réussi… Il t'a fallu quoi ? Une semaine pour que tu écartes les cuisses avec tous les Grimaldi ? grogne-t-il entre ses dents. Au moins quand il te mettra la main dessus, il pourra te faire travailler dans un de ses bordels sans scrupules.

D'un regard entendu, Théa me donne l'ordre de la rejoindre et je m'exécute en contournant l'abruti ensanglanté pour me placer derrière elle.

— T'as une grande gueule, sale petit merdeux. Pourquoi ne nous dis-tu pas pour qui tu bosses plutôt que ton ramassis de conneries ? le questionné-je d'un ton grave.

— J'emporterai son nom en enfer et je le contemplerai vous y envoyer tous, nous nargue-t-il.

Un soubresaut agite son torse, et un rire narquois remplit l'espace vide du hangar. Une lueur triomphante se dessine au fond de ses pupilles. Je serre et desserre mes poings le long de mon corps. Si ça ne tenait qu'à moi, je lui aurais déjà arraché la tête. Devant moi, Scottie est devenu étrangement calme. J'étudie le soulèvement régulier de sa poitrine, sa respiration n'est plus qu'un imperceptible sifflement.

— Très bien, puisque tu veux la fermer, je vais exaucer ton souhait, souffle-t-elle en serrant le couteau.

Sa main gauche attrape l'arrière de la nuque de son cousin, et de l'autre, elle lui tranche la langue d'un coup sec. Un geyser pourpre jaillit alors que d'inaudibles gargouillements meurent dans sa bouche. Tout son corps tremble, et sa chemise se tache progressivement de son sang. Ses yeux se révulsent, à mi-chemin de l'inconscience. Théa recule et sa douce main trouve la mienne, déposant la lame au creux de ma paume. Je lève lentement mes yeux pour les planter dans les siens et les vagues de mes ténèbres s'entrechoquent contre les flammes de son propre enfer.

Nos ombres s'entremêlent jusqu'à ce qu'il n'en reste plus qu'une sur le sol.

— Promets-moi que tu vas le faire souffrir, murmure-t-elle en pressant son pouce contre mon poignet.

— Je le ferai. Mais seulement quand tu seras partie. Je ne veux pas que tu voies ça…

Elle ne doit pas voir ça.

Jamais.

Je n'ai jamais torturé un homme. Non pas par conviction, mais parce qu'à chaque fois que l'idée traverse mon esprit, je revis les sévices qui m'ont été infligés lorsque j'étais enfant.

Mais *pour elle*, je ferai une exception.

J'affronterai mes pires cauchemars pour chasser les siens.

Un frisson me parcourt au moment où elle rompt notre contact. Au moment de franchir le seuil de la porte, elle pivote sur ses talons, m'observant au loin déboutonner ma chemise. Ses doigts caressent le chambranle et je hausse les sourcils, curieux. Sa respiration se bloque dans sa poitrine quand je fais glisser le tissu à terre en dévoilant mon torse tatoué. Je garderai ces images en tête, à chaque instant de ce que je m'apprête à faire. Les veines de mes avant-bras se gonflent, et dans la même seconde, je capte le léger tremblement de sa lèvre inférieure sous la pression de ses dents. Je peins silencieusement toutes les nuances de son regard de braise. Une fois le tableau ancré dans mon esprit, je hoche la tête pour la libérer. Sans un mot, elle m'abandonne et je reporte toute mon attention sur son cousin.

— Prêt à plonger en enfer ? demandé-je pour la forme, laissant le monstre prendre possession de chaque parcelle de mon corps.

L'enfer est un lieu sûr comparé à ce que je vais lui faire vivre. Sans réfléchir, mes démons s'abattent sur lui. L'obscurité m'engloutit dans un bain de sang et de cruauté. Une fois fini, j'émerge de ma folie avec difficulté, me raccrochant à la seule lumière que j'entrevois dans les ténèbres.

Deux émeraudes aux mille facettes, tatouées à l'encre invisible sous mes paupières.

CHAPITRE VINGT-DEUX

Théa

San Diego, Californie

DOMAINE DES GRIMALDI

Rouge.

Aucun autre adjectif ne me vient en tête quand je scrute mon reflet dans le miroir de la salle de bains. Du bout de mes doigts, j'effleure les gouttes de sang qui perlent sur ma joue. Je viens de mutiler un homme et d'ordonner son exécution. Les mots tourbillonnent furieusement dans mon esprit mais je ne ressens aucune peine, aucun regret. J'abaisse machinalement les bretelles de ma robe, et le tissu en satin glisse sur mon corps pour atterrir à mes pieds. Une douleur sauvage me terrasse de l'intérieur et je dois me précipiter sous le jet d'eau froide pour calmer l'incendie qui me ravage. Mes jambes lâchent sous la fatigue et je m'écroule au milieu de la douche à l'italienne. Je détaille chaque ruisseau qu'emprunte le sang pour quitter ma peau, formant peu à peu une mare à mes pieds. J'encercle mes genoux de mes bras et enfouis ma tête à l'intérieur, essayant de reprendre le contrôle de mes émotions. Les ténèbres s'enroulent autour de moi, refusant d'abandonner mon âme.

Je dois lutter un moment contre ma propre raison pour les chasser et accueillir à nouveau la lumière. Elle est si aveuglante qu'elle me foudroie en donnant vie à mon humanité. Alors, la spirale infernale dans mon esprit se fige et les mots prennent tout leur sens.

Torturer. Tuer.

Le problème, c'est que je me contrefous de ce que je viens d'infliger à mon cousin. Non, je suis littéralement *obsédée* par la lueur animale dans les yeux de *Nate*.

Je peine à retenir un gémissement entre mes lèvres en revoyant son image à travers mes paupières closes. Et je succombe douloureusement au désir intense qu'il m'inspire. L'eau glacée n'arrive pas à éteindre le brasier qui ne cesse de me consumer. J'abandonne l'idée de rester là plus longtemps. À part tomber malade, cela ne va pas m'aider à étouffer ce que seul le Fantôme peut éteindre. La vérité, c'est que je le veux pour ce qu'il est, dans sa forme la plus sombre et la plus terrifiante. J'avance en titubant dans la chambre, presque enivrée par la chaleur qui croît entre mes cuisses. Cela fait dix-sept ans que je suis obsédée par lui.

Par le prédateur.

Par son ombre.

Par *notre* ombre.

J'arrive enfin à déceler derrière la haine ce qu'il m'inspire vraiment. Il m'attire comme un aimant et me fascine. À son contact, je me révèle, me libère et déploie mes ailes. Cette révélation fait courir un frisson sur ma peau nue, contrastant avec la chaleur dans mes veines. Sans réfléchir, mes pas me mènent jusqu'au dressing en bois et j'enfile une vieille chemise bleue arrivant à mi-cuisses. J'ai à peine fini de m'habiller qu'un bruit sec résonne dans le silence de la maison, attirant toute mon attention.

Le claquement d'une porte. Puis un deuxième.

Instinctivement, j'attrape un couteau avant de descendre à pas feutrés les escaliers. Je peste entre mes dents quand de l'eau tombe de mes cheveux mouillés sur le carrelage. Tant pis pour la discrétion. Je tends à nouveau l'oreille et des jurons étouffés me parviennent au fond du couloir. Mes yeux se ferment au son de cette voix rauque et grave. Je devrais remonter et m'éloigner. Ou alors je devrais courir le retrouver. Quand mes paupières s'ouvrent, il n'y a plus de place pour faire un choix. Ma main trouve la poignée de la porte de son bureau, et lorsque je l'ouvre, ma respiration se bloque dans ma poitrine. Nathanaël se tient immobile au centre de la pièce, effaçant les traces de sang sur son torse nu avec un chiffon humide.

Je déglutis avec difficulté au moment où il relève avec lenteur son menton pour me toiser. Son aura de prédateur ne l'a toujours pas quitté, et quelque chose de féroce brille dans ses iris. Toute personne saine d'esprit aurait fait demi-tour, mais nous savons tous que ma raison est discutable quand il s'agit de lui. Ma petite voix intérieure s'abstient de faire un commentaire, même si je la sens acquiescer face à cet argument incontestable. Mon regard glisse sur son bas-ventre, à la naissance de ses abdominaux. Mes lèvres se pincent alors que je suis le dédale de tatouages qui magnifient ses muscles. Elles s'entrouvrent quand je redécouvre la tête de loup sur ses pectoraux gainés. Je lutte pour ne pas avancer et tendre la main pour l'effleurer du bout des doigts. D'un raclement de gorge, Nathanaël attire de nouveau mon attention sur son visage. Ma bouche s'assèche sous ses pupilles dilatées qui me fixent avec avidité.

— Tu comptes l'utiliser sur moi ?

— Quoi ? hoqueté-je, surprise par sa question.

— Ton couteau.

Ma prise se referme sur le manche de l'arme. J'ai presque oublié que je l'avais avec moi.

— Est-ce que je devrais ?

— Tu devrais *surtout* quitter cette pièce, Scottie, m'intime-t-il à voix basse.

— Et si je n'en ai pas envie ?

Les muscles de sa mâchoire se durcissent au moment où il comprend où je veux en venir.

Sa langue effleure ses lèvres lorsque ses yeux trouvent la naissance de mes seins, là où ma poitrine pointe douloureusement sous ma chemise.

— Ne joue pas avec les ténèbres, ma petite corneille, grogne-t-il en avançant dans ma direction. Il n'y a rien de bon de l'autre côté de l'obscurité. Si mes démons s'emparent de ton âme, tu ne seras plus jamais la même.

— Ça ne sera pas mon premier voyage en enfer, Nate, le défié-je avec assurance.

Son souffle caresse mon visage alors que ses paumes encerclent de part et d'autre ma tête. Je recule d'un pas et mon dos heurte le mur. Mon pouls s'accélère quand un rictus amusé étire la commissure de ses lèvres. À chacune de ses respirations, son torse cogne contre ma poitrine, attisant encore plus fort les flammes qui me dévorent.

— Je ne te le dirai qu'une seule fois, murmure-t-il faiblement contre ma bouche, frôlant à chaque syllabe mes lèvres. Soit tu sors d'ici immédiatement, soit tu restes jusqu'à ce que je ravage tout ton être.

Son front s'appuie contre le mien et mes doigts lâchent le couteau qui tombe dans un bruit sourd sur le sol. Puis ils tâtonnent dans le vide, avant de se refermer, impatients, sur la poignée à quelques centimètres de nous.

Je n'irai nulle part.

Tout du moins pas avant qu'il ait tenu la promesse qu'il vient de me faire.

Un râlement rauque lui échappe au moment où la porte claque, clôturant le débat. Ses doigts glissent à l'arrière de mes cuisses, me soulevant avec facilité. Mes jambes se referment sur sa taille lorsqu'il se dirige vers la table au centre de la pièce. Ses bras musclés ne me lâchent pas quand il me dépose avec ardeur contre le bois. Ses mains se logent au creux de mes reins alors que les miennes enlacent son cou. Nos yeux se rencontrent tandis que je presse mes lèvres sur les siennes, sa réponse à mon baiser est intense, presque furieuse. Sa langue force le passage pour trouver la mienne en urgence, m'arrachant un gémissement de plaisir. Ses hanches ondulent lascivement contre la peau nue de mon intimité. Je maudis la barrière de ses vêtements qui nous sépare alors que Nathanaël saisit mon menton pour m'obliger à le regarder.

— Dis-moi ce que tu veux, m'implore-t-il, cherchant mon consentement alors que son érection se fait sentir contre l'intérieur de ma cuisse. J'ai besoin que tu me le dises, car je vais te dévaster jusqu'à ce que tu hurles mon prénom.

— Alors vas-y, ruine-moi, Nate, lui ordonné-je à bout de souffle.

Un voile sombre traverse ses yeux et il s'empare de ma bouche avec une passion ardente. Mes mains explorent son torse, m'imprégnant de la carte invisible de son corps. Ses doigts glissent sous ma chemise et la font passer par-dessus ma tête. Je frissonne lorsque sa langue caresse mes seins, les goûtant avec frénésie. Son emprise sur ma taille se renforce et son bras m'attire au bord du bureau. Ses yeux ne quittent pas une seule seconde les miens pendant qu'il s'agenouille devant moi, et je tressaille sous la puissance de son regard. Je ne me suis jamais sentie aussi désirée et désirable qu'à ce moment.

Nathanaël s'apprête à me dévorer comme si j'étais son dernier repas. Rien qu'à cette pensée, mon corps frémit et mes paupières se ferment pour m'abandonner complètement à lui. Ma tête se renverse en arrière lorsqu'il explore mon intimité avec sa langue. À chacun de ses mouvements, je perds le contrôle et ses soupirs de satisfaction me font basculer. Tout mon corps se tend, au bord de l'extase et prêt à vaciller quand il s'interrompt, me ramenant brutalement à la réalité. Abasourdie, je cille plusieurs fois avant de voir la silhouette du Fantôme au-dessus de moi, un sourire en coin. Je me redresse sur mes coudes pour lui faire face, frustrée et perdue.

— Je te jure que si tu me laisses en plan, je te tue, Grimaldi, balbutié-je en reprenant mon souffle.

— Patience, ma petite corneille, je n'en ai pas fini avec toi, rit-il en déboutonnant son pantalon d'une main et en déchirant un emballage de préservatif de l'autre.

Cet homme va me tuer s'il ne me donne pas un *orgasme* dans les minutes qui suivent.

Il pourrait bien le faire, *en m'en offrant un.*

Il incline son bassin à l'entrée de mes cuisses, attendant mon approbation pour continuer. J'opine du chef pour l'autoriser à me pénétrer. Il se glisse en moi entièrement avant de s'immobiliser. Je me mords rageusement les lèvres pour ne pas le supplier de bouger. Un cri aigu m'échappe quand il effleure la peau sensible de mon cou et remonte jusqu'à mon oreille pour la mordiller.

— Un problème, mademoiselle Luciano ? s'amuse-t-il en se retirant avec une extrême lenteur, me poussant au supplice.

— Putain, Nate..., gémis-je contre son torse alors qu'il rentre et sort à nouveau avec indolence.

Je m'arc-boute sous ses mouvements. À travers mes paupières mi-closes, je peux sentir son regard sur moi, appréciant chacune de mes réactions.

— Je t'avais prévenue que j'endommagerais ton âme, chuchote-t-il en s'interrompant quelques secondes à l'entrée de mes cuisses.

— Arrête de jouer et fais-le, bon sang, grogné-je en pressant mes hanches contre les siennes.

Son rire franc se répercute jusque dans mes os alors qu'il se rapproche de mes lèvres, les caressant avec sa langue.

— J'ai déjà commencé, Scottie, souffle-t-il en s'enfonçant brusquement en moi.

Le rythme de ses poussées s'accélère, plus profond, sans répit.

Chaque coup est plus intense, s'enfouissant plus loin en moi. Mes gémissements rencontrent ses râles et je peine à étouffer mes cris dans son cou. Ses dents se plantent dans mon épaule à mesure qu'il m'emplit de plus en plus rapidement. Je lâche prise quand une bouffée de chaleur tumultueuse me submerge, annonçant un violent orgasme. Son pouce glisse sur mon clitoris pour me délivrer au moment où je bascule.

— Nathanaël ! crié-je en renversant ma tête en arrière alors que je me resserre autour de lui avant de trembler de plaisir.

Ses mouvements s'intensifient et il atteint également l'extase, étouffant son râle contre ma gorge offerte. Nous restons l'un contre l'autre dans l'obscurité pendant de longues secondes. Il me faut un petit moment pour redescendre et me réapproprier mon corps. Le Fantôme est le premier à bouger, se retirant doucement sans me quitter des yeux. Il a établi un lien invisible entre nous deux, une connexion d'âme à âme. Et je me surprends à ne pas vouloir le rompre. Ses mains effleurent mes cuisses avant de déposer un baiser sur mon épaule, ses doigts tracent les marques de dents qu'il a gravées dans ma chair. Un frisson court le long de ma colonne vertébrale face à cette intimité nouvelle, presque surprenante. Je remets ma chemise pendant qu'il enfile son pantalon toujours entre mes jambes.

Avant que je puisse trouver la force de prononcer un seul mot, la porte s'ouvre violemment, nous interrompant dans notre échange silencieux. Tobias surgit dans le bureau, furieux. Nathanaël pivote sur ses talons pour faire face à son frère, mais ce dernier l'ignore en se précipitant vers moi à une telle vitesse que j'ai à peine le temps de descendre de la table. Sa colère me transperce. Ses yeux menacent de sortir de leurs orbites alors que sa poitrine monte et descend rapidement tout en me fixant.

— Ravi de constater que vous avez réglé vos problèmes ! rugit-il en nous désignant avec son index.

— Je ne vois pas en quoi ça te concerne, dis-je, subitement mal à l'aise.

— Ça m'affecte quand tu dépasses les bornes, THÉA ! siffle-t-il avant d'attraper mon poignet.

Sa poigne se referme sur mon bras et il me tire hors du bureau. Nate s'interpose sur le seuil de la porte entre son frère et moi. Je hoquette quand Tobias pointe son arme contre le torse de son benjamin.

— Toi, tu restes en dehors de ça, tu en as déjà assez fait pour ce soir, menace-t-il en désignant le chiffon encore humide du sang de Narciso qui traîne à nos pieds.

L'espace d'un instant je crains le pire. Mais le Fantôme recule, soudainement absent. Un voile sombre obscurcit ses traits et les souvenirs de ce qu'il a infligé à mon cousin l'assaillent. Pour la première fois, je vois de la douleur dans son regard et je me maudis de lui avoir fait revivre ça. Je balaie du regard les cicatrices qui luisent sous ses tatouages, et mon estomac chute. Nathanaël disparaît dans l'ombre, me laissant seule face à la fureur de Tobias.

Je m'apprête à mener seule un combat terrifiant, celui d'*affronter les conséquences de mes propres actes*.

CHAPITRE VINGT-TROIS

Théa

San Diego, Californie

DOMAINE DES GRIMALDI

L'emprise ferme de Tobias sur mon poignet m'entraîne sans que je puisse riposter. Sa main ne me lâche qu'au moment où nous pénétrons dans son bureau. Mes pas se figent au milieu de la pièce et je masse du bout des doigts la marque douloureuse sur mon avant-bras. Je sursaute quand il claque la porte derrière lui avant de la verrouiller. Une sensation d'étouffement me prend en étau et je titube en arrière. C'est la première fois que je le vois comme ça. L'aîné des Grimaldi exulte de rage et de colère. Il arpente la pièce en passant ses mains dans ses cheveux et en fixant le plafond. J'inspire par le nez pour me calmer et retrouver une fréquence cardiaque régulière. Cette soirée est en train de prendre un tournant imprévu. Les événements défilent dans ma tête à toute vitesse et je ferme les yeux pour chasser les images qui se glissent sous mes paupières. Je souffle bruyamment lorsque la chemise maculée de sang de Narciso me nargue avant d'être remplacée par une tête de loup surplombant un torse nu.

Bordel, je viens de coucher avec le Fantôme.

Tu viens aussi de faire assassiner ton cousin, me rappelle avec violence ma conscience.

La réalité me frappe et j'esquisse un mouvement de recul avant de plonger dans le regard de Tobias. Il ressemble à un ours qui vient de me traîner dans sa tanière, ses doigts écartent nerveusement le col de sa chemise.

— Tu ne sortiras pas d'ici tant que nous n'aurons pas mis les choses au clair, m'avertit-il en se servant un verre de whisky.

— C'est drôle, j'ai raté le moment où je suis passée d'invitée à prisonnière, répliqué-je, piquée au vif.

La fatigue obstrue mon champ de vision mais je rassemble mes forces pour l'affronter. Alors que j'avance dans sa direction, la tension monte en flèche dans la pièce.

— Je t'ai toujours traitée comme une invitée, Théa, siffle-t-il entre ses dents. Cette maison n'a jamais été ta prison. Tu as sans cesse été libre, peut-être même plus que tu ne l'a jamais été dans toute ta vie. Alors ne viens pas jouer sur ce terrain-là. Si on en est là, c'est parce que ce soir tu as dépassé les bornes ! s'emporte-t-il en me pointant du doigt.

— J'ai dépassé les bornes ? m'écrié-je avec fureur. Dois-je te rappeler qui joue avec mes limites ? Vous m'avez enlevée, poussée à accepter une alliance, exhibée comme un trophée toute la soirée et je n'ai jamais rien dit. Et toi, tu es en train de me faire chier avec une putain de borne de mes deux ? m'emporté-je en frappant du poing sur la table.

— Fais attention, Théa ! Ma patience a des limites, je ne peux pas te sauver de tes démons si tu refuses d'assumer le merdier que tu viens de provoquer !

— Parce que tu penses que j'ai besoin de toi pour me protéger ? Occupe-toi de tes affaires et laisse-moi gérer mon bordel comme je l'entends ! fulminé-je, à bout de souffle.

Un rire amer lui échappe et le dédain se lit sur son visage alors qu'il me toise de haut en bas.

— Pourtant, je suis celui qui s'apprête à nettoyer le sang que tu fais couler. Tu te crois meilleure que nous ? Laisse-moi te dire une chose, tu as les mains aussi sales que nous !

— Tu n'es personne pour me juger, Tobias !

J'ai à peine le temps de finir ma phrase qu'il brandit son verre de whisky et le balance par-dessus ma tête. La bile remonte dans ma gorge lorsqu'il se brise avec fracas contre le mur. Son air froid me glace, et l'espace d'un instant, je revis les innombrables disputes que j'ai pu avoir avec mon parrain. Sous cet iceberg se cache un volcan prêt à entrer en éruption. D'un geste brusque, il attrape des dossiers en papier et les jette sur la table devant moi.

— Tu ne veux pas être protégée, très bien, voilà la vérité. Depuis des années, tu donnes l'ordre de vie ou de mort à travers tes enquêtes au FBI. Tu n'as peut-être pas appuyé toi-même sur la gâchette, mais s'ils sont morts, c'est parce que tu l'as décidé. Combien de pères de famille, de fils, de maris, d'assassins, d'innocents as-tu mis dans la tombe ? me nargue-t-il en tapotant les photos.

— Je ne faisais que mon travail, gémis-je d'effroi en voyant les visages sans vie devant moi.

Mon estomac tombe en chute libre en découvrant les horreurs que j'ai commises malgré moi. Je pensais qu'ils étaient en prison, pas à la morgue.

— Peut-être, mais tu les as quand même envoyés tout droit en enfer. Je me moque de la raison, nous sommes des membres de l'organisation, des criminels, je ne te jugerai pas pour ça. Par contre, je ferai en sorte que tu tiennes en laisse tes démons quand il s'agit de mon frère. C'est la première et la dernière fois qu'il torture un homme pour toi. C'est bien compris, Théa ?

Un nœud atroce me tord les entrailles. J'ai beau m'être bercée d'illusions et avoir donné une noble cause à ce que je faisais, je n'étais que le pion des Changretta. Un instrument de mort déguisé en parfaite fille modèle.

Et sans m'en rendre compte, j'ai entraîné Nathanaël dans mes propres ténèbres. Repoussant ses limites à *lui*.

J'ai franchi la seule ligne que m'avait imposée Tobias, ne pas faire de mal au Fantôme. Cette pensée me foudroie et je tombe à genoux en observant mes mains à plat sur mes cuisses. Je cligne plusieurs fois des yeux lorsque des larmes chaudes et salées dévalent sur mes joues. Je ne vois que du sang, partout, recouvrant chaque centimètre de ma peau. Cette hallucination n'est que le reflet de la triste réalité qui me poignarde en plein cœur. Mes doigts grattent jusqu'à abîmer mes paumes alors que je suis incapable de chasser les taches invisibles qui les maculent.

— Je suis désolée, balbutié-je, les lèvres tremblantes.

— Arrête ça, m'ordonne Tobias en s'agenouillant devant moi et en saisissant mes poignets. Tu vas te faire mal, et je n'ai aucune envie que l'un d'entre vous se blesse davantage ce soir !

— Je… Je n'aurais jamais dû pousser Nate à torturer Narciso, ni le faire tuer… J'ai perdu le contrôle et j'ai oublié ce que cela représentait pour lui, murmuré-je en secouant la tête.

Je n'ai aucune excuse, aucun leurre derrière lequel me cacher. J'ai bousillé un peu plus l'âme du Fantôme pour mon plaisir personnel. Et ce dernier m'a offert les lambeaux de son humanité sans rechigner. Cette pensée m'accable.

Jusqu'où pourrions-nous aller quand nos démons fusionnent et que nos ténèbres s'entremêlent ?

— Narciso savait ce qu'il risquait en pénétrant sur notre territoire, et je ne peux pas dire que sa mort ne me réjouisse pas, me réconforte-t-il en retrouvant son calme habituel. Par contre, quand je vous ai demandé de ne pas vous entretuer avec Nate, cela sous-entendait aussi de ne pas vous blesser mutuellement, soupire-t-il en effleurant ma joue.

— Je ne voulais pas le blesser, du moins pas ce soir, assuré-je en m'effondrant contre son torse.

— Je sais, affirme-t-il en caressant l'arrière de ma tête. Ce que j'ai besoin de savoir, c'est si tu comptes utiliser ses propres démons contre lui-même ?

— Je ne pense pas qu'on puisse employer quoi que ce soit contre lui s'il ne l'a pas décidé..., soufflé-je en levant le menton pour le regarder.

Un frisson m'ébranle quand il m'abandonne au sol pour aller chercher deux verres de whisky. J'attrape d'une main tremblante l'antidote ambré qu'il me tend et l'avale presque cul sec. Je grimace au moment où le liquide brûle ma gorge avant de venir réchauffer mon corps. L'alcool ne résout pas le pétrin dans lequel je viens de me fourrer, mais il apaise l'espace de quelques secondes mes ecchymoses mentales. Mes sourcils s'arquent quand je le vois s'asseoir sur le plancher et m'observer.

— Vous devez rester à l'écart l'un de l'autre, tranche-t-il. Vous êtes obsédés par vos ténèbres...

— C'est plus qu'une *obsession*, le coupé-je.

— Sans cette fichue alliance à la con, vous vous seriez déjà collé une balle dans la tête. Comment crois-tu que ça finira ?

— Mal, que ce soit par le sang ou par...

— Par quoi, Théa ? m'interrompt-il, agacé.

— Je... Je ne sais pas, Tobias.

La vérité, c'est que quelque chose est né entre nous, sans que je sois capable de le nommer. Une sorte de *connexion*, fragile, sensible et dévastatrice. La présence de Nathanaël à mes côtés me tue à petit feu alors que son absence me consume. Aucun mot ne peut décrire les émotions qu'il déclenche en moi. Quelque chose de plus fort, de plus sournois a éclos sans que je puisse le maîtriser. Comme une évidence que je ne pourrai jamais chasser, un pied de nez du *destin* à toutes mes tentatives de rébellion.

— Le problème, c'est que vous vous obstinez à vouloir vous provoquer jusqu'à atteindre vos limites, et qu'aucun de vous deux n'est en mesure d'en gérer les conséquences.

— Peu importe combien de temps tu réussiras à retarder cette explosion, elle finira quand même par se produire. C'est inévitable, chuchoté-je dans le silence de la pièce.

Il hoche la tête en soupirant avant de se lever et de me tendre la main pour m'aider à me redresser. Mes doigts agrippent les siens et je scrute ses iris inquiets. Une sensation douce-amère se loge au creux de ma poitrine. C'est la première fois qu'on essaie de me protéger. Sincèrement et réellement, sans arrière-pensée. Tobias déverrouille la porte de son bureau et mon cœur manque un battement. Je n'ai vécu que des disputes humiliantes avec Barthélémy, ne menant qu'aux menaces et aux coups. Les méthodes de l'aîné des Grimaldi pour inspirer le respect sont bien plus douces que celles que j'ai toujours connues.

— En attendant que je trouve un moyen pour vous aider à canaliser vos… émotions, reste aussi loin de lui que tu le peux. Je ne peux rien faire si vous continuez à jouer à ces petits jeux dans mon dos, m'avertit-il.

— Je ne peux rien te promettre, mais je vais essayer.

C'est sincère, le respect de l'autorité n'a jamais été mon fort, mais parce qu'il a été juste avec moi, je veux bien tenter l'expérience.

— Tu devrais aller dormir, nous discuterons de tout ce qui s'est passé cette nuit quand le jour se lèvera, me congédie-t-il, le regard perdu dans ses pensées.

Je m'éclipse avant qu'il ne change d'avis et me précipite dans ma chambre. Je ne m'arrête de marcher qu'une fois entrée dans la salle de bains. J'agrippe à pleines mains le plan de travail alors que je fixe mon reflet dans le miroir. Mes démons sont là, cachés dans l'obscurité de mes pupilles, ils me dévisagent. C'est la première fois que je me regarde vraiment, et étrangement, ce visage m'est familier, comme si je revoyais *une amie de longue date*. Je caresse du bout des doigts mon reflet, me l'appropriant. J'en apprécie toutes les imperfections. Je suis prête à accepter l'aide des Grimaldi pour apprivoiser ma noirceur et ne plus la subir. Des bruits de pas sur le palier capturent mon attention alors que je m'apprête à me coucher. Je suis irrésistiblement attirée par l'ombre qui danse sous ma porte.

Celle du Fantôme.

Je me retourne et m'approche lentement de l'entrée. Quand il ne reste plus que le silence, je me laisse glisser sur le sol, appuyant mon dos contre le chambranle. Je hoquette au moment où le bois tremble derrière moi lorsque Nathanaël m'imite de l'autre côté. Mes bonnes résolutions s'émiettent quand sa présence m'apaise. Tant pis pour Tobias, mais je suis incapable de m'éloigner de cet homme. Nos deux ombres s'entremêlent sur le parquet et je laisse ses ténèbres se lover autour de mon âme. Ma respiration se fait plus régulière, se calquant sur la sienne.

— Je suis désolée, murmuré-je à voix basse.

— Tu n'as pas à t'excuser pour les décisions que je prends, Scottie.

— Pourtant, c'est moi qui te l'ai demandé…, soufflé-je, décontenancée.

— Peut-être, mais j'avais déjà décidé de lui faire payer tout ce qu'il t'a fait subir avant que tu me l'ordonnes. Tu m'as juste offert l'occasion de le faire sans remords.

— Tu n'éprouves pas de regrets ?

— Absolument aucun, me répond-il en laissant planer entre nous un océan de sous-entendus.

Une douce chaleur s'insinue sous ma peau, courant dans mes veines. Pour une raison que j'ignore, cet aveu m'apaise. Je n'ai pas besoin de plus, mes paupières s'alourdissent et je plonge dans un profond sommeil avec une certitude.

Je ne regrette rien non plus. Ni le sang ni le sexe.

Encore moins ce qui est en train de naître au creux de ma poitrine.

Je préfère brûler pour l'éternité en enfer, plutôt que ne plus jamais éprouver cette sensation.

CHAPITRE VINGT-QUATRE

Théa

San Diego, Californie

DOMAINE DES GRIMALDI

Les premières lueurs du jour passent à travers mes paupières mi-closes alors que mes doigts massent ma nuque douloureuse. Dormir par terre contre une porte n'est pas la position la plus confortable. À tâtons, je me relève et tends l'oreille. L'étage est étrangement silencieux et la respiration de Nathanaël qui m'a bercée la nuit dernière a disparu. Un vide s'insinue au creux de mon abdomen et j'effleure mes lèvres encore gonflées par nos baisers de la veille pour me rappeler que tout ça est bien réel.

Nous avons franchi *une limite*. Un aller simple en enfer.

Mais quel enfer, bordel !

Un frisson parcourt ma peau au souvenir de sa bouche dans mon cou, de ses hanches contre mon bassin et de ses râles destructeurs. Je secoue la tête pour ne pas me perdre dans cet océan de pensées torrides, ou plutôt pour ne pas faire craquer une allumette au-dessus du brasier en moi qui ne demande qu'à s'enflammer. Après une douche rapide, j'enfile un short en jean et un débardeur noir en soie sans soutien-gorge. Il fait trop chaud pour porter autre chose en Californie, et puisque Nathanaël a déjà vu mes seins, je me moque bien qu'il voie à nouveau qu'il me fait de l'effet sous mon t-shirt.

Tu n'as surtout pas envie qu'il loupe l'état dans lequel il te met, murmure ma conscience.

Je ne la contrains pas à se taire pour une fois, j'esquisse même un demi-sourire malicieux à cette idée. Peut-être bien que c'est ce que je veux après tout. À peine ai-je mis un pied hors de ma chambre que des effluves de café chatouillent mon nez. Une symphonie d'odeurs délicieuses me met l'eau à la bouche au fur et à mesure que je me rapproche. Lukas virevolte dans la cuisine, jouant avec les ustensiles comme un vrai chef. Je lorgne dangereusement sur les œufs brouillés qui me narguent dans une poêle. Mon ventre gargouille devant ce spectacle. Attiré par le bruit, le jeune hackeur se retourne et un large sourire se dessine sur ses lèvres.

— Bien dormi, petite déesse ? demande-t-il en tenant une cuillère en bois dans une main et une assiette dans l'autre.

— Comme un bébé, ronronné-je en le suivant jusqu'à la table à manger du salon.

— Ah ça, je n'en doute pas, l'effort physique, ça aide, se moque-t-il en me désignant une chaise.

Mes joues se teintent de rose et j'essaie de cacher mon trouble, sans grande réussite.

— Je… Comment es-tu au courant d'abord ? m'offusqué-je.

— Ma chambre est au-dessus du bureau de Nate. Et il faut dire que vous êtes plutôt expressifs, si tu vois ce que je veux dire, s'amuse-t-il en me faisant un clin d'œil.

Oh, par tous les dieux. Mon visage s'empourpre et je manque de renverser la tasse de café que j'ai dans les mains.

— Hum, oui, on s'est peut-être laissés un petit peu emporter, répliqué-je.

— Un peu ?

— Oh ! Tais-toi et mange ! l'incendié-je en lui lançant une tartine.

Un puissant éclat de rire agite tout son corps.

— Il va falloir que tu arrêtes de nous balancer des trucs à la tête, on ne t'a jamais dit que ce n'était pas très poli ?

— Peut-être qu'il faudrait songer à arrêter de m'interdire des choses dans cette maison, puisque de toute évidence, je fais exactement le contraire, le nargué-je.

— Je vois que Tobias t'a déjà fait la leçon sur tes activités extrascolaires avec Nathanaël. Vous prenez vos devoirs concernant cet exercice de vengeance très au sérieux.

Mon cœur manque un battement à l'évocation de l'aîné des Grimaldi. J'ai sacrément merdé hier soir. Je ne sais pas par quel miracle je ne me suis pas retrouvée à la porte ou dans un colis en direction de Manhattan. Même si savoir mon cousin mort est un soulagement, ce que j'ai poussé Nate à faire est la pire connerie que j'ai pu commettre.

— Pour ce que ça vaut, Théa, tu as réussi l'exploit de mettre Tobias hors de lui ! C'est épatant.

— Je ne suis pas sûre que fracasser un verre contre un mur soit si exceptionnel que ça concernant ton frère, soufflé-je. Et je ne crois pas que ça soit bon que je le foute en rogne !

— Détrompe-toi, Tob se fout toujours de tout et de tout le monde. Alors oui, il a le lancer de verre facile, je te l'accorde, dit-il en riant avant de prendre un air plus sérieux. Mais une chose est certaine, il ne se met dans des états pareils qu'en ce qui concerne les gens auxquels il tient.

Je manque de m'étouffer avec mes œufs à cet aveu. Les mots se mélangent dans ma tête à toute vitesse. Hier soir, je n'ai vu que de la bienveillance dans le regard de Tobias. Certes, après la fureur, mais je l'ai pleinement mérité. Je n'ai jamais considéré le pardon comme un droit, néanmoins, il me l'a offert, en plus de son aide. Une douce chaleur m'étreint en songeant aux actes des trois frères. En peu de temps auprès d'eux, j'en ai appris plus sur la famille que ces dix dernières années. Les Grimaldi savent prendre soin les uns des autres. Tobias veille avec justesse et dévotion sur les siens, Lukas n'est que bonté et générosité. Nathanaël serait prêt à mettre le monde à feu et à sang pour assurer la sécurité de son clan. Et je ne sais pas par quel miracle, ils ont décidé de me faire profiter de cette aura protectrice. Je leur en serai à jamais reconnaissante, car l'espace d'un instant, j'ai l'impression d'être à ma place, presque chez moi. Mon cerveau appuie sur off, me coupant dans mes pensées, quand j'aperçois la silhouette du Fantôme à l'entrée du salon. Je loupe ma bouche avec ma fourchette et elle chute sur la table. Nous nous déshabillons du regard, les yeux dans les yeux, sans prononcer un seul mot.

C'est encore plus intense que coucher ensemble.

Aussi intime que se mettre à nu.

Je parcours son corps, même en jogging gris et avec un t-shirt noir, il est à couper le souffle. Ses cheveux bruns sont ébouriffés et son visage est… reposé. Les légers cernes qui logent d'habitude au-dessus de ses pommettes ont disparu et je suis frappée par la jeunesse qu'il dégage. Ses iris bleus scrutent mes bras dénudés avant de remonter avec avidité sur mon cou. Ma peau s'enflamme à chaque endroit où ses mains m'ont effleurée, touchée, empoignée. Je gigote sur ma chaise, incapable de contenir le feu qui me ravage. L'atmosphère s'alourdit quand il se laisse tomber sur un siège en face de moi, me coupant soudainement l'appétit. Je n'arriverai jamais à me tenir loin de cet homme, c'est une tentation ambulante. Il le sait très bien puisqu'un sourire fleurit au coin de ses lèvres alors qu'il caresse avec arrogance sa tasse de café, me rappelant la dextérité de ses gestes. L'arrivée de Tobias me sauve, ou presque. Ses pupilles s'arrondissent en observant les marques violettes dans mon cou, stigmates de nos exploits de la veille. Il lève les yeux au ciel en prenant place à son tour en bout de table. Lukas rompt le silence en se raclant la gorge.

— Comment s'est passée ta visite aux entrepôts ce matin ? demande-t-il à son aîné.

— Bien. Même s'il y a eu du remue-ménage en ville hier. Tu devrais passer voir les filles cette après-midi. Elles doivent avoir des renseignements à nous donner si des Changretta se sont aventurés sur nos terres.

Je tique à deux reprises face à la réponse de Tobias.

Les filles.

Un poids me broie l'estomac en imaginant ce que peut signifier cette activité. Je ne suis pas naïve, nous faisons partie d'organisations criminelles, il est coutume que les femmes soient utilisées pour un tas de business. Mais j'espère au plus profond de moi que ces hommes que je tiens en respect ne trempent pas dans le trafic d'êtres humains. Je ne le supporterais pas.

Les hommes de Barthélémy, ce deuxième point ravive une douleur lancinante dans ma poitrine rien qu'à cette évocation. Mon visage pâlit à vue d'œil sous la mine renfrognée de Lukas.

— Je ne pense pas qu'un de ces bâtards ait tenté à nouveau de s'infiltrer dans nos rangs, tranche le Fantôme la bouche pleine.

Au moins en voilà un à qui la situation ne coupe pas l'appétit. Je tressaille et m'aventure sur une pente savonneuse.

— Des hommes de mon parrain, enfin Bart, ont déjà essayé de venir ici ? demandé-je, incrédule. C'est la première fois que je prends connaissance de cette information.

— Ils ont régulièrement tenté à une époque, mais à chaque tentative, nous les avons rapidement repérés, me confirme Tobias entre deux gorgées de café.

— Comment ?

— Eh bien, il faut dire que les Changretta ne sont pas très doués pour effacer leur passé. En quelques heures, je n'avais aucun mal à remonter jusqu'à leur propre arbre généalogique, se moque Lukas.

— Quand ils ne se comportaient pas comme de gros connards avec nos filles, surenchérit Nathanaël.

L'évocation d'autres femmes dans sa bouche m'arrache une grimace que je peine à dissimuler. Il hausse un sourcil en étudiant ma réaction et je loue le ciel qu'il ne fasse pas de remarque.

— Je ne sais pas comment cela se passe à New York, mais ces hommes-là n'ont pas l'habitude de montrer du respect à la gent féminine. Quand ils débarquent dans nos clubs, ils ont tendance à oublier nos règles. Or, personne en Californie n'oserait se comporter ainsi avec nos filles, au risque d'y perdre la vie à coup sûr, m'explique Tobias.

N'y tenant plus, je pose la question qui me *brûle* les lèvres :

— Vos filles ? Que faites-vous avec ces femmes ?

— Nous les traitons bien, Théa, si c'est ce que tu demandes. Même plus que bien, nous leur offrons la possibilité de travailler à leur compte dans le domaine qu'elles souhaitent et d'être gérantes de club, me répond-il. Certaines finissent par voler de leurs propres ailes. Elles peuvent même racheter l'endroit où elles bossent à un prix raisonnable pour ne plus avoir de liens avec l'organisation si elles le désirent.

— Oh…, articulé-je, surprise. Je m'attendais à tout sauf à cette réponse.

— En attendant, j'assure les affaires parallèles qui s'y tiennent, Lukas la gestion, et Nathanaël…

— Colle une balle entre les deux yeux de tous ceux qui pourraient ne pas respecter nos règles et leur sécurité, coupe le Fantôme en plongeant son regard dans le mien.

Ces hommes sont peut-être des criminels, mais ils ont un code d'honneur. Malgré tout, je n'arrive pas à enlever le goût d'amertume dans ma bouche. Des clubs, cela peut signifier beaucoup de choses : des bars, des discothèques, des casinos mais aussi des clubs de strip-tease.

— Je pensais que personne ne pouvait connaître ton identité, lâché-je sans pouvoir retenir mes mots.

— Je ne couche pas avec les personnes qui travaillent pour nous si c'est la question que tu t'efforces de déguiser, siffle-t-il en inclinant son visage sur le côté. Je fais le ménage, et pour ça personne n'a besoin de voir ma tête. Lukas me donne les informations, je n'ai donc aucun intérêt à leur dévoiler qui je suis. Elles ne connaissent de moi que ma réputation et c'est déjà bien assez.

— Je me moque bien de savoir avec qui tu t'envoies en l'air, feulé-je en essayant de couper court à la discussion.

— Si tu le dis, petite corneille.

Instinctivement, j'agrippe ma fourchette, prête à la lui planter en plein milieu du front.

J'ai beau crever de désir pour lui, il est hors de question que je l'avoue ouvertement.

— Théa, pose ce couvert, s'il te plaît. Est-ce que l'un d'entre vous m'écoute quand je vous parle ? nous demande

Tobias, la mine sévère. Qu'est-ce qui est compliqué dans le fait de ne pas vous blesser et de ne pas coucher ensemble ? Je dois vous l'écrire, le faire traduire dans une langue particulière pour que vous l'imprimiez ?

Mes doigts se détendent et je relâche l'innocente fourchette sur la table. Mes paupières se ferment et j'inspire longuement par le nez pour reprendre le contrôle de mes émotions. J'ai beau avoir les yeux clos, je sens le regard perçant de Nathanaël jusque dans mes os. Je secoue la tête vivement et détourne mon attention de la tentation qui me fait face pour lancer une discussion plus importante :

— Nous avons un problème, déclaré-je sans détour.

— Un seul ? s'étonne Lukas.

— Définitivement plusieurs, rétorque Tobias.

— Je n'ai pas assez de mes dix doigts pour les compter, surenchérit Nate en levant ses mains devant lui.

Si la situation n'était pas aussi compliquée et tordue, j'aurais pu exploser de rire. Je hausse les épaules, ignorant leur petit manège.

— Très drôle, les garçons. Plus sérieusement, je pense que le patron de Barthélémy était présent hier soir, les informé-je en essayant de me souvenir de ses paroles. Il m'a annoncé que Narciso allait venir pour me tuer et que j'aurais bientôt une dette à honorer.

— C'est tout ce qu'il t'a dit ? me questionnent-ils en chœur.

— Oh non, il m'a aussi donné son petit surnom, son ascendant astrologique et nous nous sommes brossé mutuellement les cheveux, m'agacé-je. Sans blague, il m'a juste déclaré que je devais bien choisir mon camp et qu'à ce moment-là, je viendrais à lui.

— Tu penses qu'il va être une menace immédiate pour toi ?

— Si tu prends en compte qu'il m'a pointé une arme dans le dos, alors oui. Mais en même temps il n'a pas cherché à me blesser. Je ne saurais pas décrire ce que j'ai ressenti à son contact mais c'est comme s'il avait deux facettes.

— Une sorte de Joker ? suggère le hackeur.

— Exactement, qui empeste le gin et le cigare. Supplément accent venant tout droit de la Louisiane.

Sous la pression, je n'avais pas pu déceler l'origine de son accent, mais avec un peu de recul, cet homme venait probablement de La Nouvelle-Orléans. Du coin de l'œil, j'aperçois les doigts de Nate qui se resserrent sur son couteau, jusqu'à presque s'entailler la paume de la main. Le silence s'abat sur nous pendant de longues secondes, chacun digère les maigres informations que je viens de donner.

— Tu es certaine que c'est le patron de Barthélémy ? me demande Tobias, l'air songeur.

— Oui, c'est sûr. Maintenant que j'y repense, Narciso a dit que c'est lui qui l'a envoyé et qui gère le business.

— Et pourtant il t'a prévenue de sa présence… C'est comme s'il voulait piéger les Changretta, constate le négociateur.

— Encore un qui trahit tous ceux qui m'entourent tout en m'épargnant.

— Il faut qu'on trouve son identité, on comprendra peut-être son intérêt pour ton adhésion à son organisation et le lien qui vous relie. Lukas, essaie de voir ce que tu peux trouver sur les images de surveillance !

— C'est comme si c'était fait, répond-il en pianotant sur son téléphone.

J'hésite à parler des autres choses qu'a balancées mon cousin. Ces mots m'ont heurtée comme une gifle, remettant en question toutes mes certitudes. Face à mon mal-être, le Fantôme prend les devants et je le remercie en silence de le faire.

— Narciso a également lâché une bombe hier soir, commence Nate en se retournant vers ses frères. Il a prétendu que les parents de Théa n'auraient jamais dû la garder. Et que Barthélémy n'a pas eu le courage de la tuer pendant la nuit du grand massacre.

— Tu sous-entends quoi ?

— Il insinue que cette ordure est peut-être mon père, craché-je, écœurée par cette éventualité.

Ma cage thoracique se resserre, me privant d'air à cette pensée. Je ne pourrais pas supporter d'être la fille de ce traître. De toutes les choses atroces que j'ai pu encaisser, ce serait la goutte de trop. Tout un tas de mystères entoure ma survie et le fait que les Changretta m'aient gardée à leurs côtés toutes ces années.

— On pourrait vérifier. Avec tout le sang que ce porc a perdu, faire un prélèvement ne serait pas compliqué, propose le Fantôme.

— Au cas où tu n'aurais pas remarqué, *piccolo genio*[13], nos hommes ont déjà tout nettoyé. Même ta moto y est passée. Tu le saurais si tu faisais le ménage derrière toutes tes conneries, grogne Tobias.

— Tu le fais si bien, je ne voudrais pas te voler la vedette, Mary Poppins !

— Je vais peut-être aussi te couper la langue comme tu l'as fait avec Narciso ! s'emporte l'aîné en fusillant son frère du regard.

— Ah désolé, mais ça, c'est elle, m'accuse le Fantôme en me pointant du doigt.

Je cligne des yeux, abasourdie par son culot.

— Tobias, fais-moi une fleur, laisse-moi ce privilège si tu y songes sérieusement !

13. « Petit génie » en italien.

— Tu serais drôlement déçue si je ne pouvais plus l'utiliser, me provoque-t-il en se léchant la lèvre inférieure.

Un millier d'étincelles crépitent dans mon ventre au souvenir de sa tête entre mes jambes. Les flash-back de la nuit dernière fusent dans mon esprit et m'emportent. Je frémis en faisant défiler nos baisers passionnés, corps à corps et des photos…

— J'ai une idée ! m'exclamé-je en bondissant sur mes pieds et en me frappant le front.

— Quoi ? rugissent-ils à nouveau d'une seule voix.

Ils doivent arrêter de me faire le coup à chaque fois. Vraiment.

— Je crois que j'ai une piste, je peux aller dans ton bureau, Tobias ?

— Pour quoi faire ? s'enquiert-il avec un air suspicieux.

— Les dossiers ! m'écrié-je en contournant la table. Je suis sûre qu'il y a un indice, tous ces morts doivent avoir un lien avec l'organisation qui tient les Changretta. Si je suis celle qui les a menés dans la gueule du loup, je dois être capable de leur trouver un point commun !

— Qu'est-ce que tu attends pour aller vérifier ta théorie ?

Un poids s'envole de ma poitrine au moment où je comprends qu'il m'autorise à y aller. Dans la précipitation, je percute les jambes croisées du Fantôme. Je vacille en avant et mes doigts se raccrochent à ses épaules pour me rattraper. À l'instant où mes yeux rencontrent les siens, je sais que nous sommes foutus. Un feu danse dans ses pupilles dilatées et ses flammes menacent de mettre le feu à mon corps tout entier. En équilibre au-dessus de lui, je sursaute lorsque quelque chose durcit contre ma cuisse.

Son érection.

À l'étroit dans son jogging gris.

Un sourire presque animal se dessine sur mon visage quand ses yeux se posent sur ma poitrine nue.

— Putain, tu veux me tuer, Scottie, siffle-t-il en lorgnant dans mon décolleté avec avidité.

— Un problème, le Fantôme ? murmuré-je à son oreille, accentuant la vue que je lui offre sur mes seins.

Ses doigts effleurent ma joue pour attraper mon menton et ses yeux brillent avec indécence.

— Ce sont les personnes que je terrorise qui me désignent comme ça, me fait-il remarquer. Quand on crie mon prénom en jouissant, je préfère que l'on m'appelle *Nate*.

Je me recule et hoquette de surprise quand une tasse se brise sur la table. Tobias vient littéralement d'exploser le mug en céramique entre ses doigts.

— Ça va, on ne vous dérange pas ? rugit-il en nous foudroyant du regard avec plus d'éclairs que Thor ne pourrait le faire.

Le rire tonitruant de Lukas m'offre une porte de sortie et j'en profite pour m'éclipser avant d'affronter la tempête Tobiasienne qui s'apprête à me broyer. Au moment de quitter la pièce, je lance un dernier regard par-dessus mon épaule pour décocher un clin d'œil à Nathanaël.

C'est *une promesse*, sombre et dangereuse. Une invitation à faire le deuxième pas.

Et tout en moi espère qu'*il* le fera.

CHAPITRE VINGT-CINQ

Nate

San Diego, Californie

Elle va me tuer.

Et je vais l'aider à glisser le couteau sous ma gorge.

Je grommelle, furieux d'avoir les poings et les mains liés à cet instant. Si nous avions été seuls, j'aurais allongé Théa sur la table de ce maudit salon et je l'aurais dégustée jusqu'à ce que j'en sois repu. Je suis fou de ses courbes délicieuses dont mes doigts épousent parfaitement les contours. Mais plus encore, je suis dingue du fait qu'elle repousse toujours mes limites sans avoir peur une seule fois des conséquences. Ses deux gemmes émeraude m'ont complètement ravagé et je déglutis péniblement, soudain à l'étroit dans mon pantalon de jogging. Je renverse la tête en arrière pour fixer le plafond alors que Tobias fulmine de l'autre côté de la table. Mes doigts frottent mon visage en feu et j'expire dans un soupir sonore.

— Tu as besoin que je te le redise en italien ? *È vietato toccarlo*[14] ! gronde-t-il en me lançant un regard sombre.

14. « Il est interdit d'y toucher » en italien.

Comment pouvais-je rester de marbre alors qu'elle a presque fini sur mes genoux, sa poitrine offerte devant moi ?

— Je ne peux déjà pas la toucher, apparemment je n'ai plus le droit de la regarder… Rassure-moi, j'ai encore le droit de respirer quand elle est là ? demandé-je avec une pointe de sarcasme dans la voix.

— J'ai raté le mémo qui disait que les fantômes sont maintenant en mesure de respirer, crache Tobias avec ironie.

— *Non essere sciocco, presto avrò più sangue nel mio cazzo di quanto tu ne avrai mai nel tuo corpo*[15] ! lui répliqué-je en désignant mon entrejambe.

Si je ne peux pas jouer avec ma petite corneille, mon arrogant de grand frère fera l'affaire. Mes sourcils s'arquent alors que l'atmosphère se charge en électricité. Une pluie d'éclairs s'abat sur moi quand je croise ses yeux gris.

— Est-ce que ça valait la peine de remuer toute cette merde pour que tu puisses tirer ton coup ? tonne-t-il en abattant son poing sur la table.

— Quelques bleus supplémentaires à l'âme ne changeront pas grand-chose, on ne casse pas quelque chose qui a déjà été brisé.

— Ce n'est pas une raison pour la fracasser encore plus contre la sienne !

— Je vais bien, Tobias, tranché-je en posant mes coudes sur la table. Pour la première fois en dix-sept ans, je n'ai pas fait un seul cauchemar. Alors oui, ça valait le coup de plonger en enfer et d'affronter mes tourments.

Je passe sous silence mon absence lorsque les ténèbres se sont emparées de moi. Mes démons ont pris le contrôle,

---

15. « Ne sois pas idiot, j'aurai bientôt plus de sang dans ma queue que tu n'en auras jamais dans ton corps. »

éteignant toute trace de mon humanité. Je n'ai aucun souvenir de ce que j'ai fait endurer à Narciso. Voilà pourquoi j'ai pu le faire. C'est comme si j'avais été hors de mon corps pendant tout ce temps, perdu dans les affres de la folie. Théa m'a ramené à moi quand elle est entrée dans mon bureau et que mes lèvres ont aspiré son souffle, me réanimant.

— Tu commences sérieusement à me faire chier, Nate. Ni elle ni toi n'êtes prêts pour vous engager sur ce chemin. Vous allez vous blesser jusqu'à faire saigner vos âmes.

— Lukas, tu veux bien lui donner une tisane, ça va le détendre, m'exaspéré-je en roulant des yeux sous mes paupières.

Un sourire moqueur étire les lèvres de notre benjamin et je dois détourner le regard pour ne pas rire. Agiter un sachet de thé devant Tobias comme s'il s'agissait d'un chat et de sa pelote de laine pourrait être très divertissant. Il nous tuerait à coup sûr. Jouer avec sa fureur est un de mes passe-temps favoris, non seulement car c'est facile, mais aussi parce que sa lucidité lui permet de se calmer rapidement. Sauf que voilà, quand il s'inquiète pour nous, il n'a aucune limite.

Bon, surtout quand il s'agit de *moi*.

Lukas n'a jamais posé de gros soucis. À part pirater deux, trois sites gouvernementaux et se mettre dans des situations inconfortables, ce dernier n'a jamais mis en péril sa santé mentale. Nous ne redoutons pas l'épreuve des balles, mais s'il y a bien quelque chose qui nous effraie, c'est de perdre la tête.

Comme notre mère.

À cette pensée, mes poings se replient sur eux-mêmes jusqu'à m'en broyer les articulations. Mes frères ont tout hérité de notre père. Alors que je suis la copie conforme de celle qui nous a offert la vie. Je sais exactement pourquoi son esprit a décidé de quitter notre univers. Après cette nuit dans cette cave, je n'ai plus jamais été le même. Et je me suis perdu dans les limbes de la folie.

Pour oublier.

Pour vivre.

Pour survivre.

Je ne suis revenu de cet autre monde que pour me venger. Enfin c'est ce que je croyais, jusqu'à ce que mon âme rencontre celle de Scottie. Peut-être que je suis aussi revenu pour elle. Une partie de moi rejette cette éventualité derrière les lambeaux de mon cœur. Pourtant, il a recommencé à battre à son contact. Je ne peux pas nier l'évidence qui danse devant moi et me nargue à chaque seconde passée à ses côtés. Elle entraînera ma chute, dans le monde des vivants ou dans l'au-delà. Elle m'emportera et je ne lutterai pas.

Parce que c'est ma destinée.

Notre destinée.

Je n'ai jamais autant cru à ces conneries que depuis que j'ai vu les astres briller dans ses yeux verts.

Elle est la nuit étoilée de mon obscurité.

Je bondis sur mes pieds, prêt à m'éloigner, quand Tobias attrape mon bras d'un mouvement sec.

— Je peux savoir où tu vas ? grogne-t-il en plantant son regard dans le mien.

— Tu comptes me mettre une clochette comme au chat pour suivre mes déplacements ?

— Depuis quand on a un chat ? s'étonne Lukas en haussant les épaules.

Nous pivotons dans sa direction, ébahis. Soit c'est un génie, soit c'est un crétin fini. Au clin d'œil qu'il nous adresse, je retiens la première option. Il n'y a pas à dire, il est doué pour faire diversion.

— Je vais voir si elle s'en sort, ça te va ?

— Je te suis, rétorque Tobias en me talonnant de si près qu'il me marche une ou deux fois sur les pieds.

— T'as peur que je la prenne sur la table de ton bureau ou quoi ? le provoqué-je en me retournant pour lui faire face. Vu comment tu réagis quand on laisse des traces de doigts sur la vitre, je ne vais pas pousser le vice en imprimant l'empreinte de ses fesses dessus. Je suis un salaud mais quand même, je n'ai pas envie que tu nous fasses une crise cardiaque, me moqué-je en tapotant sa chemise soigneusement repassée.

— Je te jure que si elle ne finit pas par te tuer, c'est moi qui vais m'en charger ! siffle-t-il entre ses dents en m'attrapant par le col de mon t-shirt.

— Ça, ça n'arrivera jamais. Je suis meilleur tireur que toi… Et ça, dans tous les domaines ! lui asséné-je en évitant de peu le coup de poing qu'il me décoche en visant ma mâchoire. Tu vois ? Qu'est-ce que je disais ?

Un long soupir attire notre attention et nos deux têtes pivotent en direction du bureau.

— Je vous préviens, il est hors de question que je vous sépare, bougonne Théa en nous toisant de haut en bas. En vérité, je vous aurais bien botté le cul à tous les deux, mais si je m'interpose, ça risque de virer au drame.

— Ravi de voir que tu prends tes rêves pour des réalités, mais tu n'as aucune chance contre nous, assuré-je en nous pointant tour à tour de l'index.

— Je fais juste allusion au fait que je n'ai pas de soutien-gorge ! Vous chahutez comme des enfants, je ne veux pas tenter une sortie de route.

— Quel est le rapport ? demandons-nous en chœur.

— Si mes seins s'échappent de ce débardeur, vous allez essayer de me tuer ! Toi parce que tu ne pourras pas les toucher alors qu'ils sont sous ton nez. Et lui car ça sera une infraction à l'alinéa 666 du code de conduite « antibaise » de la maison, rouspète Théa en levant les yeux au ciel.

Je reporte mon attention sur mon aîné, dont la mâchoire se décroche face à l'arrogance de notre petite protégée.

— Rassure-moi, Tobias, tu n'as pas écrit un règlement pour nous empêcher de coucher ensemble ?

— Tu crois que j'ai que ça à foutre, espèce de tête de nœud ? De toute manière, vous ne le respecteriez même pas ! explose Tobias en m'assénant une tape à l'arrière du crâne avant de me pousser dans le bureau.

Je profite de cet élan pour me rapprocher de Théa. Elle vient de se retourner pour observer les dossiers qui jonchent la table. Elle a entouré des éléments sur chaque photo. Je me glisse dans son dos et pose mes mains à plat de chaque côté d'elle sur la vitre en prenant soin de ne pas la toucher. Ses trapèzes se contractent quand elle prend conscience qu'elle vient de m'offrir une vue plongeante dans son décolleté. Un rictus joueur creuse une fossette dans ma joue tandis qu'elle lutte pour ne rien laisser paraître. Mais sa tentative pour m'ignorer échoue lamentablement. Son corps répond au mien à l'instant où mon souffle parcourt un chemin invisible sur sa chair dénudée. Je me délecte du frisson qui hérisse son fin duvet lorsque je descends le long de son cou en frôlant sa peau du bout de mes lèvres. Ses tétons se durcissent à vue d'œil sous son débardeur et ses cuisses se resserrent sous la table à mesure que je l'effleure.

— Vas-y, Sherlock, fais-nous part de ta théorie, lui murmuré-je à l'oreille avant de me retirer avec une lenteur criminelle.

Je ne serai pas le seul à crever de désir ce matin. Un point partout. *Balle au centre.*

Elle m'assassine du regard au moment où je m'éloigne et désigne du menton les photographies pour attirer l'attention de Tobias sur autre chose que nos tentatives désespérées de faire craquer l'autre en premier. Lukas en profite pour nous rejoindre au moment où elle dévoile le résultat de ses recherches.

— Je ne comprends pas pourquoi je n'ai pas fait le rapprochement depuis toutes ces années, se lamente-t-elle en indiquant de l'index les cercles rouges sur chaque photo.

— On dirait des cigares, non ? dis-je en plissant les yeux pour mieux voir les détails.

— Exactement, il y en a partout et ils sont tous estampillés du même logo. Cela ne peut pas être une coïncidence !

Tobias saisit plusieurs éléments devant lui et les observe avec minutie avant de prendre la parole.

— C'est une marque ancienne, provenant de La Nouvelle-Orléans. Elle a transité autrefois par New York. Ils n'exportent plus en Californie, leur business s'est peu à peu éteint, confirme-t-il en se grattant le menton.

— Ça corroborerait ta théorie sur l'origine du patron de Barthélémy, suggère notre plus jeune frère.

— Et je peux te garantir qu'il empestait le cigare ! Il doit sûrement avoir une marque concurrente, sinon pourquoi éliminer tous ceux qui avaient un rapport avec celle-ci ? demande-t-elle en montrant le logo en forme de serpent.

— Il n'y a qu'un moyen d'en être sûr. Tu peux creuser cette piste, Lukas ? Si cela s'avère vrai, nous pourrions découvrir plus facilement son identité, ordonne Tobias à notre prodige de l'informatique.

— Je m'en occupe, déclare-t-il avant de quitter le bureau précipitamment pour se plonger dans ses recherches.

Un sifflement admiratif glisse entre mes lèvres en appréciant le travail mené par Scottie. Je n'ai jamais réussi à trouver une trace tangible et exploitable sur la deuxième vipère. Et en une heure, elle a peut-être déniché l'élément qui changerait tout. Maintenant que nous avons des informations, il faut frapper fort et ébranler l'empire Changretta. Surtout si le patron de son parrain a l'intention de se débarrasser d'eux en cours de route. Je ne laisserai personne me voler ma vengeance.

Notre vengeance.

— Tu dois te confronter à Barthélémy au plus vite. Si ce que tu obtiens valide cette théorie, je me chargerai de tirer cette saloperie de vipère de son nid, grondé-je en fixant à nouveau Théa dans les yeux.

— On doit le surprendre, il faut qu'il soit obligé de venir discuter avec moi. Vous êtes prêts à mettre Manhattan à feu et à sang ? nous questionne-t-elle alors qu'un sourire étire ses lèvres.

— Laisse-moi une journée pour m'organiser, et nos hommes brûleront tout ce qui appartient aux Changretta, lui confirme Tobias en hochant la tête.

Je ne donne pas cher de la peau des salauds qui travaillent pour Barthélémy. Ils périront dans le sang et les flammes. J'inspire par le nez quand Théa nous annonce son plan risqué mais terriblement vicieux.

— J'ai besoin que vous réduisiez en cendres la forteresse des Changretta et leurs points stratégiques pour les affaiblir, commence-t-elle avant de griffonner sur une feuille une carte de New York. Barthélémy sera isolé et je vais le forcer à me rejoindre à l'entrepôt de Brooklyn pendant que vous vous occuperez de les détruire.

— Tu n'iras nulle part toute seule, je t'accompagne et c'est non négociable, l'avertis-je en secouant la tête pour exprimer mon désaccord.

— Je te promets que si tu cites encore *Harry Potter* pour justifier le fait que tu doives assurer ma protection, je te frappe ! me menace-t-elle en bondissant pour me faire face.

— Alors, en l'occurrence, non, réfuté-je en levant innocemment les mains en l'air sous la mine suspicieuse de Tobias. J'aurais plutôt fait référence à *Cendrillon* puisque tu es une professionnelle pour perdre tes chaussures à minuit, et je ne voudrais pas que tu abîmes à nouveau tes jolis petits pieds !

— Je te demande pardon ? rétorque-t-elle en écarquillant les yeux.

— Tu sais t'excuser, toi ? Époustouflant ! m'exclamé-je en riant avant d'attraper un de ses escarpins retrouvé hier dans l'allée. Ce n'est pas à toi, ça, peut-être ?

— C'est le prince qui récupère les pantoufles de verre, pas l'affreuse marâtre ! fulmine-t-elle en me l'arrachant des mains.

— Je peux toujours ramasser tes chaussures ET t'enfermer dans un grenier, tu sais ? lui confié-je en haussant les épaules.

— Tobias, peut-on faire une entorse à notre pacte ? Juste pour que je puisse lui crever les yeux avec mes talons aiguilles ! explose-t-elle en agitant l'escarpin sous mon nez.

— Je ne vous supporte plus tous les deux ! rugit-il en nous foudroyant de ses iris sombres.

Il arpente le bureau en se pinçant l'arête du nez. Je peux jurer qu'il a au moins fait cent pas avant que Théa ne rétorque et qu'il se fige, exaspéré.

— C'est lui qui a commencé, me désigne-t-elle lâchement de son index.

— Ah non ma grande, là, c'est toi. Je rends à César ce qui lui appartient !

— Tu sais quoi, Nathanaël ?

— Laisse-moi deviner… Tu m'emmerdes, c'est ça ? la provoqué-je en m'approchant à quelques centimètres d'elle.

— C'est bon, t'as gagné, t'as qu'à venir avec moi ! Mais je te jure que si tu ouvres la bouche une seule fois là-bas, je t'étouffe avec tes clés de moto !

Ses deux poings serrés frappent mon torse et mes doigts agrippent ses poignets pour l'empêcher de reculer et la maintenir contre moi. Sa tête bascule légèrement en arrière pour me regarder et les mouvements de sa poitrine s'accélèrent.

— Crois-moi que si j'utilise ma bouche, ça ne sera pas pour te faire la conversation, chuchoté-je à son oreille avant de libérer ses avant-bras.

Mon sang se glace dans mes veines quand elle ne s'éloigne pas, me prenant à mon propre piège. Je dois lutter pour ne pas l'empoigner et l'emmener jusque dans ma chambre.

— SORTEZ TOUS LES DEUX D'ICI ! hurle Tobias en claquant son pistolet sur la table.

J'ai promis à mon frère de ne plus la toucher. Mais je suis incapable de tenir cette promesse en étant sous le même toit qu'elle. Je vais faire mieux que sortir de cette pièce, je vais me barrer de la maison. Avant qu'elle ne puisse esquisser le moindre mouvement, je rejoins à grandes enjambées l'extérieur et enfourche ma moto. Le moteur rugit alors que je m'élance hors du domaine à toute vitesse. Je conduis sans m'arrêter, voyant les paysages défiler sans vraiment les regarder. Mon esprit est confus, embrouillé dans un nuage de désir et de contradiction. Sans que je réfléchisse, je me gare près du centre médical. Mes mains passent furieusement dans mes cheveux lorsque j'enlève mon casque, essayant de chasser le trouble qui m'habite, en vain. Un poids comprime ma poitrine quand je retrouve ma mère assise au bord de son lit, face à l'océan. Je me glisse sans faire de bruit à ses côtés. Je suis toujours resté dans l'ombre depuis des années. Mais aujourd'hui, j'ai besoin de plus.

J'ai besoin d'elle.

Je romps avec mes habitudes et je me laisse tomber lourdement sur le matelas à ses côtés. Une main fragile et délicate se pose sur ma cuisse et je tressaute. Mon regard se détourne du mouvement des vagues pour plonger dans ses yeux. Mon souffle se coince dans ma gorge quand j'y aperçois mon reflet, remplaçant le néant qui a trop longtemps siégé au creux de ses pupilles. Je repousse les larmes chaudes qui brûlent sous mes paupières en la découvrant ainsi.

Présente *physiquement* et *moralement*.

— Finalement, elle a réussi, me sourit-elle en glissant son autre main sur le haut de ma pommette.

— Réussi quoi, Mamma ?

— À ramener ton humanité, soupire-t-elle en sondant mon âme.

J'appuie ma joue plus fort contre ses doigts, me raccrochant à ce contact inespéré.

— Elle me rend aussi vivant qu'elle me tue, balbutié-je en ayant du mal à mettre des mots sur mon état émotionnel.

— N'est-ce pas ça, l'amour ? Se consumer pour un être jusqu'à en perdre la raison ? interroge ma mère en caressant les boucles qui retombent sur le haut de mon crâne.

— Je ne suis plus capable d'aimer et elle non plus, murmuré-je à voix basse, implorant le ciel pour qu'elle ne m'abandonne pas à cet aveu.

Sa main quitte ma cuisse pour venir se loger contre ma poitrine, et je retiens ma respiration quand elle hoche la tête.

— Pourtant il y a bien quelque chose à l'intérieur de ce torse qui bat, chuchote-t-elle. Je suis certaine qu'il le fait pour une raison bien plus importante que le simple fait de te maintenir en vie.

— Et même si c'était le cas, les femmes comme elle ne tombent pas amoureuses d'un monstre comme moi.

— Ne dis pas de bêtises, Natie, j'ai vu comment elle te regarde et les yeux ne mentent jamais.

Une seule larme chaude et salée coule sur ma joue. Mes dernières barrières s'effritent et je plonge la tête la première dans le creux des bras de ma mère. Je reste là une éternité, renouant l'espace d'un moment hors du temps avec l'enfant que j'ai été. Celui qui a été capable d'aimer et d'être aimé. Je l'enveloppe avec précaution pour ne pas le briser. J'ai toujours cru que je ne le reverrais jamais, pourtant il se tient en moi, immobile et perdu. Ma mère a raison, Scottie est la seule à pouvoir recoller les morceaux de mon âme. Mais elle pourrait également les planter dans ce nouveau cœur qui bat au rythme de ses propres battements.

Je suis tombé le premier.

Lentement, le jour où je l'ai vue danser sur cette plage à Capri.

Plus fort, quand j'ai commencé à la protéger.

Obsessionnellement, au moment où j'ai plongé dans son regard émeraude.

Elle s'est infiltrée sous ma peau, ne me quittant jamais. Je me souviens m'être raccroché à son visage lorsque j'ai vacillé dans l'inconscience cette nuit-là. Elle est la dernière image que mon innocence a emportée avec elle dans les ténèbres. Malheureusement, il n'y a pas d'issue à ce que nous vivons. Je finirai par la blesser, c'est inévitable.

Et elle me détruira, en m'abandonnant à ma triste réalité. *Celle d'un fantôme.*

Des bruits lointains rompent cette parenthèse et j'embrasse ma mère sur le front en la serrant contre ma poitrine.

— Je dois y aller, Mamma, mais je te le promets, je reviendrai. Alors reste, reste avec nous, l'imploré-je en la pressant plus fort contre moi.

— Je sais, *Il mio piccolino*[16], je sais. Il n'y a pas de voyage plus long que celui de rentrer à la maison. Mais on y revient toujours, tu finiras par retrouver ton chemin. Comme je le ferai, pour toi et pour tes frères.

Sur ces mots, elle replonge aussitôt dans son monde. Elle ne trouvera le répit qu'une fois que j'aurai vengé notre honneur et apaisé mes tourments. Je quitte la chambre sans me faire remarquer avec un sentiment ambivalent. D'un côté, une immense joie transcende mon être pour ces heures partagées, mais de l'autre, une puissante colère gronde dans mes veines contre ceux qui m'ont privé de tous ces moments. Je m'élance à toute vitesse pour rentrer à la maison. Il doit être vingt heures lorsque je franchis le portail en fer forgé du domaine. Mes dents grincent à m'en briser les molaires quand je remarque que les voitures de mes deux frères sont absentes.

Comment ont-ils osé laisser *Théa toute seule* ?

Comment ont-ils pu *me* laisser tout *seul* avec *elle* ?

J'évite soigneusement de la chercher. Mes jambes avancent en pilote automatique à travers la maison et je gravis quatre à quatre les marches pour me rendre au dernier étage. Je n'éprouve aucun bien-être dans ma chambre, mais j'ai toujours su trouver refuge sur la terrasse qu'elle

16. « Mon petit garçon en italien ».

abrite. Mon esprit vagabonde à l'horizon alors que je m'accoude contre la barrière. Le bruit des vagues se mêle à une nouvelle mélodie. Mes yeux scrutent les alentours pour trouver l'origine de ce fond sonore et mes doigts se crispent sur le métal quand je découvre la silhouette de Scottie au bord de la piscine. Elle ondule lascivement près de l'eau sur le même rythme que la musique.

Je suis hypnotisé par le mouvement de ses hanches qui se balancent avec sensualité. Le muscle de ma mâchoire tressaille à chaque fois qu'elle virevolte, les bras au-dessus de la tête, en souriant. Elle est magnifique. Beaucoup trop pour que je l'ignore. Les veines sur mes avant-bras se gonflent douloureusement sous le brasier qu'elle attise en moi. Je retiens un grognement entre mes lèvres quand elle retire avec lenteur ses vêtements. Mon sang quitte le haut de mon corps pour se loger en un seul point culminant. Ma respiration s'accélère et j'ai le souffle court au moment où elle s'enfonce dans l'eau. Au diable les promesses que j'ai pu faire à mon frère, je n'ai aucune envie de rester loin de cette dangereuse mais sublime déesse des enfers !

— Et puis merde ! maugréé-je entre mes dents avant de faire demi-tour et de dévaler les escaliers pour la rejoindre.

CHAPITRE VINGT-SIX

Théa

San Diego, Californie

DOMAINE DES GRIMALDI

Je devrais penser à un millier de choses, mais à cet instant, je n'en ai qu'une seule en tête.

Lui.

La maison est vide depuis des heures. Tobias et Lukas ont quitté les lieux pour préparer avec leurs hommes l'attaque contre les Changretta. Habituellement, j'aime la solitude. Elle a autrefois été un refuge apaisant dans lequel j'aimais me lover.

Sauf que son absence me ronge.

Je suis en manque.

Une douleur lancinante pulse sous ma peau, et cette sensation me torture un peu plus à chaque seconde. Le trou béant qui transperce ma poitrine ne m'a pas quittée depuis qu'il est parti. Mes émotions se transforment en un fichu *roller coaster* et mon désir pour lui me dévore. Ça serait facile de l'ignorer et de le glisser sous un tas d'autres sentiments si je n'avais pas lu dans son regard la même chose. La nuit dernière n'a pas réussi à étouffer l'incendie ravageur entre nos deux êtres. Il n'a pas menti quand il m'a confié n'avoir aucun regret. J'en ai eu la certitude au moment où il a pénétré dans le salon. Ses yeux m'ont mise à nu et son âme m'a touchée comme personne ne l'a jamais fait.

Mais ensuite, il a pris la fuite.

Le prédateur a abandonné sa proie.

À ce constat, un goût amer danse sur le bout de ma langue. Je dois le chasser de ma tête. Sinon je vais devenir folle. Malgré mes efforts pour le déloger, un nuage cotonneux embrouille mes pensées jusqu'à ce que je sombre dans l'obscurité. Je ne peux pas compter sur ma raison ni sur autre chose de rationnel pour m'aider à calmer les battements effrénés de mon cœur. Si j'avais été à New York, je serais partie danser jusqu'au bout de la nuit avec mes meilleures amies afin d'oublier mes tourments. Je tuerais pour siroter un cosmo et entendre leurs rires. Sauf que je ne peux pas les appeler au risque de faire capoter mon plan, et dans cette maison, il n'y a rien d'autre que du whisky. Je ne suis pas fan du liquide ambré mais il fera l'affaire pour ce soir. Trois verres plus tard, mon esprit tangue. Pas autant que mes jambes lorsque je sors du bureau de Tobias. Je déambule au rez-de-chaussée, une bouteille à la main. Ma conscience est totalement annihilée, laissant dangereusement mon subconscient prendre la parole. Je claque ma langue contre mon palais quand l'évidence me saute aux yeux. Tous ces livres à l'eau de rose nous racontent des conneries. Ce n'est pas l'amour qui fait mal, c'est la passion. Elle nous élève si haut que la chute vous brise en mille morceaux.

Je ne suis pas en train de tomber amoureuse de Nate, essayé-je de me convaincre. *Pas encore.*

Pas comme la morale le voudrait.

Je le déteste aussi de tout mon cœur. Parce qu'il est le seul à me faire à nouveau ressentir des émotions et que je perds totalement le contrôle en sa présence. Et ça c'est plus profond que n'importe quel amour. Car la haine qu'il m'inspire me pousse à le désirer plus qu'aucun autre homme sur cette planète. C'est devenu si douloureux que j'en ai le souffle coupé. Je veux goûter à chaque centimètre de sa peau, et toucher son âme jusqu'à m'en écœurer.

Toujours en train de te convaincre que tu ne tombes pas amoureuse de lui ? me nargue ma conscience au loin.

Je grogne entre mes dents en essayant de lui clouer le bec. Mais rien ne vient, car je m'apprête à plonger sans me retenir dans les affres de mes sentiments. Il n'a pas juste suffi de baisers fiévreux et d'une nuit torride pour conquérir mon cœur. Non, bien sûr que non. Nathanaël a planté ses deux yeux océan dans les miens et dans ces eaux tumultueuses, j'ai découvert un trésor bien plus précieux que l'or. Un miroir reflétant l'autre dans l'éternité des ténèbres. Il ne m'a pas simplement vue, il m'a regardée. Et pour la première fois en dix-sept ans, je me suis sentie vivante.

Le Fantôme est mon addiction.

Celle qui me raccroche à la vie.

J'inspire longuement par le nez et je rejoins l'extérieur pour observer la lune. C'est un spectacle enivrant, presque hors du temps.

Pas autant que la bouteille que tu sirotes comme du petit-lait, couine ma voix intérieure.

J'avale une nouvelle gorgée en essayant de faire taire ma conscience. Une enceinte sur la terrasse attire mon attention et je m'empresse de l'allumer. Les premières tonalités glissent sur mon corps, enveloppant tout mon être. Mes hanches ondulent lascivement en se fondant dans les sonorités animales de la musique. Je renverse la tête en arrière, observant à travers mes paupières mi-closes la maison dans la pénombre. Seul le clair de lune se reflète sur les baies vitrées, jouant avec les ombres de la nuit. Une infinité de picotements remontent le long de mes jambes, se lovent au creux de mes entrailles avant de poursuivre leur course jusqu'au bout de mes doigts tendus vers le ciel. Cette sensation ne veut dire qu'une seule chose.

Il est enfin revenu.

Je peux sentir son regard partout sur moi, dévorant la moindre parcelle de mon corps. Je plisse les yeux pour essayer de le débusquer mais il fait trop sombre. Un long frisson court le long de ma colonne vertébrale et je me délecte de cette sensation. Mon cœur tambourine dans ma poitrine et ma respiration se fait haletante. Mes seins se durcissent sous l'excitation, ils enflent jusqu'à se sentir à l'étroit sous mon débardeur. Je m'enflamme dans une lente combustion sans qu'il ait posé ses mains sur moi. Sauf que j'en veux plus. Un rictus malicieux étire mes lèvres à l'idée de lui rendre la pareille. Je ne serai pas la seule à m'embraser ce soir, et pour cela, je vais lui offrir le plus beau spectacle de sa vie. Mes doigts glissent le long de ma nuque, plongent au creux de ma poitrine, cherchant les extrémités de mon t-shirt. Ils se referment sur le tissu qui remonte avec sensualité sur mon buste avant de rejoindre le sol. Je repousse mes cheveux derrière mes épaules, dévoilant l'intégralité de ma poitrine. Un gémissement s'échappe de mes lèvres quand le vent caresse mes tétons. Mes yeux se ferment en imaginant les mains de Nate dans cette brise chaude.

L'atmosphère s'alourdit et je peux sentir qu'il essaie de me toucher avec son regard. Je rêve de capturer l'image de son désir à cet instant précis. Mon petit jeu coquin est en train de se retourner contre moi, me poussant au supplice. D'un geste sec, je déboutonne mon short et j'ondule des hanches avec volupté pour l'aider à rejoindre mon haut sur le béton froid de la terrasse. Un sursaut me secoue quand une porte claque sur le toit. Je ne quitte pas des yeux la silhouette qui se déplace rapidement au dernier étage alors que je rentre, marche après marche, dans la piscine. L'eau recouvre mes épaules au moment où je surprends un mouvement derrière la baie vitrée. Nathanaël se tient dans l'ombre, le souffle court. Je détaille ses boucles brunes ébouriffées sur le haut de son front avant de m'attarder sur son torse nu et ses tatouages. Peut-être qu'un jour, j'en connaîtrais la signification. Autre que celle de camoufler les cicatrices de son passé. Mon ventre se tord quand ses abdominaux se contractent lorsqu'il pose les yeux sur moi. Il rompt la distance qui nous sépare et je me sens soudainement si petite alors qu'il me domine de toute sa hauteur.

— Tu devrais revoir ta définition de *stalker*, tu es définitivement du genre à te rincer l'œil, le provoqué-je en observant ses muscles rouler sous sa peau.

— Tout autant que toi, s'amuse-t-il, les pupilles dilatées, avant de s'accroupir au bord de la piscine sans jamais rompre notre contact visuel. J'ai comme l'impression que tu adorerais que je m'abreuve de toi comme tu viens de le faire avec ce whisky.

Son rire me transperce quand il attrape la bouteille à ses pieds et qu'il la porte à sa bouche. Je déglutis avec difficulté en suivant le liquide ambré qui rejoint sa gorge.

— Très bon choix d'ailleurs, il est parfait, susurre-t-il en la posant à terre.

— Rassure-moi, Nathanaël, tu ne parles pas de toi à la troisième personne ? me moqué-je en haussant les sourcils.

— Intéressant, gronde-t-il en se levant.

Ma bouche s'assèche au moment où ses mains empoignent son pantalon, emportant tout sur leur passage. Un sourire carnassier se dessine sur son visage lorsqu'il se retrouve nu devant moi.

— Qu'est-ce que tu fous ? hoqueté-je, prise de court.

— Puisque tu insinues que je suis la perfection, autant t'en donner un peu plus à regarder, me défie-t-il en désignant le reste de son corps d'un geste de la main.

— Quelle arrogance ! m'exclamé-je.

— Tu sais ce que je suis aussi ? me demande-t-il en descendant les marches pour s'immerger jusqu'à la taille.

Je me mets sur la pointe des pieds pour soutenir son regard alors qu'il se rapproche de moi.

— Un petit con prétentieux ? minaudé-je en posant mes mains sur son torse.

— Un putain d'amant, chuchote-t-il à mon oreille avant de s'éloigner en plongeant dans l'eau.

Ma respiration se bloque quand il disparaît de mon champ de vision. Il évolue avec facilité, décrivant des cercles autour de moi. Je pivote sur place pour essayer d'anticiper ses prochains mouvements, en vain. Il surgit derrière moi en une fraction de seconde, collant son torse contre mon dos. Un cri de surprise m'échappe au moment où sa bouche frôle mon épaule et je me liquéfie à son contact. Mes jambes s'affaiblissent, m'obligeant à me reposer de tout mon poids contre lui. Je râle de frustration quand il se contente de m'effleurer, attisant des braises ardentes au creux de mon ventre.

— Je ne te toucherai que si tu me le demandes, Scottie, souffle-t-il d'une voix rauque dans mon cou.

Il s'immerge à nouveau dans l'eau, me laissant seule avec l'envie furieuse de lui sauter dessus. Je titube en arrière alors qu'il fend l'eau pour m'emprisonner de ses bras au bord de la piscine. L'eau ruisselle de ses cheveux à ses épaules, sublimant ses tatouages. Il détaille les traits de mon visage avec attention avant de s'enfoncer lentement dans l'eau. Seuls ses yeux ne sont pas immergés, et il me fixe avec une telle intensité que la température monte en flèche.

Autour de *nous* et en *moi*.

Je me mords les lèvres en voyant ses veines se dessiner sur ses avant-bras à mesure que ses biceps se contractent.

— Je... je, balbutié-je, troublée.

Je n'ai littéralement pas assez de tout mon champ lexical pour lui expliquer ce dont j'ai envie.

— J'ai besoin que tu me dises ce que tu veux, grogne-t-il en se relevant pour rapprocher son torse de ma poitrine, me surplombant de toute sa hauteur.

— Toi, dis-je en levant la tête pour continuer à le regarder.

Il s'empare fiévreusement de mes lèvres et je gémis contre sa bouche, savourant cette précieuse délivrance. Ses mains s'affolent, touchant chaque millimètre de mon corps. Ses doigts agrippent mes fesses alors que mes jambes s'enroulent autour de sa taille. Ma langue caresse la sienne, essayant d'exprimer les mots qui restent coincés dans ma gorge. Je tire sur ses cheveux pour le forcer à reculer et reprendre ma respiration. Son bassin se presse brutalement contre mes hanches et je frémis à ce contact.

— J'ai besoin de toi, imploré-je à voix basse.

À cet aveu, ses yeux s'écarquillent et il se rapproche, m'enveloppant de tout son être. Ses iris me sondent pour vérifier ce que je viens de dire, et je hoche silencieusement la tête pour confirmer. Ses lèvres se posent sur les miennes, et son souffle envahit mes poumons, m'emplissant d'une énergie nouvelle avant que nous ne sombrions ensemble dans l'abîme du plaisir. Ses doigts s'enroulent autour de ma nuque et m'attirent contre son épaule. Je soupire lorsque ses dents s'aventurent dans mon cou, le mordant avec avidité. C'est comme s'il se nourrissait de mon âme.

Et je sais qu'à partir de maintenant, je la lui offrirai sur un plateau d'argent, sans qu'il me le demande.

Ma main glisse sur son membre gonflé pour le guider entre mes cuisses, et d'une pression, il me pénètre profondément. Contrairement à la première fois, il ne joue plus. Les mouvements de son bassin sont rapides, brutaux et sans répit. J'ondule des hanches pour accompagner ses va-et-vient, augmentant progressivement le rythme de nos échanges. Les mains de Nate me maintiennent à la surface alors que nos corps s'entrechoquent de plus en plus fort. Il soupire contre mes lèvres tandis que ses coups de reins se font plus intenses, m'arrachant des gémissements de plus en plus bruyants. Nous atteignons l'extase dans un même cri, en vénérant chacun le prénom de l'autre. Un long moment s'écoule, blottis l'un contre l'autre, hébétés et repus, avant qu'il ne se retire. Son pouce effleure ma lèvre inférieure meurtrie par ses baisers et il me semble si loin, perdu dans ses songes. Ses bras me soulèvent hors de l'eau et je m'accroche à son cou, resserrant du mieux que je peux mes jambes affaiblies par l'orgasme autour de sa taille. Je le laisse me ramener en silence dans ma chambre, ne voulant pas troubler la magie de l'instant. Ses genoux se plient pour me déposer avec douceur dans mon lit. Je hausse les sourcils lorsqu'il me couvre de mes draps et m'embrasse le front.

— Je ne suis pas comme ces gentils garçons que tu as toujours fréquentés, tu sais, murmure-t-il en se relevant. Je n'ai que mes ténèbres à t'offrir, et je finirai par te blesser un jour ou l'autre, confie-t-il presque désespéré avant de quitter la pièce.

— Sauf que les gentils reculent devant les flammes de l'enfer, Nate. Les méchants, eux, dansent dedans, déclaré-je en attrapant son poignet. Je suis assez grande pour savoir comment et avec qui je veux m'embraser.

Ses yeux rencontrent les miens et il encaisse le poids de chacun de mes mots en hochant la tête. Tant pis pour la raison et la morale.

Je préfère me brûler les ailes à ses côtés que ne plus jamais voler.

Ce qu'il adviendra de nous appartient au destin. Je relâche la pression sur son poignet pour le libérer de mon emprise. Il reste immobile pendant de longues secondes avant de s'éloigner. Son corps se fige sur le seuil de la porte, dos à moi.

— Moi aussi j'ai besoin de *toi*, avoue-t-il avant de disparaître dans l'obscurité.

CHAPITRE VINGT-SEPT

Théa

San Diego, Californie

DOMAINE DES GRIMALDI

— NATHANAËL GRIMALDI ! m'époumoné-je à travers le salon en faisant les cent pas, les mains sur les hanches.

Je ne sais même plus si je me prépare pour prendre un jet privé ou pour faire une randonnée. Mes allées et venues se stoppent quand j'aperçois la silhouette du Fantôme dans mon champ de vision. Je pivote sur mes talons en le pointant du doigt.

— Rassure-moi, tu ne vas pas m'obliger à compter jusqu'à trois pour que tu me rendes mon livre ?

— Au cas où tu ne l'aurais pas encore remarqué, je ne suis plus un enfant, Luciano, fanfaronne-t-il en haussant les sourcils de manière obscène.

Je lève les yeux au ciel et j'inspire par le nez pour ne pas saisir n'importe quel objet à portée de main. J'ai autant envie de lui taper dessus avec une télécommande que de lui arracher ses vêtements. Et ça, c'est clairement un problème.

— Un…, commencé-je en essayant tant bien que mal de garder mon calme.

— Tu peux compter jusqu'à dix, ça ne changera pas le fait que je *ne sais pas* où je l'ai mis, me répond Nathanaël avec nonchalance avant de s'affaler dans le canapé.

— Comment ça, tu *ne sais pas* où il est ? bouillonné-je en reprenant ma marche à travers le salon.

— Je l'ai égaré, ce n'est pas bien compliqué à comprendre ! Donc arrête de m'emmerder avec ton fichu bouquin ! ronchonne-t-il en frappant ses cuisses avec le plat de ses mains.

Malgré moi, mes jambes font demi-tour et je me retrouve plantée devant lui, à deux doigts de l'attraper par la peau du cou.

— Tu te fous de moi ? fulminé-je.

— J'ai une tête à me foutre de toi ? me provoque-t-il en haussant innocemment les épaules.

Un éclair joueur zèbre son regard et je serre les dents lorsque la chair de poule recouvre mes avant-bras dénudés. Ses yeux me crient qu'il est coupable et sa bouche se relève en un demi-sourire moqueur. Toute trace d'une éventuelle innocence a disparu, ainsi que mon sang-froid.

— Tu n'as qu'à me filer un des tiens ! Il est hors de question que je passe cinq heures dans un avion sans avoir quelque chose pour m'occuper, lui ordonné-je en le pointant de mon index.

Il bondit sur ses pieds avant que j'aie le temps de reculer. Son torse musclé heurte ma poitrine et mes doigts s'accrochent à ses biceps pour ne pas tomber en arrière. L'amusement au fond de ses pupilles a laissé place à une lueur sombre. Je déglutis en retirant ma prise de ses bras alors qu'il saisit mon menton.

— Si tu tiens absolument à avoir quelque chose pour t'occuper, je peux être très créatif, siffle-t-il en effleurant ma lèvre inférieure avec son pouce.

— Va au diable, répliqué-je, agacée, avant de tourner les talons et quitter la pièce.

— C'est drôle, j'aurais juré l'avoir vu danser en bas de chez moi hier soir, me pique-t-il en appuyant sur chaque mot pour que je l'entende au loin.

Mes mains passent nerveusement sur mon visage alors que je gravis les marches pour rejoindre ma chambre. Je dois prendre sur moi pour ne pas faire demi-tour et…

Bah oui, et quoi ? Vas-y, Théa, on attend la suite, glousse ma conscience.

J'expire rageusement, en essayant de faire taire l'affreuse voix dans mon cerveau. La vérité, c'est que j'aurais été capable de lui déchirer sa chemise et de lui foutre une gifle en même temps. Sauf que nous ne sommes pas seuls, et que je redoute la colère de Tobias quand il apprendra que nous n'avons même pas tenu une journée. J'appuie la pulpe de mes doigts contre mon crâne, un atroce mal de tête pulse à la racine de mes cheveux depuis mon réveil.

Satané whisky.

C'est vrai qu'il a glissé par inadvertance dans ta bouche, se moque encore une fois ma conscience.

— Oh, va au diable, maugréé-je en parlant toute seule.

Une fois mon sac à dos prêt, Lukas m'appelle pour les rejoindre dans le bureau de Tobias. À peine je franchis le seuil que je tombe sur le Fantôme, avachi sur une chaise en train d'aiguiser un couteau.

— J'espère qu'avant de faire « mumuse » avec tes jouets, tu as pris le temps de chercher un livre pour moi ! demandé-je en le foudroyant du regard.

— Abandonne ce projet, Théa, il ne lui reste plus une seule page. La dernière fois que Tobias l'a foutu en colère, il a brûlé toute sa bibliothèque, se désole Lukas en secouant la tête.

— Tu as fait quoi ? l'interrogé-je, horrifiée.

— J'incendie des trucs sacrés quand on piétine mes limites, répond-il platement tout en peaufinant son travail d'orfèvre sur sa lame. Et comme ton petit cul est une putain de divinité ici, je ferais gaffe si j'étais toi, m'intimide-t-il en plongeant cette fois-ci ses yeux bleus dans les miens.

Je veux lui dire qu'il est fou, mais aucun mot ne sort de ma bouche grande ouverte. Ma gorge s'assèche sous son regard plein de sous-entendus. Le Fantôme ne me foutrait jamais le feu au sens propre. Par contre, il me ferait me consumer de désir pour lui jusqu'à ce que j'en meure. Cette idée ravive le brasier qui crépite doucement et chaleureusement au creux de mon ventre. Je sursaute, penaude, quand je sens une présence dans mon dos. Je me décale sur la droite pour laisser passer l'imposante carrure de Tobias.

— Ça fait deux heures que vous êtes réveillés et vous trouvez déjà le moyen de vous disputer ? gronde-t-il en levant les yeux au ciel.

— C'est… débutons-nous en même temps avant qu'il nous interrompe d'une voix tranchante.

— Le premier qui me dit que ce n'est pas lui qui a commencé… je l'attache moi-même à l'aile de l'avion pour lui aérer l'esprit, coupe-t-il en nous dévisageant.

— Entendu, soufflé-je en fixant mes pieds.

— Compris, boude Nathanaël en glissant ses mains dans ses poches.

Un rire franc résonne dans la pièce et nous pivotons d'un seul mouvement pour observer Lukas se bidonner dans le coin du bureau.

— Ça vaut pour toi aussi, le sermonne Tobias.

— Tu n'oserais pas, tu as encore besoin de moi pour deux, trois détails à New York. Sauf si depuis hier tu as appris à entrer des lignes de code, se moque le hackeur.

Mes lèvres ne forment plus qu'une petite ligne étroite et je serre si fort mes poings pour ne pas rire que je m'égratigne les paumes. Je croise le regard de Nate, et l'espace d'une seconde, je vois ses épaules frémir pour éviter de rigoler.

— Est-ce qu'il y a quelqu'un dans cette famille qui respecte mon autorité ? rouspète Tobias en cognant contre la baie vitrée.

— Pour ce que ça vaut, je suis hyper impressionnée. C'est la première fois que je ne te vois pas casser de verre…, lâché-je sans avoir pu retenir ma langue.

— Oh ! crient à l'unisson Nathanaël et Lukas avant de se taper dans la main.

Mais quelle idiote !

Je viens de gagner ma place directement ficelée au réacteur.

— Théa, ça ne fait peut-être qu'une semaine que tu fais partie de cette famille mais je sens que tu vas devenir ma préférée, ronronne Lukas en m'attrapant par les épaules.

Mon cœur rate un battement. Cette famille.

La nôtre.

Et aussi bizarre que cela puisse paraître, c'est une évidence. Mon destin m'a conduite jusqu'à eux et ils m'ont accueillie comme une des leurs dès le départ. Un sourire niais fleurit sur mes lèvres alors qu'une sensation de chaleur envahit tout mon corps. Aujourd'hui plus que jamais, je me sens à ma place à leurs côtés. Cela ne pouvait pas être autrement. Un raclement de gorge me tire de mes pensées et je reporte mon attention sur l'aîné du clan Grimaldi.

— Lorsque vous aurez fini de vous câliner, on pourra peut-être faire un état des lieux de la situation, s'impatiente Tobias.

— On t'écoute, acquiesce Nate, subitement sérieux.

— Tous nos hommes sont en place, chaque territoire que couvre l'organisation des Changretta s'embrasera au moment où vous atterrirez à Manhattan, nous explique-t-il en désignant des endroits que je connais bien sur une carte. Nous sommes en supériorité numérique, et ils ne s'attendent pas à notre attaque. Nos taupes ont éloigné tout soupçon, nous aurons donc l'effet de surprise pour faire sortir Barthélémy de sa tanière.

— On frappera également dès notre arrivée, affirmé-je en tapotant l'entrepôt de Brooklyn sur la carte.

— Tu es sûre ? souffle le négociateur en observant les traits de mon visage.

— C'est l'endroit où il a tué nos parents, et le seul lieu où il ne s'attend pas à me voir. Il viendra sans réfléchir, confirmé-je en hochant la tête.

La bile remonte dans ma gorge à l'idée de me rendre dans ce bâtiment. J'essaie de camoufler mon appréhension du mieux que je peux mais mon regard se trouble. La main chaude du Fantôme se loge au creux de mes reins et une douce sérénité m'envahit. Je me laisse lentement bercer par les cercles de son pouce sur ma peau, apaisant mes craintes. Peut-être que je m'apprête à affronter l'enfer, mais peu importe puisqu'il sera à mes côtés. C'est la seule personne dont j'ai besoin pour garder la tête hors de l'eau et ne pas sombrer.

— Si tout est bon pour vous, c'est le moment d'entrer en action, nous interpelle Tobias en scrutant, incrédule, le geste d'affection de son frère. Lukas, tu peux les déposer à l'aérodrome ?

— Allez, en voiture Simone ! répond-il en tapant dans ses mains avant de quitter le bureau.

Le trajet jusqu'à l'aéroport privé est rapide, même si nous avons le temps de passer en revue toutes les éventualités qui pourraient se présenter.

Quoi qu'il arrive, *ce soir, Barthélémy sera un homme mort*.

Le Fantôme est le premier à quitter le SUV et à grimper dans le jet, tête baissée, une cagoule noire sur son visage. Lukas a pris le temps de m'expliquer ce rituel un peu plus tôt. Je bondis hors du véhicule quelques secondes après pour le suivre, en inspirant profondément.

— Tu as pris la bonne décision, Théa. Il est temps que tu venges tes parents, murmure Lukas en m'observant dans le rétroviseur.

J'opine du chef avant de rompre à grandes enjambées la distance qui me sépare de l'avion. Je me mords les lèvres en me retournant sur le seuil pour voir le 4×4 noir s'éloigner sur la petite route. Un claquement bref me fait sursauter lorsque la porte de l'appareil se referme sous mon nez. Un frisson remonte le long de ma colonne vertébrale quand je sens sa présence juste derrière moi. Son regard enflamme ma nuque et je pivote pour lui faire face. Je le détaille de haut en bas, de son t-shirt noir à ses rangers. Seul son baudrier[17] en cuir foncé apporte un peu de couleur. Deux pistolets, quatre couteaux et une arme de poing sont attachés à son torse. Je blêmis en luttant pour garder mes mains le long de mon corps.

---

17. Bande de cuir ou d'étoffe qui se porte en ceinture autour du buste et qui soutient une ou des armes.

Bon sang, qu'il est beau dans son costume de Fantôme, murmuré-je en mon for intérieur.

Le genre de beauté dangereuse à laquelle on ne peut que succomber.

Celle qui vous emporte dans les ténèbres sans que vous n'ayez pu reprendre votre respiration.

Et qui vous laisse le souffle coupé pour l'éternité.

Un sourire malicieux étire ses lèvres alors que ses yeux vont de ma bouche à mon cou. Je rate une inspiration au moment où son bras frôle ma joue pour verrouiller la porte derrière moi. Je rassemble mes esprits avant de faire une énième bêtise et le bouscule d'un coup d'épaule pour rejoindre la cabine. Je me jette dans le premier fauteuil en cuir que je trouve en soupirant et grimace quand il dépose deux verres de whisky sur la table avant de s'asseoir en face de moi. L'odeur du liquide ambré chatouille mes narines et je repousse mollement le verre loin de moi. Une pile dans le coin de mon champ de vision attire soudainement mon attention.

Des jeux de société.

Je bondis sur mes pieds pour attraper un vieux *Monopoly*, me retournant tout sourire, la boîte à la main. Il me faut une distraction pour ne pas finir sur ses genoux avant la fin du vol.

— Non, rétorque Nathanaël en secouant la tête.

— Alleeeeeeeeeez, supplié-je avec une moue qui se veut à peu près mignonne.

Il renâcle avant de lever les yeux au ciel. Je sais que j'ai gagné au moment où il passe une main ennuyée sur son menton et qu'il recule dans son siège. J'installe le plateau et la partie commence malgré son manque total d'implication. Je me doute qu'il a sa propre définition de jouer au *Monopoly*, qui consiste à me déshabiller sans passer par la case prison. Mais pour l'instant, ce stratagème a l'air de fonctionner pour le tenir à distance. Sauf qu'une heure plus tard, le calme laisse place à la tempête.

— Tu me prends pour un abruti, Théa ? grogne Nathanaël en tapant du poing sur la table, faisant voler nos pions sur le plateau. La rue de la Paix, sérieusement ?

— Bah quoi ? Je peux l'acheter donc je ne vais pas m'en priver ! rétorqué-je en désignant la liasse de faux billets.

— Ne joue pas à l'idiote avec moi, tu es bien plus intelligente que ça ! De toutes les rues, tu vas juste choisir celle-là, continue-t-il en croisant ses bras sur sa poitrine.

— Tu ne fais vraiment aucun effort ! soufflé-je en tentant de remettre les petites maisons à leur place.

— Aucun effort ? crache-t-il en roulant des yeux. Qui est-ce qui joue depuis une heure avec toi parce que *TU* ne sais pas t'occuper toute seule ? se fâche-t-il en me dévisageant. On n'est pas dans un épisode de la mafia des bisounours, je ne suis pas là pour faire du baby-sitting, je te rappelle !

Je me pince l'arête du nez pour ne pas lui envoyer le plateau à la tête. Je n'ai pas quatre ans, et c'est la seule solution que j'ai trouvée pour l'empêcher de me sauter dessus. Bien qu'à y réfléchir, il risque de le faire, et pour autre chose maintenant. Pour le reste, je n'ai pas besoin de piqûre de rappel, je ne pourrai jamais oublier qu'il est le Fantôme, un meurtrier, qui me trancherait la jugulaire juste avec ses dents.

— On n'en serait pas là si *TU* n'avais pas perdu *MON* livre…, le défié-je en plantant mon index entre ses deux pectoraux.

— Rue de la Paix, donc ? C'est bien ce que je disais, encore une belle connerie, déclare-t-il en refusant de reprendre la partie.

Pourquoi faut-il qu'il saisisse chaque occasion pour m'embêter ? Et que je tombe *à chaque fois* dans le panneau ?

Peut-être parce que tu lui tends le bâton à chaque fois, glousse la petite voix dans ma tête.

Je rage intérieurement contre ma conscience et Nate. Cet homme va me rendre folle. Je retiens du bout des lèvres les mots injurieux qui dansent sur ma langue quand mon téléphone vibre. Je reporte mon attention sur l'écran et le nom qui s'affiche.

MESSAGES

Lukas, la super star des ordis, le meilleur cuisinier de la baraque 😎 (Et le plus beau des 3).

Je pouffe dans ma main en voyant ce qu'il a noté dans mon répertoire. Ce crétin est un génie. Mon doigt glisse pour lire son message et lui répondre.

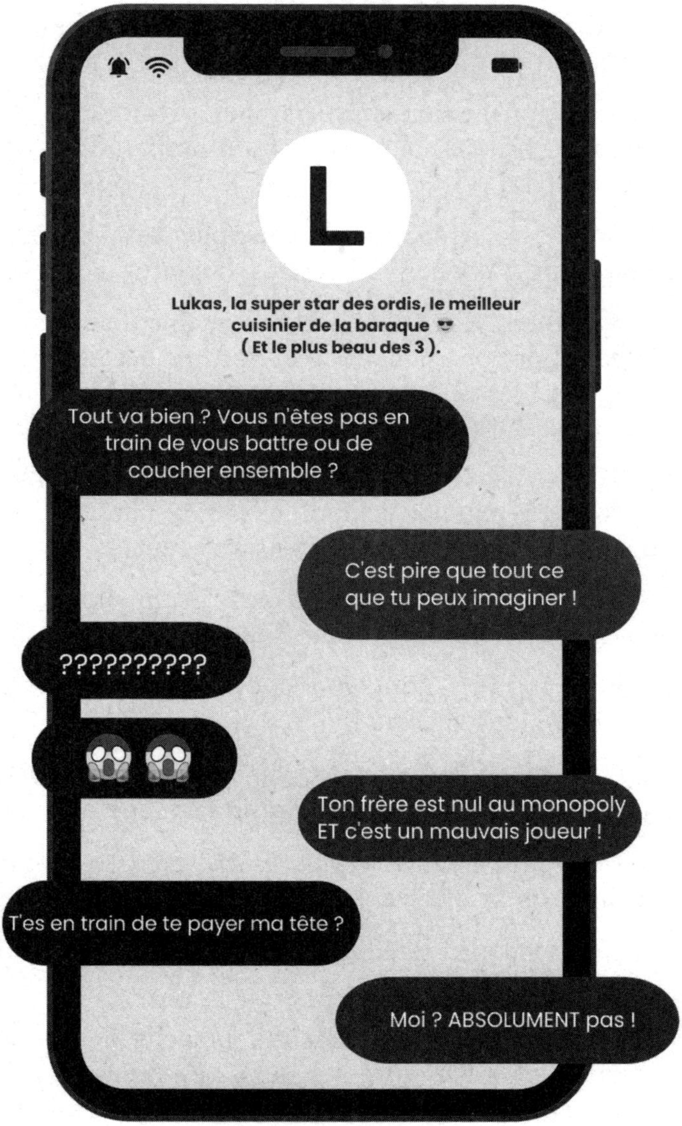

Pour appuyer mes dires, je capture la bouille de Nate en train de bouder et l'envoie à son petit frère avant de ranger mon téléphone dans mon blouson en jean.

— Tu peux m'expliquer ce que tu fous ? marmonne l'intéressé.

— Tobias a missionné Lukas pour savoir si on arrive à se tenir ou si nous sommes en train de faire l'amour ou de nous étriper !

— Ah bah ça serait quand même plus passionnant que de jouer à ton *Monopoly* à la con..., soupire-t-il, blasé.

— Attention, Grimaldi ! On a déjà fait une entorse à son interdiction, on va clairement s'attirer des ennuis à ce rythme-là, lui rappelé-je en agitant mon doigt de gauche à droite sous son nez.

— Tu n'as pas l'air si embêtée que ça pour une fille qui m'a fait un strip-tease de l'enfer hier soir, se moque-t-il alors qu'un sourire narquois se dessine sur ses lèvres.

— J'avais bu, ça ne compte pas, m'empourpré-je en m'enfonçant honteusement dans mon siège.

— Et quand tu as joui en criant mon prénom, ça aussi c'était à cause du whisky ?

— Ça n'est arrivé qu'une fois, ne t'amuse pas à prendre la confiance ! m'emporté-je en virant au rouge écarlate.

— Deux fois, pour être plus précis, me corrige-t-il en se penchant en avant, les coudes au-dessus de la table.

— C'est tellement rare que t'as besoin de tenir le compte de tes prouesses ?

— Je n'ai aucun doute sur ma capacité à faire jouir une femme, siffle-t-il entre ses dents. Par contre, aucune d'elles n'a jamais crié mon prénom puisque tu es la seule à le connaître, clarifie-t-il en inclinant sa tête sur le côté pour étudier mon visage.

Touché.

Nate est l'arrogance même. Doublé d'un putain de connard prétentieux !

Tout ce temps où nous avons joué à nos petits jeux de séduction, j'ai éludé le fait qu'il puisse avoir couché avec d'autres femmes. Pourtant, il est évident qu'il a eu une vie sexuelle bien remplie. Certainement plus que la mienne au vu de son expérience. J'aurais dû m'en foutre. Mais la vérité, c'est que *je suis jalouse*.

De toutes ces femmes qu'il a pu toucher ou désirer.

De toutes celles à qui il a donné une petite partie de lui.

— C'était vraiment utile de te cacher dans l'ombre toutes ces années si tu t'es envoyé toute la Californie, grommelé-je en évitant son regard.

— Elles n'ont jamais su qui j'étais, soupire-t-il avant de reprendre. Je ne remets jamais les pieds deux fois au même endroit, ne fréquente jamais deux fois une fille, je ne donne pas mon prénom ni mon nom. Je suis juste un inconnu qui leur offre un coup d'un soir avant de disparaître.

— Ravie de savoir qu'en plus d'être un *serial killer*, t'es aussi un *serial* baiseur, craché-je, piquée par le sous-entendu sur ses nombreuses conquêtes.

— Arrête de te retourner le cerveau, je n'ai jamais voulu plus qu'une seule nuit avec une femme, se justifie-t-il d'une voix rauque tout en se rapprochant de mon visage. Jusqu'à ce que je goûte à ton âme. Depuis, je suis insatiable.

— Garde tes déductions pour toi, je vais très bien, réfuté-je sèchement en claquant ma langue contre mon palais.

— Je vois bien que ça ne va pas, murmure-t-il en attrapant mon menton en coupe avec une étrange douceur.

— Alors arrête de me regarder ! aboyé-je, frustrée par le méli-mélo de sentiments à l'intérieur de ma tête.

Je devrais couper court à cette discussion, et pourtant, une part de moi est suspendue à ses lèvres. Attendant quelque chose qu'il ne dira jamais.

— J'ai toujours gardé un œil sur toi, ce n'est pas aujourd'hui que je vais arrêter, glisse-t-il en soutenant mon regard sans ciller une seule fois.

— Je croyais que tu n'avais pas de cœur, Fantôme ?

— J'ai dit qu'il ne battait plus, souffle-t-il en couvrant la table de son torse et en effleurant mes lèvres avec les siennes. Mais il se pourrait qu'après tout, il batte encore, chuchote-t-il en attrapant ma main pour la poser à plat contre sa poitrine.

Un millier de souvenirs explosent dans mon esprit à ce contact. Tous nos moments défilent à une vitesse folle dans ma tête. Je sens son âme se connecter à la mienne et ses démons caresser les miens avec tendresse. Nous nous fixons en silence, sans dire un seul mot. Parfois, les plus belles phrases ne sont pas prononcées à voix haute. Elles prennent vie sans paroles, et leurs messages sont bien plus grands que des longs discours. C'est le langage des sentiments, celui où les yeux ne mentent pas et où ils crient sans un bruit tout ce que l'on refuse d'avouer. Une première secousse nous ébranle, suivie d'une deuxième, et nous reculons, hagards.

Nous n'avons rien dit.

Et pourtant, nous en avons trop dit.

Une fois que cette vengeance sera derrière nous, nous devrons avoir cette discussion. Mais pour l'instant, la seule chose qui importe, c'est d'obtenir réparation pour tout ce que nous avons subi. Nous relâchons en même temps un long soupir quand le jet se pose sur le sol new-yorkais. Je balaie du regard les environs par le hublot, une voiture nous attend sur le tarmac afin de rejoindre l'ancien Q.G. de l'organisation. Avant que je puisse émettre le moindre son, le Fantôme quitte l'habitacle de l'avion pour prendre place au volant. Nous roulons en silence, et chaque muscle de mon corps est tendu. Mes doigts entourent mes genoux pour contenir ma nervosité.

En vain.

Ma tension musculaire est à son comble quand nous pénétrons dans la zone des vieux entrepôts. L'endroit est lugubre, laissé à l'abandon depuis des années. Je me demande comment le hangar tient encore debout entre les tôles de fer rouillées et le toit partiellement détruit. Nate le dépasse pour se garer plus loin sur l'ancien quai portuaire. Une crampe me tord le ventre et mon souffle se coince dans ma gorge lorsqu'il coupe le moteur. Il n'y a plus rien d'humain dans ses yeux au moment où il se tourne vers moi avec une lenteur à faire froid dans le dos. Son instinct de prédateur a pris le dessus, et je peux lire dans son regard qu'il s'apprête à faire couler le sang. J'expire bruyamment lorsque son téléphone vibre dans sa poche. Un sourire malsain illumine les traits de son visage et il me montre le message de Tobias.

Le premier Changretta est tombé.

Simple, efficace et clair.

C'est le moment d'inviter Barthélémy à son propre enterrement.

Mes doigts tremblent lorsque je compose le numéro de mon parrain sous les iris incandescents de Nathanaël.

— Théa, c'est toi ? répond-il, le souffle court, dès la première sonnerie.

— Tu t'attendais à quelqu'un d'autre ? articulé-je froidement.

J'entends sa respiration erratique à l'autre bout du fil. Pour la première fois, je peux sentir la fébrilité dans sa voix. L'offensive des Grimaldi doit l'avoir pris de court et je viens d'enfoncer le clou en surgissant de nulle part.

— Je ne peux pas te parler maintenant, mais je vais venir te chercher quand j'en aurai fini…

— Oublie tout ce que tu comptais faire, l'organisation attendra, le coupé-je avec un calme insoupçonné. Toi et moi avons un rendez-vous à Red Hook[18], je n'ai pas besoin de te rappeler l'adresse de l'entrepôt, ordonné-je sèchement avant de raccrocher.

Je n'ai pas estimé nécessaire d'en dire plus. Je sais qu'il viendra. Mon appel signifie que je suis au courant de tout. Maintenant, il va tenter le tout pour le tout et essayer de me manipuler pour me récupérer dans son camp.

Sauf que c'est terminé.

Avant que la nuit ne tombe, j'aurai repris l'empire de mes parents de ses doigts véreux. Un bras puissant me retient alors que je m'apprête à sortir du SUV. Je glisse un regard en coin et Nate me tend un couteau. Celui qu'il a affûté plus tôt dans le bureau de son frère.

— Merci, dis-je avant de le glisser dans une de mes bottines.

— Si tu veux me remercier, utilise-le, susurre-t-il en me faisant un clin d'œil, avant de sortir à son tour.

Je hoche la tête.

Je l'utiliserai.

Plutôt deux fois qu'une.

Cette lame transpercera le cœur de Barthélémy avant qu'il ait le temps de l'apercevoir.

---

18. Ancien quartier portuaire de Brooklyn.

CHAPITRE VINGT-HUIT

Théa

Brooklyn, New York

Nathanaël est le premier à franchir le seuil de l'entrepôt. Je reste figée sur place pendant de longues secondes, incapable de faire un pas en avant. Un vent soulève les mèches de cheveux qui flottent autour de mon visage. Je frissonne sous cette étrange caresse, comme venue d'un autre monde. L'endroit est chargé d'une énergie sombre et lugubre. Je peux encore sentir *la mort* rôder et hérisser mes poils.

Elle n'a jamais quitté les lieux.

Je fixe une dernière fois le ciel gris au-dessus de ma tête. La lumière froide de New York m'agresse et contraste avec la noirceur des anciens docks désaffectés. J'inspire une grande bouffée d'air frais jusqu'à ce que mes poumons n'en puissent plus.

Je suis prête à plonger en enfer.

Sans regarder une seule fois en arrière, je franchis la porte en baissant la tête. Une fois à l'intérieur, je plisse les yeux pour m'habituer à l'obscurité. Une faible lueur provenant du toit éclaire partiellement le bâtiment. Les grincements stridents des épaisses tôles en métal m'arrachent une grimace. Tout ici est lugubre et… *funeste*.

Je cligne plusieurs fois des yeux lorsque je remarque les taches qui s'étendent par vagues sur le béton. Je m'accroupis lentement au sol. Mes doigts dessinent les contours d'une silhouette et des épines se logent dans ma gorge. Je dois serrer les dents pour refouler les larmes que provoquent ces échardes imaginaires. Ce ne sont pas des taches, ni de la rouille, mais du sang séché. L'odeur métallique me pique les narines et ma vue se trouble face à cet amer constat. Il y en a partout. En une telle quantité que je suis incapable de dire combien de personnes sont tombées ici-bas.

Un vrai *bain de sang*.

Une marée écarlate gît à mes pieds, que même le temps et les intempéries n'ont pas réussi à effacer. J'expire longuement pour chasser la sensation macabre qui vient de m'envahir. C'est le dernier lieu qu'ont foulé mes parents. Trahis par les leurs. Par leur ami.

Par *mon parrain*.

Ou peut-être par mon père biologique ?

Ma mâchoire claque à cette pensée en me relevant. Je dois comprendre pourquoi il m'a épargnée cette nuit-là. Pour quelles raisons, absurdes ou logiques, il a fait de moi sa fille adoptive. Et derrière quels secrets mon existence tout entière repose. Une ombre se glisse devant moi et je plonge dans ses yeux qui me scrutent avec intensité.

— J'assurerai tes arrières, me rassure-t-il en réduisant la distance qui nous sépare.

— Je sais, murmuré-je en hochant la tête.

Sa main enlace ma nuque, et son pouce relève mon menton pour qu'il puisse sonder dans mon âme tous les mots que je ne prononce pas.

— Peu importe ce qu'il te racontera, ne le laisse pas t'atteindre, m'avertit-il avec fermeté. Ne le laisse pas te faire croire qu'il a fait tout ça pour te protéger !

— Ça n'a jamais été lui mon protecteur…, soufflé-je, laissant planer mes mots dans le silence de l'entrepôt.

Les traits de son visage sont impassibles, mais une lueur brille dans ses yeux bleus. J'ai appris à la déceler à son contact. À lire dans son regard les choses qu'il s'interdit de prononcer à voix haute. Le Fantôme a toujours été là pour moi. Je l'ai compris trop tardivement.

Dix-sept ans à le traquer, à redouter le moment où il se présenterait à moi.

Cent quarante-neuf mille heures à craindre qu'il ne vienne me tuer.

Six mille deux cent neuf jours à me tromper.

Peu importe les occasions qui se sont présentées à lui de m'éliminer, il a fait le choix de veiller sur moi. Pas seulement pour cette histoire de pacte avec Tobias, mais parce qu'il le voulait. Si j'ai bien compris une chose à ses côtés, c'est qu'on n'impose rien à Nathanaël Grimaldi. Il est le seul maître de ses actes.

Et il m'a choisie.

Si nous avions été dans un conte de fées, j'aurais prononcé les mots que disent tous les héros quand leur survie est incertaine. Mais nous sommes malgré nous des méchants. Des membres d'organisations criminelles qui feront couler le sang. La mort n'est qu'une étape de plus. Si l'un de nous tombe aujourd'hui, je sais que nous nous retrouverons en enfer. Alors je clos mes lèvres au moment où il pose son index dessus, m'intimant de me taire. Du coin de l'œil, je suis son regard lorsqu'il désigne la porte par laquelle nous sommes entrés. Je hoche la tête en silence, notre ennemi est arrivé. En un battement de cils, il se confond avec l'obscurité, se dissimulant dans la pénombre. Je pivote sur moi-même pour faire face à notre invité. Je n'ai pas besoin de savoir où est passé Nate. Je n'arriverais pas à le trouver de toute façon. Tout ce qui m'importe, c'est qu'il soit ici, et je lui fais confiance pour *me* sortir de là.

Nous sortir de là.

Je ne partirai pas sans lui.

Barthélémy entre sans s'annoncer, la tête haute et l'air hautain. Un rictus de dégoût se peint sur mes lèvres alors que je l'observe, infaillible, fier et arrogant. Comme si tout l'empire qu'il a dérobé n'est pas en train de lui échapper à cet instant. Son éternel costume trois-pièces gris est impeccable, comme toujours. À l'exception d'un détail, sa cravate est légèrement dénouée. C'est subtil, presque imperceptible pour quelqu'un qui ne le connaît pas aussi bien que moi. Pourtant, cela trahit un signe de nervosité. Je le toise de haut en bas, sans bouger d'un millimètre. Je ne lui ferai pas le plaisir de venir à sa rencontre.

— Tu es venu, constaté-je froidement.

— Tu as appelé, persifle-t-il en tendant ses bras devant moi, paumes de main vers le ciel, gage qu'il n'est pas armé.

Un rire jaune m'arrache la gorge. Je renverse la tête en arrière tandis que mes éclats de rire résonnent dans l'entrepôt vide. Même ici, il ose se comporter comme un saint. Alors qu'il n'est qu'un putain de traître. Tout ce qui sort de sa bouche n'est que mensonge et tout son être dégouline de trahison. Sa fichue présence ici est la confirmation de sa culpabilité. C'est bien lui le responsable de tout ce merdier. Ce n'est peut-être pas le cerveau de l'opération, mais ses mains sont tachées du sang des nôtres. L'acier de ses yeux me transperce alors qu'il me détaille en inclinant la tête sur le côté. Il peut toujours tenter de trouver une faille pour s'engouffrer dedans, la seule chose qu'il découvrira sera le trou qui le mènera à sa propre tombe.

— Tout va bien, Théa ? demande-t-il en réduisant l'espace qui nous sépare, les mains dans les poches.

— C'est l'éclate totale, je nage en plein bonheur, ça ne se voit pas ? raillé-je en le mitraillant de mes yeux.

— Toujours dans la provocation et l'insolence, constate-t-il avec son air supérieur. Ton petit séjour en Californie ne doit pas te faire oublier que tu me dois le respect, gronde-t-il en se grandissant pour m'imposer son autorité.

— Si tu me poses une question stupide, ne t'attends pas à ce que ma réponse soit intelligente ! ironisé-je en rompant mon immobilité pour tracer des cercles autour de lui.

Il peut se montrer aussi menaçant qu'il le souhaite. Ça ne marche plus avec moi.

Je n'ai plus peur de lui.

L'image paternelle et respectable qu'il a construite pendant des années s'est effondrée comme un château de cartes. Il me dégoûte tellement que je désire y foutre le feu et regarder tout l'édifice se consumer.

— Pourquoi m'as-tu fait venir ici ? s'impatiente-t-il en jetant plusieurs coups d'œil à sa montre.

— Ce n'est pas à toi de poser les questions, d'ailleurs je te conseille de choisir tes prochains mots avec beaucoup d'attention, l'avertis-je en haussant les sourcils. Tu devrais également arrêter de consulter l'heure, tu seras en retard pour sauver ce qui ne t'appartient plus et en avance au Jugement dernier, martelé-je en insistant sur cette phrase.

La colère l'envahit dans la seconde. Un sourire en coin se dessine sur mes lèvres lorsque sa respiration s'accélère et que ses narines se dilatent comme un cheval fou. Je peux voir sa poitrine monter et descendre à un rythme anormal. Mes pas décrivent des cercles plus courts autour de lui, anticipant le moindre de ses mouvements.

— Tu n'es qu'une petite ingrate ! crache-t-il en postillonnant de fureur.

— Pourquoi as-tu tué mes parents ? le questionné-je avec froideur, ignorant volontairement sa remarque.

— Arrête tes conneries, Théa, c'est faux et tu le sais au fond de toi, se défend Barthélémy avec maladresse tout en perdant son calme.

— Ce que je sais, c'est que tu es un menteur et un lâche, sifflé-je entre mes dents en marquant l'arrêt dans son dos. Mais j'ai hâte d'entendre les raisons pour lesquelles tu les as trahis, continué-je en lui donnant une tape sèche sur l'épaule pour le forcer à se retourner. C'était pour le goût de l'argent ? Non, le pouvoir, peut-être… ? Ou bien juste parce que tu aimes être la petite salope d'un fumier ?

Un ange passe et un voile trouble son regard métallique. Je peux lire la surprise au fond de ses pupilles dilatées quand j'évoque son patron, le laissant sans voix.

— Le pire dans tout ça, c'est que tu n'es que le sale clebs de ton maître. Parce que oui, ça aussi, je suis au courant, dis-je en reculant d'un pas pour ne pas vomir mon dégoût sur ses chaussures italiennes en cuir.

— Je t'ai élevée comme ma propre fille, Théa. J'ai honoré la promesse que j'ai faite à ta mère de te protéger et tu appelles ça une « trahison » ? déverse-t-il comme du venin pour essayer d'empoisonner mon esprit.

— Comme ta propre fille ou TA fille ? aboyé-je, les dents serrées.

— Qu'est-ce que ça changerait ? J'ai toujours fait en sorte de me comporter comme un vrai père pour toi, c'est la seule chose que tu dois retenir !

Le muscle de ma mâchoire tressaille et ma gorge se serre au point de rendre l'air inexistant dans mes poumons. C'est un demi-aveu, même lui ne le sait pas vraiment. Je peux le lire au fond de ses yeux. Ma mère a bien eu une liaison avec ce connard. Il a trahi mon père à deux reprises.

La première fois *en baisant sa femme*.

Et la seconde, *en les tuant tous les deux*.

— Tu es peut-être un géniteur, mais tu ne seras jamais un père, lancé-je avec mépris en avançant d'un pas.

— Si tu le pensais vraiment, tu m'aurais déjà tué, me nargue-t-il en haussant les épaules.

— J'ai appris qu'il y a pire que la mort, le menacé-je en riant.

— Comment as-tu pu te transformer en une créature monstrueuse en si peu de temps ? se lamente-t-il en espérant jouer sur ma corde sensible. Tu n'as plus rien de la douce et adorable petite fille que j'ai vue grandir.

— Arrête, tu vas me faire pleurer ! me moqué-je en sortant mon pistolet de sous ma veste, le laissant pendre le long de ma cuisse. Tu veux un scoop ? Les monstres ne naissent pas comme ça, ils sont créés de toutes pièces. Et tu es un artisan de génie dans ce domaine !

Ses yeux vont de mon arme à mon visage dans des allers-retours incessants. Une goutte de sueur perle sur son front et je devine à l'odeur de transpiration qui émane de lui que la situation lui échappe.

— Que t'*ont*-ils fait pour que ton cœur saigne autant ? s'inquiète-t-il, la voix tremblante.

— Les Grimaldi n'*ont* rien fait, affirmé-je en levant ma main libre en l'air avant de pointer mon index dans sa direction. Pendant tout ce temps, *c'est toi* qui plantais le couteau dans mon dos !

Barthélémy chancelle, l'air horrifié. Dans un geste désespéré, il tend ses paumes devant lui pour me tenir à distance.

Il n'est pas en position de dégainer son revolver avant que je tire.

Tout est une question de stratégie.

Cela a toujours été le cas.

Il n'en a rien à foutre de ma clémence ni de mon pardon.

C'est simplement un moyen pour lui de gagner du temps. Mes yeux se plissent et je peux voir dans les siens son esprit cogiter à toute vitesse pour se sortir de là. Avec une pointe d'amusement, je lève mon beretta vers son front.

— Tu ne connais pas toute la vérité, ils t'ont manipulée, bafouille-t-il, cherchant à retarder l'inévitable, tentant de piquer ma curiosité pour que je le laisse s'enfuir.

— Pourtant, ce n'est pas eux qui portent la marque de cette trahison sur leur peau, vipère, proféré-je en le menaçant avec mon pistolet pour qu'il pose un genou à terre.

Son visage blanchit au point de devenir transparent. La veine violette qui pulse sur sa tempe est la seule preuve du sang qu'il reste dans son corps quand il s'agenouille devant moi.

— Tout ce que j'ai fait, Théa, c'était pour toi et pour ta mère… Je ne vous ai jamais trahies, m'implore-t-il alors que je presse le canon contre sa chemise, à l'endroit exact de son tatouage.

Mes yeux roulent dans leurs orbites. Cet enfoiré a tellement côtoyé de serpents à sonnette qu'il pense que je peux avaler des couleuvres. Avec lenteur, je pose un genou après l'autre au sol devant lui, fixant sans ciller ses iris voilés par la peur.

— Tu crois que tu n'as déjà pas assez torturé mon esprit ? murmuré-je, la voix enrouée par la colère. Tu n'imagines pas à quel point l'enfer s'est emparé de mon âme par ta faute. À l'intérieur de moi, il y a des démons qui dansent et me chuchotent de te faire souffrir, soufflé-je, la bouche sèche.

— Théa, je t'en prie, tu as besoin de moi pour survivre dans cet univers impitoyable, ne te trompe pas d'ennemi, soupire-t-il en essayant de me manipuler une nouvelle fois.

Je saisis sa main pour la mettre sur le manche de mon arme. Mes doigts pressent les siens contre le cran de sûreté tout en retournant le canon contre mon front. Ses yeux s'écarquillent, et il lutte pour retirer le calibre de mon visage. Ma prise se fait plus forte et je maintiens le revolver en place. Nos deux respirations s'emballent comme une horde de chevaux sauvages et une troisième se coupe pendant une fraction de seconde.

Celle du Fantôme.

Son regard soucieux fixe ma nuque et parcourt ma peau à chacun de mes mouvements. Je plonge doucement dans une sombre folie sans qu'aucun d'eux puisse me ramener à la raison.

— Je n'ai pas peur de mourir, provoqué-je Barthélémy en souriant.

— Baisse cette putain d'arme, THÉA ! me conjure-t-il, ses traits du visage déformés par l'inquiétude. Je peux tout expliquer mais tu dois arrêter ça !

— Je suis suspendue à tes lèvres, chuchoté-je en poussant mon front contre l'acier du canon.

Des larmes chaudes et salées dévalent le long de mes joues. Je veux qu'il parle, qu'il me donne une raison pour avoir piétiné mon monde avec ses chaussures sur-mesure à la con.

— Dis-moi, commencé-je en inclinant la tête sur le côté pour mieux le voir. Pourquoi as-tu rayé le nom des

Luciano de la surface de la Terre ? Pourquoi tous ces mensonges ?

— Pas maintenant, je ne peux pas, mais je te dirai tout quand je le pourrai, me promet-il dans une vaine tentative pour me faire capituler.

— Encore et toujours des paroles en l'air, tu ne sais donc faire que ça ? Tout ce bain de sang pour qu'un être aussi décevant que toi salisse notre honneur..., craché-je entre mes dents.

— Ce n'est pas à moi de te dire la vérité..., continue Barthélémy en me dévisageant avec une étrange sincérité dans la voix.

Mon autre main empoigne discrètement le couteau que m'a donné Nathanaël. Je suis usée de ces non-dits. De ces mots qui n'ont aucun sens. De ces explications qui n'en sont pas. Il refuse de parler. *Et je n'ai plus la force de faire semblant d'écouter*. Une barrière s'effondre en moi et le goût de la rage se distille dans ma bouche.

— Tu es encore plus lâche que ce que je pensais, me désolé-je en secouant la tête. Arrête avec tes phrases qui n'ont aucune valeur ! Je voulais sincèrement te laisser une chance de partir la tête haute mais ça n'a plus aucun sens maintenant... Ton fils m'a déjà tout révélé avant que je lui arrache la langue, terminé-je en laissant échapper un petit rire sournois.

— Espèce de salope ! hurle-t-il en pressant ses doigts sur la gâchette.

Mais il est trop tard.

Pour qu'il se sauve en tout cas.

Avant qu'il réagisse, ma main enfonce la lame du couteau dans son cœur et un torrent bouillonnant souille mon avant-bras. Je clos mes paupières au moment où un cliquetis suivi d'une détonation retentit dans tout le bâtiment.

Je laisse s'échapper l'air coincé dans ma gorge quand du sang gicle sur mon visage. Je cille à plusieurs reprises lorsque j'aperçois la tête partiellement explosée de mon parrain en face de moi. Le Fantôme a appuyé sur la détente avant qu'il ne puisse refermer complètement ses doigts sur la gâchette. Dans une parfaite chorégraphie, nous avons enlevé la vie de Barthélémy. Exécutant le ballet de la mort sans aucun faux pas. Je lâche le manche du couteau et son cadavre s'effondre sur le sol devant moi, inondant le béton d'un flot pourpre. Mes oreilles bourdonnent et je suis prise de vertiges sous le bruit de la déflagration. Une sonnerie agresse mes sens et je tâtonne à l'aveugle, encore étourdie pour en trouver l'origine. Mes doigts glissent sur le corps sans vie à mes pieds et je fouille ses poches pour mettre la main sur ce maudit téléphone. J'ai échoué à lui soutirer des informations sur la deuxième vipère, mon instinct me crie que c'est mon unique chance de me rattraper. Les mains tremblantes, je décroche en fixant le numéro inconnu sur l'écran.

— C'est bon, tu l'as récupérée ? demande une voix froide et tranchante à l'autre bout de l'appareil.

Mon cœur tombe en chute libre et se fracasse au sol en un millier d'éclats acérés. Je renverse la tête en arrière pour aspirer un peu d'air mais ma cage thoracique se comprime si fort que je dois serrer les dents pour ne pas vomir. L'entrepôt tournoie et je n'arrive plus à discerner ce qui m'entoure.

Tout est flou.

Seules des nuances de gris, de rouille et de rouge ponctuent ma vision.

— Maman ? hoqueté-je en fermant les yeux, implorant le ciel de me tromper.

Un silence presque assourdissant s'établit entre cette femme et moi. Mes entrailles se tordent quand elle rompt enfin son mutisme.

— Théa ! jure-t-elle en crachant mon prénom avec violence. Passe-moi Barthélémy !

— Il est mort, sifflé-je alors que mes veines se gonflent de colère sous ma peau.

Un nouveau silence.

Je n'ai plus aucun doute et la fureur s'abat sur moi comme un ouragan.

Elle devrait être morte. Mais apparemment, les serpents sont comme les lézards dans notre organisation. Tant que la tête n'est pas coupée, ils finissent par ressurgir, même de l'au-delà.

— Tu n'as vraiment aucune idée de ce que tu viens de provoquer ! rugit ma mère en colère. Une guerre va éclater, alors je te conseille de choisir ton camp, fais-le vite et bien, m'avertit-elle sans la moindre émotion.

Son venin m'explose à la figure. Mes épaules tressaillent comme si je venais de recevoir un coup de poignard dans le dos. La haine se propage dans tout mon être et je suis secouée de tremblements. Je ravale les larmes qui me brûlent les yeux, refusant de pleurer une nouvelle fois pour elle. J'ai inondé sa tombe avec mes sanglots, imploré dans chacune de mes prières qu'elle ait trouvé le repos éternel alors que depuis tout ce temps, cette traîtresse était en vie.

Ma mère est vivante.

Cette nouvelle me gifle au point que je perds l'équilibre. Je me mords les lèvres violemment pour retenir l'hystérie qui déferle en moi. Un liquide chaud coule sur mon menton et j'essuie ma peau ensanglantée d'un revers de la main. Dix-sept ans sans se parler et la première chose qu'elle trouve à faire, c'est me menacer.

Pas d'excuses.

Aucun remords.

Zéro explication.

Seulement sa voix cinglante et vide d'émotions. Barthélémy n'a pas menti sur un point, il a sûrement fait tout ça pour elle. Je redresse mes épaules et un voile sombre passe sur mon visage lorsque je rouvre les yeux.

— Ne t'en fais pas, maman, raillé-je en insistant sur le dernier mot. Je n'ai jamais eu besoin de toi pour me défendre dans le passé et encore moins aujourd'hui.

— Arrête tes enfantillages, tout ça te dépasse, râle-t-elle avec une pointe d'ennui non dissimulé dans la voix.

— Alors heureusement pour nous deux que je ne suis plus une enfant ! Tu parles d'un combat, eh bien prépare-toi à affronter une guerrière, car tu en as forgé une, dis-je avec un calme si intense que son souffle se coupe. Je te promets que je te retrouverai, peu importe où tu te caches, peu importe le sang qu'il faudra que je fasse couler, mais je te ferai payer ta trahison, juré-je avant de raccrocher.

Mes doigts libèrent le téléphone qui tombe dans la mare de sang autour de la dépouille de Barthélémy. Les éclaboussures strient mes vêtements et ma peau comme des peintures de guerre. Quelque chose se casse si fort à l'intérieur de moi que j'ai l'impression que mes os se fissurent sous l'impact. La douleur qui me consume est si vive que je dois lutter pour ne pas me tordre sous le mal qui déchire mes entrailles. Puis soudain, tout disparaît et le noir m'engloutit.

Mon humanité s'éteint, me plongeant dans le déni.

Je me replie derrière ce mécanisme de survie que déploie mon esprit pour me protéger. Je refoule mes sentiments si loin que je ne sais pas si je serai capable de retrouver le chemin qui mène à eux. Mais à cet instant, tout est calme, et je m'enveloppe dans ce sursaut de sérénité. Des bruits de pas attirent mon attention et je relève le menton pour croiser la silhouette du Fantôme. Son regard me fixe avec intensité tandis qu'il se tient entre l'obscurité et la lumière. Je suis trop perturbée pour parler alors je lui offre la seule chose que je peux lui donner en échange de sa présence à mes côtés. Mes murs mentaux s'affaissent et je lui accorde l'accès à mon âme sans barrière ni retenue.

Je lui donne tout.

Mes sourires, mes pleurs.

Mes doutes, mes convictions.

Mes forces et mes faiblesses.

Je me mets à nu sans aucun fard. Ses démons se mêlent aux miens et je laisse ses ténèbres me sonder sans m'y opposer.

Dans le chaos de mon existence, je n'ai besoin que de lui.

Et c'est la seule certitude à laquelle je m'accroche de toutes mes forces.

CHAPITRE VINGT-NEUF

Nate

Brooklyn, New York

Je retiens ma respiration en avançant, un pas après l'autre, dans la pénombre. Ma petite corneille est là, devant moi. Agenouillée sur le sol, à mi-chemin entre les ténèbres et le néant, son sublime visage éclaboussé par le sang de Barthélémy. Ses yeux émeraude ne me quittent pas une seule seconde alors que je m'approche d'elle comme d'un animal sauvage. Mon souffle n'est qu'un murmure, je le retiens pour ne pas l'effrayer au fur et à mesure que je réduis la distance qui nous sépare. J'ai pressé la détente à l'instinct. Je n'avais même pas vu qu'elle avait poignardé son parrain. Mes yeux étudient avec minutie son joli petit minois, chacun de ses contours. Un soupir de soulagement force la barrière de mes lèvres et rompt le silence qui règne entre nous lorsque je la découvre intacte.

Physiquement parlant.

Moralement, elle est détruite.

Je peux voir les débris de son cœur sur le béton froid de l'entrepôt. Je tressaille en observant le vide dans ses pupilles. Je lance mes démons à la recherche des siens et les trouve sans aucune résistance. Elle m'a ouvert la porte, celle qu'elle a toujours gardée fermée à double tour, ou tout juste entrebâillée, me laissant souvent sur le seuil. Il n'y a plus aucune barrière, plus aucune opposition. Malgré son absence, tout son être s'enchevêtre à mon âme et je la serre mentalement contre moi. Je voudrais le faire avec mes propres bras, mais j'ai trop peur de la briser. Je sens qu'elle s'accroche au peu d'humanité qu'il me reste, et en échange de ce qu'elle me donne, je lui offre ce qu'elle me réclame inconsciemment.

Tout ce que j'ai.

Scottie n'a jamais eu besoin de mots pour parler à mon cœur. Et elle vient de m'offrir son plus beau discours. Celui qui m'ébranle de l'intérieur. Je pose un premier genou à terre sans rompre notre contact visuel. Je tire sur ce lien qui subsiste entre nous pour l'ancrer dans ce monde. La balle que j'ai tirée sur ce fumier de Changretta ne l'a pas blessée.

Mais sa mère, si.

Je n'ai raté aucune miette de leur échange. La confusion règne dans mon esprit alors que je tente de remettre de l'ordre dans tout ce qu'il vient de se produire. C'est un véritable sac de nœuds. Comprenant des fils que je n'aurais jamais soupçonnés faire partie de la pelote de laine.

Rachel Luciano est en vie.

Elle a berné tout le monde, y compris sa propre fille. Je ne sais pas ce qui est le plus terrible. Apprendre la mort d'un de ses parents, ou découvrir qu'il est en vie et que c'est un traître. Une colère sourde et lancinante s'empare de moi face à la douleur qu'elle vient d'infliger à Scottie. En temps normal, j'aurais tout détruit jusqu'au dernier bout de métal de cet entrepôt. Mais à cet instant, la seule chose qui m'importe est de prendre soin d'elle. La fureur que j'éprouve laisse place à un besoin viscéral d'apaiser son chagrin. Mon deuxième genou rejoint le premier et j'attrape avec douceur son visage entre mes deux mains. Mes pouces caressent ses joues pour effacer les traces de larmes qui ont maculé ses pommettes.

— Respire, Scottie, murmuré-je à voix basse en appuyant mon front contre le sien.

Je ferme les yeux et mon index glisse au creux de son cou, là où pulse fiévreusement son pouls. Je me cale sur les mouvements de sa poitrine pour qu'elle trouve un rythme plus lent. Une de mes mains quitte sa joue pour chercher à tâtons ses doigts tremblants.

— Regarde-moi, l'imploré-je en traçant de petits cercles sur la peau fine de son poignet. Je te promets qu'elle le paiera. Mais avant ça, je te ramène à la maison.

— Chez *nous* ? demande-t-elle d'une minuscule voix en relevant le menton.

— Oui, confirmé-je, étourdi par mes propres mots. *On rentre chez nous*, répété-je cette fois-ci pour moi-même.

Ses doigts attrapent si fort ma main que je hausse les sourcils. Je n'aurais jamais soupçonné l'importance de ce que je viens de dire, mais je découvre que ça a le pouvoir de l'apaiser. Un sourire se dessine sur mes lèvres et je la tire doucement pour la hisser sur ses deux pieds. Sa poitrine bute contre mon torse avec l'élan et je l'enlace en passant un bras autour de ses hanches. Mon nez plonge dans ses cheveux, et je hume son parfum jusqu'à m'en enivrer. Ses lèvres se logent dans mon cou et je dois contracter mes abdominaux pour ne pas frémir quand elle effleure ma peau en parlant.

Plutôt mourir que l'éloigner de moi.

— Tu… tu es sûr ? bafouille-t-elle avec maladresse, dansant d'un pied sur l'autre. Je sais que tu me détestes… Tu veux vraiment t'imposer ma présence ?

— Je te déteste mais pas pour les raisons que tu penses, glissé-je à son oreille en cherchant les bons mots. Je te hais de tout mon être parce que j'ai déjà tout perdu, et maintenant j'ai de nouveau quelque chose à perdre. Putain, ouais, je ne peux pas te perdre. *Pas toi*, grogné-je en fourrant mes mains dans ses cheveux pour la rapprocher plus près de moi.

La vérité me frappe comme un coup de poing. Le genre qui vous coupe la respiration et vous fait tomber à genoux. Je suis prêt à tout pour la garder à mes côtés. Ce petit bout de femme a insufflé une bouffée d'humanité dans mes poumons et je respire à nouveau. Les battements de mon cœur sont faibles, mon pouls est lent, mais elle a remis de la vie où tout n'a été qu'une longue et affreuse agonie. Elle est devenue une partie de moi.

L'ombre du Fantôme.

— Je n'irai nulle part sans toi, pas après tout ça, susurre-t-elle en éloignant son visage pour planter ses yeux dans les miens. Peu importe à quel point tu me rends folle, je veux rester près de toi.

— Oh Scottie, crois-moi, je peux être créatif... Je pourrais inventer des millions de choses pour te rendre dingue, taquiné-je en frôlant son front avec mon nez avant d'y déposer un baiser.

Les mots sont parfois insuffisants et inutiles quand le regard peut tout dire. Je n'ai jamais été doué pour les grands discours.

Mais ça, ce silence partagé, ça veut tout dire.

Il y a des degrés d'intimité qui ne sont atteignables qu'avec un seul être. J'ai beau avoir vu des centaines de femmes nues, honorer leur corps pendant des heures, rien n'est équivalent à ce que je ressens en sa présence. Son âme s'entremêle à la mienne, fusionnant en une seule et même flamme.

Et je la laisserai me consumer tout entier.

Nous sommes restés là pendant de longues secondes, sans réellement nous toucher, savourant ce shoot de sensations. Étonnamment, elle a été la première à briser cet instant.

— Nous devrions partir, tu ne crois pas ?

— Prête à renvoyer ce monstre dans les flammes de l'enfer ? demandé-je en sortant un briquet de ma poche.

— Laisse-moi une seconde avant de foutre le feu à ce maudit hangar, marmonne-t-elle en s'agenouillant à nouveau à côté du cadavre encore chaud à nos pieds.

Mes yeux s'écarquillent devant ce spectacle. J'aurais pu la décrire avec des milliers d'adjectifs mais un seul revient sans cesse dans ma tête.

Surprenante.

Ses doigts arrachent un bout de tissu de la chemise de Barthélémy et l'évidence me saute aux yeux. Un prélèvement de sang et d'ADN. Elle n'a pas eu de réponse tout à l'heure et ça serait bête qu'une partie parte en fumée avec lui. Ma douce corneille grimace lorsqu'elle récupère le téléphone dans la mare écarlate avant de me le donner. Je ris franchement quand elle me tend le tout avec une mine de dégoût. *Qu'est-ce que je disais ?* Oui, un surprenant petit bout de femme.

— Quoi ? hoquette-t-elle, la bouche en O, en découvrant que je me moque d'elle.

— Tu plantes un couteau dans un cœur sans sourciller mais mettre tes doigts dans une flaque de sang te dégoûte, c'est... *étonnant*, dis-je en les rangeant dans la poche de mon pantalon.

— Parce que toi tu aimes te rouler dedans peut-être ?

— Je ne suis pas un chat, je ne me roule pas dans des trucs, éclaté-je de rire en me tenant les côtes, ne pouvant retenir les tremblements de mon torse.

— Mouais, bah pourtant tu as bien joué avec moi comme avec une souris, boude-t-elle.

— Dit celle qui m'a attrapé par la queue, pouffé-je en esquivant de peu le coup de poing qu'elle m'envoie dans l'épaule.

C'est un cache-misère, je sais qu'elle est dans le déni, mais si je peux lui offrir quelques heures de répit avant que tout s'effondre, je m'y engouffrerais sans hésitation. Je l'abandonne quelques secondes et je reviens avec un jerrican d'essence. Toujours avoir un bidon dans son coffre, c'est une règle que m'a apprise Tobias, et je dois dire que c'est enfin utile. J'asperge chaque centimètre carré de l'entrepôt puis lui tends le briquet. Elle n'a pas cillé avant de l'attraper et de laisser tomber l'objet déjà allumé, enflammant la totalité de l'endroit.

— Longue vie au traître, siffle-t-elle en observant la fumée monter vers le ciel.

Sa main se loge dans la mienne alors que nous assistons aux funérailles de notre ennemi. Sa tête glisse sur mon épaule et je la dévore du regard au moment où les flammes dansent dans ses yeux. Seulement quelques minutes plus tard, des sirènes de pompiers résonnent au loin. C'est le moment de lever le camp et de retourner à l'aéroport. Il ne faut qu'une petite demi-heure pour quitter les lieux et rejoindre la piste de décollage privée. Cependant, je ne peux pas l'y emmener sans lui offrir un dernier cadeau. Je bifurque parmi la circulation pour changer d'itinéraire et remonter une rue qui mène à la forteresse des Changretta. La route est barrée à quelques mètres et d'épais nuages de fumée s'échappent de la bâtisse. L'armée de combattants du feu à ses pieds ne suffira pas pour éteindre ce brasier géant.

— Vous l'avez vraiment fait ? s'étonne-t-elle, une main devant la bouche, face au spectacle qui se déroule derrière les vitres teintées.

— On t'avait promis de raser l'empire. C'est chose faite maintenant. Le nom des Changretta ne sera plus qu'un ramassis de poussière, lui confié-je en lui faisant un clin d'œil.

— Merci, murmure-t-elle en posant sa main sur ma cuisse.

Mon téléphone vibre sur le tableau de bord au moment où je m'apprête à glisser mes doigts dans les siens. Je réponds en mettant le haut-parleur dans la voiture, il n'y a plus rien qu'elle ne doive pas savoir et je ne veux surtout plus rien lui cacher. Tobias est réglé comme du papier à musique et j'ai quelques minutes de retard sur mon rapport.

— Soit tu t'es perdu, soit tu es mort, dans les deux cas j'ai besoin d'une explication, me sermonne-t-il, faussement inquiet.

— Joli travail, Tob, tes hommes ont bien bossé, salué-je avec respect avant de reprendre : Mais pas aussi bons que nous évidemment.

Un long et guttural éclat de rire résonne dans l'habitacle. Un demi-rictus se loge sur mes lèvres quand il relâche enfin la pression. Cela fait un bien fou de l'entendre se détendre, alors qu'il n'a été qu'une boule de nerfs ces dernières semaines. Je nie avec mauvaise foi toute implication au sujet de son état nerveux, cela va de soi !

— Bart…, commence-t-il pour prendre la température.

— Aussi mort que ma mère est en vie, le coupe Théa sans préliminaire.

Je cligne des yeux à plusieurs reprises avant de la dévisager, incrédule. Elle vient de lâcher la bombe sans ménagement. Avec autant de facilité que si elle venait de dire qu'il pleut ou qu'il y a des embouteillages sur la route. Aucune trace d'émotion ne transparaît dans sa voix et mes entrailles se tordent d'inquiétude. Mes mains se crispent si fort sur le volant que mes jointures blanchissent. Elle ne détourne pas son regard des volutes de fumée qui se dégagent dans le ciel, et je grince des dents. Son attitude est trop détachée pour que cela soit naturel.

Elle est sous le choc.

Et la chute sera violente.

Nous devons être vigilants pour ne pas qu'elle explose en plein vol. Un raclement de gorge coupe court à mes préoccupations. Théa, elle, ne réagit pas.

— Je suppose que vous allez m'expliquer ça en rentrant ? demande Tobias, tout aussi inquiet que moi.

— Oui, bien sûr, affirmé-je pour contourner le sujet.

— Encore une chose…

— On sait, pas de baise endiablée dans ton jet et pas de tache de sang sur la moquette, le coupé-je à mon tour sans ménagement.

— *Mazzo di idioti*[19], maugrée-t-il avant de raccrocher, agacé.

Le trajet se poursuit dans le calme et sa main reste sur ma cuisse tout le long. Je n'ose pas la toucher de peur de troubler son apparente sérénité. Elle ne la retire qu'une fois que nous sommes garés et que je m'apprête à enfiler ma cagoule. Dans un mouvement fluide, elle me dévisage et un sourire malicieux fleurit sur ses lèvres. J'arque mes sourcils jusqu'à la racine de mes cheveux, incapable de bouger.

— Le dernier dans l'avion est un chat mouillé, glisse-t-elle avant de sortir de la voiture en courant.

---

19. « Bande d'idiots ».

— On dit poule mouillée chez moi, mais ce n'est pas grave ! hurlé-je en la regardant taper son meilleur sprint.

Elle a définitivement choisi de reléguer ses émotions négatives très loin.

Je sais pourquoi. Enfin je comprends. Je l'ai vécu, il y a dix-sept ans. Lorsque je me suis réveillé au sein de la ligue, un peu moins amoché et tenant à peu près debout. J'ai ri à m'en donner envie de vomir. Je me suis bagarré comme si j'étais un enfant insouciant. J'ai même participé à des jeux idiots avec des assassins. Puis un matin, le sol s'est fissuré et je suis retourné dans l'enfer où on avait brûlé mes ailes. J'ai vécu ça deux fois.

La première m'a détruit physiquement.

La seconde a bousillé *mon humanité*.

L'éteindre apaise la douleur un temps, mais lorsqu'elle revient, elle emporte tout sur son passage. Elle ne fait pas que plier l'âme, elle la fracasse jusqu'à ce que les morceaux ne puissent plus être réassemblés. Une part de moi est terrifiée à l'idée qu'elle sombre dans les ténèbres. L'autre est soulagée. Car pour la première fois depuis notre rencontre, elle ne me fuit plus, elle court dans ma direction. Je serai donc là quand ça arrivera. En attendant, je ne la lâcherai pas une seconde. Je bondis hors de la voiture pour la rejoindre, mes bras agrippent sa taille avant de la jeter sur mon épaule.

— Qu'est-ce que je t'ai déjà dit sur le fait de ne pas fuir un prédateur, petite souris ? me moqué-je en la déposant sur le petit canapé dans le coin salon.

— Et après tu dis que tu n'es pas un chat, rit-elle en haussant les épaules.

— Au cas où tu ne l'aurais pas remarqué, c'est un loup que j'ai tatoué sur la poitrine, pas une panthère, bougonné-je en cherchant un chiffon et une bouteille d'eau pour qu'elle se nettoie.

Tobias me tuera si elle tache ses précieux fauteuils en cuir. Une fois à peu près présentable, je la rejoins dans le canapé, l'accueillant au creux de mes bras. Quelques minutes après le décollage, la fatigue l'emporte et sa tête bascule sur mon épaule avant de finir sa course sur mes genoux. Ma main se perd dans ses cheveux et je m'égare dans mes pensées. J'ai parfaitement entendu la voix de sa mère au téléphone. Elle a réveillé en moi chaque cicatrice sous mes tatouages. Ma mâchoire claque à ce souvenir. Il s'agit de la même qui a ordonné que l'on me torture. Je me suis toujours juré que je lui rendrais au centuple ce qu'elle m'a forcé à endurer. Mais c'est la mère de Théa. Et quand la haine se dissipera, elle sera peut-être moins conciliante à l'idée de lui ôter la vie. Cependant, je dois aller au bout de ma vengeance, c'est pour ça que je suis revenu de l'enfer.

La seule issue pour Rachel Luciano est *la mort*.

Que cela vienne de la main de sa fille *ou de la mienne*.

Je me prépare mentalement à ce qu'elle me déteste pour ça, mais je ne reviendrai pas sur ma décision. Peu importe le prix à payer, je ne trahirai pas la promesse faite au petit garçon qui vit en moi.

San Diego, Californie

Malgré l'atterrissage un peu brusque, ma petite corneille dort paisiblement. Je glisse mes bras sous son corps pour la soulever et la ramener à la maison. Lukas nous attend sur le tarmac, en sautant d'un pied sur l'autre. Je la dépose à l'arrière du SUV en veillant à ne pas la tirer de son sommeil.

— C'est moi ou j'ai déjà l'impression d'avoir vécu cette scène ? plaisante-t-il alors qu'il me donne une brève accolade fraternelle.

— Sauf que là c'est sa décision, raillé-je en montant à l'avant du véhicule. Elle a choisi de revenir chez nous, enfin, chez elle.

Le visage de mon petit frère s'illumine en prenant place au volant et quelque chose de nouveau pétille au fond de ses yeux.

— Alors on rentre *tous* à la maison ? me questionne-t-il en haussant un sourcil. Et il démarre pour rejoindre la route en longeant la côte.

— Ouep, faut croire, dis-je sincèrement pour la première fois depuis très longtemps en tapotant le tableau de bord.

Mon regard se perd dans le paysage, au fur et à mesure que la route défile devant nous. *Théa Scott Luciano* a déferlé dans ma vie comme les vagues de l'océan. Elle m'a enseveli et j'ai plongé dans ce raz de marée sans aucune envie de revenir à la surface. Je m'apprête à affronter le plus grand défi que la vie ait décidé de mettre sur mon chemin. Celui d'apprendre à aimer pour elle. Je redoute le moment où je la blesserai et qu'elle décidera à nouveau de me fuir.

Définitivement cette fois-ci.

Un voile sombre tombe sur mon regard et je dois prendre sur moi pour chasser la tristesse qui m'envahit à cette pensée pourtant prophétique. Lorsque ce jour arrivera, je perdrai à tout jamais le contrôle de mon esprit et le peu d'humanité qu'il me reste. Les règles du jeu ne sont plus les mêmes à présent. Je mettrais le feu au monde si on tentait de me l'enlever. Que ça soit par la main d'un autre ou par les affres du destin. J'expire profondément au moment où le véhicule franchit le portail du domaine. Nous sommes enfin de retour à la maison. Et cette évidence ne m'a jamais autant apaisé. Au moment où Lukas coupe le contact, je lui tends le bout de tissu encore humide du sang de Barthélémy et son téléphone.

— J'ai besoin que tu récupères tout ce que tu peux trouver dedans, à commencer par toutes les informations qui pourraient nous aider à remonter la piste de sa mère, ordonné-je avec insistance.

— Et pour ton torchon ensanglanté, je suis censé faire quoi ? me demande-t-il en attrapant le téléphone à pleine main avant de prendre du bout des doigts le tissu.

— Sérieusement, Lukas ?

— C'est dégueulasse ! s'offusque-t-il en agitant le morceau de chemise sous mon nez.

— T'es irrécupérable, grommelé-je en serrant les dents pour ne pas rire devant son air dégoûté. Elle a besoin de savoir si c'est son père. Tu peux passer au-dessus de ta nouvelle phobie du sang ou je demande de l'aide à quelqu'un d'autre ? le provoqué-je en lui donnant un petit coup dans les côtes.

— Laisse-moi deux heures, c'est comme si c'était fait, lâche-t-il avant de sortir de son 4×4 en trombe.

— *Grazie, fratellino*[20], murmuré-je en récupérant Scottie toujours endormie pour la ramener dans sa chambre.

Je la dépose avec douceur dans les draps. Sa poitrine s'élève et s'abaisse à un rythme si paisible qu'il serait criminel de la réveiller. Du bout des lèvres, j'effleure son front en lui offrant un court baiser alors qu'elle psalmodie mon prénom d'une voix à peine audible. Ma main abandonne la sienne et je quitte la pièce pour ne pas troubler son repos. Dans un silence de plomb, je retrouve Tobias dans son bureau. Après un bref résumé de la situation, je le vois se refermer sur lui-même. J'ai beau retourner le problème dans ma tête, une fois énoncé à voix haute, ça a l'air encore plus merdique que c'est censé l'être. Lukas fait irruption deux heures plus tard et ses yeux sombres m'inquiètent.

20. « Merci, petit frère. »

— As-tu trouvé quelque chose d'exploitable ? l'interrogé-je, soucieux, alors qu'il se sert un whisky.

— Si même *toi* tu as besoin d'un verre, il va aussi m'en falloir un et tu peux doubler la dose, lance Scottie par l'entrebâillement de la porte.

Elle se tient fière et impériale malgré ses cheveux en bataille. Je suis chacun de ses mouvements, et elle se laisse tomber dans un fauteuil autour de la table, me gratifiant d'un sourire crispé.

— Tournée générale ? nous propose Lukas en déposant quatre verres sur la table.

— À tout ce que nous ignorons encore, à nos morts et à *ceux qui reviennent de l'au-delà*, trinque Scottie avec un rire amer.

CHAPITRE TRENTE

Théa

San Diego, Californie

DOMAINE DES GRIMALDI

— J’ai une bonne et une mauvaise nouvelle, tu veux commencer par laquelle ? me propose Lukas en se redressant sur sa chaise avant d’avaler cul sec son verre.

Une grimace tord le coin de ma bouche face à ce choix. J’ai beau tenir mes émotions en cage, je peux sentir le fauve hystérique en moi. Il griffe avec frénésie les lambeaux de mon âme et plante ses crocs dans ma chair avec ferveur. Même mes démons préfèrent rester tapis dans l’ombre plutôt que d’affronter le chagrin qui bouillonne en moi.

— Je n’ai jamais aimé les histoires qui finissent bien, donc…, cinglé-je en essayant de contenir les tremblements de mes doigts cachés sous mes genoux.

— Barthélémy n’est pas ton père, me coupe Lukas en reposant son verre sur la table devant lui.

Mes lèvres s’entrouvrent pour expirer un bref soupir de soulagement. Un poids semblable à celui d’une enclume comprime ma poitrine, et je n'ose plus bouger. Je n'ai jamais aimé les fins heureuses mais je pourrais m'arrêter là. Cette révélation brise en moi un espoir que j'ai essayé de faire grandir depuis que nous avons mis le feu à l'entrepôt. J'ai souhaité si fort que tout ça ne soit qu'un cauchemar lorsque mes paupières se sont closes dans cet avion que je me suis persuadée que je m'étais trompée. Mais si le fait que Barthélémy ne soit pas mon père est la bonne nouvelle, alors cela veut dire que la mauvaise ne peut être que l'affreuse vérité qui m'a lacéré le cœur quelques heures plutôt.

— Ma mère est donc en vie, soupiré-je à demi-mot, implorant du regard le hackeur en face de moi de me contredire.

Sa voix, ses mots et le bruit de sa respiration tournent en boucle dans mon esprit depuis mon réveil.

Mes dents se serrent pour refouler l'amertume qui se distille sur ma langue. J'ai pleuré un cercueil vide et déposé des centaines de roses blanches sur une tombe sans corps. Elle m'a laissée seule, sans jamais me donner signe de vie. Un nombre incalculable de questions se bousculent dans ma tête et je sens une rage intense courir dans mes veines. Elle m'a abandonnée comme un vieux paquet qu'on jette aux encombrants sans se retourner.

— Je suis navré, Théa, ta mère est bien en vie et c'est aussi la seconde vipère, s'excuse-t-il en se levant pour me tendre le téléphone de Barthélémy.

— Me voilà chanceuse, je n'ai donc l'ADN que d'une seule traîtresse, craché-je, écœurée, en baissant les yeux.

Des palpitations rapides agitent ma poitrine et je dois me concentrer pour ne pas laisser tomber le téléphone qui glisse entre mes doigts. Ma respiration se bloque dans ma gorge et j'étouffe un grognement presque animal en découvrant les yeux verts qui me fixent à travers l'écran. Une douleur semblable à des milliers d'éclats de verre se plante dans ma colonne vertébrale et je courbe le dos pour encaisser le choc. Il n'y a aucun mot pour décrire la sensation qui dévore mes entrailles. La main de Lukas se loge entre mes deux omoplates et je me redresse contre sa paume pour sentir sa chaleur.

— La photo est datée d'il y a six mois, il n'y a aucun doute sur le fait qu'elle soit vivante, confirme-t-il en enfonçant le clou malgré lui.

Mon index et mon pouce glissent sur l'écran pour zoomer. Ses contours sont flous, mais je reconnais le regard de celle que j'ai tant admirée par le passé. Sa beauté froide et royale ne l'a pas quittée. Mes os se glacent lorsque je balaie le portrait intime de ma mère, en lingerie. C'est une image capturée à la dérobée, presque volée. Une vipère tatouée à l'encre noire sous son sein gauche me nargue, prête à me cracher son venin à la figure. Je plisse les yeux pour étudier les traits de son visage, le temps n'a pas eu d'effet sur elle. Elle est fidèle aux souvenirs qui hantent mes nuits. Seuls ses longs cheveux ébène ont laissé place à un carré court. Je bats des cils à plusieurs reprises pour chasser les larmes brûlantes qui crépitent sous mes paupières. Elle ne mérite pas ma souffrance. Je lui ai déjà tout donné, il y a dix-sept ans. Je ne gâcherai plus un seul sanglot pour elle.

— Tu as pu la localiser ? questionné-je Lukas en serrant mes doigts sur mes genoux.

— Non, c'est la seule chose que j'ai pu récupérer à son sujet dans ce téléphone. Pas de numéro, pas de messages, juste des appels en inconnu qui ne peuvent pas être tracés…

Je mords l'intérieur de ma joue pour ne pas exploser. Un goût métallique se répand dans ma bouche et j'expire en secouant la tête.

— Peu importe où elle se cache, on finira par mettre la main sur elle, gronde Nathanaël tout en plongeant son regard empli de promesses sombres dans le mien. Je la traquerai jusqu'à ce qu'elle agonise entre mes doigts…

— Si quelqu'un doit lui rompre le cou, ça sera moi, articulé-je en l'avertissant de ne pas me pousser dans mes retranchements.

— Tu n'es pas la seule à avoir des comptes à régler avec elle ! bondit Nate en soulevant son t-shirt avant de pointer une cicatrice rosée entre deux tatouages. J'ai maudit pendant toutes ces années la voix qui a ordonné de me faire endurer tous ces supplices et je ne la laisserai pas quitter ce monde sans vivre ce que j'ai vécu.

Ma bouche s'assèche en observant le relief sur sa peau. Je peux encore sentir sa rugosité sous la pulpe de mes doigts. Je me souviens de la douleur dans ses yeux bleus lorsque je l'ai effleuré. Si ma mère est bien coupable d'avoir détruit l'âme du Fantôme, je prendrai la sienne en compensation.

— J'ai besoin d'explications, je dois comprendre, murmuré-je en me levant à mon tour. Après, nous déciderons de comment lui faire expier sa trahison.

— C'est une vengeance que je veux, pas une rédemption, siffle-t-il, le muscle de sa mâchoire tendu.

— Cette histoire n'a jamais été à propos du pardon, Nathanaël…

Mon cœur loupe un battement lorsqu'il recule pour me toiser. J'abaisse à nouveau mes barrières mentales pour le laisser lire en moi. Mes ténèbres caressent les siennes en lui promettant en silence que nous nous battrons ensemble, côte à côte et non l'un contre l'autre. La réponse qu'il trouve en moi l'apaise et il détend ses poings pour poser ses paumes à plat sur ses cuisses.

— Alors nous avons un accord ? demande-t-il en emprisonnant mon regard dans le sien tandis qu'il me surplombe de toute sa hauteur.

— Oui, et avec un peu de chance, cette photo pourrait bien nous être utile pour faire sortir ce vilain serpent à sonnette de sa tanière.

Il se penche vers moi et un frisson me parcourt l'échine quand il me recouvre de son imposante carrure pour jeter un coup d'œil au téléphone. Je dézoome et lui indique un détail à l'écran.

— Regarde, il s'agit forcément d'un hôtel, la disposition de la pièce n'a rien à voir avec un appartement ou une maison, commencé-je avant de désigner un reflet dans la baie vitrée derrière elle. Je suis prête à parier que les immeubles qui se reflètent dedans nous apprendront ce qu'il faut pour remonter une piste.

— *Je te déteste* aussi parce que tu as plus souvent raison que ce que je voudrais l'admettre, avoue-t-il à voix basse pour nous deux, en prenant mon menton en coupe.

Je me mords la lèvre inférieure à ces mots, savourant la saveur qu'ils ont dans sa bouche.

Je te déteste.

Trois mots. Quatre syllabes.

Et une signification qui nous appartient.

Tobias toussote et nous pivotons pour le découvrir les sourcils froncés. Une ride creuse son front alors qu'il nous observe à l'autre bout de la pièce.

— Je suis navré d'interrompre vos messes basses, mais maintenant que vous avez un accord sur comment vous allez vous y prendre pour retrouver Rachel, nous avons un autre sujet à aborder, nous sermonne-t-il avec son flegme habituel.

— Tu n'es pas désolé pour un sou, rétorque le Fantôme avec une lueur d'amusement.

— Je suis courtois, mais ma politesse a ses limites, Nathanaël.

— Me voilà rassuré, j'ai cru que tu te ramollissais, mon vieux, ironise l'intéressé en lui adressant un clin d'œil.

— Théa, tu veux bien te décaler, j'ai une furieuse envie d'exploser mon verre contre son crâne et je ne voudrais pas te blesser !

Je ne compte plus le nombre de fois où ces deux-là ont fait rouler mes yeux sous mes paupières. Ils sont éreintants, et pourtant je ne me lasserai jamais de leurs échanges. Une tête se glisse entre nous et l'aîné de la famille, en mimant un temps mort.

— Vous pourrez vous taper dessus plus tard, intervient Lukas en levant ses mains en l'air. Mais avant, nous avons *VRAIMENT* un problème !

— Plus grave que des morts qui reviennent à la vie ? lui demandé-je en haussant les sourcils jusqu'à la racine des cheveux.

— Ton inconnu, par exemple !

— Ah oui, en effet, grimacé-je au souvenir des odeurs de cigare et de gin dans mes narines.

— J'ai toutes les raisons de croire qu'il dirige un cartel à La Nouvelle-Orléans !

Mon cœur dégringole en chute libre et je me cramponne à la table devant moi pour ne pas tanguer. Faire face à la mafia est une chose dangereuse, mais nous connaissons le fonctionnement de nos organisations. Les cartels, eux, sont violents et imprévisibles. Seuls des mercenaires sans foi ni loi s'enrôlent dans ces groupes. Et les hommes à leur tête n'ont qu'une promesse mortelle à offrir à leurs ennemis.

— Personne ne l'a jamais vu, il est aussi invisible que Nate, surenchérit Lukas en secouant la tête, dépité par ses recherches. La seule chose que j'ai pu découvrir à son sujet, c'est qu'on le surnomme l'*Amphisbène*. Comme le serpent à deux têtes dans la mythologie romaine…

— Ils sortent tous de Serpentard ou quoi ? râle Nathanaël en passant une main agacée sur sa nuque avant de faire les cent pas à travers la pièce. Je commence à en avoir marre de ces vipères à la con !

— Tu as connaissance de l'existence d'un autre fantôme ? le questionne Tobias en observant ses allées et venues.

— Non, lâche-t-il en se stoppant net. Le principe de ne pas avoir d'ombre, c'est justement de pouvoir être invisible. Nous pourrions être nombreux à nous cacher dans les ténèbres sans le savoir.

— Quel serait le lien avec nous ? hoqueté-je, abasourdie par leurs révélations.

— Avec nous ? Aucun ! tempête Tobias en se raidissant sur sa chaise. Mais il y en a forcément un avec toi, puisqu'il te veut à ses côtés…

J'ouvre la bouche et la referme aussitôt, muette. Aucun son ne sort et j'avale de travers ma salive en apercevant la fureur qui émane de Nate à cette idée.

— Plutôt crever que le laisser l'approcher à nouveau, grogne-t-il en faisant craquer ses jointures.

— Je n'ai jamais dit le contraire, mais il y a un lien entre lui, Rachel et Théa…, se défend Tobias en faisant tournoyer son verre vide du bout des doigts.

Je m'approche à pas feutrés du Fantôme et passe une main sur son bras pour essayer de désamorcer la grenade qui menace de nous exploser au visage à tout moment. Je ne peux pas gérer mon chaos et le sien, pas pour l'instant. Mais une chose est sûre, l'aîné des Grimaldi n'a pas tort. *Dans notre monde, tout marche par trois.*

La trinité. Les règnes.

Les dimensions.

Il y a donc forcément trois personnes impliquées dans ce merdier.

Ma mère, l'Amphisbène et moi.

J'ai la chair de poule face à cet amer constat. Nous sommes un tout, et je dois découvrir ce qui se cache derrière ces complots, ces meurtres et ces tromperies.

— S'ils veulent la guerre, je vais la leur offrir sur un plateau d'argent, jure Tobias dans sa barbe. Personne ne touche à un cheveu de cette famille, et vous trois, vous allez me faire le plaisir de ne jamais tomber à genoux devant eux !

Une vague de chaleur déferle en moi à ces mots. Je n'ai jamais été autant chez moi qu'ici avec eux. Je suis exactement là où je suis censée être. La famille n'est pas qu'une histoire de naissance, non, c'est bien plus que ça. *La famiglia*, c'est ceux pour qui on choisit de saigner.

Et je donnerais jusqu'à la dernière goutte de mon sang pour eux. Comme je sais qu'ils le feraient sans hésiter pour moi.

— Ce n'est pas la guerre qu'ils vont obtenir, c'est une putain d'apocalypse, maugréé-je en serrant les poings.

— Tu parles d'une déesse ! Tu sors tout droit des enfers, Théa, et j'ai hâte que tu les brûles avec tes flammes, s'amuse Lukas en passant un bras autour de mes épaules.

— Prêt à jouer avec les ténèbres ? demandé-je en mêlant mes doigts à ceux de Nate.

— Oh que oui, ma petite corneille, et la partie ne fait que commencer, rit-il en serrant ma main dans la sienne. Je peux te garantir qu'ensemble, nous allons la gagner.

Un large sourire illumine son visage et je capture mentalement cette image dans ma tête. Il n'a jamais été aussi beau qu'à cet instant, avec cette ferveur dans le regard et cette âme de guerrier.

— Même si notre équipe est plutôt ce qui se fait de mieux, je pense que nous allons avoir besoin de la crème de la crème, suggéré-je en faisant un clin d'œil à Lukas.

— New York, donc ? s'enthousiasme-t-il en devinant ce qui me traverse l'esprit.

— Va pour Gotham, comme l'appellent encore les anciens du quartier de Little Italy[21] !

Tobias nous dévisage de haut en bas avant de pencher la tête sur le côté.

— L'un de vous trois m'explique ?

— Nous avons besoin de Kleofina pour sortir ma mère de son trou, et de Meghann pour nous armer face à un cartel, argumenté-je en me balançant d'un pied sur l'autre.

— Ça se tient, et comment allez-vous vous y prendre sans dévoiler l'identité de Nate ?

— Comme tes hommes ont fait du bon boulot, ma planque est toujours intacte, elles n'auront pas besoin de me voir, se défend l'intéressé en haussant les épaules.

— Et moi, j'y vais évidemment pour faire don de mes talents de hackeur, susurre Lukas avec un sourire énigmatique en direction de Nathanaël.

— Bah voyons, ça ne serait pas plutôt pour voir la fameuse botte secrète de Mademoiselle Jones, pouffe dans son poing le Fantôme en reculant.

Je hoquette face à leur arrogance et leur assène une tape à l'arrière de leurs crânes respectifs. Ces deux idiots auront ma peau avec leurs conneries et je ne suis pas près de convaincre Tobias avec leurs pitreries.

21. Ancien quartier de New York habité par les immigrés italiens.

— Je vous laisse trois jours pour vous remettre de vos émotions et préparer votre plan, mais c'est d'accord. Mais je vous préviens… si l'un d'entre vous se fait descendre, je me chargerai personnellement de le réanimer pour le tuer moi-même, nous avertit Tobias avec une lueur de défi au fond de ses pupilles.

J'en profite pour m'éclipser, laissant les trois frères se chamailler à nouveau, afin d'appeler mes deux amies. Je me fige sur le seuil pour les observer un instant, savourant leurs éclats de rire. *Les Grimaldi sont devenus ma famille*, et je ferai tout pour les protéger du destin funeste dans lequel nous avons été embarqués malgré nous. Après la peine, le déni et la colère, je veux accepter cette rage sourde qui gronde en moi et enfin l'affronter.

Sans m'en rendre compte, j'ai choisi le type de chaos pour lequel je saignerai.

Je le ferai *au nom de l'amour*.

CHAPITRE TRENTE ET UN

Théa

San Diego, Californie

DOMAINE DES GRIMALDI

Mon reflet me dévisage sur l'écran noir de mon téléphone. J'y décèle les traits que j'ai en commun avec ma mère. Mes dents effleurent ma lèvre inférieure lorsque le vert de mes yeux brille d'une lueur sauvage, presque animale. J'inspire profondément en regardant les vagues danser à travers la fenêtre de ma chambre.

C'est le moment.

Celui de révéler à mes amies *la part sombre* qui gronde dans mes veines.

Mon index glisse pour déverrouiller l'appareil et appeler Kleofina. Je ferme avec lenteur mes paupières en approchant le téléphone de mon oreille.

Une sonnerie.

Deux…

Puis vient la délivrance.

— Tu en as mis du temps ! cingle la voix espiègle de Kleo à l'autre bout du fil.

— Bonjour à toi aussi, répliqué-je en retrouvant le caractère bien trempé de l'avocate.

Un rictus amusé étire la commissure de mes lèvres au moment où j'entends un cri étouffé.

— Mets-la en haut-parleur, gémit Meghann au loin.

— Quel comité d'accueil, je n'en attendais pas autant !

— Tu m'as menti, marmonne la jolie blonde avec une moue que je devine boudeuse, même à des milliers de kilomètres.

— Elle *NOUS* a menti, corrige Kleofina avec sarcasme en claquant sa langue contre son palais.

Mes jambes s'affaissent et je me retrouve en tailleur à même le sol. C'est parti pour l'interrogatoire. J'aurais aimé leur présenter les choses à ma manière, mais de toute évidence, elles ont déjà préparé leurs remontrances et leurs questions.

— Par quoi on commence ? demandé-je en levant les yeux au ciel.

— Peut-être par nous révéler ta vraie identité, Mademoiselle Luciano, siffle l'avocate avant d'être interrompue par sa comparse.

— Ou par le fait que tu t'es fiancée à un Grimaldi en Californie, alors que tu étais censée te faire dorloter dans les Hamptons, coupe Meghann avec des trémolos aigus dans la voix.

— Mais on s'en fout de ça ! s'emporte la première.

— Non on ne s'en fiche pas, elle va se marier avec Tobias Grimaldi ! hurle la seconde, presque hystérique. Je vais éluder le fait que ce soit un mafieux et un redoutable négociateur… Mais bordel, Théa, on l'a appris dans la presse ! s'énerve Meg en faisant claquer un verre sur une table.

Ma mâchoire se décroche au fur et à mesure qu'elles se chamaillent. Les informations tourbillonnent à une vitesse folle dans ma tête et je dois me concentrer pour ne pas m'embrouiller. Ma véritable identité a été dévoilée et Kleofina a sûrement fait ses recherches. Elles connaissent donc la vérité. Mais bon sang, comment mes fiançailles ont-elles pu fuiter jusqu'à New York ? Un flash traverse mon esprit, et je me rappelle les photographes à la soirée. Tobias a fait en sorte que la rumeur coure, et il a rendu ça officiel pour chambouler Barthélémy. Je jure en silence en massant mes tempes douloureuses.

— Ce sont de *fausses* fiançailles, articulé-je du bout des lèvres en soupirant.

— Et tu vas nous faire avaler que ton nom de famille n'est pas Luciano ? me provoque Kleofina avec le ton froid qu'elle utilise uniquement lorsqu'elle est fâchée.

— Non, ça, c'est bien vrai. Je suis la fille de Renato et Rachel Luciano. En réalité, je m'appelle Théa Scott Luciano. Après le grand bain de sang, Barthélémy m'a recueillie en tant que parrain et puis il m'a adoptée.

— Donc, vous êtes tous impliqués dans le banditisme new-yorkais, conclut Meghann en appuyant sur chaque mot.

— Ils l'étaient tous, oui, débuté-je avant de m'interrompre pour choisir les bons mots. Mon père et Barthélémy sont morts, mais je suppose que ça, vous le savez déjà.

J'élude le sujet épineux de ma mère pour le moment. Un lourd silence s'interpose entre mes amies et moi. Je sais que Kleofina est déjà en partie au courant de nos activités criminelles, mais cela a dû être un choc pour la petite blonde de l'apprendre. Je sursaute quand un rire sonore et franc se répercute dans mes tympans.

— Eh bien, heureusement que l'empire des Changretta est parti en fumée au bon moment, sinon j'aurais encore pu attendre cent vingt ans pour que tu me l'avoues, me sermonne Meghann avec une pointe d'ironie.

— Tu le savais ? dis-je, les yeux écarquillés de surprise.

Heureusement que je suis assise à cet instant, si ça n'avait pas été le cas, je me serais retrouvée sur les fesses, au sens propre du terme.

— Vos armes à feu ne sont pas tombées du ciel entre vos mains, comme ça, un beau matin. Barthélémy était un des plus gros clients de mon père, je ne te dis pas la tête qu'il tire depuis qu'on a appris son décès…

Ma bouche s'ouvre et un hoquet m'échappe. Décidément, j'ai sous-estimé mes amies. Je frotte mon visage pour reprendre mes esprits.

— Moi qui pensais vous faire de grandes révélations ce soir, on peut dire que c'est raté, soufflé-je à demi-mot. Désolée de vous avoir caché ma vraie identité et de vous avoir tenues éloignées. Mais…

— Tu voulais *nous protéger*, murmure Kleofina, libérant un poids énorme de ma poitrine.

— De quoi et de qui ? s'inquiète Meg.

— Au départ des Grimaldi…

— Tu vas en épouser un donc… Soit tu es retenue contre ton gré et on va devoir venir te chercher, soit tu t'es plantée sur toute la ligne, chipote-t-elle avec une voix mutine, et j'esquisse un sourire à sa remarque.

— Je ne vais pas me marier avec Tobias, grondé-je. Ce sont bien des fausses fiançailles, qui avaient pour seul but d'ébranler Barthélémy. Les Grimaldi n'ont jamais été mes ennemis, même si j'ai longtemps cru au mensonge de mon parrain, j'ai finalement découvert que c'est lui qui a tué mon père.

Je passe sous silence l'existence du serpent à deux têtes. Nous aurons tout le temps d'en parler une fois que je serai sur place, à leurs côtés.

— Ça fait deux fois que tu omets ta mère dans l'histoire, Théa, remarque Kleofina, et je tressaille quand elle s'apprête à formuler ce que je peine à dire. Or, je suppose que si Barthélémy a tué ton père et ses hommes, sa femme n'a pas dû survivre non plus. Sauf si…

— Sauf si c'est elle qui est derrière tout ça, craché-je en refoulant le goût amer de la trahison sur ma langue.

Cette fois-ci, je savoure le silence que m'offrent mes deux amies. Je les laisse digérer mes mots, alors que je sens le venin de ma génitrice se diluer dans mon sang.

— Tu viens de parler au présent, ne me dis pas qu'elle est vivante ! s'exclame Meghann avec horreur.

— Elle l'est, *elle l'a toujours été*. À moins que ça soit la première personne à revenir d'entre les morts. Mais je peux vous jurer qu'elle n'a rien d'un fantôme, dis-je en essayant de chasser la photo de son tatouage gravée sous mes paupières.

— Tu l'as vue ? s'étonnent-elles à l'unisson.

J'aurais volontiers ri en imaginant leur tête, mais les souvenirs de cette découverte me hantent au plus profond de mon être.

— Non, elle se cache je ne sais où, sifflé-je, les dents serrées, en tapant du pied contre le mur. J'ai accidentellement intercepté un de ses appels sur le téléphone de Barthélémy. Et elle n'était pas ravie de me parler quand elle a compris que son amant était mort par ma faute.

Ma cage thoracique se compresse et je manque d'air. Je viens de sous-entendre que je suis liée au meurtre de mon parrain. Accepter que je fasse partie de la mafia est une chose, cautionner que je sois une criminelle en est une autre.

— On va la faire sortir de son trou, Théa. Tu peux compter sur nous pour t'aider, souffle Kleofina avec détermination.

— Merci, glissé-je, reconnaissante de leur réaction.

N'importe qui m'aurait jugée.

Mais pas *elles*.

Et j'ai besoin de leur soutien.

Encore plus aujourd'hui qu'hier.

Je renverse la tête en arrière et je respire profondément pour apaiser mes poumons douloureux.

— C'est quoi le plan ? réclame Meghann, soudainement très sérieuse.

— On vous rejoint à New York pour couper la tête à cette vipère, annoncé-je d'une voix calme.

— *On* ? Tu ramènes Tobias ici ?

Je me demande bien pourquoi elle n'arrête pas de parler de lui.

— Non, *lui*, il reste en Californie. Je viens avec Lukas, le plus jeune des Grimaldi, c'est un hackeur talentueux et je suis sûre qu'avec les méthodes de Kleo, on pourra vite retrouver ma mère. Et je ramène aussi Nathanaël, mais vous ne le verrez pas. Disons qu'il ne sort de l'ombre qu'à de rares occasions.

— *Nathanaël* ? susurre l'avocate avec amusement. Tu ne l'appelles plus le *Fantôme* ?

— On va dire qu'on a fait les présentations, balbutié-je en sentant une vive chaleur envahir mes joues.

— Vous couchez ensemble ou quoi ? me nargue-t-elle en détachant chaque mot pour que je les entende parfaitement de l'autre côté du téléphone.

— Putain, Jones, tu es sérieuse là ? répliqué-je comme une enfant prise sur le fait.

— Ah… Je vois, ce n'est pas qu'une histoire de fesses donc, minaude-t-elle, et je me retiens de raccrocher, piquée au vif.

— Fausses fiançailles, mon œil, croasse Meghann en rajoutant une couche supplémentaire à mon embarras. Tu ne te tapes peut-être pas l'aîné mais ça a l'air sérieux avec Casper !

Mes yeux roulent dans leurs orbites. Ces deux-là vont me rendre la vie impossible. Encore pire que les frères Grimaldi. Heureusement qu'ils ne seront jamais rassemblés dans la même pièce.

C'est ça, cingle ma conscience. *Continue de croire au Père Noël.*

Je serre ma mâchoire tellement fort qu'un petit cri de douleur m'échappe.

Si tout se ligue contre moi, je ne vais jamais m'en sortir.

— Vous êtes irrécupérables, ricané-je en essayant de dissimuler mon trouble derrière une pointe d'humour.

— Donc tu ne nies pas, insiste l'avocate.

— Vous aurez tout le temps de me cuisiner quand je serai là, dans trois jours plus précisément. En attendant, c'est tout, conclus-je en priant pour qu'elles arrêtent de creuser ce sujet.

— Allez, amuse-toi bien avec ton *Ghostbuster*, pouffe Meghann, et je mets ma main à couper qu'elle se tient déjà les côtes à la suite de sa vanne pourrie.

— Tu parles, son truc, c'est plus la poterie comme dans *Ghost*, persifle Kleofina, et je devine très bien de quelle scène torride elle parle.

Rien que le fait de nous imaginer rejouer ce moment entre Patrick Swayze et Demi Moore, en train de pétrir sensuellement de la terre cuite, j'explose de rire.

Bon sang, elles m'ont manqué.

Ainsi que leur humour de merde et leurs références cinématographiques à la noix. Tout m'a manqué. Et je garde précieusement en moi le sentiment chaleureux qui enfle dans ma poitrine à l'idée de les retrouver en chair et en os. Avant que ces drôles de dames ne reprennent de plus belle leurs remarques plus déplacées les unes que les autres, je raccroche, un sourire timide aux lèvres. Peut-être que ma vie s'est écroulée comme un château de sable et qu'une tempête s'apprête à éparpiller chaque grain aux quatre coins du monde. Je sais en mon for intérieur qu'avec leur aide et celle des Grimaldi, je me relèverai. Sûrement avec quelques bleus au corps et l'âme ensanglantée, mais j'y arriverai. Je me tiendrai debout à leurs côtés.

Et même si je dois tomber à genoux devant l'enfer, *il sera là*.

Oui, *Nathanaël sera là*, la main tendue dans les ténèbres, et je me promets en silence de ne jamais la lâcher.

CHAPITRE TRENTE-DEUX

Théa

San Diego, Californie

DOMAINE DES GRIMALDI

Trois *jours*.

Deux *nuits*.

Seulement *soixante-douze heures* pour me préparer à ce nouveau chapitre de ma vie. Celui qui s'inscrira à l'encre rouge, maculant de sang les pages de mon existence. Voilà ce qui m'attend, un destin de mort et de vengeance. Il ne me reste plus qu'à découvrir qui survivra à la fin. Et cette pensée me terrifie à tel point que je n'arrive pas à fermer l'œil de la nuit. Je fixe à travers mes paupières mi-closes le ciel étoilé au-dessus de l'horizon dans un silence absolu. La maison est déserte, aucun bruit ne trouble le calme de cet instant.

Sauf que mon esprit est agité.

Il tourne en rond comme un lion en cage.

Rugissant et s'impatientant.

Pressé de découvrir ce que demain lui réserve.

Je ne peux pas dormir. Pas maintenant, pas comme ça. J'enfile à la hâte un vieux sweat beige à capuche par-dessus mon short et quitte la villa. Mes pieds nus me guident vers l'océan, et je les laisse me conduire là où ils le désirent. Un frisson parcourt mon corps lorsque les grains humides s'enfoncent sous mes pas. L'air marin chatouille la peau fine de mes chevilles, glisse sur mes jambes, puis se faufile dans mes cheveux pour jouer avec des mèches rebelles. Je me laisse tomber dans le sable en fixant les mouvements réguliers de l'eau. Le bruit des vagues apaise mon cœur meurtri, panse ses blessures et berce ses sanglots. Je suis surprise qu'il veuille encore battre, alors qu'il a été dévasté tant de fois. La cruauté des uns et la déception des autres l'ont fatigué. Pourtant, son rythme s'accélère à chaque fois que je plonge dans l'océan des yeux de Nathanaël. Mes veines se gorgent de lave à l'évocation de son prénom, et la glace qui entoure mon âme fond à une vitesse vertigineuse. Un sourire étire mes lèvres lorsque des centaines d'étincelles picotent ma nuque. J'aperçois mon ombre se grandir sur le sable. Si elle le pouvait, je l'entendrais ronronner au contact du Fantôme. Nate s'assoit en silence, et après de longues secondes, j'incline ma tête sur le côté pour l'observer.

Lui non plus n'arrive pas à dormir.

Ses traits sont tirés et sa mâchoire est si contractée qu'elle pourrait se fracturer à tout moment. Une ombre camoufle son visage et j'écoute sa respiration. Elle est brève, presque inaudible. Ma main se loge au creux de sa poitrine pour sonder son âme. Les battements de son cœur trahissent son calme apparent. À l'intérieur de lui, une tempête fait rage. Je relève le menton et mes yeux s'agrandissent pour déchiffrer ce qu'il tente de cacher. Mes doigts s'aventurent sur sa joue, et une vague de chaleur m'envahit lorsqu'il se presse contre ma paume. Une lueur douce et tendre traverse ses pupilles au moment où elles rencontrent les miennes. Je pourrais passer des heures à le contempler. Je capture chaque détail, essayant de les graver dans ma mémoire la moindre image de lui. Un sourire illumine mon visage quand la brise joue dans ses cheveux. Je mordille ma lèvre inférieure pour réprimer l'envie de passer ma main dans ses mèches brunes. À la lumière de la lune, il me semble encore plus beau que d'habitude.

Nathanaël est peut-être le diable pour le commun des mortels.

Mais dans mon enfer, *il est le roi aux côtés desquels je veux régner*.

Lilith et Lucifer. Épris du même amour pour les ténèbres, faisant naître la lumière au milieu du chaos.

— Tu es peut-être un oiseau de nuit, mais même les corneilles ont besoin de dormir, chuchote-t-il et son souffle caresse mon visage avec une douceur presque irréelle.

— J'en suis incapable, à chaque fois que je ferme les yeux, mon esprit lutte pour me maintenir éveillée, soupiré-je en haussant les épaules.

— Tu as peur de faire des cauchemars ?

— Il y a un peu de ça et je n'arrête pas de penser à ce qui nous attend, lui confié-je à voix basse.

Sa main effleure une de mes pommettes avant de tracer de petits cercles avec son pouce sur ma joue.

— On affrontera ça ensemble, que ça soit pour le meilleur ou pour le pire, murmure-t-il en inclinant la tête en arrière pour contempler la voûte étoilée au-dessus de nous.

— Tu prends cette histoire de fiançailles bien trop au sérieux, pouffé-je en jouant avec l'anneau qu'il m'a passé au doigt.

Ses sourcils s'arquent et son front se plisse à cette remarque. Une profonde tristesse s'abat dans son regard et je dois lutter pour continuer à maintenir notre contact.

— Scottie… tu sais que je ne pourrai jamais t'offrir ça, pour de vrai.

D'un mouvement du menton, il désigne la bague à mon annulaire.

— Qu'est-ce que tu ne peux pas me donner que je ne te demande pas ? Tu crois que je ne sais pas que c'est faux ? En un sens, ça n'a pas de valeur.

— Pourtant, un jour, tu le voudras, et avec moi, il n'y aura pas d'église, pas de robe, pas de bouquet. Je ne prêterai pas serment devant un prêtre, en te jurant de t'aimer dans la vie comme dans la mort. Car je ne sais pas aimer. Et la seule chose que je prie, c'est la mort, gronde-t-il à voix basse en portant mes doigts à sa bouche.

— Je sais ce que je fais en m'engageant dans la pénombre à tes côtés. Désolée de te l'apprendre, mais ce n'est pas avec ça que tu vas me faire fuir, protesté-je. Et si ça peut te rassurer, avec moi, mariage ou pas, c'est forcément pour le pire, m'amusé-je en lui faisant un clin d'œil.

Sa bouche s'entrouvre et son rire cingle la quiétude de la nuit. Ce son bourdonne à mes oreilles, et éveille un volcan sous ma peau. J'aime l'écouter rire au point de détester les sentiments que fait naître cette mélodie.

Parce que je tombe inévitablement amoureuse de lui à chaque fois que je l'entends.

— Fais attention à toi, je pourrais *te prendre* au mot, grogne-t-il en approchant ses lèvres à quelques centimètres des miennes sans les toucher.

— Tu peux *tout prendre*, je te donne tout, ronronné-je en appuyant mon front contre le sien.

— Je te déteste…, scande-t-il en s'emparant fiévreusement de ma bouche.

— Je sais, Nate, grommelé-je entre deux baisers.

Ses mains attrapent mon menton en coupe, et ma respiration se bloque dans ma gorge quand il se fige pour me regarder. L'intensité de ses yeux me brûle, et des flammes ardentes ravagent chaque centimètre de ma peau.

— Non, justement tu ne sais pas, Scottie, soupire-t-il les lèvres tremblantes. Tu n'as aucune idée d'à quel point je te hais.

— Ce n'est pas avec ce genre de déclaration que je vais t'ouvrir mon cœur, bredouillé-je en recevant ses mots comme des poignards.

J'esquisse un mouvement de recul mais il me maintient fermement contre lui. Je scrute son visage à la recherche d'une explication, mais je n'y décèle que de l'appréhension. Sa respiration s'accélère et les battements dans sa poitrine brisent le silence entre nous. Mes doigts agrippent ses avant-bras et je sens son sang pulser dans ses veines comme un tambour de guerre. Il se penche vers moi et je vacille, en apnée, perdue entre deux mondes.

— Tu ne comprends pas, murmure-t-il si bas que je dois presque lire sur ses lèvres. *Je te déteste* car la nuit et ses étoiles me semblent fades comparées à celles qui brillent dans tes yeux. Je te hais parce que je pourrais te laisser déployer tes ailes et prendre ton envol loin de moi si ça faisait ton bonheur. J'en crèverais sur-le-champ, mais je mourrais en te sachant heureuse. Je préfère te maudire de tout mon être, parce que ça signifie que toutes mes pensées te sont dédiées. Tu illumines mes ténèbres, ma petite corneille. Avant toi, il n'y avait que du noir, terne, sombre et sans saveur. Et puis tu es arrivée, toi et tes putains d'yeux verts, et voilà que mon monde brille comme une fichue émeraude. Tout était mort, j'étais incapable d'entendre les battements de mon cœur, et tu t'es mise à danser à l'intérieur pour l'éternité à un rythme effréné. Alors, non, je ne te parle pas d'amour parce que ça, je ne connais pas. Par contre, j'ai appris à entrevoir la beauté de la haine, sa singularité et sa perfection dans ses moindres défauts. C'est la seule émotion que je connais par cœur et que je sais magnifier. Donc *je choisis de te détester corps et âme pour mieux t'aimer*. Dès le départ, c'était toi, c'est toi et ça sera toujours toi. Ce sont mes seuls arguments, la seule déclaration que je suis capable de te faire. Alors accepte-la, parce que je te donne tout, sans rien attendre en retour, m'implore-t-il en laissant mourir ses mots dans la nuit. Je te déteste, souffle-t-il en embrassant mes paupières closes. Je te déteste, reprend-il en effleurant mon nez avec le sien. Bordel, *je te déteste*, ponctue-t-il en s'effondrant à bout de forces contre mon front.

Une larme chaude roule sur ma joue et je hoquette, interdite, face à la pureté et la beauté de ses sentiments. Ses bras puissants m'attirent à lui et j'enfouis ma tête contre son torse. Je m'accroche à ces mots si fort que je peux toucher l'invisible entre mes doigts. Je vois se dessiner entre nous un lien indestructible. Un pont entre nos âmes s'érige et elles fusionnent sous le clair de lune. Dans ma poitrine, mon cœur s'affole, complètement hors de contrôle. C'est une explosion d'émotions et je sens son amour se déverser à flots dans mes veines pour irriguer tout mon corps.

— Dors maintenant, si tu fais des cauchemars, je les combattrai. Tu seras toujours en sécurité dans mes bras, c'est la seule promesse que je peux te faire, et je la tiendrai.

— *Je te déteste*, répété-je contre ses lèvres avant de l'embrasser avec dévotion et passion. Je te promets de ne jamais blesser ton cœur et de ne jamais laisser mourir cette haine. Je n'irai nulle part sans toi, même en enfer je te suivrai, si tel est notre destin.

Je me blottis contre Nathanaël et il dépose un baiser rempli d'un espoir éternel sur le haut de ma tête. Je m'abandonne à lui, en totale confiance. Dans ses bras, les paupières lourdes et l'âme légère, je me surprends de nouveau à rêver.

Peut-être qu'un jour, nous aurons un avenir.

Mais avant ça, je combattrai au sacrifice de ma propre vie tous ceux qui nous ont empêchés d'être heureux.

Je sais qu'à l'instant où j'ouvrirai les yeux, *je me vengerai*.

Parce que comme je l'ai déjà dit, *mon histoire ne comporte aucun chapitre sur le pardon*.

REMERCIEMENTS

Écrire est une aventure *extraordinaire*.

Et c'est le cas avec *Shadow Of Ghost*. L'histoire de Théa et Nathanaël m'a fait vivre mille et une émotions. J'espère qu'ils auront su se frayer un chemin jusque dans votre cœur. En tout cas, ils auront toujours une place spéciale dans le mien.

Je tiens à remercier tous ceux qui m'ont accompagnée pendant l'écriture de leur histoire.

Kevin, mon fiancé, merci de m'avoir écoutée parler pendant des heures de mes idées, d'avoir relu chacun de mes chapitres, et de m'avoir offert le temps et l'espace pour réaliser mon rêve. On est une équipe et je ne saurais exprimer toute ma gratitude lorsque tu parles de mes projets avec fierté !

Maman, merci pour tes précieux conseils, ton soutien infaillible et ton amour inconditionnel. Je n'aurai pas assez de mots pour te dire combien ta présence, ton écoute et tes encouragements m'ont portée pendant tous ces mois !

Caroline, en plus d'être une femme et une maman en or, tu as été ma toute première lectrice. Merci d'avoir dévoré ces pages, de les avoir annotées et d'être tombée amoureuse de cette histoire.

Pauline, merci d'être une amie aussi merveilleuse et de manier les perles de sagesse à la perfection. Il n'y a pas une séance d'écriture où ta voix ne résonne pas.

Cette aventure livresque n'aurait pas été la même sans toi, ma fabuleuse *Eloïse*. Déjà parce qu'elle a débuté lors d'une de nos nombreuses soirées à ton initiative, au bistro des artistes. Et parce que je compte bien sur toi pour m'inspirer des personnages hauts en couleur !

Chiara, ma kiki, mon acolyte… Merci de m'avoir lu et d'avoir découvert la dark romance à mes côtés avec *Shadow of Ghost*. Tes petits mots post week-end ou au café ont réchauffé mon cœur et m'ont poussée à croire encore plus fort en cette histoire !

Coraline, ma belle fée, merci infiniment. Tu es la pincée de magie qui a illuminé cette aventure !

Ma douce *Nana*, merci d'avoir été là dès la première ébauche du synopsis gribouillé dans mon carnet, et je sais que tu seras là jusqu'à la fin !

Merci *Jessica* pour avoir aimé avec autant de passion Théa et Nathanaël ! Je suis si heureuse que tu puisses les voir prendre vie dans ta bibliothèque !

Mes 2C, *you know, I know*… Merci *Amandine* et *Jérémy* pour les cafés/thés, à m'encourager et à veiller sur moi après de longues nuits d'écriture.

Sandrine, merci de m'avoir inspiré de beaux moments de réflexion, d'avoir fait grandir mes personnages et sûrement un petit bout de moi. Tu as raison, il est temps d'être le personnage principal de sa propre histoire !

Jeanne, mon adorable Jeanne, je me souviendrais de ton superbe *Icebreaker* annonçant la signature de mon contrat d'édition. Merci d'être toujours là !

Une mention toute particulière à *Caroline Rolland*, mon éditrice. Merci d'être aussi passionnée et impliquée ! Grâce à toi, cette aventure éditoriale est un de mes plus beaux souvenirs. J'espère pouvoir continuer à te confier encore très longtemps mes manuscrits pour que tu puisses les sublimer avec talent !

Merci à *Guillaume* et *Frédéric Trédaniel* d'avoir cru en moi et en mon histoire. Ainsi que de m'avoir accueillie aussi chaleureusement dans leur incroyable maison d'édition !

Je remercie aussi toute *la team Contre-Dires* d'être là au quotidien, par mail ou sur les réseaux. Cette aventure est spéciale parce que vous l'êtes également !

Et enfin, merci à vous. *Lecteurs, lectrices*… Merci de vous être plongés dans l'histoire de *Shadow Of Ghost* et d'avoir découvert mon univers.

Katell,
alias K. R. Hopeking.

Composition et mise en pages
Nord Compo à Villeneuve-d'Ascq

Achevé d'imprimer en mars 2025
sur les presses de la Nouvelle Imprimerie Laballery
58500 Clamecy
Dépôt légal : mars 2025
N° d'impression : 503142

Imprimé en France